中国银行业从业人员资格认证考试辅导用书

核心考点表解与试题全解新析

个人理财

2011版

中国银行业从业人员资格认证考试研究专家组 编

考点表解——全面直观

真题链接——直击重点

全真模拟——实战演练

机械工业出版社
CHINA MACHINE PRESS

本书依据最新考试大纲编写。全书分为两个部分：第一部分的"核心考点表解"，以表格的形式将考试大纲要求掌握的考点详细列出，同时精选了近年考试的经典真题，并进行深度解析。第二部分的"全真模拟"是专家在把握命题规律的基础上，针对常考、必考的知识点进行的科学命题，题目设置权威、合理，答案解析全面、准确，能使考生达到实战演练的目的。

本书适用于参加 2011 年中国银行业从业人员资格认证考试的考生。

图书在版编目（CIP）数据

核心考点表解与试题全解新析. 个人理财/中国银行业从业人员资格认证

考试研究专家组编. —北京：机械工业出版社，2011.3

（中国银行业从业人员资格认证考试辅导用书）

ISBN　978-7-111-33577-1

Ⅰ．①核…　Ⅱ．①中…　Ⅲ．①银行—工作人员—中国—资格考核—自学参考资料

②私人投资—银行业务—中国—资格考核—自学参考资料　Ⅳ．①F832

中国版本图书馆 CIP 数据核字（2011）第 031026 号

机械工业出版社（北京市百万庄大街 22 号　邮政编码 100037）

策划编辑：徐永杰　　责任编辑：徐永杰　李　浩　　版式设计：墨格文慧

北京双青印刷厂印刷

2011 年 3 月第 1 版第 1 次印刷

180mm × 250mm・16.75 印张・328 千字

0 001 — 5 000 册

标准书号：ISBN 978-7-111-33577-1

定价：39.80 元

凡购本书，如有缺页、倒页、脱页，由本社发行部调换

电话服务　　　　　　　　　　　网络服务

社服务中心：（010）88361066　　门户网 http://www.cmpbook.com

销售一部：（010）68326294　　　教材网 http://www.cmpedu.com

销售二部：（010）88379649

读者服务部：（010）68993821　　**封面无防伪标均为盗版**

前　言

中国银行业从业人员资格认证考试是由中国银行业从业人员资格认证委员会统一组织的考试。2006 年 11 月 18 日此项考试首次在全国范围内举行，截至目前已经连续举办了 5 年。考试分为公共基础科目（即"公共基础"）和专业科目（包括"个人理财"、"个人贷款"、"公司信贷"、"风险管理"）。公共基础科目的考试内容为银行业从业人员所需的基础知识；专业科目的考试内容为与银行业从业人员相关的专业知识和技能。

为了帮助考生在短时间内有的放矢地复习应考，我们特组织有关专家编写了这套中国银行业从业人员资格认证考试辅导用书。根据考试特点和考纲要求，本丛书分为五册：《核心考点表解与试题全解新析——公共基础》、《核心考点表解与试题全解新析——个人理财》、《核心考点表解与试题全解新析——个人贷款》、《核心考点表解与试题全解新析——公司信贷》、《核心考点表解与试题全解新析——风险管理》。

本丛书紧扣最新银行业从业人员资格认证考试大纲，从考生的实际需要出发，每本书均分为"核心考点表解"和"全真模拟"两个部分。与其他辅导图书相比，本丛书具有以下特点：

1. 表解考点，清晰直观

本丛书采用表解的形式，把大纲要求掌握的知识点放到表格中讲解，使知识形象化、图表化，既方便考生查找问题答案，又便于其理解和记忆。表格编制科学、内容精练，对重点内容点准、点透，举一反三。

2. 紧扣大纲，主次得当

针对最新考试大纲所指定的内容进行科学的阐释，详略得当、主次分明，使考生能快速抓住重点，复习省时省力。

3. 结构合理，逻辑严谨

每册图书均按"本章命题规律"、"核心考点解读"、"真题链接"、"全真模拟"的结构进行编排。第一部分的"核心考点表解"中各章节的内容逻辑结构与主教材保持一致，为考生提炼出常考、必考考点的详细内容，"真题链接"精选本章内容在近年考试中反复出现的重点题型，讲练结合，强化考生记忆；第二部分的四套模拟试卷能够帮助考生熟悉题型，加深记忆，提高答题技巧。

本书涵盖内容广泛，虽经全体编者反复修改，但因时间和水平有限，书中难免有疏漏和不当之处，敬请读者指正。

编　者

目　　录

第二部分　全 真 模 拟

绪　论

根据中国银行业从业人员资格认证委员会常务委员会2007年1月审议通过的《中国银行业从业人员资格认证考试实施办法（试行）》的规定，我国每年5月、10月各举行一次资格认证考试。具体考试日期在每次考试前2个月向社会公布，特殊情况另行通知。

中国银行业从业人员资格认证考试大纲由认证办公室组织制定，命题范围以公布的考试大纲为准。

一、考试科目

中国银行业从业人员资格认证考试分公共基础科目和专业科目。

公共基础科目：公共基础

专业科目：个人理财、风险管理、公司信贷、个人贷款

二、考试题型

中国银行业从业人员资格认证考试试题全部为客观题，包括单项选择题、多项选择题和判断题三种题型。其中单项选择题90道，多项选择题40道，判断题15道。

考试实行计算机考试，采用闭卷方式，单科考试限时120分钟。

三、备考复习指南

中国银行业从业人员资格认证考试的报名起点为高中水平，这就决定了其整体考试的难度并不太大。和其他基础性考试一样，该项考试的知识点多以记忆性为主，但是随着近年金融市场的繁荣以及银行业竞争力的增强，考试难度在不断加大。因此，要想顺利通过考试，需要掌握相关的复习技巧。

1. 研读考试大纲，熟悉重点、难点

中国银行业从业人员资格认证考试在考试前两个月左右会公布考试大纲，大纲是考生发现命题点的重要途径。因此，考生应认真、反复阅读考试大纲的内容，吃透考试大纲要求的考试范围和要点，然后将这些要求用不同符号或不同颜色的笔在考试指定教材中做好标记，以便在学习中准确把握重点、难点。

2. 网罗历年真题，把握命题趋势

对考生来说，历年考试真题是了解考试命题趋势和动态的重要"窗口"。中国银行业从业人员资格认证考试已经连续举办了5年，因此会出现一些高频考点，考生务必网罗这几年尤其是近两年的考试真题，学会从这些真题中整理出常考、必考的内容。

这就要求考生在收集真题的基础上，在指定教材中找到每一题的出处，同时标记是哪一年的考题，最终发掘出近年考试发生的变化及未来趋势。

3. 总结命题考点，复习主次分明

考生要根据教材中标记的历年考题，统计各章节内容在历年考题中所占的分值，同时结合考试大纲，罗列出反复出现的考点及从未出现的内容，以便在复习过程中能够分清主次，做到心中有数。

4. 全面通读教材，掌握内在联系

中国银行业从业人员资格认证考试考查的知识点以记忆性的为主，因此考生一定要安排好通读教材的时间。在这里强调对教材的通读，是要突出全面理解和融会贯通。此外，在准确把握文字背后的复杂含义的基础上，还要注意不同章节的内在联系，能够从整体上对应考科目做到全面、系统的掌握。

5. 突击重要考点，灵活应对变化

考生在对教材全面通读的基础上，更要注意抓住重点进行复习。每门课程都有其必考知识点，这些知识点在每年的试卷上都会出现，只是命题的形式不同，万变不离其宗。因此，对于重要的知识点，考生一定要熟练掌握，并且能够举一反三，做到以不变应万变。

四、答题技巧

中国银行业从业人员资格认证考试有三种题型共 145 道题，需要在 120 分钟内完成，这就意味着考生要答完所有题目，平均每道题用时不能超过一分钟。因此，考生要想在有限的时间内完成答题，必须掌握相应的技巧。下面针对各种题型的答题技巧作详细介绍。

1. 单项选择题

单项选择题在考试中所占的比重最大，每道题的分值相对较小，考查的一般是教材中基础的知识点，如概念、原理、方法等常识性问题。这些都属于需要直接记忆的内容，属于人们平时所说的"死题"。此外，还有一些"活题"，这些题考核的内容在教材中无法找到现成的素材，在该项考试中，"活题"主要是灵活运用公式的计算题。

（1）基本概念、原理及方法题

这种题属于"死题"，比较简单，也是得分题。要答好这样的题，考生就必须加强对基本概念的记忆和理解，着重背诵主要的知识点。例如下面这道题：

中国银行业协会的宗旨是（　　　）。

A. 鼓励公平竞争、反对无序竞争　　　B. 提高透明度

C. 努力减少金融犯罪　　　D. 以促进会员单位实现共同利益为宗旨

以上这道题考查的是中国银行业协会的宗旨。在教材中有关的内容是："中国银行业协会以促进会员单位实现共同利益为宗旨，履行自律、维权、协调、服务职能，

维护银行业合法权益，维护银行业市场秩序，提高银行业从业人员素质，提高为会员服务的水平，促进银行业的健康发展。"故正确答案为 D。这样的题比较简单，但需要考生熟记教材内容。

（2）计算题

这种题不像概念题那样简单，考生不仅需要牢记公式，还要能够熟练运用，并且要确保计算结果正确无误，相对上一种单项选择题难度要大很多。考生要答好这样的题，记住公式是基础，合理控制时间是关键，不能因为一个计算题而影响考试的整体答题速度。例如下面这道题：

已知某企业存货为 18 万元，流动负债为 20 万元，速动比率为 1.5，假设该企业的流动资产由速动资产和存货构成，则该企业的流动比率为（　　）。

A. 2.2　　　　　　B. 2.3　　　　　　C. 2.4　　　　　　D. 2.5

以上这道题考查的是流动比率的计算。只有熟悉了相关比率的计算公式，才能计算出该企业的流动比率。根据教材可知，流动比率=（流动资产/流动负债）×100%。因为题中已指出，流动资产由速动资产和存货构成，根据公式速动比率=（速动资产/流动负债）×100%可得出，速动资产=（速动比率×流动负债）×100%=20 万元×1.5×100%=30 万元；所以，流动资产=速动资产+存货=30 万元+18 万元=48 万元；流动比率=（流动资产/流动负债）×100%=48 万元÷20 万元=2.4。所以，本题的正确答案为 C。

当然，作答这种类型的题目，无法直接选出正确选项时，可采用逻辑推理的方法进行判断、选择，也可以逐个排除不正确的干扰选项，最后选出正确选项。实在不能作答的，千万不要空缺，因为答错不扣分，可以凭感觉选择出一个选项，这样也会有选对的可能性。

2. 多项选择题

中国银行业从业人员资格认证考试的多项选择题中一般给出题干和五个备选项，要求考生选择最恰当的选项。题目有两个或两个以上的选项是正确的，多选、错选均不得分。这种题型考查的内容尽管多是记忆性的知识点，但是一般都包括一个知识点的几个面或者将前后有关联的知识点混合成一个题，尤其是将考生容易混淆的知识点融在一起进行考查。因此，要答好此类题型，考生不仅要记住单一的知识点，还应记住与其相关的知识点。此外，在审题过程中要注意比较不同选项之间的差别，不选模棱两可的选项。遇到不会的题目也可以猜测，对没有把握的尽量少选而不多选。例如下面这道题：

下列属于大型商业银行的有（　　）。

A. 交通银行　　　　B. 民生银行　　　　C. 中国银行

D. 中国工商银行　　E. 广东发展银行

以上这道题考查的是记忆性的知识点。如果熟知教材内容可知，BE 项属于股份制商业银行，ACD 项属于大型商业银行；如果不熟悉教材内容，这样的题只能采用猜测法。

3．判断题

在中国银行业从业人员资格认证考试中，判断题的数量是最少的，仅为 15 道。一般考查概念知识和相关规定，或将概念延展、运用，要求考生作出正确或错误的判断。考生要答好这种类型的题目，除了要熟记教材内容外，在审题时必须仔细、认真，因为出题人往往在题干上设置一些陷阱，使错误说法与正确说法之间只有几个字甚至一个字的差别，审题稍微疏忽或记忆不准确就会出错。这就要求考生在记忆教材内容时应逐字逐句，对知识点的掌握要准确，切忌模棱两可。例如下面这道题：

一国中央银行原则上有维持汇率水平的义务。（　　　）

以上这道题考查的是中央银行的义务，根据教材内容，一国中央银行原则上没有维持汇率水平的义务，但必要时可进行干预。由此可知，题目的说法是错误的。

第一部分

核心考点表解

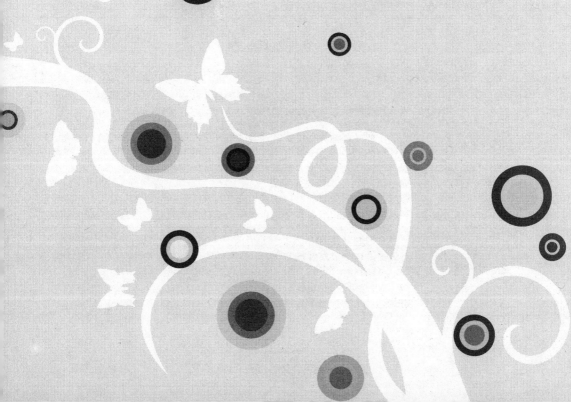

第1章 银行个人理财业务概述

本章命题规律

对近年考试的命题进行研究可以发现，本章的命题规律体现在以下几个方面：

1. 银行个人理财业务的概念和分类是本章重要的命题点。
2. 银行个人理财业务的影响因素是常考的内容。
3. 银行个人理财业务发展、现状和定位是需要熟记的内容。

核心考点解读

1 银行个人理财业务的概念和分类

1.1 个人理财概述（表1-1）

表1-1 个人理财概述

项　　目		内　　容
概念		个人理财是指客户根据自身生涯规划、财务状况和风险属性，制定理财目标和理财规划，执行理财规划，实现理财目标的过程
步骤	评估理财环境和个人条件	个人理财首先要对目前所处的环境和个人条件进行合理评估，以获得个人理财的基本信息，从而制定切实可行的理财目标。理财环境的信息范围较广，包括经济和社会发展情况、个人所处的社会地位等。个人条件的评估包括对个人资产（如住房、车、收藏、股票、存款等）、负债（如信用卡还款、银行贷款、抵押物等）以及收入（包括预期收入）的评估。只有在对理财环境和个人条件进行评估的基础上才能制定出合理的理财目标
	制定个人理财目标	在对理财环境和个人条件进行评估的基础上制定理财目标是理财活动的关键，也是个人理财的动力。个人理财目标具有多重性，对一个个体来说，可以同时有好几个理财目标，包括一些短期目标和一些长期目标，一些重点目标和次要目标等。目标的可行性和清晰性有助于制订出详细的理财规划，从而有利于理财目标的实现

（续）

项　　目		内　　容
步骤	制订个人理财规划	理财规划是指采取何种方式来实现个人理财目标，包括理财手段的选择。制订个人理财规划实际上是采取有效的方法来实现个人理财目标，如减少不必要的开支，进行股票投资等
步骤	执行个人理财规划	个人理财规划制订出来以后，必须遵守一定的纪律以保证个人理财规划的执行。个人理财规划的执行需要一些专业知识，因此在实际执行的过程中，很多人会接受专业人员（例如会计师、个人理财规划师、投资顾问和律师）的建议和帮助
	监控执行进度和再评估	个人理财规划在执行中会遇到一些影响，包括外部环境的变化和个人条件的改变，原规划在执行中会遇到有利或者不利的因素，从而会影响到个人理财规划的执行进程，因此个人理财规划在执行中有必要进行监控，以便于进行调整和再评估

1.2　银行个人理财业务概念（表1-2）

表 1-2　银行个人理财业务概念

项　　目		内　　容
概念		根据《商业银行个人理财业务管理暂行办法》，个人理财业务是指商业银行为个人客户提供的财务分析、财务规划、投资顾问、资产管理等专业化服务活动
相关主体	个人客户	个人客户是个人理财业务的需求方，也是商业银行个人理财业务的服务对象。在具体的服务过程中，商业银行一般会按照一定的标准，如客户资产规模、风险承受能力等，将客户进行分类，通过调查不同类型客户的需求，为其提供个人理财服务
	商业银行	商业银行是个人理财业务的供给方，也是个人理财服务的提供商之一。商业银行制订具体的业务标准、业务流程、业务管理办法，一般利用自身的渠道向个人客户提供个人理财服务
	非银行金融机构	除银行外，证券公司、基金公司、信托公司以及投资公司等其他金融机构也为个人客户提供理财服务。非银行金融机构除了通过自身渠道外，还可利用商业银行渠道，向客户提供个人理财服务
	监管机构	监管机构负责制定理财业务的行业规范，对业务主体以及业务活动进行监管，以促进个人理财业务健康有序发展。个人理财业务的相关监管机构包括中国银行业监督管理委员会、中国证券监督管理委员会、中国保险监督管理委员会、国家外汇管理局等
相关市场		个人理财业务涉及的市场较为广泛，包括货币市场、资本市场、外汇市场、房地产市场、保险市场、黄金市场、理财产品市场等。这些市场具有不同的运行特征，可以满足不同客户的理财需求

1.3 银行个人理财业务分类（表1-3）

表1-3 银行个人理财业务分类

项　目		内　容
按是否接受客户委托和授权对客户资金进行投资和管理理财业务分类	理财顾问服务	理财顾问服务是指商业银行向客户提供财务分析与规划、投资建议、个人投资产品推介等专业化服务。理财顾问服务是一种针对个人客户的专业化服务，区别于为销售储蓄存款、信贷产品等进行的产品介绍、宣传和推介等一般性业务咨询服务。客户接受商业银行和理财人员提供的理财顾问服务后，自行管理和运用资金，并获取和承担由此产生的收益和风险
	综合理财服务	综合理财服务是指商业银行在向客户提供理财顾问服务的基础上，接受客户的委托和授权，按照与客户事先约定的投资计划和方式进行投资和资产管理的业务活动
根据客户类型进行业务分类	理财业务	理财业务是面向所有客户提供的基础性服务，客户范围相对较广，但服务种类相对较少
	财富管理业务	财富管理业务是面向中高端客户提供的服务，客户等级高于理财业务客户但低于私人银行客户，服务种类超过理财业务客户，但少于私人银行业务客户
	私人银行业务	私人银行业务是仅面向高端客户提供的服务，客户等级最高，服务种类最为齐全。私人银行业务是一种向高净值客户提供的金融服务，它不仅为客户提供投资理财产品，还包括为客户进行个人理财，利用信托、保险、基金等金融工具维护客户资产在风险、流动和盈利三者之间的精准平衡，同时也包括与个人理财相关的一系列法律、财务、税务、财产继承、子女教育等专业顾问服务，其目的是通过全球性的财务咨询及投资顾问，达到财富保值、增值、继承、捐赠等目标 私人银行业务具有以下几个特征： （1）准入门槛高 （2）综合化服务 （3）重视客户关系

2 银行个人理财业务发展和现状（表1-4）

表1-4 银行个人理财业务发展和现状

项　目	内　容
国外发展和现状	个人理财业务最早在美国兴起，并且首先在美国发展成熟，其发展大致经历了以下几个阶段： （1）个人理财业务的萌芽时期，20世纪30年代到60年代通常被认为是个人理财业务的萌芽时期 （2）个人理财业务的形成与发展时期，20世纪60年代到80年代，通常被认为是个人理财业务的形成与发展时期 （3）个人理财业务的成熟时期，20世纪90年代是个人理财业务日趋成熟的时期，许多人涌入个人理财行业

（续）

项　目	内　容
国内发展和现状	20 世纪 80 年代末到 90 年代是我国商业银行个人理财业务的萌芽阶段，当时商业银行开始为客户提供专业化投资顾问和个人外汇理财服务，但大多数的居民还没有理财意识和概念。从 21 世纪初到 2005 年是我国商业银行个人理财业务的形成时期，在这一时期，理财产品、理财环境、理财观念和意识以及理财师专业队伍的建设均取得了显著的进步。中国理财产品规模以每年 10%～20% 的速度增长，2005 年达到了 2000 亿元。随着商业银行个人理财业务规模不断扩大，理财产品不断创新，为促进商业银行个人理财业务规范和健康有序地发展，银监会于 2005 年 9 月发布了《商业银行个人理财业务管理暂行办法》，界定了商业银行个人理财业务范畴，规范了商业银行个人理财业务管理，并同时下发了《商业银行个人理财业务风险管理指引》，对商业银行个人理财业务风险管理提出了指导意见 　　总体上，目前个人理财业务已成为商业银行个人金融业务的重要组成部分，是银行中间业务收入的重要来源。虽然现在我国商业银行个人理财业务还是一项新兴的银行业务，尚处于起步发展阶段，个人理财业务的市场环境正在不断规范和完善，但由于其巨大的市场潜力，已被很多商业银行列为零售业务（或个人业务）发展的战略重点之一

3　银行个人理财业务的影响因素及定位

3.1　宏观影响因素（表 1-5）

表 1-5　宏观影响因素

项　目	内　容
政治、法律与政策环境	（1）财政政策。政府通常根据当前宏观经济形势，采取税收、预算、国债、财政补贴、转移支付等手段来调整财政收入与支出的规模与结构，以达到预期的财政政策目标，并对整个经济运行产生影响。积极的财政政策可以有效地刺激投资需求的增长，从而提高资产价格 　　（2）货币政策。中央银行通常根据当前宏观经济走势，运用法定存款准备金率、再贴现率、公开市场业务操作等货币政策工具调控货币供应量和信用规模，使其达到预定的货币政策目标，进而影响整体经济的运行。宽松的货币政策有助于刺激投资需求增长，支持资产价格上升；相反，紧缩的货币政策则会抑制投资需求，导致利率上升和金融资产价格下跌 　　（3）收入分配政策。收入分配政策是指国家为实现宏观调控总目标和总任务，针对居民收入水平高低、收入差距大小在分配方面制定的政策和方针。偏紧的收入分配政策会抑制当地的投资需求等，造成相应的资产价格下跌；而偏松的收入分配政策则会刺激当地的投资需求等，造成相应的资产价格上涨。收入分配政策除了影响总体收入水平之外，还会直接影响经济体的收入分配结构 　　（4）税收政策。由于税收政策直接关系投资的收益与成本，因此其对个人和家庭的投资策略具有直接的影响。税收政策不仅影响个人收入中可用于投资的数额，而且通过改变投资的交易成本可以改变投资收益率。例如，在股市低迷时期，政府通过降低印花税降低个人的交易成本，从而刺激股市反弹。在房地产价格飞速上涨的过程中，提高交易税税率，具有抑制房地产价格上涨的作用

（续）

项　目	内　容
经济发展阶段	经济发展阶段是对一个经济体发展情况的总体性概括和描述，处在不同经济发展阶段的经济体，金融产业的发展水平及其对金融服务的需求结构具有显著的差异。按照美国学者罗斯托（Rostow）的观点，世界各国的经济发展可分为以下五个阶段： （1）传统经济社会 （2）经济起飞前的准备阶段 （3）经济起飞阶段 （4）迈向经济成熟阶段 （5）大量消费阶段 处于前三个阶段的国家称为发展中国家，而处于后两个发展阶段的国家则称为发达国家
消费者的收入水平	个人金融业务以消费者收入为基础，但是消费者不可能将全部收入均用于购买金融产品，因此需要从不同角度衡量一个经济体中消费者的收入水平。衡量消费者收入水平的指标主要包括： （1）国民收入。国民收入是指一个国家物质生产部门的劳动者在一定时期内（通常为一年）新创造的价值总和 （2）人均国民收入。用国民收入除以人口总量就得到了一个国家的人均国民收入。这个指标基本能够反映一个国家的经济发展水平。人均国民收入可以作为商业银行开展个人金融业务的一个重要参考指标，不同的人均国民收入水平，决定了消费者对不同的金融产品与金融服务的消费能力 （3）个人收入。个人收入是指消费者个人从各种来源获得的收入总和 （4）个人可支配收入。个人可支配收入是指个人收入扣除税款后的余额。个人可用这部分收入进行消费、投资，购买个人理财产品和服务。个人可支配收入扣除基本消费后用于投资金融产品的比例则具有很大的弹性
宏观经济状况	宏观经济状况对个人理财业务的影响表现在投资活动的各个方面，从具体金融产品的设计与定价，到投资组合与投资策略的选择，均受到宏观经济状况的制约。因此，我们需要掌握一些反映宏观经济状况的经济指标的运行规律 （1）经济增长速度和经济周期 （2）通货膨胀率 （3）就业率 （4）国际收支与汇率
社会环境	（1）社会文化环境。社会文化环境主要是指一个国家、地区或民族的文化传统，如风俗习惯、伦理道德观念、价值观念、宗教信仰、审美观、语言文字等 （2）制度环境。各种制度的变迁也对商业银行的个人理财业务产生了深远的影响 1）养老保险制度 2）医疗保险制度 3）其他社会保障制度 （3）人口环境。人口环境对个人理财业务的影响表现在规模与结构两个方面。人口总量的增长会导致对金融业务和金融产品的需求量增大
技术环境	科学技术是社会生产力最活跃的推动因素，在21世纪的今天，科学技术在各个领域飞速发展，技术的变革与进步深刻地影响着金融机构的市场份额、产品生命周期和竞争优势

经济环境

3.2 微观影响因素和其他影响因素及定位（表1-6）

表1-6 微观影响因素和其他影响因素及定位

项　目		内　容
微观影响因素		（1）金融市场竞争程度 （2）金融市场开放程度 （3）金融市场价格机制
其他影响因素		（1）客户对理财业务的认知度 （2）商业银行个人理财业务的定位 （3）其他理财机构理财业务的发展 （4）中介机构的发展水平 （5）金融机构的监管体制
定位	从客户层面	商业银行个人理财业务可直接满足客户的理财需求，对客户理财目标的实现具有促进和推动作用。商业银行通过提供财务规划服务、理财咨询服务，理财工具（或理财产品）和理财信息等方式向客户提供个人理财专业化的服务，帮助客户制定理财目标和理财规划，并对客户理财规划的执行以及评估具有重要作用，降低了客户的理财门槛，节约了客户的理财成本
	从商业银行层面	商业银行个人理财业务的发展可以优化商业银行的业务结构、增加商业银行业务收入、吸引个人优质客户资源，从而提升商业银行的竞争力
	从市场层面	商业银行个人理财业务的发展能有效发挥金融市场功能，促进社会资源的优化配置。商业银行的个人理财业务能实现对市场信息的专业化处理、客户资金的专业化投资、理财规划决策的专业化服务，这些都会促进个人乃至社会资源的优化配置

 真题链接

一、单项选择题（以下各小题所给出的四个选项中，只有一项最符合题目要求，请选择相应选项，不选、错选均不得分。）

1. 对投资需求增长有刺激作用的财政政策是（　　　）。[2010年真题]

　　A. 政府购买增加　　　　　　　　B. 政府引入销售税

　　C. 再贴现率从2%调整到1.5%　　　D. 政府在市场上出售外汇基金票据

【答案】A　积极的财政政策可以有效地刺激投资需求的增长，政府购买增加属于积极财政政策的范畴。B项属于紧缩性的财政政策；C、D两项属于货币政策的范畴。

2. 宏观经济政策对投资理财具有实质性的影响，下列说法正确的是（　　　）。[2010年真题]

　　A. 国家减少财政预算，会导致资产价格的上涨

　　B. 法定存款准备金率下调，有助于刺激投资需求增长

　　C. 在股市低迷时期，提高印花税可以刺激股市反弹

　　D. 偏紧的收入分配政策会刺激当地的投资需求，造成相应的资产价格上涨

【答案】B A项，国家减少财政预算属于紧缩的财政政策，会使得资产价格降低；C项，在股市低迷时期，可通过降低印花税降低交易成本，从而刺激股市反弹；D项，偏紧的收入分配政策会抑制当地的投资需求，造成相应的资产价格下跌。

3. 关于通货膨胀对个人理财的影响，下列说法错误的是（　　）。[2010年真题]

    A. 持有外汇是应对通货膨胀的一种有效手段

    B. 固定收益的理财产品会贬值

    C. 股票是浮动收益的，所以一定能应对通货膨胀的负面影响

    D. 储蓄投资的净收益走低

【答案】C 物价水平持续大幅上涨就会引起通货膨胀。为应付通货膨胀的风险，个人和家庭应回避固定利率债券和其他固定收益产品，持有一些浮动利率资产、黄金、股票和外汇，以对自己的资产进行保值。当然，在严重通货膨胀的条件下，股票等资产同样也会面临贬值，持有外汇、黄金和其他国外资产可能成为较为理想的保值选择。如果发生通货紧缩，则情况正好相反。储蓄投资在通货膨胀时，建议减少配置，因其净收益走低。

4. 一般而言，宽松性的货币政策有助于刺激投资需求增长，导致（　　）。[2009年真题]

    A. 利率上升；金融资产价格上升   B. 利率下跌；金融资产价格下跌

    C. 利率上升；金融资产价格下跌   D. 利率下跌；金融资产价格上升

【答案】D 中央银行通常根据当前宏观经济走势，运用法定存款准备金率、再贴现率、公开市场业务操作等货币政策工具调控货币供应量和信用规模，使其达到预定的货币政策目标，进而影响整体经济的运行。宽松的货币政策有助于刺激投资需求增长、支持资产价格上升；相反，紧缩的货币政策则会抑制投资需求，导致利率上升和金融资产价格下跌。

5. 下列选项中，（　　）是指商业银行在对潜在目标客户群分析研究的基础上，针对特定目标客户群开发设计并销售的资金投资和管理计划。[2009年真题]

    A. 投资规划   B. 理财计划

    C. 退休规划   D. 保险规划

【答案】B 《商业银行个人理财业务管理暂行办法》规定，理财计划是指商业银行在对潜在目标客户群进行分析研究的基础上，针对特定目标客户群开发设计并销售的资金投资和管理计划。

二、多项选择题（以下各小题所给出的五个选项中，有两项或两项以上符合题目的要求，请选择相应选项，多选、错选均不得分。）

1. 对个人理财业务产生影响的社会制度包括（　　）。[2010年真题]

    A. 住房分配制度   B. 税收制度

C. 医疗保险制度　　　　　　　D. 义务教育制度

E. 养老保险制度

【答案】ACDE　各种制度的变迁对商业银行的个人理财业务产生了深远的影响。新中国成立至今，伴随着计划经济向市场经济的转变，一系列制度发生了变迁。其中，社会保障体系、教育体系以及住房制度的改革尤为典型，社会保障体系主要包括养老保险制度和医疗保险制度。

2. 下列关于综合理财规划业务的表述，正确的有（　　　　　）。[2010年真题]

A. 在综合理财业务中产生的投资收益和风险完全由客户自行承担

B. 综合理财业务可以进一步划分为私人银行业务和理财计划两类

C. 综合理财业务更强调个性化的服务

D. 在综合理财业务活动中，客户授权银行代表客户按合同约定的投资方式和方向，进行投资和资产管理

E. 综合理财业务是商业银行向客户提供财务分析与规划、投资建议、个人投资产品推介等综合的专业化服务

【答案】BCD　A项，在综合理财服务活动中，客户授权银行代表客户按照合同约定的投资方向和方式，进行投资和资产管理，投资收益与风险由客户或客户与银行按照约定方式获取或承担。E项，综合理财服务是指商业银行在向客户提供理财顾问服务的基础上，接受客户的委托和授权，按照与客户事先约定的投资计划和方式进行投资和资产管理的业务活动。

3. 对个人而言，利率水平的变动会影响（　　　　　）。[2010年真题]

A. 对投资收益的预期　　　　　B. 消费支出和投资决策的意愿

C. 购买股票或是购买债券的决定　　D. 从银行获取的各种信贷的融资成本

E. 现在贷款买房或是将来攒够钱买房的决策

【答案】ABCDE　对于个人而言，利率水平的变动会影响人们对投资收益的预期，从而影响其消费支出和投资决策的意愿。例如，是把钱存入银行还是增加消费支出，是购买股票还是购买债券，是现在借钱购买住宅还是等将来攒够了钱再买等。利率水平的变动还会影响个人从银行获取的各种信贷的融资成本，投资机会成本的变化对投资决策往往也会产生非常重要的影响。

4. 在金融市场环境中，影响个人理财的微观因素有金融市场的（　　　　　）。[2009年真题]

A. 文化环境　　B. 技术环境　　C. 价格机制　　D. 竞争程度

E. 开放程度

【答案】CDE　对个人理财业务产生直接影响的微观因素主要是金融市场竞争程度、金融市场的开放程度和金融市场的价格机制。A、B项属于宏观影响因素。

三、判断题（请对以下各小题的描述作出判断，正确用 A 表示，错误用 B 表示。）

在经济增长放缓、处于收缩阶段时，个人和家庭应该买入对周期波动比较敏感的行业的资产，以获取经济波动带来的收益。（　　）[2010 年真题]

【答案】**B**　在经济增长比较快、处于扩张阶段时，个人和家庭应考虑增持成长性好的股票、房地产等资产，特别是买入对周期波动比较敏感的行业的资产，同时降低防御性低收益资产，如储蓄产品等，以分享经济增长成果；反之，在经济增长放缓、处于收缩阶段时，个人和家庭应考虑增持防御性资产如储蓄产品、固定收益类产品等，特别是买入对周期波动不敏感的行业的资产，同时减少股票、房产等资产的配置，以减少经济波动带来的损失。

第2章 银行个人理财理论与实务基础

本章命题规律

对近年考试的命题进行研究可以发现，本章的命题规律主要体现在以下几个方面：

1. 银行个人理财业务理论基础是常考的内容，其中生命周期理论、货币的时间价值、投资理论和资产配置原理是本章重要的命题点。

2. 银行理财业务实务基础内容在考试中会反复考核，客户准入、价值观、客户风险属性和风险评估可作为本章命题采分点。

核心考点解读

1 银行个人理财业务理论基础

1.1 生命周期理论（表2-1）

表2-1 生命周期理论

项 目	内 容
概述	生命周期理论是由F·莫迪利安尼与R·布伦博格、A·安多共同创建的。其中，F·莫迪利安尼对该理论作出了尤为突出的贡献，并因此获得诺贝尔经济学奖。生命周期理论对人们的消费行为提供了全新的解释，该理论指出，个人是在相当长的时间内计划自己的消费和储蓄行为的，在整个生命周期内实现消费和储蓄的最佳配置。也就是说，一个人将综合考虑其即期收入、未来收入、可预期的开支以及工作时间、退休时间等因素来决定目前的消费和储蓄，以使其消费水平在各阶段保持适当的水平，而不至于出现消费水平的大幅波动 家庭的生命周期是指家庭形成期（建立家庭生养子女）、家庭成长期（子女长大就学）、家庭成熟期（子女独立和事业发展到巅峰）和家庭衰老期（退休到终老而使家庭消灭）的整个过程
在个人理财中的运用	（1）专业理财从业人员，如金融理财师可根据客户家庭生命周期帮助其选择适合的银行理财产品、保险、信托、信贷等综合理财套餐 （2）专业理财从业人员可根据客户家庭生命周期不同阶段对其资产流动性、收益性和获利性的需求给予配置建议 （3）生命周期理论和个人理财规划，比照家庭生命周期，可以按年龄层把个人生命周期分为探索期、建立期、稳定期、维持期、高原期和退休期6个阶段

1.2 货币的时间价值（表 2-2）

表 2-2　货币的时间价值

项　目		内　容
概念		货币的时间价值是指货币经历一定时间的投资（再投资）所增加的价值，或者是指货币在使用过程中由于时间因素而形成的增值 货币之所以具有时间价值，是因为： （1）货币可以满足当前消费或用于投资而产生回报，货币占用具有机会成本 （2）通货膨胀会致使货币贬值 （3）投资有风险，需要提供风险补偿
影响因素		（1）时间。时间的长短是影响货币时间价值的首要因素，时间越长，货币的时间价值越明显 （2）收益率或通货膨胀率。收益率是决定货币在未来增值程度的关键因素，而通货膨胀率则是使货币购买力缩水的反向因素 （3）单利与复利。单利始终以最初的本金为基数计算收益，而复利则以本金和利息为基数计息，从而产生利上加利、息上添息的收益倍增效应
时间价值与利率的计算	基本参数	现值：货币现在的价值，通常用 PV 表示 终值：货币在未来某个时间点上的价值，通常用 FV 表示。如果一定金额的本金按照单利计算若干期后的本利和，则称为单利终值；如果一定金额的本金按照复利计算若干期后的本利和，则称为复利终值 时间：货币价值的参照系，通常用 t 表示 利率（或通货膨胀率）：影响金钱时间价值程度的波动要素，通常用 r 表示
	现值和终值的计算	（1）单期中的终值，计算公式为： $$FV=C_0（1+r）$$ 其中，C_0 是第 0 期的现金流，r 是利率 （2）单期中的现值，计算公式为： $$PV=\frac{C_1}{（1+r）}$$ 其中，C_1 是第 1 期的现金流，r 是利率 （3）多期的终值和现值，计算多期中终值的公式为： $$FV=PV×（1+r）^t$$ 计算多期中现值的公式为： $$PV=\frac{FV}{（1+r）^t}$$ 其中，$（1+r）^t$ 是终值复利因子，$\frac{1}{（1+r）^t}$ 是现值贴现因子
	复利期间和有效年利率的计算	（1）复利期间。一年内对金融资产计 m 次复利，t 年后，得到的价值是： $$FV=C_0×\left[1+\left(\frac{r}{m}\right)\right]^{mt}$$ （2）有效年利率（EAR）。有效年利率的计算公式为： $$EAR=\left[1+\left(\frac{r}{m}\right)\right]^m-1$$
	年金的计算	年金是一组在某个特定的时段内金额相等、方向相同、时间间隔相同的现金流。年金通常用 PMT 表示 年金的利息也具有时间价值，因此，年金终值和现值的计算通常采用复利的形式。根据等值现金流发生的时间点的不同，年金可以分为期初年金和期末年金。一般来说，人们假定年金为期末年金 （1）年金现值的公式为： $$PV=\left(\frac{C}{r}\right)×\left[1-\frac{1}{（1+r）^t}\right]$$

（续）

项　目	内　容
时间价值与利率的计算 年金的计算	（2）期初年金现值的公式为： $$PV_{期初}=\left(\frac{C}{r}\right)\times\left[1-\frac{1}{(1+r)^t}\right](1+r)$$ （3）年金终值的公式为： $$FV=\left(\frac{C}{r}\right)\times\left[(1+r)^t-1\right]$$ （4）期初年金终值的公式为： $$FV_{期初}=\left(\frac{C}{r}\right)\times\left[(1+r)^t-1\right](1+r)$$

1.3　投资理论（表2-3～表2-4）

表2-3　收益与风险

项　目	内　容
持有期收益和持有期收益率	投资的时间区间为投资持有期，而这期间的收益是持有期收益（HPR） 面值收益＝红利＋市值变化 面分比收益＝面值收益/初始市值 ＝红利收益＋资本利得收益 持有期收益率（HPY），是指投资者在持有投资对象的一段时间内所获得的收益率，它等于这段时间内所获得的收益额与初始投资之间的比率
预期收益率	预期收益率是指投资对象未来可能获得的各种收益率的平均值。任何投资活动都是面向未来的，而投资收益是不确定的、有风险的。为了对这种不确定性进行衡量，便于比较和决策，人们用预期收益或预期收益率来描述投资者对投资回报的预期 投资的预期收益率计算如下： $$E(R_i)=[P_1R_1+P_2R_2+\cdots+P_nR_n]\times100\%=\sum P_iR_i\times100\%$$ 其中，R_i 为投资可能的投资收益率，P_i 为投资收益率可能发生的概率，计算预期收益率如下表所示： 表格： 经济状况 / 概率 / 收益率（%） 经济运行良好 / 0.15 / 20 经济衰退 / 0.15 / −20 正常运行 / 0.70 / 10 $$E(R_i)=[0.15\times0.20+0.15\times(-0.20)+0.70\times0.10]\times100\%=7\%$$
风险的测定	从投资角度来看，风险是指资产收益率的不确定性。从收益率的不确定性出发，投资风险是可度量的，通常可用标准差和方差进行测定 （1）方差。方差描述的是一组数据偏离其均值的程度，其计算公式为： $$方差=\sum P_i\times[R_i-E(R_i)]^2$$ 方差越大，这组数据就越离散，数据的波动也就越大；方差越小，这组数据就越聚合，数据的波动也就越小 （2）标准差。方差的开平方 σ 为标准差，即一组数据偏离其均值的平均距离 （3）变异系数。变异系数（CV）描述的是获得单位的预期收益须承担的风险。变异系数越小，投资项目越优 $$变异系数\ CV=标准差/预期收益率=\sigma_i/E(R_i)$$

（续）

项　目	内　容
必要收益率	必要收益率是指投资某投资对象所要求的最低的回报率，也称必要回报率 投资者放弃当前消费而投资，应该得到相应的补偿，即将来的货币总量的实际购买力要比当前投入的货币的实际购买力有所增加，在没有通货膨胀的情况下，这个增量就是投资的真实收益，即货币的纯时间价值 真实收益（货币的纯时间价值）、通货膨胀率和风险补偿三部分构成了投资者的必要收益率，它是进行一项投资可能接受的最低收益率
系统性风险和非系统性风险	系统性风险也称宏观风险，是指由于某种全局性的因素而对所有投资品的收益都会产生作用的风险，具体包括市场风险、利率风险、汇率风险、购买力风险、政策风险等 非系统性风险也称微观风险，是指因个别特殊情况造成的风险，它与整个市场没有关联，具体包括财务风险、经营风险、信用风险、偶然事件风险等

表 2-4　资产组合理论

项　目	内　容
原理	一般来说，投资者对于投资活动所最关注的问题是预期收益和预期风险的关系。投资者或"证券组合"管理者的主要意图是尽可能建立起一个有效组合。那就是在市场上为数众多的证券中，选择若干证券进行组合，以求得单位风险水平上的收益最高，或单位收益水平上的风险最小
风险和收益	资产的收益率是一个遵循某一概率分布的随机变量，我们要了解其真实分布是很困难的，一种简化的方法是用分布的两个特征——期望收益率和方差来描述。单一资产的收益率和风险我们用期望收益率和方差来计量。一种资产组合由一定数量的单一资产构成，每一种资产占有一定的比例。我们也可将证券组合视为一种资产，那么，资产组合的收益率和风险也可用期望收益率和方差来计量。不过，资产组合的期望收益率和方差可通过由其构成的单一资产的期望收益率和方差来表达。我们可以讨论两种资产的组合，然后可进一步拓展到任意资产的情形
证券组合风险和相关系数	两种或两种以上资产所构成的集合，称为资产组合。资产组合的预期收益率，就是组成资产组合的各种资产的预期收益率的加权平均数，其权数等于各种资产在整个组合中所占的价值比例 如果资产组合中的资产均为有价证券，则该资产组合也可称为证券组合。对证券组合来说，相关系数可以反映一组证券中，每两组证券之间的期望收益作同方向运动或反方向运动的程度。理论上，用相关系数来反映两个随机变量之间共同变动程度。相关系数处于区间[-1，1]内
两种资产组合的收益率和方差	设有两种资产 A 和 B，某投资者将一笔资金以 X_A 的比例投资于资产 A，以 X_B 的比例投资于资产 B，且 $X_A+X_B=1$，称该投资者拥有一个资产组合 P。如果期末时，资产 A 的收益率为 r_A，资产 B 的收益率为 r_B，则资产组合 P 的收益率为： $$r_P=X_A r_A+X_B r_B$$ 投资者在进行投资决策时并不知道 r_A 和 r_B 的确切值，因而 r_A 和 r_B 应为随机变量，对其分布的简化描述是它们的期望值和方差。为得到投资组合 P 的期望收益率和收益率的方差，我们除了要知道 A、B 两种资产各自的期望收益率和方差外，还须知道它们的收益率之间的关联性——相关系数或协方差 选择不同的组合权数，可以得到包含资产 A 和资产 B 的不同的资产组合，从而得到不同的期望收益率和方差。投资者可以根据自己对收益率和方差（风险）的偏好，选择自己最满意的投资组合

（续）

项　目	内　容
最优资产组合	一般而言，投资者在选择资产组合过程中遵循两条基本原则：一是在既定风险水平下，预期收益率最高的投资组合；二是在既定预期收益率条件下，风险水平最低的投资组合 　　（1）投资者的个人偏好 　　由于不同投资者对期望收益率和风险的偏好不同，当风险从 σ_B 增加到 σ_A 时，期望收益率将补偿 $E(r_A)-E(r_B)$。是否满足投资者个人的风险补偿要因人而异，从而按照他们各自不同的偏好对两种资产得出不同的比较结果。从对于这一补偿的态度上可以分为三类投资者： 　　投资者甲（中庸）认为，增加的期望收益率恰好能补偿增加的风险，所以 A 与 B 两种资产组合的满意程度相同，资产 A 与资产 B 无差异 　　投资者乙（保守）认为，增加的期望收益率不足以补偿增加的风险，所以 B 更令他满意，即 B 比 A 好 　　投资者丙（进取）认为，增加的期望收益率超过对增加风险的补偿，所以 A 更令人满意，即 A 比 B 好 　　在同样的风险状态下，投资者要求得到的期望收益率补偿越高，说明该投资者对风险越厌恶。上述三位投资者中，乙最厌恶风险，因而他最保守；甲次之；丙对风险厌恶程度最低，最具冒险精神 　　（2）无差异曲线 　　一个特定的投资者，任意给定一个资产组合，根据他对风险的态度，按照期望收益率对风险补偿的要求，可以得到一系列满意程度相同（无差异）的资产组合 　　无差异曲线具有如下特点： 　　1）落在同一条无差异曲线上的组合有相同的满意程度，而落在不同的无差异曲线上的组合有不同的满意程度，因而一个组合不会同时落在两条不同的无差异曲线上，也就是说不同的无差异曲线不会相交 　　2）无差异曲线的位置越高，它带来的满意程度就越高。对一个特定的投资者而言，他的所有无差异曲线会形成一个曲线族 　　3）无差异曲线的条数是无限的而且密布整个平面 　　4）无差异曲线是一簇互不相交的向上倾斜的曲线。一般情况下，曲线越陡表明风险越大，要求的边际收益率补偿越高 　　（3）最优资产组合的确定。投资者共同偏好规则可以确定哪些组合是有效的，哪些是无效的。特定投资者可以在有效组合中选择他自己最满意的组合，这种选择依赖于他的偏好。投资者的偏好通过他的无差异曲线来反映。无差异曲线的位置越靠上，其满意程度越高，因而投资者需要在有效边缘上找到一个投资组合相对于其他有效组合处于最高位置的无差异曲线，该组合便是他最满意的有效组合，是无差异曲线族与有效边缘的切点所在的组合
投资组合的管理	投资组合管理的根本任务是对资产组合的选择，即确定投资者认为最满意的资产组合。整个决策过程分成五步：资产分析、资产组合分析、资产组合选择、资产组合评价和资产组合调整 　　（1）资产分析。它要求对资产的未来前景作出预测，这些预测必须将不确定性和相互关系考虑进去 　　（2）资产组合分析。作出关于资产组合的预测，这种预测通过计算 $E(r_p)$ 和 σ_p 的数值来完成 　　（3）资产组合选择。投资者或某个知悉投资者偏好的人按照该投资者的偏好选择最佳组合 　　（4）资产组合评价。按一定标准和程序对选择出的最佳资产组合进行评判 　　（5）调整资产组合。评判后如果不是最佳资产组合，则对资产组合进行调整，重复前面四个步骤

1.4 资产配置原理（表 2-5）

表 2-5 资产配置原理

项　目	内　容
概念	资产配置是指依据所要达到的理财目标，按资产的风险最低与报酬最佳的原则，将资金有效地分配在不同类型的资产上，构建达到增强投资组合报酬与控制风险的资产投资组合
步骤	（1）了解客户属性 （2）生活设计与生活资产拨备 家庭投资前的现金储备包括以下几个方面： 1）家庭基本生活支出储备金，通常占 6～12 个月的家庭生活费 2）用于不时之需和意外损失的家庭意外支出储备金，通常是家庭净资产的 5%～10% 3）家庭短期债务储备金，主要包括用于偿还信用卡透支额、短期个人借款、3～6 个月个人消费贷款的月供款等 4）家庭短期必需支出，主要是短期内可能需要动用的买房买车款、结婚生子款、装修款、医疗住院款、旅游款等 （3）风险规划与保障资产拨备 （4）建立长期投资储备 （5）建立多元化的产品组合
常见的组合模型	通常，人们将权证、期权、期货、对冲基金、垃圾债券等视为极高风险、极高收益资产；将股票、股票型基金、外汇投资组合等视为高风险、高收益资产；将金银、集合信托、债券基金等视为中风险、中收益资产；将债券、货币基金、投资分红险视为较低风险、较低收益的资产；而将存款、国债、货币基金等视为低风险、低收益的资产。作为理财产品的设计者，商业银行可以利用多种基础资产，设计出多种风险和收益组合的理财产品，理财人员可以针对不同风险与收益的投资产品和银行理财产品与客户的风险偏好特征，为客户构建适合的资产配置组合模型 （1）金字塔形 （2）哑铃形 （3）纺锤形 （4）梭镖形

1.5 投资策略与投资组合的选择（表 2-6）

表 2-6 投资策略与投资组合的选择

项　目	内　容
市场有效性与投资策略的选择	（1）随机漫步与市场有效性。随机漫步也称随机游走，是指股票价格的变动是随机、不可预测的。有时这种随机性被错误解读为股票市场是非理性的，然而，恰恰相反，股价的随机变化正表明了市场是正常运作或者说是有效的 （2）市场有效的三个层次 1）弱型有效市场（历史信息）。股价已经反映了全部能从市场交易数据中得到的信息，包括历史股价、交易量、空头头寸等 2）半强型有效市场（公开信息）。证券价格充分反映了所有公开的信息，包括公司公布的财务报表和历史上的价格信息，基本面分析不能为投资者带来超额利润

（续）

项　目	内　容
市场有效性与投资策略的选择	3）强型有效市场（内幕信息）。证券价格充分反映了所有信息，包括公开信息和内幕信息，任何与股票价值相关的信息，实际上都已经充分体现在价格之中 （3）有效市场假定对投资策略的含义。投资者的投资策略的选择与市场是否有效有密切的关系。一般来说，如果相信市场无效，投资者将采取主动投资策略；如果相信市场有效，投资者将采取被动的投资策略 1）主动投资策略 技术分析是对股票历史信息如股价和交易量等进行研究，希望找出其波动周期的运动规律以期形成预测模型 2）被动投资策略 相信市场有效的投资者采取被动的投资策略，因为他们认为主动管理基本上是白费精力。该策略不是试图战胜市场，取得超额收益，而是建立一个充分分散化的证券投资组合，以期取得市场的平均收益，如常见的指数基金
理财工具和投资组合的选择	任何一个理财产品或理财工具都具有收益性、风险性与流动性的三重特征，并在三者之间寻求一个最佳的平衡点，世界上没有一个完美的理财产品，也没有一个收益最高、同时风险又最低、流动性最好的理财产品，每个产品都有其自身的特征与优劣势，在不同的产品组合中发挥不同作用 对银行理财人员来说理财工具主要分为三类： （1）银行理财产品 （2）银行代理理财产品 （3）其他理财工具
个人资产配置中的三大产品组合	（1）低风险、高流动性产品组合 （2）中风险、中收益产品组合 （3）高风险、高收益产品组合

2　银行理财业务实务基础

2.1　理财业务的客户准入和客户理财价值观（表 2-7）

表 2-7　理财业务的客户准入和客户理财价值观

项　目	内　容
理财业务的客户准入	鉴于理财业务的风险性，中国银监会和各家商业银行对理财客户的财富状况、风险承受能力均有一定的要求。中国银监会要求商业银行应综合分析所销售的投资产品可能对客户产生的影响，确定不同投资产品或理财计划的销售起点，并且在 2005 年 9 月 29 日颁布的《商业银行个人理财业务风险管理指引》中规定，保证收益理财计划的起点金额，人民币应在 5 万元以上，外币应在 5 000 美元（或等值外币）以上；其他理财计划和投资产品的销售起点金额应不低于保证收益理财计划的起点金额，并依据潜在客户群的风险认识和承受能力确定。银监会于 2009 年 7 月 6 日颁布的《关于进一步规范商业银行个人理财业务投资管理有关问题的通知》中规定，仅适合有投资经验客户的理财产品的起点金额不得低于 10 万元人民币（或等值外币），不得向无投资经验的客户销售 考虑到业务开展及政策延续性的需要，银行一般会将一定比例的重要人士纳入客户准入范围。举例如下： （1）达到中型规模以上的对公客户的高管人员 （2）国家规定的级别工资高于一定级别以上的高等学校、科研单位、医疗卫生单位、文艺体育单位的工作人员（级别工资的规定为机关单位工资改革标准见国发[2006]22 号；事业工改后标准见国人部发[2006]56 号；机关套改实施细则见国人部发[2006]58 号；事业套改实施细则见国人部发[2006]59 号） （3）贷款金额达到一定额度以上，并且在银行内部有关信息系统及人民银行征信系统中无任何不良记录的贷款客户，或者年消费积分达到一定分数且信用良好的银行信用卡持卡人

（续）

项 目		内 容
客户理财价值观	含义	理财价值观是价值观的一种，它对个人理财方式的选择起着决定作用。价值观因人而异，没有对错标准，同样理财价值观也因人而异。理财价值观就是投资者对不同理财目标的优先顺序的主观评价。人在成长的过程中，会受到社会环境、家庭环境、教育水平等方面的影响，以及受个人经历的影响，逐渐形成了自己独特的价值观。理财规划师的责任不在于改变投资者的价值观，而是让投资者了解在不同价值观下的财务特征和理财方式
	分类	根据对义务性支出和选择性支出的不同态度，可以划分为后享受型、先享受型、购房型和以子女为中心型四种比较典型的理财价值观 （1）后享受型 后享受型是指将大部分选择性支出投向储蓄，维持高储蓄率，迅速积累财富，期待未来生活品质能得到提高的族群 （2）先享受型 先享受型是指将大部分选择性支出用于现在的消费上，以提高目前的生活水准的族群 （3）购房型 购房型是指将购房作为首要理财目标的族群 （4）以子女为中心型 以子女为中心型是指现在的消费投在子女教育上的比重偏高，或储蓄的动机是以获得子女未来接受高等教育储备金为首要目标的族群

2.2 客户风险属性（表2-8）

表2-8 客户风险属性

项 目	内 容
客户的风险识别	客户的风险识别就是理财业务人员对客户在理财活动中所面临的各类风险进行系统的归类和鉴别的过程。只有在正确识别客户所面临风险的基础上，理财业务人员才能够帮助客户选择有效的理财方案
影响客户风险承受能力的因素	（1）年龄 （2）受教育情况 （3）收入、职业和财富规模 （4）资金的投资期限 　1）景气循环 　2）复利效应 　3）投资期限 （5）理财目标的弹性 （6）主观风险偏好 （7）其他影响因素
客户风险态度分类	（1）风险厌恶型 风险厌恶型投资者厌恶风险，对待风险态度消极，不愿为增加收益而承担风险，非常注重资金安全，极力回避风险 （2）风险偏爱型 风险偏爱型投资者喜爱风险，对待风险投资较为积极，愿意为获取高收益而承担高风险，重视风险分析和回避，不因风险的存在而放弃投资机会 （3）风险中立型 风险中立型客户介于前两类投资者之间。从其对资金安全的要求看，首先是收回等于或大于投入的本金数额，储蓄、购买债券等方式能实现这一目的；其次还要保持本金原有价值不变，也就是说，回收的资金不会因通货膨胀的影响而导致实际购买力低于投入时本金的购买力
根据风险偏好的客户分级	（1）进取型 （2）成长型 （3）平衡型 （4）稳健型 （5）保守型

2.3　客户风险评估（表 2-9）

表 2-9　客户风险评估

项　　目	内　　容
评估的目的	风险承受能力是个人理财规划和投资风险管理的重要考虑因素，而在现实生活中，客户往往不清楚自己的风险承受能力或风险厌恶程度，他们需要金融理财师的专业指导与评估
常见的评估方法	（1）定性方法和定量方法 评估方法可以是定性的也可以是定量的。定性分析主要是通过与客户面对面的交谈来基本判断客户的风险属性。定量分析方法通常采用有组织的形式，如通过设计风险承受能力问卷调查表来收集客户的必要信息，进而将观察结果转化为某种形式的数值，进行分析，来判断客户的风险承受能力 （2）客户投资目标 金融理财师首先必须帮助客户明确自己的投资目标。如果客户最关心本金的安全性和流动性，则该客户很可能是风险厌恶者；如果客户的主要目标是高收益，则该客户很可能是风险追求者 （3）对投资产品的偏好 衡量客户风险承受能力最直接的办法是让客户回答自己所偏好的投资产品，也可以让客户将投资产品从最喜欢到最不喜欢排序，或者给每一种产品进行评级，不同级别代表客户的风险偏好程度 （4）概率和收益的权衡 1）确定/不确定性偏好法 2）最低成功概率法 3）最低收益法
评估内容	根据银监会的相关规定，结合各行实际情况，中国银行业协会综合考虑了客户使用的易读性与便利性等因素，制定了《商业银行理财客户风险评估问卷基本模板》。该模板涵盖了客户财务状况、投资经验、投资风格、投资目标和风险承受能力五大模块，对应 10 道问题；10 道问题最高为 100 分，五个模块权重各占 20%；分值越高表示客户可承受的风险越高，依照客户风险承受能力由低到高（对应得分由低到高），客户依次被划分为保守型、稳健型、平衡型、成长型和进取型五个类型
理财产品的风险等级划分	（1）极低风险产品 经各行风险评级确定为极低风险等级产品，包括各种保证收益类理财产品，或者保障本金且预期收益不能实现的概率极低的产品 （2）低风险产品 经各行风险评级确定为低风险等级产品，包括本金安全且预期收益不能实现的概率较低的产品 （3）中等风险产品 经各行风险评级确定为中等风险等级产品，该类产品本金亏损的概率较低，但预期收益存在一定的不确定性 （4）较高风险产品 经各行风险评级确定为较高风险等级产品，存在一定的本金亏损风险，收益波动性较大 （5）高风险产品 经各行风险评级确定为高风险等级产品，本金亏损概率较高，收益波动性大

真题链接

一、单项选择题（以下各小题所给出的四个选项中，只有一项最符合题目要求，请选择相应选项，不选、错选均不得分。）

1. 张小姐将 1 万元用于投资某项目，该项目的预期收益率为 10%，项目投资期限为 3 年，每年支付一次利息，假设该投资人将每年获得的利息继续投资，则张小姐 3 年投资期满将获得的本利和为（   ）。[2010 年真题]

    A. 13 000 元   B. 13 310 元

    C. 13 500 元   D. 13 210 元

【答案】B 根据题干内容，张小姐的投资第 1 年的利息收益为 $10\,000 \times 10\% = 1\,000$（元）；第 2 年的利息收益为 $(10\,000 + 1\,000) \times 10\% = 1\,100$（元）；第 3 年的利息收益为 $(10\,000 + 1\,000 + 1\,100) \times 10\% = 1\,210$（元）。3 年本利和为 $10\,000 + 1\,000 + 1\,100 + 1\,210 = 13\,310$（元）。

2. 某投资者年初以 10 元/股的价格购买某股票 1 000 股，年末该股票的价格上涨到 12 元/股，在这一年内，该股票按每 10 股 0.1 元（税后）方案分派了现金红利，那么，该投资者该年度的持有期收益率是（   ）。[2010 年真题]

    A. 10.1%   B. 20.1%

    C. 30.2%   D. 40.6%

【答案】B 持有期收益率（HPY），是指投资者在持有投资对象的一段时间内所获得的收益率，它等于这段时间内所获得的收益额与初始投资之间的比率。股票价格上涨的收益为 $(12 - 10) \times 1\,000 = 2\,000$（元），现金红利收益为 $(1\,000 \div 10) \times 0.1 = 10$（元）。当期总收益为 $2\,000 + 10 = 2\,010$（元），持有期收益率为 $2\,010 \div (10 \times 1\,000) \times 100\% = 20.1\%$。

3. 下列表述中，最符合家庭成长期理财特征的是（   ）。[2010 年真题]

    A. 没有或仅有较低的理财需求和理解能力

    B. 愿意承担适度的风险，追求高收益

    C. 风险厌恶程度较高，追求稳定的投资收益

    D. 尽力保全已积累的财富、厌恶风险

【答案】B 家庭成长期夫妻年龄为 30～55 岁，核心资产配置为股票 60%、债券 30%、货币 10%，投资于预期收益较高，风险适度的银行理财产品。家庭形成期至家庭衰老期，随客户年龄的增大，投资股票等风险资产的比重应逐步降低。

4. 下列家庭支出中，不属于义务性支出的是（   ）。[2009 年真题]

    A. 旅游支出

B．保险费支出

C．子女上学费用

D．按揭贷款的还本付息支出

【答案】A　义务性支出也称为强制性支出，是收入中必须优先满足的支出。义务性支出包括三项：①日常生活基本开销；②已有负债的本利偿还支出；③已有保险的续期保费支出。收入中除去义务性支出的部分就是选择性支出，选择性支出也称为任意性支出，不同价值观的投资者由于对不同理财目标实现后带来的效用有不同的主观评价，因此，对于任意性支出的顺序选择会有所不同。

5．某客户有一笔资金收入，若目前领取可得 10 000 元，3 年后领取则可得 15 000 元。此时该客户有一次投资机会，年复利收益率为 20%，则下列说法正确的是（　　）。[2009 年真题]

A．3 年后领取更有利

B．无法比较何时领取更有利

C．目前领取并进行投资更有利

D．目前领取并进行投资和 3 年后领取没有差别

【答案】C　根据题干，按照复利计算 3 年后 10 000 元的本利和为 10 000×（1＋20%）^{3}＝17 280（元）。17 280＞15 000，因此，目前领取并进行投资更有利。

6．年金是在某个特定的时间段内一组时间间隔相同、金额相等、方向相同的现金流，下列不属于年金的是（　　）。[2009 年真题]

A．养老金　　　　　　　　　　B．定期定额购买基金的月投资款

C．房贷月供　　　　　　　　　D．每月家庭日用品费用支出

【答案】D　年金是一组在某个特定的时段内金额相等、方向相同、时间间隔相同的现金流。例如，退休后每个月固定从社保部门领取的养老金就是一种年金，退休后从保险公司领取的养老金也是一种年金，定期定额缴纳的房屋贷款月供、每个月进行定期定额购买基金的月投资额款、向租房者每月固定领取的租金等均可视为一种年金。D 项每月家庭日用品费用支出不一定相等，不符合年金的概念。

7．下列选项中，一般来说风险承受能力最高的是（　　）。[2009 年真题]

A．金融专业刚毕业的未就业的大学毕业生

B．30 岁某投行职员，有 5 年投资经验，未婚，有自有住宅

C．需要赡养父母，又要抚养孩子的 45 岁某公司职员

D．60 岁即将退休，有 30 年投资经验的大学教师

【答案】B　A 项虽最年轻但尚无收入及投资经验；B 项兼具年轻、专业、家庭负担低的三大条件，风险承受能力最高；C 项的家庭负担太重，风险承受能力不高；D 项年龄太高，虽然公教人员有退休金但仍不宜冒太大风险。

二、**多项选择题**（以下各小题所给出的五个选项中，有两项或两项以上符合题目的要求，请选择相应选项，多选、错选均不得分。）

1. 投资者放弃当前消费而投资，应该得到相应补偿，其要求的必要收益率包括（　　）。[2010 年真题]

　　A. 期望收益率　　　　　　　　B. 最低收益率

　　C. 通货膨胀率　　　　　　　　D. 风险补偿

　　E. 货币的纯时间价值

【答案】CDE　必要收益率是指投资某投资对象所要求的最低的回报率，也称必要回报率。真实收益率（货币的纯时间价值）、通货膨胀率和风险补偿三部分构成了投资者的必要收益率，它是进行一项投资可能接受的最低收益率。

2. 下列有关证券组合风险的表述，正确的有（　　）。[2010 年真题]

　　A. 当投资极度分散时，证券组合风险可降低为零

　　B. 持有多种彼此不完全相关的证券可以降低风险

　　C. 证券组合的风险不仅与组合中每个证券的报酬率标准差有关，还与各证券之间报酬率的协方差有关

　　D. 系统性风险可以通过投资组合不同程度地得到分散

　　E. 一般情况下，随着更多的证券加入到投资组合中，整体风险降低的速度会越来越慢

【答案】BCE　一般而言，由于资产组合中每两项资产间具有不完全的相关关系，因此随着资产组合中资产个数的增加，资产组合的风险会逐渐降低。但当资产的个数增加到一定程度时，资产组合风险的下降将趋于平稳，这时，资产组合风险的降低将非常缓慢，直至不再降低。那些只反映资产本身特性，由方差表示的各资产本身的风险，会随着组合中资产个数的增加而逐渐减小，当组合中资产的个数足够大时，这部分风险可以被消除。这些可通过增加组合中资产的数目而最终消除的风险就是非系统性风险。那些不能随着组合中资产数目的增加而消失，无法最终消除的风险就是系统性风险。A 项，由于系统风险的存在，通过多样化的投资组合并不能使得证券组合的风险降为零；D 项，系统性风险是不能通过投资组合得到分散的。

3. 个人或家庭在生命周期内综合考虑其（　　）等因素来决定其目前的消费和储蓄。[2009 年真题]

　　A. 工作时间　　　　　　　　　B. 退休时间

　　C. 现在收入　　　　　　　　　D. 可预期开支

　　E. 将来收入

【答案】ABCDE　生命周期理论对人们的消费行为提供了全新的解释，该理论指出，个人是在相当长的时间内计划他的消费和储蓄行为的，在整个生命周期内实现消

费和储蓄的最佳配置。也就是说，一个人将综合考虑其即期收入、未来收入、可预期的开支以及工作时间、退休时间等因素来决定目前的消费和储蓄，以使其消费水平在各阶段保持适当的水平，而不至于出现消费水平的大幅波动。

三、判断题（请对以下各小题的描述作出判断，正确用 A 表示，错误用 B 表示。）

1．风险是对预期的不确定性，是不可以被度量的。（　　）[2010 年真题]

【答案】**B**　从投资角度来看，风险是指资产收益率的不确定性。从收益率的不确定性出发，投资风险是可度量的，通常可用标准差和方差进行测定。

2．强型有效市场认为证券价格充分反映了包括公开信息和内幕信息在内的所有信息。（　　）[2010 年真题]

【答案】**A**

3．复利的计算是将上期末的本利和作为下一期的本金，在计算时每一期本金的数额是相同的。（　　）[2009 年真题]

【答案】**B**　复利的计算是将上期末的本利和作为下一期的本金，在计算时每一期本金的数额是不相同的。

第3章 金融市场和其他投资市场

本章命题规律

对近年考试的命题进行研究可以发现，本章的命题规律主要体现在以下几个方面：

1. 金融市场的概念特点、功能和分类是本章最重要的命题点。

2. 货币市场、资本市场、金融衍生品市场、外汇市场、保险市场、黄金及其他投资市场的内容在近年考试中反复出现。

3. 金融市场的发展是需要了解的内容。

核心考点解读

1 金融市场概述（表3-1）

表3-1 金融市场概述

项 目		内 容
概念		金融市场是指以金融资产为交易对象而形成的供求关系及其交易机制的总和。它包括如下三层含义： （1）它是金融资产进行交易的有形和无形的"场所" （2）它反映了金融资产供应者和需求者之间的供求关系 （3）它包含了金融资产的交易机制，其中最主要的是价格（包括利率、汇率及各种证券的价格）机制
特点		（1）市场商品的特殊性。金融市场交易的对象是货币、资金以及其他金融工具 （2）市场交易价格的一致性。利率作为货币资金价格的表现形式，在市场机制的作用下，不同市场的利率水平将趋于一致 （3）市场交易活动的集中性。在金融市场上，金融工具的交易是通过一些专业机构组织实现的，通常有固定的交易场所和无形的交易平台 （4）交易主体角色的可变性。在金融市场上，市场交易主体角色并非固定。一般来说，企业通常是资金的短缺方，往往是资金的需求者；家庭或个人通常是资金的富余方，往往是资金的供应者。企业的资金也有闲置的时候，这时它就成了资金的供应者，而家庭或个人也可能成为资金的需求者
构成要素	主体	（1）企业。企业是金融市场运行的基础，是重要的资金供给者和需求者 （2）政府及政府机构。政府参与金融市场，主要是通过发行各种债券筹集资金。为了防止通货膨胀，各国一般都禁止政府直接向中央银行透支，因此，利用金融市场发行债券，就成为政府重要的资金来源 （3）中央银行。与其他市场参与者不同，中央银行参与金融市场的主要目的不是为了筹措资金获利，而是为了实现货币政策目标，调节经济，稳定物价

（续）

项目		内容
构成要素	主体	（4）金融机构。金融机构包括银行业金融机构和非银行业金融机构。金融机构是资金融通活动的重要中介机构，是资金需求者和供给者之间的纽带 （5）居民个人。在金融市场上，居民是最大的资金供给者
	客体	金融市场的客体是金融市场的交易对象，即金融工具，包括同业拆借、票据、债券、股票、外汇和金融衍生品等
	中介	（1）交易中介。交易中介通过市场为买卖双方成交撮合，并从中收取佣金，包括银行、有价证券承销人、证券交易经纪人、证券交易所和证券结算公司等 （2）服务中介。这类机构本身不是金融机构，但却是金融市场上不可或缺的，如会计师事务所、律师事务所、投资顾问咨询公司和证券评级机构等

2 金融市场的功能和分类（表3-2）

表3-2 金融市场的功能和分类

项目		内容
功能	微观经济	（1）集聚功能。金融市场有引导众多分散的小额资金汇聚投入社会再生产的资金集合功能 （2）财富功能。金融市场上销售的金融工具为投资者提供了储存财富、保有资产和财富增值的途径 （3）避险功能。金融市场为市场参与者提供了防范资产风险和收入风险的手段。金融市场为市场参与者提供风险补偿机制，有两种实现方式：一是保险机构出售保险单；二是金融市场提供套期保值、组合投资的条件和机会，以达到风险对冲、风险转移、风险分散和风险规避的目的 （4）交易功能。借助金融市场的交易组织、交易规则和管理制度，使金融工具比较便利地实现交易。便利的金融资产交易和丰富的金融产品选择，有效降低了交易成本，促进了金融市场的发展
	宏观经济	（1）资源配置功能。金融市场通过将资源从利用效率低的部门转移到利用效率高的部门，使社会经济资源有效地配置在效率最高或效用最大的部门，实现稀缺资源的合理配置和有效利用 （2）调节功能。调节功能是指金融市场对宏观经济的调节作用，包括金融市场的自发调节和政府实施的主动调节 （3）反映功能。金融市场常被看做是国民经济的"晴雨表"和"气象台"，它是国民经济景气度指标的重要信号系统
分类	按金融交易场所	按照金融交易是否存在固定场所，金融市场划分为有形市场和无形市场
	按金融工具发行和流通特征	按照金融工具发行和流通特征，金融市场划分为发行市场、二级市场、第三市场和第四市场。金融资产首次出售给公众所形成的交易市场是发行市场，又称一级市场。金融资产发行后在不同投资者之间买卖流通所形成的市场即为二级市场，又称流通市场。它是进行股票、债券和其他有价证券买卖的市场。第三市场是指证券在交易所上市，在场外市场通过交易所会员的经纪人公司进行交易的市场。相对于交易所交易来说，它具有限制少、成本低的优点。第四市场是大宗交易者利用电脑网络直接进行交易的市场，中间没有经纪人的介入

(续)

项　目		内　容
分类	按照交易标的物	（1）货币市场。货币市场又称短期资金市场，是指专门融通短期资金和交易期限在一年以内（包括一年）的有价证券市场 （2）资本市场。资本市场是指提供长期（一年以上）资本融通和交易的市场，包括股票市场、中长期债券市场和证券投资基金市场 （3）金融衍生品市场。金融衍生品市场是以金融衍生品为交易对象的市场，可划分为期货市场、期权市场、远期协议市场和互换市场 （4）外汇市场。外汇市场是指由银行等金融机构、自营交易商、大型跨国企业参与，通过中介机构或电信系统联结，以各种可兑换货币为买卖对象的交易市场 （5）保险市场。保险是对因意外灾害事故所造成的财产损失和人身伤害所提供的补偿。保险市场以保险商品的发行与转让为交易对象，是一种特殊形式的金融市场 （6）黄金及其他投资品市场

3　金融市场的发展（表3-3）

表3-3　金融市场的发展

项　目	内　容
国际金融市场的发展	（1）全球资本流动日益自由化，金融市场价格的联动性增强 （2）全球金融市场监管标准与规则逐步趋同 （3）全球金融市场交易方式逐步融合，清算方式趋于统一 （4）全球衍生品市场快速发展
中国金融市场的发展	（1）金融市场体系基本形成 （2）金融市场功能不断深化 1）金融市场的宽度不断增大，金融产品与工具逐渐丰富 2）金融市场的厚度逐渐增加，金融市场规模不断扩大，资源配置能力显著提高 3）金融市场主体参与程度不断提高，参与形式更为多样化 （3）金融市场基本制度建设日益完善 1）金融市场的法律制度逐步建立与完善，《中华人民共和国证券法》、《中华人民共和国保险法》等一系列金融法律清晰界定了市场各方的权责关系，各个监管部门陆续制定和发布了一系列金融市场规章和规范性文件 2）金融市场监管体系逐渐形成，形成了以人民银行、银监会、证监会、保监会等市场监管部门分工合作、沟通协调且较为完整的金融市场监管架构 3）金融市场基础建设也取得较大成果，尤其是近年来，为适应金融市场的快速发展，我国对市场基础建设进行了不断改进和持续升级 （4）金融市场对外开放程度不断提高

4　货币市场（表 3-4）

表 3-4　货币市场

项　　目		内　　容
	定义	货币市场工具包括政府发行的短期政府债券、商业票据、可转让的大额定期存单以及货币市场共同基金等。这些交易工具可以随时在市场上出售变现，从这个意义上说，它们常常作为机构和企业的流动性二级准备，故被称为准货币，而融通短期资金的市场也被称为货币市场
	特征	（1）低风险、低收益。货币市场是一种债务工具的交易市场，相对于以股权交易为对象的资本市场而言，货币市场具有低风险、低收益的特征 （2）期限短、流动性高。货币市场是短期资金的融通市场，资金融通期限通常在一年以内 （3）交易量大。相对于居民和中小机构的借款和储蓄的零售市场而言，货币市场的交易量很大，在某种意义上可以称为资金批发市场
组成	同业拆借市场	同业拆借指银行等金融机构之间相互借贷在中央银行存款账户上的准备金余额，以调剂资金余缺 同业拆借利率的形成机制分为两种：一种是由拆借双方当事人协定，这种机制下形成的利率主要取决于拆借双方拆借资金愿望的强烈程度，利率弹性较大；另一种是借助中介人经纪商，通过公开竞价确定，这种机制下形成的利率主要取决于市场拆借资金的供求状况，利率弹性较小
	商业票据市场	商业票据是大公司为了筹措资金，以贴现的方式出售给投资者的一种短期无担保信用凭证。它具有期限短、成本低、方式灵活、利率敏感、信用度高等特点 商业票据的市场主体包括发行者、投资者和销售商
	银行承兑汇票市场	银行承兑汇票市场是以银行承兑汇票为交易对象的市场，银行对未到期的商业汇票予以承兑，以自己的信用为担保，成为票据的第一债务人，出票人只负第二责任 银行承兑汇票特点： （1）安全性高、信用度好 （2）灵活性好
	回购市场	回购市场是通过回购协议进行短期货币资金借贷所形成的市场。回购是指在出售证券时，与证券的购买商签订协议，约定在一定期限后按原价或约定价格购回所卖证券，从而获得即时可用资金的一种交易行为
	短期政府债券市场	短期政府债券是政府作为债务人，承诺一年内债务到期时偿还本息的有价证券。短期政府债券市场是以发行和流通短期政府债券所形成的市场，通常将其称为国库券市场
	大额可转让定期存单市场	大额可转让定期存单市场是银行大额可转让定期存单发行和买卖的场所。大额可转让定期存单（CDS）是银行发行的有固定面额、可转让流通的存款凭证 大额可转让定期存单的特点主要有： （1）不记名 （2）金额较大 （3）利率既有固定的，也有浮动的，一般比同期限的定期存款的利率高 （4）不能提前支取，但是可以在二级市场上流通转让

5 资本市场

5.1 股票市场（表3-5）

表3-5 股票市场

项　　目	内　　容
股票的定义	股票是由股份公司发行的、表明投资者投资份额及其权利和义务的所有权凭证，是一种能够给持有者带来收益的有价证券，其实质是公司的产权证明书。股票是一种权益性工具，因此，股票市场又被称为权益市场
股票的分类	根据股东享有权利和承担风险的大小不同，股票分为普通股股票和优先股股票 按票面是否记载投资者姓名，股票分为记名股票和无记名股票 按投资主体的性质，股票分为国家股、法人股和社会公众股 与其他国家的股票市场不同，在我国上市公司的股票中，按照股票是否流动可将其分为流通股及非流通股两大类 根据我国特殊国情，我国上市公司股票还可分为A股、B股、H股、N股、S股等。A股即人民币普通股，是由我国境内公司发行，供境内机构、组织或个人（不含港澳台投资者）以人民币认购和交易的普通股股票。B股是以人民币标明面值，以外币认购和买卖，在上海和深圳两个证券交易所上市交易的股票。目前，我国B股股票约有106只。H股、N股、S股等为境外上市股票，其中，H股为在我国香港上市的股票，N股为在美国纽约上市的股票，S股为在新加坡上市的股票
股票市场的交易机制	（1）股票的发行与交易。股票发行市场又被称为股票的一级市场，是股票发行者为扩充经营资本，按照一定的法律规定和发行程序，向投资者出售新股所形成的市场。股票的出售通过股票承销商（证券公司）进行 证券交易遵循时间优先和价格优先的原则 （2）股票价格指数。股票价格指数简称股价指数，是用来衡量计算期一组股票价格相对于基期一组股票价格的变动状况的指标，是股票市场总体或局部动态的综合反映

5.2 债券市场（表3-6）

表3-6 债券市场

项　　目	内　　容
债券的定义	债券是投资者向政府、公司或金融机构提供资金的债权凭证，表明发行人负有在指定日期向持有人支付利息并在到期日偿还本金的责任
债券的特征	作为一种理财产品，债券具有以下四个特征： （1）偿还性。债券有规定的偿还期限，债务人必须按期向债权人支付本息 （2）流动性。债券持有人可以转让债券 （3）安全性。债券持有人的收益相对固定 （4）收益性。债券能为投资者带来一定的收益 债券的收益来源有三个： （1）利息收益 （2）资本利得，投资者可以通过债券交易取得买卖差价 （3）债券利息的再投资收益
债券的分类	（1）根据发行主体不同，债券可划分为政府债券、金融债券、公司债券和国际债券等 （2）按期限不同，债券可划分为短期债券、中期债券和长期债券 （3）按利息的支付方式不同，债券可划分为附息债券、一次还本付息债券和贴现债券等

（续）

项　　目	内　　容
债券市场的功能	（1）债券市场是债券流通和变现的场所 （2）债券市场是聚集资金的重要场所。债券发行公司以发行债券的方式迅速筹集资金 （3）债券市场能够反映企业经营实力和财务状况。债券价格的市场表现可以客观反映企业生产经营和财务状况的好坏 （4）债券市场是中央银行对金融进行宏观调控的重要场所。当社会生产衰退、资金紧缺的时候，中央银行会在债券市场上买入债券，投放货币。当社会投资过度，资金闲置，中央银行就卖出债券，回笼货币，以达到紧缩信贷、减少投资、平衡市场货币流通量的目的
债券市场的交易机制	（1）债券的发行 债券市场分为两个层次：一是债券发行市场，也称一级市场；二是债券流通市场，也称二级市场 《中华人民共和国公司法》规定，三类公司可发行公司债：股份有限公司、有限责任公司和国有独资企业或国有控股企业 （2）债券价格的确定 债券的发行价格，通常有三种不同情况： 1）按面值发行，按面值偿还，其间按期支付利息 2）按面值发行，按本息相加额到期一次偿还。我国目前发行的债券大多数是这种形式 3）以低于面值的价格发行，即贴现发行，到期按面值偿还，面值与发行价之间的差额，即为债券利息。这是国库券的发行和定价方式 债券的市场交易价格：债券发行后，一部分可流通债券在流通市场（二级市场）上按不同的价格进行交易。交易价格的高低，取决于公众对该债券的评价、市场利率以及人们对通货膨胀率的预期等

6　金融衍生品市场

6.1　市场概述（表 3-7）

表 3-7　市场概述

项　　目	内　　容
分类	金融衍生品是从标的资产派生出来的金融工具。这类工具的价值依赖于基本标的资产的价值 （1）按照基础工具的种类划分，金融衍生品可以分为股权衍生品、货币衍生品和利率衍生品 （2）按照交易场所划分，金融衍生品可以分为场内交易工具和场外交易工具。前者如股指期货，后者如利率互换等 （3）按照交易方式划分，金融衍生品可以分为远期、期货、期权和互换
特性	（1）可复制性。只要掌握了衍生品的定价和复制技术，就可以较随意地分解、组合，根据不同的市场参数设计不同的产品 （2）杠杆特征。由于允许保证金交易，交易主体在支付少量保证金后就签订衍生交易合约，利用少量资金就可以进行名义金额超过保证金几十倍的金融衍生交易，产生"以小博大"的杠杆效应

（续）

项　目	内　容
功能	（1）转移风险。交易主体通过金融衍生品的交易实现对持有资产头寸的风险对冲，将风险转移给愿意且有能力承担风险的投资者 （2）价格发现。在金融衍生品交易中，市场主体根据市场信号和对金融资产的价格预测，通过大量的交易，发现金融衍生品的基础金融产品价格 （3）提高交易效率。在很多金融交易中，衍生品的交易成本通常低于直接投资标的资产，其流动性（由于可以卖空）也比标的资产相对强得多，许多投资者以投资衍生品取代直接投资标的的资产，在金融市场开展交易活动 （4）优化资源配置。金融衍生品市场扩大了金融市场的广度和深度，从而扩大了金融服务的范围和基础金融市场的资源配置作用
现状	近年来，我国金融衍生品市场，尤其是商品期货市场，得到了长足发展。2009 年 1 月至 10 月，全国期货市场累计成交期货合约逾 16.5 亿手，成交金额突破 99.7 万亿元，两个指标均超过上年全年水平，我国期货市场已进入百万亿元规模时代。截至 2009 年 10 月，期货市场的投资开户数约为 86.5 万户，客户 16 日股指期货的推出，我国金融衍生品市场进入一个新的发展阶段

6.2　金融衍生品（表 3-8）

表 3-8　金融衍生品

项　目		内　容
金融远期合约		金融远期合约是指双方约定在未来的某一确定时间，按确定的价格买卖一定数量某种金融工具的合约 金融远期合约的优点是规避价格风险。在生产周期比较长的现货交易中，未来价格波动可能很大。远期合约正是为满足买卖双方控制价格不确定性的需要而产生的 金融远期合约的缺点表现在： （1）非标准化合约 （2）柜台交易 （3）没有履约保证
金融期货	概念	金融期货合约是指协议双方同意在约定的将来某个日期，按约定的条件买入或卖出一定标准数量的金融工具的标准化协议
	特征	（1）标准化合约。期货合约在商品品种、品质、数量、交货时间和地点等方面事先确定好标准条款 （2）履约大部分通过对冲方式。期货合约只有很少一部分进行实物交割，绝大多数合约都会在交割期之前以平仓的方式了结 （3）合约的履行由期货交易所或结算公司提供担保 （4）合约的价格有最小变动单位和浮动限额
	期货交易的主要制度	（1）保证金制度 （2）每日结算制度 （3）持仓限额制度 （4）大户报告制度 （5）强行平仓制度
金融期权	要素	（1）基础资产，或称标的资产，是期权合约中规定的双方买卖的资产或期货合同 （2）期权的买方，是购买期权的一方，支付期权费，并获得权利的一方，也称期权的多头 （3）期权的卖方，是出售期权的一方，获得期权费，因而承担在规定的时间内履行该期权合约的义务，也称期权的空头 （4）执行价格，是期权合约所规定的、期权买方在行使权利时所实际执行的价格 （5）到期日，是期权合约规定的期权行使的最后有效日期，又叫行权日 （6）期权费，是指期权买方为获取期权合约所赋予的权利而向期权卖方支付的费用

（续）

项　目		内　容
金融期权	分类	（1）按照对价格的预期，金融期权可分为看涨期权和看跌期权 （2）按行权日期不同，金融期权可分为欧式期权和美式期权 （3）按基础资产的性质划分，金融期权可以分为现货期权和期货期权
	交易策略	（1）买进看涨期权 我们用 C 代表期权费，X 代表执行价格，P 代表到期市场价格，可得看涨期权买方收益的公式： $$买方的收益=P-X-C（如果 P \geqslant X）$$ $$买方的收益=-C（如果 P < X）$$ （2）卖出看涨期权 （3）买进看跌期权 我们用 C 代表期权费，X 代表执行价格，P 代表到期市场价格，可得看跌期权买方收益的公式： $$买方的收益=-C（如果 P > X）$$ $$买方的收益=X-P-C（如果 P \leqslant X）$$ （4）卖出看跌期权
	金融互换	互换是两个或两个以上当事人，按照商定条件，在约定的时间内，相互交换等值现金流的合约 　　金融互换是通过银行进行的场外交易。互换市场存在一定的交易成本和信用风险。互换双方都必须关注对方的信用。金融互换包括利率互换和货币互换两种类型

7　外汇市场（表3-9）

表 3-9　外汇市场

项　目	内　容
概念	外汇是一种以外国货币表示或计值的国际间结算的支付手段，通常包括可自由兑换的外国货币、外币支票、汇票、本票、存单等。广义的外汇还包括外币有价证券，如股票、债券等 　　外汇市场是指由银行等金融机构、自营交易商、大型跨国企业参与的，通过中介机构或电信系统联结的，以各种货币为买卖对象的交易市场
特点	（1）空间统一性。所谓空间统一性是指由于各国外汇市场都用现代化的通信技术（电话、电报、电传等）进行外汇交易，因此它们之间的联系非常紧密，形成一个统一的世界外汇市场 　　（2）时间连续性。所谓时间连续性是指世界上的各个外汇市场在营业时间上相互交替，形成一种前后继起的循环作业格局
功能	（1）充当国际金融活动的枢纽 　　（2）形成外汇价格体系 　　（3）调剂外汇余缺，调节外汇供求 　　（4）实现不同地区间的支付结算 　　（5）运用操作技术规避外汇风险
分类	按照不同的划分标准可有多种不同的分类 　　（1）有形市场与无形市场 　　（2）区域性外汇市场和国际性外汇市场 　　（3）自由外汇市场和官方外汇市场 　　（4）批发外汇市场和零售外汇市场 　　（5）即期外汇市场和远期外汇市场

8 保险市场（表3-10）

表3-10 保险市场

项　　目		内　　容
保险的概念		保险是指投保人根据合同约定，向保险人支付保险费，保险人对于合同约定的可能发生的事故及相应的财产损失承担赔偿保险金责任，或者当被保险人死亡、伤残、疾病或者达到合同约定的年龄、期限时，承担给付保险金责任的商业保险行为
保险的相关要素		（1）保险合同。保险产品的直接表现形式是保险合同，保险合同是投保人与保险人约定保险权利义务关系的协议 （2）投保人。投保人是指与保险人订立保险合同，并按照保险合同负有支付保险费义务的人。投保人可以是自然人也可以是法人 （3）保险人。保险人是指与投保人订立保险合同，并承担赔偿或者给付保险金责任的保险公司 （4）保险费。保险费是投保人根据保险合同的有关规定，为被保险人或者受益人取得因约定保险事故发生所造成经济损失的补偿所预先支付的费用 （5）保险标的。保险标的可以是保险对象的财产及其相关利益，也可以是人的寿命和身体 （6）被保险人。被保险人是指其财产或者人身受保险合同保障，享有保险金请求权的人，投保人可以为被保险人 （7）受益人。受益人指人身保险合同中由被保险人或者投保人指定的享有保险金请求权的人 （8）保险金额。保险金额指保险人承担赔偿或者给付保险金责任的金额
保险产品的功能		（1）转移风险，分摊损失 （2）补偿损失 （3）融通资金
分类	按照保险的经营性质划分	（1）社会保险是指通过国家立法形式，以劳动者为保障对象，政府强制实施，提供基本生活需要的一种保障制度，具有非营利性、社会公平性和强制性等特点 （2）商业保险是保险公司以营利为目的，基于自愿原则与众多面临相同风险的投保人以签订保险合同的方式提供的保险服务
	按照保险标的划分	（1）人身保险是以人的身体和寿命作为保险标的的一种保险 （2）财产保险是指以财产及其有关利益为保险标的，保险人对保险事故导致的财产损失给予补偿的一种保险 （3）投资型保险产品同时具有保障功能和投资功能，能够满足个人和家庭的风险保障与投资需要
	按照承保方式划分	（1）直接保险是指投保人与保险人直接签订保险合同而建立保险关系的一种保险 （2）再保险是指直接保险人为转移已承保的部分或全部风险而向其他保险人购买的保险

9　黄金及其他投资市场

9.1　黄金市场及产品（表 3-11）

表 3-11　黄金市场及产品

项　目	内　容
黄金的特性	黄金是一种贵重金属，也是一种特殊的商品，黄金曾在很长一段时间内担任着货币的职能。黄金稀有而且珍贵，具有储藏、保值、获利等金融属性，黄金极易变现，这是当代黄金的货币和金融属性的一个突出表现
金条的重量与成色	为了便于进行市场交易，黄金被制成各种重量的金条，其中最著名的是国际通用的伦敦交割标准金条，标准重量是 350～430 金衡盎司（1 金衡盎司等于 31.1035g），最常用的是 400 金衡盎司，也就是 12.5kg。 　　金条含金量的多少被称为成色，通常用百分或者千分含量表示。例如，上海黄金交易所规定参加交易的金条成色有 4 种规格：>99.99%、>99.95%、>99.9%、>99.5%
黄金市场	（1）黄金市场的主要参与者 　　黄金市场由供给方和需求方组成。黄金的供给方主要有产金商、出售或借出黄金的中央银行、打算出售黄金的私人或集团，黄金的需求方主要有黄金加工商、购入或回收黄金的中央银行、进行保值或投资的购买者 　　（2）国际主要黄金市场 　　世界上大大小小的黄金市场约有 40 多个，比较重要的和影响较大的有伦敦、纽约、苏黎世、香港等地的黄金市场
黄金价格影响因素	（1）供求关系及均衡价格 　　（2）通货膨胀 　　（3）利率 　　（4）汇率

9.2　房地产市场（表 3-12）

表 3-12　房地产市场

项　目	内　容
房地产及其特性	房地产即不动产，是指土地、建筑物以及附着在土地或建筑物上的不可分离的部分和附带的各种权益 　　房地产与个人的其他资产相比有其自身的特点：固定性、有限性、差异性和保值增值性
房地产的投资方式	（1）房地产购买，主要指个人利用自己的资金或者银行贷款购买住房，用于居住或者转手获利。个人住房投资在个人资产的投资组合中占有很重要的地位 　　（2）房地产租赁，指投资者通过分期付款等方式获得住房，然后将它们租赁出去以获得收益 　　（3）房地产信托，指房地产拥有者将该房地产委托给信托公司，由信托公司按照委托者的要求进行管理、处分和收益，信托公司再对该信托房地产进行租售或委托专业物业公司进行物业经营，帮助投资者获取溢价或管理收益
房地产投资的特点	（1）价值升值效应 　　（2）财务杠杆效应 　　（3）变现性相对较差 　　（4）政策风险

(续)

项　　目	内　　容
房地产价格的构成及影响因素	房地产价格构成的基本要素有土地价格或使用费、房屋建筑成本、税金和利润等 影响房地产价格的因素很多，主要有： （1）行政因素。指影响房地产价格的制度、政策、法规等方面的因素，包括土地制度、住房制度、城市规划、税收政策与市政管理等 （2）社会因素。主要有社会治安状况、居民法律意识、人口因素、风俗因素、投机状况和社会偏好等方面 （3）经济因素。主要有供求状况、物价水平、利率水平、居民收入和消费水平等 （4）自然因素。主要指房地产所处的位置、地质、地势、气候条件和环境质量等因素

9.3　收藏品市场（表3-13）

表3-13　收藏品市场

项　　目	内　　容
艺术品	艺术品投资是一种中长期投资，具有价值随着时间而提升的特征。艺术品投资的收益率较高，但具有明显的阶段性 艺术品市场的分割状态严重，地域不同，艺术品价值有很大差异 艺术品投资具有较大的风险，主要体现为流通性差、保管难、价格波动较大
古玩	一般而言，古玩包括玉器、陶瓷、古籍和古典家具、竹刻牙雕、文房四宝、钱币，有时也可外延至根雕、徽章、邮品、电话卡及一些民俗收藏品 古玩投资的特点是： （1）交易成本高，流动性低 （2）投资古玩要有鉴别能力 （3）价值一般较高，投资者要具有相当的经济实力
纪念币和邮票	纪念币是各国政府或中央银行为某一纪念题材而限量发行的具有一定面值的货币 由于纪念币是具有相应纪念意义的货币，因此，其价格构成除了货币的各项要素之外，还具有一定的收藏价值 邮票的收藏和投资同收藏艺术品、古玩相比较，其特点是较为平民化，每个人都可以根据自己的财力进行投资
收藏品市场在个人理财中的运用	在国外，艺术品已与股票、房地产并列为三大投资理财对象。与其他投资理财行业相比，艺术品投资理财有以下优点： （1）风险较小 （2）回报收益率高

 真题链接

一、单项选择题（以下各小题所给出的四个选项中，只有一项最符合题目的要求，请选择相应选项，不选、错选均不得分。）

1. 下列各类金融资产中，不属于货币市场工具的是（　　　）。[2010年真题]

　　A．商业票据　　　　　　　　　　B．3年期国债

C. 货币市场共同基金　　　　　D. 可转让大额定期存单

【答案】B　货币市场工具包括政府发行的短期政府债券、商业票据、可转让大额定期存单以及货币市场共同基金等。货币市场是短期资金的融通市场，资金融通期限通常在一年以内。B 项 3 年期国债到期期限超过一年，不属于资本市场工具的范畴。

2. A 和 B 两种债券现在均以 1000 美元面值出售，都付年息 120 美元，A 债券 5 年到期，B 债券 6 年到期。如果两种债券的到期收益率从 12% 变为 10%，下列表述正确的是（　　）。[2010 年真题]

A. 两种债券都会贬值，B 债券贬得较多

B. 两种债券都会升值，A 债券升得较多

C. 两种债券都会贬值，A 债券贬得较多

D. 两种债券都会升值，B 债券升得较多

【答案】D　一般来说，债券价格与到期收益率成反比。债券价格越高，从二级市场买入债券的投资者所得到的实际收益率越低；反之则相反。结合题干内容可知，当到期收益率从 12% 下降到 10% 时，可知两种债券价格都会上升，且 B 债券价格上升较多。

3. 金融市场中介可以分为交易中介和服务中介，下列属于交易中介的是（　　）。[2009 年真题]

A. 律师事务所　　　　　　　B. 有价证券承销人

C. 会计师事务所　　　　　　D. 投资顾问咨询公司

【答案】B　在资金融通过程中，中介在资金供给者与资金需求者之间起着媒介或桥梁的作用。金融市场的中介大体分为两类：交易中介和服务中介。交易中介通过市场为买卖双方成交撮合，并从中收取佣金，包括银行、有价证券承销人、证券交易经纪人、证券交易所和证券结算公司等。服务中介本身不是金融机构，但却是金融市场上不可或缺的，如会计师事务所、律师事务所、投资顾问咨询公司和证券评级机构等。

二、多项选择题（以下各小题所给出的五个选项中，有两项或两项以上符合题目的要求，请选择相应选项，多选、错选均不得分。）

1. 刘先生购买 A 股票期权，购买期权费为 20 元，执行价格 80 元，到期后 A 股票涨到 120 元，刘先生选择执行期权，下列表述中正确的有（　　）。[2010 年真题]

A. 刘先生的损失是无限的　　　B. 刘先生执行期权后收益为 40 元

C. 刘先生执行期权后收益为 20 元　D. 刘先生购买的是看涨期权

E. 假如到期 A 股票价格跌到 60 元，则刘先生最大损失为期权费 20 元

【答案】CDE　当股票价格上涨到 120 元时，刘先生选择执行期权，可知其买入的是看涨期权；执行期权时可获得的收益为 120－80－20＝20（元）；如果到期时股价

跌到了 60 元,刘先生将不会执行期权,最大损失仅为 20 元的期权费。

2. 根据《中华人民共和国公司法》规定,下列选项中可发行公司债券的有(　　　　)。[2010 年真题]

　　A. 股份有限公司　　　　　　　　B. 个人独资企业

　　C. 国有控股企业　　　　　　　　D. 国有独资企业

　　E. 有限责任公司

【答案】ACDE　债券市场分为两个层次:一是债券发行市场,也称一级市场;二是债券流通市场,也称二级市场。《中华人民共和国公司法》规定,三类公司可发行公司债:股份有限公司、有限责任公司和国有独资企业或国有控股企业。

3. 保险产品的功能包括(　　　　)。[2009 年真题]

　　A. 套期保值　　　　　　　　　　B. 转移风险

　　C. 补偿损失　　　　　　　　　　D. 分摊损失

　　E. 融通资金

【答案】BCDE　保险产品的功能主要有:①转移风险,分摊损失。保险提供了一种分摊损失的机制。投保人通过支付一定的保险费,可以将偶然的灾害事故或人身伤害事件造成的经济损失平均分摊给所有参加投保的人。②补偿损失。保险人通过将所收保费建立起保险基金,使基金资产保值增值,从而对少数成员遭受的损失给予经济补偿。③融通资金。一方面,保险人可以利用保费收取和赔偿给付之间的时间差进行投资,使保险基金保值增值;另一方面,对投保人来说,购买某些保险产品可以获得预期的保险金,因而保险实质上也属于投资范畴。

三、判断题(请对以下各小题的描述作出判断,正确用 A 表示,错误用 B 表示。)

1. 金融远期合约是为了赚取交易价差而产生的。(　　)[2010 年真题]

【答案】B　金融远期合约是指双方约定在未来的某一确定时间,按确定的价格买卖一定数量某种金融工具的合约。金融远期合约的优点是规避价格风险。在生产周期比较长的现货交易中,未来价格波动可能很大。远期合约正是为满足买卖双方控制价格不确定性的需要而产生的。

2. 投资房地产商品不仅受国家和地方政府现行政策的限制,同时还受其未来政策的影响。房地产投资中面临着城市规划变化的风险、税收和价格政策调整的风险以及国内外形势变化的风险。(　　)[2010 年真题]

【答案】A

第4章 银行理财产品

本章命题规律

对近年考试的命题进行研究可以发现，本章的命题规律主要体现在以下几个方面：

1. 银行理财产品要素是本章重要的考核点。
2. 银行理财产品介绍的内容是考试中经常考核的知识点。
3. 银行理财产品市场发展及其趋势是需要了解的内容。

1 银行理财产品市场发展及其趋势（表4-1）

表4-1　银行理财产品市场发展及其趋势

项　目	内　容
市场发展	我国银行理财产品市场的发展大致可以分为三个阶段： 第一阶段为2005年11月以前。这一阶段属于银行理财产品市场的萌芽阶段，主要特点为产品发售数量较少、产品类型单一和资金规模较小等 第二阶段为2005年11月至2008年中期。这一阶段属于银行理财产品市场的发展阶段，主要特点为产品数量飙升、产品类型日益丰富和资金规模屡创新高等 第三阶段为2008年中期至今。这一阶段属于银行市场的规范阶段，主要特点是受全球性金融危机影响，理财产品零/负收益和展期事件的不断暴露，法律法规的密集出台等 总体来看，参与发行银行理财产品的商业银行数量呈阶梯形增长的趋势
发展趋势	（1）同业理财的逐步拓展 （2）投资组合保险策略的逐步尝试 （3）动态管理类产品的逐步增多 （4）POP模式的逐步繁荣 （5）另类投资的逐步兴起

2 银行理财产品要素（表4-2）

表4-2　银行理财产品要素

项　目	内　容
产品开发主体信息	（1）产品发行人，是指理财产品的发行主体 （2）托管机构，为保证理财产品所募集的资金的规范运作和安全完整，理财产品往往作为委托方选择一个独立机构作为资产托管机构，来管理理财产品所募集的资金（委托资产） （3）投资顾问，为提高理财产品的资金管理水平，一些商业银行往往根据需要为理财产品聘请投资顾问
产品目标客户信息	（1）客户的风险承受能力 （2）客户的资产规模和客户等级 （3）产品发行地区 （4）资金门槛和最小递增金额
产品特征信息	（1）银行理财产品的收益类型。银行理财产品按收益或者本金是否可以保本可分为两类：保本产品和非保本产品 （2）理财产品交易类型。银行理财产品按交易类型可分为两类：开放式产品和封闭式产品 （3）产品期次性。银行理财产品按期次性可分为两种：期次类和滚动发行 （4）产品投资类型。随着市场的不断发展，银行理财产品的投资模式和投资标的日益多样化和复杂化，从投资类型来看，银行理财产品根据投资或者挂钩的对象可以分为利率挂钩、股票挂钩、基金挂钩、外汇挂钩、商品挂钩、信用挂钩、保险挂钩、混合挂钩八大类 （5）产品期限分类。银行理财产品按期限类型可分为6个月以内、1年以内、1年至2年期以及2年以上期产品 （6）产品风险等级。最常见的银行理财产品风险包括政策风险、违约风险或信用风险、市场风险、利率风险、汇率风险、流动性风险、提前终止风险等，其他还有操作风险、交易对手管理风险、延期风险、不可抗力及意外事件等风险

3 银行理财产品介绍

3.1 货币型和债券型理财产品（表4-3）

表4-3　货币型和债券型理财产品

项　目		内　容
货币型理财产品	定义	货币型理财产品是投资于货币市场的银行理财产品
	特点	货币型理财产品具有投资期短，资金赎回灵活，本金、收益安全性高等主要特点。该类产品通常被作为活期存款的替代品 由于货币型理财产品的投资方向是具有高信用级别的中短期金融工具，所以其信用风险低，流动性风险小，属于保守、稳健型产品
债券型理财产品	定义	债券型理财产品是以国债、金融债券和中央银行票据为主要投资对象的银行理财产品。与货币型理财产品类似，债券型理财产品也属于挂钩利率类理财产品
	特点	债券型理财产品的特点是产品结构简单，投资风险小，客户预期收益稳定。债券型理财产品的市场认知度高，客户容易理解

（续）

项 目		内　容
债券型理财产品	特点	目前，商业银行推出的债券型理财产品的投资对象主要是国债、金融债券和中央银行票据等信用等级高、流动性强、风险小的产品，因此其投资风险较低，收益也不高，属于保守、稳健型产品。基于上述基本特点，其目标客户主要为风险承受能力较低的投资者，适合保守型和稳健型客户投资
	投资方向	债券型理财产品资金主要投向银行间债券市场、国债市场和企业债券市场。银行募集客户资金，进行统一投资，产品到期之后向客户一次性归还本金和收益

3.2　股票类、信贷资产类和组合投资类理财产品（表 4-4）

表 4-4　股票类、信贷资产类和组合投资类理财产品

项 目		内　容
股票类		股票（或股权）类理财产品品种比较多，其中包括商业银行推出的一些 FOF（基金中的基金）产品、私募理财产品等，这些产品都是部分或者全部投资于股票（或股权）的理财产品，风险相对较大。私募基金是指通过非公开的方式向特定投资者、机构或个人募集资金，按投资方向和管理方协商回报进行投资理财的基金产品
信贷资产类	定义	信贷资产类理财产品一般是指信托公司作为受托人成立信托计划，接受银行委托，将银行发行理财产品所募集来的客户资金，向理财产品发售银行或第三方购买信贷资产。信托计划到期后由信托投资公司根据信托投资情况支付本金和收益
	特点	信贷资产本身是银行的资产业务，在一定程度上受到宏观经济政策和监管政策限制，银行通过开发信贷资产类产品可以将部分信贷资产转至表外，由资产业务转变为中间业务，因此在资产业务规模受到控制的条件下，银行有动力利用信贷资产开发理财产品
	风险	（1）信用风险 信贷资产类产品对银行和信托公司而言，都属于表外业务，贷款的信用风险完全由购买理财产品的投资者承担 （2）收益风险 该类产品收益来源于贷款利息，执行人民银行相关利率标准 （3）流动性风险 信托借款人提前归还借款，信托资产类理财产品计划可能提前终止，投资者面临着一定的流动性风险
组合投资类	概念	组合投资类理财产品通常投资于多种资产组成的资产组合或资产池，其中包括：债券、票据、债券回购、货币市场存拆放交易、新股申购、信贷资产以及他理财产品等多种投资品种，同时发行主体往往采用动态的投资组合管理方法和资产负债管理方法对资产池进行管理 与其他理财产品相比，组合投资类理财产品实现两大突破，一是突破了理财产品投资渠道狭窄的限制，进行多种组合投资，甚至可以跨多个市场进行投资；二是突破了银行理财产品间歇性销售的形式，组合投资类理财产品可以滚动发行和连续销售
	优势	（1）产品期限覆盖面广，可以全面地满足不同类型客户对投资期限的个性化需求，较为灵活，甚至可以根据特殊需求定制产品，为许多对流动性要求比较高的客户提供了便利

（续）

项　目		内　容
组合投资类	优势	（2）组合资产池的投资模式在分散投资风险的同时，突破了单一投向理财产品负债期限和资产期限必须严格对应的缺陷，扩大了银行的资金运用范围和客户收益空间 （3）赋予发行主体充分的主动管理能力，最大限度地发挥了银行在资产管理及风险防控方面的优势，资产管理团队可以根据市场状况，及时调整资产池的构成
	缺点	（1）组合投资类理财产品存在信息透明度不高的缺点，投资者难以及时全面了解详细资产配置，具体投资哪些资产以及以何种比例投资于这些资产并不明确，增加了产品的信息不对称性 （2）产品的表现更加依赖于发行主体的管理水平，组合投资类理财产品赋予发行主体灵活的主动管理能力，同时对其资产管理和风险防控能力提出更高的要求 （3）负债期限和资产期限的错配以及复杂衍生结构的嵌入增加了产品的复杂性，导致决定产品最终收益的因素增多，产品投资风险可能会随之扩大
	类型	组合投资类理财产品以其独特的灵活性和更强的资产配置能力成为2009年银行理财产品市场的一大投资热点。从收益类型来看，组合投资类理财产品主要有保本浮动收益和非保本浮动收益两种类型。投资者需根据自身对理财产品的收益、风险和流动性偏好水平选择理财产品

3.3　结构性理财产品（表4-5）

表4-5　结构性理财产品

项　目		内　容
概念		结构性理财产品是运用金融工程技术，将存款、零息债券等固定收益产品与金融衍生品（如远期、期权、掉期等）组合在一起而形成的一种金融产品
主要类型		结构性理财产品的回报率通常取决于挂钩资产（挂钩标的）的表现。根据挂钩资产的属性，结构性理财产品大致可以细分为外汇挂钩类、利率/债券挂钩类、股票挂钩类、商品挂钩类及混合类等
外汇挂钩类	定义	外汇挂钩类理财产品的回报率取决于一组或多组外汇的汇率走势，即挂钩标的是一组或多组外汇的汇率，如美元/日元，欧元/美元等。对于这样的产品我们称为外汇挂钩类理财产品
	期权拆解	对于外汇挂钩结构性理财产品的大多数结构形式而言，目前大致较为流行的是看好/看淡，或区间式投资。基本上都可以有一个或一个以上触及点 （1）一触即付期权。一触即付期权严格地说是指在一定期间内，若挂钩外汇在期末触碰或超过银行所预先设定的触及点，则买方将可获得当初双方所协定的回报率 （2）双向不触发期权。双向不触发期权指在一定投资期间内，若挂钩外汇在整个期间未曾触及买方所预先设定的两个触及点，则买方将可获得当初双方所协定的回报率
利率/债券挂钩类	利率挂钩类	利率挂钩类理财产品与境内外货币的利率相挂钩，产品的收益取决于产品结构和利率的走势
	债券挂钩类	债券挂钩类理财产品主要是指在货币市场和债券市场上进行交换和交易，并由银行发行的理财产品。其特点是收益不高，但非常稳定，一般投资期限固定，不得提前支取

（续）

项　目		内　容
利率/债券挂钩类	挂钩标的	（1）伦敦银行同业拆放利率 （2）国库券 （3）公司债券
股票挂钩类	概念	股票挂钩类理财产品又称联动式投资产品，指通过金融工程技术，针对投资者对资本市场的不同预期，以拆解或组合衍生性金融产品如股票、一篮子股票、指数、一篮子指数等，并搭配零息债券的方式组合而成的各种不同报酬形态的金融产品 　　按是否保障本金划分，股票挂钩类理财产品可归纳为两大类：不保障本金理财产品（含部分保障本金理财产品）和保障本金理财产品
	挂钩标的	（1）单只股票。该理财产品只挂钩一只上市公司的股票作为观察表现和收益回报 （2）股票篮子。股票篮子是由多只不同股票所组成。根据产品条款，理财产品会根据股票篮子里的所有股票或表现最差股票的表现作为收益回报的基准
	期权拆解	（1）认沽期权。认沽期权赋予认沽权证持有人在到期日或之前，根据若干转换比率，以行使价出售相关股票或收取适当差额付款的权利 （2）认购期权。认购期权赋予投资者在到期日或之前，根据若干转换比率以行使价买入相关股票或收取差额付款的权利 （3）股票篮子关联性。指在一篮子股票当中，所有或几只股票的市场价格、风险和回报都存在着一定相关的因素
主要风险		（1）挂钩标的物的价格波动 （2）本金风险 （3）收益风险 （4）流动性风险

3.4 QDII 基金挂钩类与另类理财产品（表 4-6）

表 4-6 QDII 基金挂钩类与另类理财产品

项　目		内　容
QDII 基金挂钩类理财产品	概念	QDII 是在一国境内设立，经中国有关部的批准从事境外证券市场的股票、债券等有价证券业务的证券投资基金。QDII 意味着将允许内地居民使用外汇投资境外资本市场，QDII 将通过中国政府认可的机构来实施
	挂钩标的	（1）基金 （2）交易所上市基金（Exchange Traded Fund，ETF）
另类理财产品	概念	另类资产是指除传统股票、债券和现金之外的金融资产和实物资产，如房地产、证券化资产、对冲基金、私募股权基金、大宗商品、巨灾债券、低碳产品和艺术品等
	优势	（1）另类资产多属于新兴行业或领域，未来潜在的高增长也将会给投资者带来潜在的高收益 （2）另类资产与传统资产以及宏观经济周期的相关性较低，大大提高了资产组合的抗跌性和顺周期性
	风险	（1）投机风险 （2）小概率事件并非不可能事件 （3）损失即高亏的极端风险

（续）

项　　目		内　　容
另类理财产品	发展现状	国内的银行理财产品已逐步涉及另类理财产品市场，但由于该类产品的投资群体多为私人银行客户，受限于私人银行业务的私密性，另类理财产品的信息透明度较低。大体而言，另类理财产品主要涉及的投资领域有艺术品、饮品（红酒、白酒和普洱茶）和私募股权等。就产品的支付条款而言，不外乎如下两种主要类型，一是直接投资型；二是"实期"结合型，其主要设计理念为产品到期投资者可以消费实物资产，也可以获得固定额度的收益

 真题链接

一、单项选择题（以下各小题所给出的四个选项中，只有一项最符合题目的要求，请选择相应选项，不选、错选均不得分。）

1. 下列固定收益证券中，风险最低的是（　　）。[2010 年真题]

　　A. 公司债券　　　　　　　B. 企业债券

　　C. 商业票据　　　　　　　D. 国库券

【答案】D　国库券是国家财政当局为弥补国库收支不平衡而发行的一种政府债券契约。国库券的债务人是国家，其还款保证是国家财政收入，所以它几乎不存在信用违约风险，是金融市场上风险最小的信用工具。

2. 关于债券的利率风险，以下说法错误的是（　　）。[2010 年真题]

　　A. 利率风险属于市场风险

　　B. 持有债券到期，则无任何损失

　　C. 债券到期时间越长，利率风险越大

　　D. 利率上升，债券价格下降

【答案】B　债券的市场风险指如果在理财期内市场利率上升，该产品的收益率不随市场利率上升而提高，利率风险属于市场风险。除了利率风险外，债券投资的风险因素还有价格风险、再投资风险、违约风险、赎回风险、提前偿付风险和通货膨胀风险。即使持有债券到期，也会受到利率风险外的其他风险因素的影响。

3.（　　）是运用金融工程技术，将存款、零息债券等固定收益产品与金融衍生品（如远期、期权、掉期等）组合在一起而形成的一种金融产品。[2009 年真题]

　　A. 浮动收益类产品　　　　B. 期权类产品

　　C. 实盘外汇买卖　　　　　D. 结构性理财产品

【答案】D　结构性理财产品是运用金融工程技术，将存款、零息债券等固定收益产品与金融衍生品（如远期、期权、掉期等）组合在一起而形成的一种金融产品。

4. 在理财期间，市场利率上升，但理财产品的收益率不随市场利率上升而提高，

这是理财产品面临的（　　）。[2009 年真题]

    A．市场风险　　　　　　　　　B．法律风险

    C．政策风险　　　　　　　　　D．流动性风险

【答案】A　市场风险表现为如果在理财期内市场利率上升，该产品的收益率不随市场利率上升而提高。

二、多项选择题（以下各小题所给出的五个选项中，有两项或两项以上符合题目的要求，请选择相应选项，多选、错选均不得分。）

1．交易所上市基金（ETF）的特征主要有（　　）。[2010 年真题]

    A．ETF 在本质上是开放式基金

    B．它可以在交易所挂牌买卖

    C．申购和赎回只能用与指数对应的一篮子股票

    D．从现金申购赎回

    E．一天提供一个基金净值报价

【答案】ABC　ETF 在本质上是开放式基金，与现有开放式基金没什么本质的区别。但其本身有 3 个鲜明特征：它可以在交易所挂牌买卖。投资者可以像交易单只股票封闭式基金那样在证券交易所直接买卖 ETF 份额；ETF 基本是指数型开放式基金，但与现有的指数型开放式基金相比，其最大优势在于，它是在交易所挂牌的，交易非常便利；其申购赎回也有自己的特色，投资者只能用与指数对应的一篮子股票申购或者赎回 ETF，而不是现有开放式基金的以现金申购赎回。故 D 项错误。E 项，在二级市场的净值报价上，ETF 每 15 秒钟提供一个基金净值报价，LOF 一天提供一个基金净值报价。

2．根据挂钩资产的属性，结构性理财产品可以分为（　　）。[2010 年真题]

    A．商品挂钩类　　　　　　　　B．外汇挂钩类

    C．股票挂钩类　　　　　　　　D．债券挂钩类

    E．信用挂钩类

【答案】ABCD　结构性理财产品的回报率通常取决于挂钩资产（挂钩标的）的表现。根据挂钩资产的属性，结构性理财产品大致可以细分为外汇挂钩类、利率/债券挂钩类、股票挂钩类、商品挂钩类及混合类等。

三、判断题（请对以下各小题的描述作出判断，正确用 A 表示，错误用 B 表示。）

一般来说，商业银行推出的人民币理财计划等结构性金融衍生品的流动性都比较好。（　　）[2009 年真题]

【答案】B　结构性金融衍生品风险较高，流动性较差。结构性理财产品通常是无法提前终止的，其终止是事先约定的条件发生才出现，因此结构性理财产品的流动性不及一些其他银行理财产品。

第5章 银行代理理财产品

本章命题规律

对近年考试大纲及考试命题进行总结发现，本章的命题规律具体表现在以下几点：

1. 银行代理理财产品的概念和销售基本原则是考试中经常考核的知识点。

2. 银行代理理财产品中的基金、保险、国债、信托和黄金的相关概念、分类、特点、风险和银行代销流程是本章重要的命题点。

核心考点解读

1 银行代理理财产品的概念和销售基本原则（表5-1）

表5-1 银行代理理财产品的概念和销售基本原则

项 目	内 容
概念	银行代理服务类业务指银行在其渠道代理其他企业、机构办理的、不构成商业银行表内资产负债业务、为商业银行带来非利息收入的业务
销售基本原则	（1）适用性原则 （2）客观性原则

2 基金（表5-2）

表5-2 基金

项 目	内 容
概念	基金是通过发行基金份额或收益凭证，将投资者分散的资金集中起来，由专业管理人员投资于股票、债券或其他金融资产，并将投资收益按持有者投资份额分配给持有者的一种利益共享、风险共担的金融产品
特点	（1）集合理财、专业管理 （2）组合投资、分散投资 （3）利益共享、风险共担 （4）严格监管、信息透明 （5）独立托管、保障安全
分类	基金按照收益凭证是否可以赎回，分为开放式基金和封闭式基金 按照投资对象不同，基金可分为股票型基金、债券型基金、混合型基金、货币市场基金

（续）

项　目		内　容
分类		依据投资目标的不同，基金可分为成长型基金、收入（收益）型基金和平衡型基金。成长型基金与收入型基金的区别： （1）投资目的不同 （2）投资工具不同 （3）资产分布不同 （4）派息情况不同 依据投资理念不同，基金可分为主动型基金和被动型基金 基金还可以根据募集方式不同，分为公募基金和私募基金 根据基金法律地位的不同，可分为公司型基金和契约型基金
特殊类型基金		基金相关产品非常丰富，其中包括基金中的基金 FOF（Fund of Fund）、交易型开放式指数基金 ETF（Exchange Traded Fund）、上市开放式基金 LOF（Listed Open-Ended Fund）、QDII 基金和基金"一对多"专户理财等
银行代销流程	基金开户	进行基金投资，投资者首先需要开立基金交易账户和基金 TA 账户 投资者使用银行卡办理基金交易账户后，才可以开立基金 TA 账户；购买不同基金公司发行的基金，需要开立不同的基金 TA 账户
	基金认购	（1）基金认购是指投资者在开放式基金募集期间申请购买基金份额的行为 （2）基金认购采用"金额认购、面额发行"的原则，即认购以金额申请，认购的有效份额按实际确认的认购金额在扣除相应的费用后，以基金份额面值为基准计算 （3）认购期一般按照基金面值 1 元钱购买基金，认购费率通常也要比申购费率优惠 （4）投资者进行基金认购可以在商业银行网点和网上银行办理
	基金申购	（1）基金申购是指投资者在基金存续期内基金开放日申请购买基金份额的行为 （2）投资者在进行基金申购时可根据基金所开办的收费模式，选择申购前收费份额类别或申购后收费份额类别 （3）投资者于 T 日申购基金成功后，基金注册登记人于 T+1 日为投资者增加权益并办理注册登记手续，投资者于 T+2 日起可赎回该部分基金份额。对于基金的申赎时间安排，投资者需要注意基金招募说明书 （4）基金申购采取"未知价"原则，投资者申购以申购日（T 日）的基金份额净值为基础计算申购份额。T 日的基金份额净值在当天收市后计算，并在 T+1 日公告 （5）定期定额申购是指投资者通过向开办此业务的销售机构申请，与销售机构约定每期扣款时间、扣款金额及扣款方式，由销售机构于每期约定扣款日在投资者指定银行账户内自动完成扣款及基金申购申请的一种投资方式。投资者在办理定期定额申购时，每次供款金额不得少于基金管理人规定的定期定额申购业务最低每期供款金额 （6）投资者进行基金申购需携带本人有效身份证件和基金账户卡或银行卡到银行营业网点，然后填写基金认（申）购申请表，柜台受理认（申）购申请，柜台处理完毕后，投资者查询结果并确认基金份额 （7）前端收费、后端收费。前端收费指投资者在申购基金时缴纳申购费用。后端收费指投资者在赎回时缴纳申购费用

（续）

项　目		内　容
银行代销流程	基金赎回	（1）基金赎回是指在基金存续期间，将手中持有的基金份额按一定价格卖给基金管理人并收回现金的行为 （2）"未知价"赎回原则。投资者赎回基金，只能以赎回日（T日）的基金份额净值为基础计算赎回资金 （3）"份额赎回"原则。在未知价情况下，投资者以份额申请赎回 （4）巨额赎回。单个开放日基金净赎回超过基金总份额的10%时，为巨额赎回
	基金转换	基金转换是指投资者不需要先赎回已持有的基金份额，就可以将其持有的基金份额转换成同一家基金管理公司管理的另一种基金份额的业务模式
	基金分红	基金分红是指基金将收益的一部分以现金形式派发给投资者，这部分收益原来就是基金单位净值的一部分 基金分红分为现金分红和红利再投资两种形式。一般银行系统对非货币基金默认为现金分红，货币基金默认为红利再投资
流动性		开放式基金通过申购和赎回实现转让，流动性强，但须支付一定的手续费。一般来说，客户可以在每个交易日随时申购、赎回，因此具备非常好的便利性和流通性
收益		证券投资基金的收益主要有： （1）证券买卖差价，也称资本利得。这是基金收益的重要组成部分之一 （2）红利收入，即因持有股票而享有的净利润分配所得 （3）债券利息，即基金因投资债券而获得的定期利息收入。债券利息是基金收益不可缺少的组成部分 （4）存款利息收入，即基金资产的银行存款利息收入。基金收益水平取决于基金管理人管理运用基金资产的能力 影响基金类产品收益的因素主要来自两方面：一是来自基金的基础市场，即基金所投资的对象产品，如债券、股票、货币市场工具等。这些基础市场的行情波动对基金的收益有很大影响。二是来自基金自身的因素，如基金管理公司的资产管理与投资策略、基金管理人员的业务素质、道德水平、研究团队的研究实力、基金经理的投资管理能力、基金管理公司的整体业务运行情况等 一般而言，各类基金的收益特征由高到低的排序依次是：股票型基金、混合型基金、债券型基金和货币市场型基金
风险		基金的风险是指购买基金遭受损失的可能性。基金损失的可能性取决于基金资产的动作。投资基金的资产动作风险也包括系统风险和非系统风险 证券投资基金种类繁多，各只基金的风险状况也不同，个人客户在购买之前需要对基金产品类型、特点、投资范围、所投资证券的市场表现、收益、信誉等有基本的了解 基金产品主要包括两种风险： （1）价格波动风险 （2）流动性风险

3　保险（表 5-3）

表 5-3　保险

项　目		内　容
银行代理保险	概念	银行代理保险是保险公司和商业银行采取相互协作的战略，充分利用和协同双方的优势资源，通过银行的销售渠道代理销售保险公司的产品，以一体化的经营方式来满足客户多元化金融需求的一种综合化的金融服务
	范围	银行主要代理的险种包括寿险和财产险。占据市场主流的三大险种全部来自寿险，包括分红险、万能险和投连险，财产险也是目前各家银行大力发展的险种，主要包括房贷险、企业财产保险、家庭财产险等
银行代理保险产品	寿险	（1）分红险 分红险指保险公司在每个会计年度结束后，将上一会计年度该类分红保险的可分配盈余，按一定的比例，以现金红利或增值红利的方式，分配给客户的一种人寿保险。分红险的收益来源于死差益、利差益和费差益所产生的可分配盈余 （2）万能险 万能险，全称是万能型储蓄类寿险产品，指的是可以任意支付保险费以及任意调整死亡保险金给付金额的人寿保险。客户缴纳的保险费被分成两部分，一部分同传统寿险一样，为客户提供生命保障；另一部分将进入其个人账户，由专家进行稳健投资 （3）投连险 投资连结保险是一种新形式的终身寿险产品，它集保障和投资于一体。投连险的费用主要包括初始保费、风险保险费、账户转换费用、投资单位买卖差价、资产管理费、部分支取和退保手续费等，投连险产品的一部分保费进入投资账户，另一部分用于风险保障
	财产险	（1）房贷险 个人抵押商品住房保险是一种保证保险 （2）企业财产保险 企业财产保险是指以投保人存放在固定地点的财产和物资作为保险标的的一种保险，保险标的的存放地点相对固定，处于相对静止状态 （3）家庭财产险 家庭财产保险是以公民个人家庭生活资料作为保险标的的保险。家庭财产保险可分为普通家财保险、长效还本家财保险两种
产品风险		投保人可以在专业人员的帮助下，通过分析判断自己的风险类别、风险发生概率和风险发生时可能造成损失的大小等，进行选择 由于同一个保险标的可能会面临多种风险，投保人应当进行合理的险种搭配。随着生命周期的变化，人身保险的最优保险品种也会发生变化，投保人应当根据实际需要适时地更换保险品种，达到收益最大、损失最小的目标

4 国债（表5-4）

表5-4 国债

项　目		内　容
银行代理国债	概念	国债是国家信用的主要形式。我国的国债专指财政部代表中央政府发行的国家公债，由国家财政信誉作担保，信誉度非常高，历来有"金边债券"之称
	种类	目前银行代理国债的种类有三种：凭证式国债、无记名（实物）国债、记账式国债
流动性		国债往往到期才能够还本，即使记账式国债在二级市场出售，债券市场的交易通常也没有股票市场活跃，因此，国债的流动性一般弱于股票。在债券产品中，国债的流动性高于公司债券，由国家财政信誉作担保，信誉度非常高，短期国债的流动性好于长期国债
收益情况		相对于现金存款或货币市场的金融工具，投资国债获得的收益更高，而相对于股票、基金产品，投资债券的风险又相对较小 国债的收益主要来源于利息收益和价差收益 影响债券类产品收益的因素主要有债券期限、基础利率、市场利率、票面利率、债券的市场价格、流动性、债券信用等级、税收待遇以及宏观经济状况等
风险		（1）价格风险 价格风险也叫利率风险，是指市场利率变化对债券价格的影响 （2）再投资风险 再投资风险也是由于市场利率变化而使债券持有人面临的风险 （3）违约风险 违约风险又称信用风险，是债券发行者不能按照约定的期限和金额偿还本金和支付利息的风险 （4）赎回风险 附有赎回条款的债券有三项不利因素： 1）附有赎回权的债券的未来现金流量不能预知，增加了现金流的不确定性 2）因为发行者可能在利率下降时赎回债券，投资者不得不以较低的市场利率进行再投资，由此承受再投资的风险 3）由于赎回价格的存在，附有赎回权债券的潜在资本增值有限。同时赎回债券增加了投资者的交易成本，从而降低了投资收益率 （5）提前偿付风险 提前偿付是一种本金偿付额超过预定分期本金偿付额的偿付方式 （6）通货膨胀风险 对于中长期债券而言。债券货币收益的购买力有可能随着物价的上涨而下降，从而使债券的实际收益率降低，这就是债券的通货膨胀风险

5 信托（表5-5）

表5-5 信托

项 目		内 容
银行代理信托类产品	概念	银行代理信托类产品是指信托公司委托商业银行代为向合格投资者推介信托计划。而资金信托业务是指投资者基于对信托公司的信任，将自己合法拥有的资金委托给信托投资公司，由信托投资公司按照投资者的意愿，以自己的名义为受益人的利益或者特定目的管理、运用和处分的业务行为
	特点	（1）信托是以信任为基础的财产管理制度 （2）信托财产权利主体与利益主体相分离 （3）信托经营方式灵活、适应性强 （4）信托财产具有独立性 （5）信托管理具有连续性 （6）受托人不承担无过失的损失风险 （7）信托利益分配、损益计算遵循实绩原则 （8）信托具有融通资金的作用
	种类	按信托关系建立的方式可分为任意信托和法定信托 按委托人或受托人的性质不同可划分为法人信托和个人信托 按信托财产的不同可划分为资金信托、动产信托、不动产信托和其他财产信托等
流动性		信托产品是为满足客户的特定需求而设计的，因此缺少转让平台，流动性比较差。在通常情况下，信托资金不可以提前支取。但如果合同有约定，则在信托合约生效后几个月，委托人（受益人）可以转让信托受益权。转让时，转让人和受让人均应到信托公司办理转让手续，并缴纳手续费
收益情况		信托机构通过管理和处理信托财产而获得的收益，全部归受益人所有。同时，信托机构处理受托财产而发生的亏损全部由委托者承担。信托财产运作中产生的收益越多，受益人得到的回报就越多 信托资产管理人的信誉状况和投资运作水平对资产收益有决定性影响
风险		（1）投资项目风险。投资项目风险包括项目的市场风险、财务风险、经营管理风险等 （2）项目主体风险。多数项目是由某一特定的、持续经营的主体发起的，由该主体负责项目的实际操作和管理，因此，该主体的经营管理水平、财务状况以及还款意愿（即道德风险）将在很大程度上影响信托产品的安全程度 （3）信托公司风险。信托公司的风险主要包括项目评估风险和信托产品的设计风险 （4）流动性风险。信托产品流动性差，缺少转让平台，存在较大的流动性风险

6 黄金（表5-6）

表5-6 黄金

项 目		内 容
银行代理黄金业务种类	条块现货	投资黄金条块因规格大小而有不同的门槛，但有保存不便和移动不易的缺点，放在家中，安全性差
	金币	金币有两种，纯金币和纪念金币。纯金币可以收藏也可以流通，变现不难，价格也随国际金价波动。纪念金币的价值受主题和发行量的影响较大，因此和鉴赏能力、题材炒作等高度相关，和金价的关联度反而较小
	黄金基金	黄金基金是将资金委托专业经理人全权处理，用于投资黄金类产品，成败关键在于经理人的专业知识、操作技巧以及信誉，属于风险较高的投资方式，适合喜欢冒险的积极型投资者
	纸黄金	银行纸黄金让投资者免除了储存黄金的风险，也让投资者有随时提取所购买黄金的权利，或按当时的黄金价格，将账户里的黄金兑换成现金，通常也称为"黄金存折"
业务流程	实物黄金	客户选择开办实物黄金的网点办理业务→填写实物黄金购买申请表→将申请表、身份证、现金或卡折提交柜员→收取或代保管黄金产品、成交单及发票
	纸黄金	客户只需持现金或在银行开立的储蓄卡折以及身份证等有效证件，即可按银行公布的价格进行纸黄金的购买
	黄金代销	银行可以与公司企业签订代销协议，作为代理设立销售柜台，并接纳黄金产品销售或购买申请。银行按照协议向合作方收取代销费用以及黄金加工成本、加工费等协议内的其他服务费用
流动性		对于投资者来说，黄金退出流通领域后，其流动性较其他证券类投资品差。国内黄金市场不充分，变现相对困难，有流动性风险
收益情况		黄金和股票市场收益不相关甚至负相关，所以可以分散投资总风险，且价格会随着通货膨胀而提高，所以可以保值
风险点		投资黄金等贵金属不能像投资其他金融资产一样取得利息和股利，且价格受国际市场影响较大，所以市场风险是第一位的

 真题链接

一、单项选择题（以下各小题所给出的四个选项中，只有一项最符合题目的要求，请选择相应选项，不选、错选均不得分。）

1. 某客户于 T 日申购基金成功后，正常情况下，基金注册登记人于_____日为该客户增加权益并办理注册登记手续，该客户于_____日起可赎回该部分基金份额。（　　）[2010 年真题]

A. $T+1$；$T+2$　　　　　　　B. T；$T+2$

C. $T+1$；$T+3$　　　　　　　D. T；$T+1$

【答案】A　投资者于 T 日申购基金成功后，正常情况下，基金注册登记人于 $T+1$

日为投资者增加权益并办理注册登记手续,投资者于 $T+2$ 日起可赎回该部分基金份额。对于基金的申赎时间安排,投资者需要注意基金招募说明书。

2. 以下不属于商业银行代理业务的是（　　）。[2010 年真题]

    A．代理股票买卖业务　　　　　　B．代理国债业务

    C．代理销售基金业务　　　　　　D．代理销售保障产品业务

【答案】D　目前,我国商业银行共开展了约几十种代理业务,主要种类有:基金、股票、保险、国债、信托、黄金等。

3. 目前银行主要代理的险种包括_____和_____。（　　）[2009 年真题]

    A．万能险;财产险　　　　　　B．寿险;房贷险

    C．寿险;财产险　　　　　　　D．健康险;财产险

【答案】C　银行主要代理的险种包括寿险和财产险。占据市场主流的三大险种全部来自寿险,包括分红险、万能险和投连险,这些产品大部分设计比较简单,标准化程度较高,在能提供一定保障的同时兼有储蓄的投资功能。此外,财产险也是目前各家银行大力发展的险种,主要包括房贷险、企业财产保险、家庭财产险等。

4. 下列产品组合中,风险系数最低的是（　　）。[2009 年真题]

    A．定期存款、活期存款、对冲基金

    B．活期存款、股票型基金、债券

    C．债券、基金、股票

    D．定期存款、货币基金、国债

【答案】D　通常,人们将对冲基金视为极高风险,将股票、股票型基金视为高风险,将债券货币基金视为较低风险,而将存款、国债视为低风险。A 项中对冲基金属于高风险、高收益的投资工具;B 项中的股票型基金相对于 D 项中的三项产品的风险都要高;C 项股票的风险在基础性金融产品中最高。

5. 对追求高投资回报的投资者来说,比较适合的基金类型是（　　）。[2009 年真题]

    A．收入型基金　　B．债券型基金　　C．成长型基金　　D．封闭型基金

【答案】C　成长型基金比较适合于风险承受能力强、追求高投资回报的投资者,而收入型基金则比较适合于退休的、以获得稳定现金流为目的的稳健投资者,投资者应当根据自身的投资目标、风险偏好、所处的生命周期阶段、税收状况以及其他约束条件等作出决策。

二、多项选择题（以下各小题所给出的五个选项中,有两项或两项以上符合题目的要求,请选择相应选项,多选、错选均不得分。）

1. 开放式基金与封闭式基金的区别包括（　　）。[2010 年真题]

    A．基金的法律地位不同　　　　　B．基金存续期限不同

    C．基金规模的分红方式不同　　　D．基金的投资策略不同

　　E. 基金的价格决定因素不同

　　【答案】BCDE　开放式基金与封闭式基金的区别主要体现在：交易场所、基金存续期限、基金规模、赎回限制、价格决定因素、分红方式、费用、投资策略以及信息披露等。A项按照法律地位的不同，基金可以分为契约型基金和公司型基金。

　　2. 目前，对普通投资者而言，较为理想的黄金投资渠道有（　　　）。[2010年真题]

　　　　A. 纸黄金　　　　　　　　　　B. 金币

　　　　C. 实物黄金　　　　　　　　　D. 金饰品

　　　　E. 黄金基金

　　【答案】ABCE　对普通投资者而言，实物黄金和纸黄金是较为理想的黄金投资渠道，但黄金饰品对家庭理财没有太大意义，因为黄金饰品的价格包含了加工成本。相对而言，金条、金块比较适合长期投资，并可对家庭资产起到保值、增值的作用，以此对抗通货膨胀，目前各大银行都可以买到这类实物黄金。账户黄金投资更适合具备专业知识的投资以此者。黄金期货投资门槛和风险太高，不太适合普通投资者。

　　3. 关于理财产品的流动性，下列论述正确的是（　　　）。[2009年真题]

　　　　A. 债券的流动性一般会低于股票

　　　　B. 活期存款的流动性强于现金

　　　　C. 信托产品是为了满足特定投资者的要求而设计的，所以其流动性比较差

　　　　D. 房地产投资品的流动性随着其价格的提高而提高

　　　　E. 外汇产品的流动性取决于外汇投资形态、汇率预期、外汇市场的管制情况等

　　【答案】ACE　B项错误，流动性即资产转为现金的能力，现金的流动性最强。D项错误，房地产投资品的流动性随着其价格的提高而降低。

　　三、判断题（请对以下各小题的描述作出判断，正确用A表示，错误用B表示。）

　　1. 纸黄金是将资金委托给专业经理人全权处理，用于投资黄金类产品，也称为"黄金存折"。（　　）。[2010年真题]

　　【答案】B　黄金基金是将资金委托给专业经理人全权处理，用于投资黄金类产品，成败关键在于经理人的专业知识、操作技巧以及信誉，属于风险较高的投资方式，适合喜欢冒险的积极型投资者。银行纸黄金让投资者免除了储存黄金的风险，也让投资者有随时提取所购买黄金的权利，或按当时的黄金价格，将账户里的黄金兑换成现金，通常也称为"黄金存折"。

　　2. 股票及股票市场的风险包括系统性风险和非系统性风险。系统性风险可以通过投资组合实现风险分散。（　　）[2009年真题]

　　【答案】B　在基础性金融产品中，股票的风险最高。股票及股票市场的风险包括系统性风险和非系统性风险。系统性风险不能通过组合投资实现风险分散。非系统性风险通常可以通过组合投资不同程度地得到分散。

第6章　理财顾问服务

本章命题规律

对近年考试的命题进行研究可以发现，本章的命题规律体现在以下几个方面：

1. 理财顾问服务的概念、流程和特点可作为本章采分点进行命题。

2. 客户分析的流程、方法及其内容是考试中经常考核的知识点。

3. 财务规划中的现金与消费及债务的管理、保险规划、税收规划、人生事件规划和投资规划都是重要的命题点。

核心考点解读

1 理财顾问服务概述（表6-1）

表6-1　理财顾问服务概述

项　目	内　容	
概念	理财顾问服务是指商业银行向客户提供的财务分析与规划、投资建议、个人投资产品推介等专业化服务	
业务流程	第一步：基本资料收集 ● 客户信息 ● 客户家庭信息 ● 客户事业信息 第二步：资产现状分析 ● 收支现状 ● 客户家庭信息 ● 客户事业信息 ● 储蓄现状 ● 保障现状 ● 税务现状 第三步：风险分析 ● 经济风险 ● 个人风险 ● 责任风险 ● 市场风险 ● 能转化的风险 ● 事业风险 ● 财务风险 ● 投资风险 ● 风险承受力	● 阶段性财务目标的确认 第七步：基础规划 （1）基本财务策划 ● 客户信息、消费和债务管理 （2）保障的策划 ● 保障目标 ● 风险管理：人生（意外、健康、残疾、养老）；家庭；事业；资产 ● 保障策略 ● 保障建议 （3）税务的策划 ● 税务的目标 ● 税务的策略 ● 避税的方法 ● 资产海外的安排及实施方法 （4）个人事业财务策划 （5）资产转移与继承策划 第八步：建立投资组合 （1）建立投资组合 ● 固定资产 ● 私有和上市公司股权

（续）

项　目	内　容	
业务流程	第四步：资产管理目标分析 ● 人生目标 ● 阶段性目标分解 ● 各阶段服务需要 ● 各阶段财务目标 第五步：客户资产预测与评估 ● 资产未来预测 ● 现金流预测 ● 适用的假设 ● 资产状况的财务优劣 ● 市场机会与威胁 ● 资产评估 第六步：财务目标的确认 ● 服务需求 ● 财务目标的确认 ● 财务目标的分解	● 金融凭证 ● 贵重金属 ● 收藏品 ● 继承和信托资产 （2）客户资产管理未来预测 （3）客户收益整体预测 第九步：实施计划 ● 实施时间表 ● 实施步骤 ● 实施目标 第十步：绩效评估 ● 建立评估条件 ● 考核业绩 ● 调整资产配置 ● 修正目标
特点	（1）顾问性 （2）专业性 （3）综合性 （4）制度性 （5）长期性	

2 客户分析

2.1 收集客户信息（表6-2）

表6-2　收集客户信息

项　目	内　容
客户信息分类	（1）客户信息可以分为定量信息和定性信息 （2）客户信息还可以分为财务信息和非财务信息 1）财务信息是指客户当前的收支状况、财务安排以及这些情况的未来发展趋势等 2）非财务信息是指其他相关的信息，比如，客户的社会地位、年龄、投资偏好和风险承受能力等
客户信息收集方法	（1）初级信息的收集方法 由于客户的个人和财务资料只能通过与客户沟通获得，所以也称为初级信息 （2）次级信息的收集方法 宏观经济信息可以由政府部门或金融机构公布的信息中获得，所以我们称为次级信息

2.2 客户财务分析（表6-3）

表6-3 客户财务分析

项 目	内 容
个人资产负债表	在解读个人资产负债表时，银行从业人员需要掌握的一个基本关系就是会计等式。等式可以简单表述如下： 净资产＝资产－负债 客户的资产负债表显示了客户全部的资产状况，正确分析客户的资产负债表是我们下一阶段的财务规划和投资组合的基础
现金流量表	现金流量表用来说明在过去一段时期内，个人的现金收入和支出情况。现金流量表只记录涉及实际现金流入和流出的交易。那些额外收入，如红利和利息收入、人寿保险现金价值的累积以及股权投资的资本利得也应列入现金流量表 在掌握了收入和支出信息后，银行从业人员就可以计算客户每年的盈余/赤字了。盈余/赤字的计算公式如下： 盈余/赤字＝收入－支出 个人现金流量表可以作为衡量个人是否合理使用其收入的工具，还可以为制订个人理财规划提供以下帮助： （1）有助于发现个人消费方式上的潜在问题 （2）有助于找到解决这些问题的方法 （3）有助于更有效地利用财务资源
未来现金流量表	（1）预测客户的未来收入。银行从业人员应该进行两种不同的收入预测：一是估计客户的收入最低时的情况，这一分析将有助于客户了解自己在经济萧条时的生活质量以及如何选择有关保障措施；二是根据客户的以往收入和宏观经济的情况对其收入变化进行合理估计 （2）预测客户未来的支出。在估计客户的未来支出时，银行从业人员需要了解两种不同状态下的客户支出：一是满足客户基本生活的支出；二是客户期望实现的支出水平

2.3 客户的风险特征和理财特性分析（表6-4）

表6-4 客户的风险特征和理财特性分析

项 目	内 容
客户的风险特征	客户的风险特征可以由以下三个方面构成： （1）风险偏好 （2）风险认知度 （3）实际风险承受能力 由于每个人的性格、社会经历、文化程度、判断能力等的不同，客户对风险与收益所持的态度必定会产生差异。根据客户对待投资中风险与收益的态度，可以将客户分为三种类型，即风险厌恶型、风险偏爱型和风险中立型
其他理财特征	除了其风险特征外，还有许多其他的理财特征会对客户理财方式和产品选择产生很大的影响 （1）投资渠道偏好 （2）知识结构 （3）生活方式 （4）个人性格

2.4 客户理财需求和目标分析（表6-5）

表6-5 客户理财需求和目标分析

项　目	内　容
按时间的长短划分的目标	（1）短期目标（如休假、购置新车、存款等） （2）中期目标（如子女的教育储蓄、按揭买房等） （3）长期目标（如退休、遗产等）
客户可能提出的要求	（1）收入的保护（如预防失去工作能力而造成的生活困难等） （2）资产的保护（如财产保险等） （3）客户死亡情况下的债务减免 （4）投资目标与风险预测之间的矛盾

3　财务规划

3.1 现金、消费及债务管理（表6-6）

表6-6 现金、消费及债务管理

项　目		内　容
现金管理	目的	（1）满足日常的、周期性支出的需求 （2）满足应急资金的需求 （3）满足未来消费的需求 （4）满足财富积累与投资获利的需求
	预算编制的程序	（1）设定长期理财规划目标 （2）预测年度收入 （3）算出年度支出预算目标 （4）对预算进行控制与差异分析 1）预算的控制 　　　认知需要＝储蓄动机＋开源节流的努力方向 2）预算与实际的差异分析 每月按照预算科目记账，可以得出实际的收入、费用支出、资本支出与储蓄及预算金额的比较
	应急资金管理	（1）以现有资产状况来衡量紧急预备金的应变能力 　　失业保障月数＝存款、可变现资产或净资产／月固定支出 意外或灾害承受能力＝（可变现资产＋保险理赔金–现有负债）／基本费用 （2）紧急预备金的储存形式 紧急预备金可以用两种方式来储备，一是流动性高的活期存款、短期定期存款或货币市场基金；二是利用贷款额度
	消费管理	（1）即期消费和远期消费 （2）消费支出的预期 （3）孩子的消费 （4）住房、汽车等大额消费 （5）保险消费

（续）

项　　目		内　　容
债务管理	需考虑的因素	（1）贷款需求 （2）家庭现有经济实力 （3）预期收支情况 （4）还款能力 （5）合理选择贷款种类和担保方式 （6）选择贷款期限与首期用款及还贷方式 （7）信贷策划特殊情况的处理（还款期内银行利率调整对还款额的影响，住房公积金贷款的选择，提前还贷）
	贷款能力	在合理的利率成本下，个人的信贷能力即贷款能力取决于以下两点： （1）客户收入能力 （2）客户资产价值
	注意事项	（1）债务总量与资产总量的合理比例 （2）债务期限与家庭收入的合理关系 （3）债务支出与家庭收入的合理比例 （4）短期债务和长期债务的合理比例 （5）债务重组
家庭财务预算的综合考虑		在理财规划中，现金、消费及债务管理的目的是让客户有足够的资金去应付家庭财务开支，建立紧急应变基金去应付突发事件，减少不良资产及增加储蓄的能力，从而为家庭建造一个财务健康、安全的生活体系。为此，客户需要将这几个方面作综合分析安排

3.2　保险规划（表 6-7）

表 6-7　保险规划

项　　目		内　　容
制订原则		（1）转移风险的原则 （2）量力而行的原则 （3）分析客户保险需要
主要步骤	确定保险标的	保险标的是指作为保险对象的财产及其有关利益，或者人的寿命和身体。投保人可以是其本人、与本人有密切关系的人、他们所拥有的财产以及他们可能依法承担的民事责任作为保险标的的 　一般来说，各国保险法律都规定，只有对保险标的有可保利益才能为其投保，否则，这种投保行为是无效的。所谓可保利益是指投保人对保险标的具有的法律上承认的利益。可保利益应该符合三个要求： （1）必须是法律认可的利益 （2）必须是客观存在的利益 （3）必须是可以衡量的利益
	选定保险产品	人们在生活中面临的风险主要为人身风险、财产风险和责任风险。而同一个保险标的，会面临多种风险。所以，在确定客户保险需求和保险标的之后，就应该选择准备投保的具体险种 　在确定购买保险产品时，还应该注意合理搭配险种
	确定保险金额	在确定保险产品的种类之后，就需要确定保险金额。保险金额是当保险标的发生保险事故时，保险公司所赔付的最高金额。一般来说，保险金额的确定应该以财产的实际价值和人身的评估价值为依据
	明确保险期限	在确定保险金额后，就需要确定保险期限，因为这涉及投保人预期缴纳保险费的多少与频率，所以与客户未来的预期收入联系尤为紧密
	风险	（1）未充分保险的风险 （2）过分保险的风险 （3）不必要保险的风险

3.3 税收规划（表6-8）

表6-8 税收规划

项 目		内 容
原则		（1）合法性原则。合法性原则是税收规划最基本的原则，这是由税法的税收法定原则所决定的，也是税收规划与偷税漏税乃至避税行为区别开来的根本所在 （2）目的性原则。目的性原则是税收规划最根本的原则，是由税法基本原则中的税收公平原则所决定的 （3）规划性原则。规划性原则是税收规划最有特色的原则，这是由作为税收基本原则的社会政策原则所引发的 （4）综合性原则。综合性原则是指进行税收规划时，必须综合考虑规划，以使客户整体税负水平降低
基本内容		（1）避税规划，即为客户制订的理财计划采用"非违法"的手段，获取税收利益的规划。避税规划的主要特征有以下几点：非违法性，有规则性，前期规划性和后期的低风险性，有利于促进税法质量的提高及反避税性 （2）节税规划，即理财计划采用合法手段，利用税收优惠和税收惩罚等倾斜调控政策，为客户获取税收利益的规划。节税规划的主要特点如下：合法性，有规则性，经营的调整性与后期无风险性，有利于促进税收政策的统一和调控效率的提高及倡导性 （3）转嫁规划，即理财计划采用纯经济的手段，利用价格杠杆，将税负转给消费者或转给供应商或自我消转的规划。转嫁规划的主要特点如下：纯经济行为，以价格为主要手段，不影响财政收入，促进企业改善管理、改进技术
主要步骤	了解客户的基本情况和要求	（1）婚姻状况。客户的婚姻状况会影响某些税种的扣除 （2）抚养子女及其他赡养人员。如果抚养子女及赡养其他人员，在很多国家和地区可以享有一定的扣除、抵免或免税，从而会对客户的应纳税额产生影响 （3）财务情况。税收规划是理财计划的一部分，只有在全面和详细地了解客户财务情况的基础上，才能制订针对客户的税收规划，使税收规划让客户满意。客户的财务情况包括客户的收入情况、支出情况及财产情况；财产包括客户的动产和不动产 （4）投资意向。许多客户的税收规划目的是在投资中有效地节税，因而了解客户的投资意向就显得特别重要。客户的投资意向包括客户的投资方向和投资额。客户投资方向和投资额的大小与税收规划的投资方向、投资形式、投资优惠规划、适用税率设计、风险分析等都有直接的关系，所以要进行税收规划就要了解客户的投资意向 （5）对风险的态度。节税与风险并存，节税越多的方案往往也是风险越大的方案，两者的权衡取决于多种因素，包括客户对风险的态度这个因素 （6）纳税历史情况。虽然税收规划是对客户以后的纳税进行规划，但了解客户纳税历史会对目前的税收规划有所帮助 （7）要求增加短期所得还是长期资本增值。客户对财务利益的要求大致有三种：一种是要求最大限度地节约每年的税收成本，增加每年的客户可支配的税后利润；另一种是要求若干年后因为采用了较优的纳税方案，而达到所有者权益的最大的增值；第三种是既要求增加短期税后利润，也要求长期资本增值，"鱼"和"熊掌"要兼得。对不同要求所进行的税收规划也是有所不同的 （8）投资要求。有些客户只有一个投资意向和取得更大财务收益的要求，这时候税收规划人可以根据客户的具体情况进行税收规划，提出各种投资建议
	控制方案的执行	税收规划实施后，从业人员还需要经常、定期地通过一定的信息反馈渠道来了解纳税方案执行的情况。反馈渠道可以是税收规划人与客户保持沟通，如半年或一年，在一起沟通情况

3.4　人生事件规划（表 6-9）

表 6-9　人生事件规划

项　目		内　容
教育规划		教育规划是指为了需要时能支付教育费用所订的计划。教育规划可以包括个人教育投资规划和子女教育规划两种。个人教育投资规划是指对客户本身的教育投资规划；子女教育规划是指客户为子女将来的教育费用进行规划，对子女的教育又可以分为基础教育、大学教育及大学后教育
退休规划	误区	客户在退休规划中的误区： （1）计划开始太迟 （2）对收入和费用的估计太乐观 （3）投资过于保守
	步骤	一个完整的退休规划，包括工作生涯设计、退休后的生活设计及自筹退休金部分的储蓄投资设计。客户自筹退休金的来源，一是运用过去的积蓄投资；二是运用现在到退休前的剩余工作生涯中的储蓄来累积 　　退休规划的最大影响因素分别是通货膨胀率、工资薪金收入成长率与投资报酬率 （1）客户退休生活设计 （2）客户退休第一年费用需求分析 （3）客户退休期间费用总需求分析 退休时需要准备的退休资金应该等于： $$E = \frac{1 - \left(\dfrac{1+c}{1+r}\right)^n}{r - c}$$ 其中，E＝退休后第一年支出 c＝退休后生活费用增长率 r＝投资报酬率 n＝退休后预期余寿 （4）确定退休后的年收入情况。主要是由社会保障收入、雇主退休金、补贴、儿女孝敬、投资回报和其他收入组成
遗产规划		遗产规划是指当事人在其活着时通过选择遗产规划工具和制订遗产计划，将拥有的或控制的各种资产或负债进行安排，从而保证在自己去世时或丧失行为能力时，尽可能实现个人为其家庭所确定目标的安排 　　遗产规划包括：确定遗产继承人和继承份额；为遗产所有者的供养人提供足够的财务支持；在与遗产所有者的其他目标保持一致的情况下，将遗产转移成本降低到最低水平；确定遗产所有者的继承人接受这些转移资产的方式；为遗产提供足够的流动性资产以偿还其债务；最大限度地为所有者的继承人（受益人）保存遗产；确定遗产的清算人等 　　遗产规划工具主要包括遗嘱、遗产委任书、遗产信托、人寿保险、赠与。根据客户的不同情况制订遗产计划时，工具和策略的选择也有着很大的差别

3.5 投资规划（表6-10）

表6-10 投资规划

项 目	内 容
概述	银行从业人员在制订投资规划时首先要考虑的是某种投资工具是否适合客户的财务目标。要想做到这一点，银行从业人员就要熟悉各种投资工具的特性和投资基本理论 投资是指投资者运用持有的资本，用来购买实际资产或金融资产，或者取得这些资产的权利，目的是在一定时期内预期获得资产增值和一定收入（固定的或非固定的）。根据这个概念，我们可以把投资分为实物投资和金融投资 投资的最大特征是用确定的现值牺牲换取可能的不确定的（有风险的）未来收益，因此，投资规划的一个重要方面就是对投资产品收益和风险结构的分析
步骤	（1）确定客户的投资目标 1）出于以下目的的资本积累：应付突发事件、家庭大额消费支出、子女教育和个人职业生涯教育需要、一般性投资组合以积累财富 2）防范个人下列风险：过早死亡、丧失劳动能力、医疗护理费用、托管护理费用、财产与责任损失、失业 3）提供退休后的收入 （2）让客户认识自己的风险承受能力 （3）确定投资计划 （4）实施投资计划 （5）监控投资计划

 真题链接

一、单项选择题（以下各小题所给出的四个选项中，只有一项最符合题目的要求，请选择相应选项，不选、错选均不得分。）

1．下列不属于客户常规性收入的是（　　）。[2010年真题]

　　A．银行存款利息　　　　　　　　B．捐赠款

　　C．工资　　　　　　　　　　　　D．债券投资收益

【答案】B　在预测客户的未来收入时，可以将收入分为常规性收入和临时性收入两类。常规性收入一般在上一年收入的基础上预测其变化率即可，如工资、奖金和津贴、股票和债券投资收益、银行存款利息和租金收入等。

2．下列各项中属于个人资产负债表中流动资产的是（　　）。[2010年真题]

　　A．股票　　　　　　　　　　　　B．房地产

　　C．保险费　　　　　　　　　　　D．货币市场基金

【答案】D　在个人资产负债表中，流动资产的项目包括：现金、活期存款、定期存款、货币市场基金。AB两项属于投资；C项属于短期负债。

3．为了弥补客户临时性资金短缺，一般商业银行的理财业务人员会建议客户开立（　　）。[2010年真题]

A．扣款账户　　　　　　　　　　B．定期存款账户

C．信用卡账户　　　　　　　　　D．交易账户

【答案】C　为了控制费用与投资储蓄，银行从业人员应该建议客户在银行开设三种类型的账户：①定期投资账户，达到强迫储蓄的功能；②扣款账户，若有贷款本息要缴，则在贷款行开一个扣款账户，方便客户随时掌握贷款的本息交付状况；③信用卡账户，弥补临时性资金不足，减少低收益资金的比例。

4．（　　）是税收规划最基本的原则，是税收规划与偷税漏税区别开来的根本所在。[2010年真题]

A．目的性原则　　　　　　　　　B．合法性原则

C．综合性原则　　　　　　　　　D．规划性原则

【答案】B　合法性原则是税收规划最基本的原则，这是由税法的税收法定原则所决定的，也是税收规划与偷税漏税乃至避税行为区别开来的根本所在。合法性原则意味着它是在尊重法律、不违反法律法规和不恶意钻法律漏洞的前提下进行的。

5．下列理财目标中属于短期目标的是（　　）。[2009年真题]

A．按揭买房　　　　　　　　　　B．退休

C．子女教育储蓄　　　　　　　　D．休假

【答案】D　客户在与银行从业人员接触的过程中会提出他所期望达到的目标。这些目标按时间的长短可以划分为：①短期目标（例如休假、购置新车、存款等）；②中期目标（例如子女的教育储蓄、按揭买房等）；③长期目标（例如退休、遗产等）。

6．下列不属于人身保险的是（　　）。[2009年真题]

A．人寿保险　　　　　　　　　　B．健康保险

C．责任保险　　　　　　　　　　D．意外伤害保险

【答案】C　对人身保险的被保险人而言，客户既面临意外伤害风险，又面临疾病风险，还有死亡风险等。所以，银行从业人员可以相应地为客户选择意外伤害保险、健康保险或人寿保险等。因此，此三项属于人身保险。责任保险的保障对象是投保人按照法律应当承担的损害赔偿责任，不属于人身保险。

二、**多项选择题**（以下各小题所给出的五个选项中，有两项或两项以上符合题目的要求，请选择相应选项，多选、错选均不得分。）

1．下列对理财行为影响现金流量表的分析正确的有（　　）。[2010年真题]

A．将闲置的房产出租，现金流净额将会增加

B．将现金存为银行活期存款，不影响现金流量净额

C．用股票偿还等于股票市值的长期债务，不影响现金流净额

D．用银行存款申购长期国债，不影响现金流量净额

E．用现金购买笔记本电脑一台，现金流净额减少

【答案】ACDE　B项，将现金存为银行活期存款，会使得现金流量净额减少。

2．在有效债务管理中，银行从业人员应帮助客户选择最佳的信贷品种和还款方式，需要考虑的因素包括（　　　）。[2010年真题]

　　A．还款能力　　　　　　　　　B．贷款需求

　　C．预期收支情况　　　　　　　D．家庭现有经济实力

　　E．信贷策划特殊情况的处理

【答案】ABCDE　在有效债务管理中，银行从业人员应帮助客户选择最佳的信贷品种和还款方式，使其在有限的收入条件下，既能按期还本付息，又可以用最低的贷款成本实现效用最大化。需要考虑的因素包括：①贷款需求。②家庭现有经济实力。③预期收支情况。④还款能力。⑤合理选择贷款种类和担保方式。⑥选择贷款期限与首期用款及还贷方式。⑦信贷策划特殊情况的处理。

3．下列保险规划的做法中，不恰当的有（　　　）。[2009年真题]

　　A．为家庭主要经济来源购买人身保险

　　B．保险金额太小

　　C．为10万元的财产在两家不同的公司投资，共投保20万元

　　D．富翁家庭为在家太太购买巨额人身意外险

　　E．为感冒、牙痛等小病专门投保

【答案】BCDE　保险规划风险有未充分保险的风险、过分保险的风险和不必要保险的风险。选项B属于未充分保险的风险；选项C和选项D均属于过分保险的风险；选项E属于不必要保险的风险。为家庭主要经济来源购买人身保险属于正常的保险规划。因此，选项A不符合题意。

三、判断题（请对以下各小题的描述作出判断，正确用A表示，错误用B表示。）

在理财顾问服务中，商业银行涉及客户财务资源的具体操作，为客户作最终决策。（　　）[2009年真题]

【答案】B　在理财顾问服务中，商业银行不涉及客户财务资源的具体操作，只提供建议，最终决策权在客户。如果客户接受建议并实施，因此产生的所有收益或风险均由客户拥有或承担。

第7章 个人理财业务相关法律法规

本章命题规律

对近年考试大纲及考试命题进行总结发现，本章是考试的重点章节，其命题规律具体表现在以下几点：

1. 个人理财业务活动涉及的相关法律内容较多，考试中占的比重较大，是重要的命题点。

2. 个人理财业务活动涉及的相关行政法规属于常考内容。

3. 个人理财业务活动涉及的相关部门规章及解释是需要熟记的内容。

核心考点解读

1 个人理财业务活动涉及的相关法律

1.1 《中华人民共和国民法通则》（表7-1～表7-2）

表7-1　民事法律行为的基本原则和民事法律关系主体

项　　目		内　　容
民事法律行为的基本原则		民事法律行为是指公民或者法人设立、变更、终止民事权利和民事义务的合法行为。平等的民事法律主体之间进行的民事法律活动，应当遵循民事法律的自愿、公平、等价有偿、诚实信用的原则
主体	公民	公民，是指具有某一国家的国籍，根据该国的法律享有权利和承担义务的自然人 我国的公民，就是指具有中华人民共和国的国籍，享有中华人民共和国法律规定的权利并履行法律规定义务的自然人 从范围上讲，公民的范围小于自然人的范围。自然人，是指具有自然生命形式的人。在一个国家中生活的自然人不仅有本国公民，还包括外国人和无国籍人 《中华人民共和国民法通则》（以下简称《民法通则》）对自然人的民事权利能力和民事行为能力作了以下规定： （1）自然人的民事权利能力 （2）自然人的民事行为能力 《民法通则》对自然人的民事行为能力根据自然人的年龄和智力状况作了如下分类： 1）完全民事行为能力人 2）限制民事行为能力人 3）无民事行为能力人

67

（续）

项　目		内　容
主体	法人	（1）法人的概念。《民法通则》第三十六条规定，法人是具有民事权利能力和民事行为能力，依法独立享有民事权利和承担民事义务的组织 （2）法人成立的要件。《民法通则》第三十七条规定，法人应当具备下列条件：（一）依法成立；（二）有必要的财产或者经费；（三）有自己的名称、组织机构和场所；（四）能够独立承担民事责任 （3）法人的分类。《民法通则》以法人活动的性质为标准，将法人分为企业法人、机关法人、事业单位法人和社会团体法人 1）企业法人。企业法人是指以营利为目的，独立从事商品生产和经营活动的法人。在我国，公司法人是最重要的企业法人形式，根据《中华人民共和国公司法》的规定，公司分为有限责任公司和股份有限公司 2）机关法人。机关法人是指依法享有国家赋予的行政权力，并因行使职权的需要而享有相应的民事权利能力和民事行为能力的国家机关 3）事业单位法人。事业单位法人是指从事非营利性的社会各项公益事业的法人。它包括从事文化、教育、体育、卫生、新闻等公益事业的单位，这些法人组织不以营利为目的，一般不参与商品生产和经营活动，虽然有时也能取得一定的收益 4）社会团体法人。社会团体法人是指自然人或法人自愿组成，从事社会公益、文学艺术、学术研究、宗教等活动的各类法人
	非法人组织	非法人组织又称非法人团体，是指不具有法人资格但能以自己的名义进行民事活动的组织

表 7-2　民事代理制度

项　目	内　容
基本含义	《民法通则》第六十三条规定，公民、法人可以通过代理人实施民事法律行为。代理人在代理权限内，以被代理人的名义实施民事法律行为
特征	（1）代理人须在代理权限内实施代理行为 （2）代理人须以被代理人的名义实施代理行为 （3）代理行为必须是具有法律效力的行为 （4）代理行为须直接对被代理人发生效力 （5）代理人在代理活动中具有独立的法律地位
分类	根据代理权产生的根据不同，可以将代理分为委托代理、法定代理和指定代理
委托代理	委托代理的基础法律关系一般是委托合同关系。民事法律行为的委托代理，可以用书面形式，也可以用口头形式
法律责任	（1）没有代理权、超越代理权或者代理权终止后的行为，只有经过被代理人的追认，被代理人才承担民事责任。未经追认的行为，由行为人承担民事责任。本人知道他人以本人名义实施民事行为而不作否认表示的，视为同意 （2）代理人不履行职责而给被代理人造成损害的，应当承担民事责任 （3）代理人和第三人串通，损害被代理人利益的，由代理人和第三人负连带责任 （4）第三人知道行为人没有代理权、超越代理权或者代理权已终止还与行为人实施民事行为给他人造成损害的，由第三人和行为人负连带责任 （5）代理人知道被委托代理的事项违法仍然进行代理活动的，或者被代理人知道代理人的代理行为违法不表示反对的，由被代理人和代理人负连带责任
代理的终止	有下列情形之一的，委托代理终止： （1）代理期间届满或者代理事务完成 （2）被代理人取消委托或者代理人辞去委托 （3）代理人死亡 （4）代理人丧失民事行为能力 （5）作为被代理人或者代理人的法人终止 有下列情形之一的，法定代理或者指定代理终止： （1）被代理人取得或者恢复民事行为能力 （2）被代理人或者代理人死亡 （3）代理人丧失民事行为能力 （4）指定代理的人民法院或者指定单位取消指定 （5）由其他原因引起的被代理人和代理人之间的监护关系消灭

1.2 《中华人民共和国合同法》(表 7-3)

表 7-3 《中华人民共和国合同法》

项　目	内　容
合同的概念	合同是当事人之间权利义务关系的协议。《中华人民共和国合同法》(以下简称《合同法》)第二条第一款规定:本法所称合同是平等主体的自然人、法人、其他组织之间设立、变更、终止民事权利义务关系的协议
合同的订立	当事人订立合同,应当具有相应的民事权利能力和民事行为能力。当事人依法可以委托代理人订立合同。当事人在订立合同过程中知悉的商业秘密,无论合同是否成立,不得泄露或者不正当地使用。泄露或者不正当地使用该商业秘密给对方造成损失的,应当承担损害赔偿责任 当事人订立合同,有书面形式、口头形式和其他形式。法律、行政法规规定采用书面形式的,应当采用书面形式。当事人约定采用书面形式的,应当采用书面形式。书面形式是指合同书、信件和数据电文(包括电报、电传、传真、电子数据交换和电子邮件)等可以有形地表现所载内容的形式
格式条款合同	采用格式条款订立合同的,提供格式条款的一方应当遵循公平原则确定当事人之间的权利和义务,并采取合理的方式提请对方注意免除或者限制其责任的条款,按照对方的要求,对该条款予以说明 格式条款是当事人为了重复使用而预先拟订,并在订立合同时未与对方协商的条款
无效合同	有下列情形之一的,合同无效: (1) 一方以欺诈、胁迫的手段订立合同,损害国家利益 (2) 恶意串通,损害国家、集体或者第三人利益 (3) 以合法形式掩盖非法目的 (4) 损害社会公共利益 (5) 违反法律、行政法规的强制性规定
合同中免责条款的无效	《合同法》第五十三条规定,合同中的下列免责条款无效: (1) 造成对方人身伤害的 (2) 因故意或者重大过失造成对方财产损失的
可撤销的合同	签订的合同有下列情形时,当事人一方有权请求人民法院或者仲裁机构变更或者撤销: (1) 因重大误解订立的 (2) 在订立合同时显失公平的
合同履行	(1) 当事人应当按照约定全面履行自己的义务 (2) 合同履行的抗辩权 第一,同时履行抗辩权:当事人互负债务,没有先后履行顺序的,应当同时履行。一方在对方履行之前有权拒绝其履行要求。一方在对方履行债务不符合约定时,有权拒绝其相应的履行要求 第二,先履行抗辩权:当事人互负债务,有先后履行顺序,先履行一方未履行的,后履行一方有权拒绝其履行要求。先履行一方履行债务不符合约定的,后履行一方有权拒绝其相应的履行要求 第三,不安抗辩权:应当先履行债务的当事人,有确切证据证明对方有下列情形之一的,可以中止履行: 1) 经营状况严重恶化 2) 转移财产、抽逃资金,以逃避债务 3) 丧失商业信誉 4) 有丧失或者可能丧失履行债务能力的其他情形 当事人没有确切证据中止履行的,应当承担违约责任
违约责任	违约责任是指当事人一方不履行合同债务或其履行不符合合同约定时,对另一方当事人所应承担的继续履行、采取补救措施或者赔偿损失等民事责任 违约责任的承担形式主要有: (1) 违约金责任 (2) 赔偿损失 (3) 强制履行 (4) 订金责任 (5) 采取补救措施

1.3 《中华人民共和国商业银行法》（表7-4～表7-7）

表7-4 概述

项　目	内　容
施行时间	《中华人民共和国商业银行法》（以下简称《商业银行法》）于1995年5月10日第八届全国人民代表大会常务委员会第十三次会议通过，并于1995年7月1日起正式实施。2003年12月27日第十届全国人民代表大会常务委员会第六次会议通过了《关于修改〈中华人民共和国商业银行法〉的决定》
内容	《商业银行法》共分九章，分别为总则、商业银行的设立和组织机构、对存款人的保护、贷款和其他业务的基本规则、财务会计、监督管理、接管和终止、法律责任和附则 《商业银行法》是调整商业银行的组织及其业务活动的法律

表7-5 商业银行的组织形式、经营原则

项　目	内　容
组织形式	商业银行的组织形式有两种：第一种是银行有限责任公司，股东以其出资额为限对银行的债务承担责任，该银行以其全部资产对外承担责任；第二种是银行股份有限公司，银行的全部资本划分为等额股份，股东以其所持股份为限对银行承担责任，银行以其全部资产对外承担责任
经营原则	商业银行实行自主经营、自担风险、自负盈亏、自我约束、在经营活动中要坚持以下原则： （1）"三性"原则，即安全性原则、流动性原则和效益性原则 （2）业务往来遵循平等、自愿、公平和诚实信用原则 （3）保障存款人的合法权益不受侵犯的原则 （4）公平竞争原则 （5）依法经营，不得损害社会公益的原则 （6）严格贷款的资信担保、依法按期收回贷款本息原则

表7-6 商业银行的主要业务

项　目	内　容
第三条规定	商业银行可以经营下列部分或者全部业务： （一）吸收公众存款 （二）发放短期、中期和长期贷款 （三）办理国内外结算 （四）办理票据承兑与贴现 （五）发行金融债券 （六）代理发行、代理兑付、承销政府债券 （七）买卖政府债券、金融债券 （八）从事同业拆借 （九）买卖、代理买卖外汇 （十）从事银行卡业务 （十一）提供信用证服务及担保 （十二）代理收付款项及代理保险业务 （十三）提供保管箱服务 （十四）经国务院银行业监督管理机构批准的其他业务

（续）

项　目	内　容
按资金来源和用途划分	（1）负债业务，即商业银行通过一定的形式组织资金来源的业务。主要包括吸收公众存款、发放金融债券、从事同业拆借等，其中吸收公众存款是最主要的负债业务 （2）资产业务，即商业银行运用其积聚的货币资金从事各种信用活动的业务。主要包括发放短期、中期和长期贷款、办理票据承兑与贴现、买卖外汇等，其中最主要的业务是发放贷款 （3）中间业务，即商业银行不运用自己的资金，而代理客户承办支付和其他委托事项并从中收取手续费的业务。主要包括办理国内外结算、代理发行、代理兑付、承销政府债券、代理买卖外汇、提供信用证服务及担保、代理收付款项及代理保险业务等

表 7-7　违反《商业银行法》的法律责任

项　目		内　容
侵犯存款人利益的		商业银行有下列行为之一，对存款人或者其他客户造成财产损害的，应当承担支付延迟履行的利息以及其他民事责任：无故拖延或者拒绝支付存款本金和利息的；违反票据承兑等结算业务规定，不予兑现，不予收付入账，压单、压票或者违反规定退票的；非法查询、冻结、扣划个人储蓄存款或者单位存款的；违反《商业银行法》的规定对存款人或者其他客户造成其他损害的
商业银行违反有关监管规定的	第七十四条规定	商业银行有下列情形之一，由国务院银行业监督管理机构责令改正，有违法所得的，没收违法所得，违法所得五十万元以上的，并处违法所得一倍以上五倍以下罚款；没有违法所得或者违法所得不足五十万元的，处五十万元以上两百万元以下罚款；情节特别严重或者逾期不改正的，可以责令停业整顿或者吊销其经营许可证；构成犯罪的，依法追究刑事责任： （一）未经批准设立分支机构的 （二）未经批准分立、合并或者违反规定对变更事项不报批的 （三）违反规定提高或者降低利率以及采用其他不正当手段吸收存款、发放贷款的 （四）出租、出借经营许可证的 （五）未经批准买卖、代理买卖外汇的 （六）未经批准买卖政府债券或者发行、买卖金融债券的 （七）违反国家规定从事信托投资和证券经营业务、向非自用不动产投资或者向非银行金融机构和企业投资的 （八）向关系人发放信用贷款或者发放担保贷款的条件优于其他借款人同类贷款条件的
	第七十五条规定	商业银行有下列情形之一，由国务院银行业监督管理机构责令改正，并处二十万元以上五十万元以下罚款；情节特别严重或者逾期不改正的，可以责令停业整顿或者吊销其经营许可证；构成犯罪的，依法追究刑事责任 （一）拒绝或者阻碍国务院银行业监督管理机构检查监督的 （二）提供虚假的或者隐瞒重要事实的财务会计报告、报表和统计报表的 （三）未遵守资本充足率、存贷比例、资产流动性比例、同一借款人贷款比例和国务院银行业监督管理机构有关资产负债比例管理的其他规定的
	第七十六条规定	商业银行有下列情形之一，由中国人民银行责令改正，有违法所得的，没收违法所得，违法所得五十万元以上的，并处违法所得一倍以上五倍以下罚款；没有违法所得或者违法所得不足五十万元的，处五十万元以上二百万元以下罚款；情节特别严重或者逾期不改正的，中国人民银行可以建议国务院银行业监督管理机构责令停业整顿或者吊销其经营许可证；构成犯罪的，依法追究刑事责任： （一）未经批准办理结汇、售汇的 （二）未经批准在银行间债券市场发行、买卖金融债券或者到境外借款的 （三）违反规定同业拆借的

（续）

项　目		内　容
商业银行违反有关监管规定的	第七十七条规定	商业银行有下列情形之一，由中国人民银行责令改正，并处十万元以上五十万元以下罚款；情节特别严重或者逾期不改正的，中国人民银行可以建议国务院银行业监督管理机构责令停业整顿或者吊销其经营许可证；构成犯罪的，依法追究刑事责任： （一）拒绝或者阻碍中国人民银行检查监督的 （二）提供虚假的或者隐瞒重要事实的财务会计报告、报表和统计报表的 （三）未按照中国人民银行规定的比例交存款准备金的
	第七十九条规定	有下列情形之一，由国务院银行业监督管理机构责令改正，有违法所得的，没收违法所得，违法所得五万元以上的，并处违法所得一倍以上五倍以下罚款；没有违法所得或者违法所得不足五万元的，处五万元以上五十万元以下罚款： （一）未经批准在名称中使用"银行"字样的 （二）未经批准购买商业银行股份总额百分之五以上的 （三）将单位的资金以个人名义开立账户存储的
工作人员违反法律的	第八十四条规定	商业银行工作人员利用职务上的便利，索取、收受贿赂或者违反国家规定收受各种名义的回扣、手续费，构成犯罪的，依法追究刑事责任；尚不构成犯罪的，应当给予纪律处分 有前款行为，发放贷款或者提供担保造成损失的，应当承担全部或者部分赔偿责任
	第八十五条规定	商业银行工作人员利用职务上的便利，贪污、挪用、侵占本行或者客户资金，构成犯罪的，依法追究刑事责任；尚不构成犯罪的，应当给予纪律处分
	第八十六条规定	商业银行工作人员违反本法规定玩忽职守造成损失的，应当给予纪律处分；构成犯罪的，依法追究刑事责任 违反规定徇私向亲属、朋友发放贷款或者提供担保造成损失的，应当承担全部或者部分赔偿责任
	第八十七条规定	商业银行工作人员泄露在任职期间知悉的国家秘密、商业秘密的，应当给予纪律处分；构成犯罪的，依法追究刑事责任
	第八十八条规定	单位或者个人强令商业银行发放贷款或者提供担保的，应当对直接负责的主管人员和其他直接责任人员或者个人给予纪律处分；造成损失的，应当承担全部或者部分赔偿责任 商业银行的工作人员对单位或者个人强令其发放贷款或者提供担保未予拒绝的，应当给予纪律处分；造成损失的，应当承担相应的赔偿责任
	第八十九条规定	商业银行违反本法规定的，国务院银行业监督管理机构可以区别不同情形，取消其直接负责的董事、高级管理人员一定期限直至终身的任职资格，禁止直接负责的董事、高级管理人员和其他直接责任人员一定期限直至终身从事银行业工作 商业银行的行为尚不构成犯罪的，对直接负责的董事、高级管理人员和其他直接责任人员，给予警告，处五万元以上五十万元以下罚款

1.4 《中华人民共和国银行业监督管理法》（表7-8）

表7-8 《中华人民共和国银行业监督管理法》

项　目	内　容
概述	2003年12月27日，第十届全国人民代表大会常务委员会第六次会议通过《中华人民共和国银行业监督管理法》（以下简称《银行业监督管理法》），并于2004年2月1日起施行；2006年10月31日第十届全国人民代表大会常务委员会第二十四次会议通过关于修改《银行业监督管理法》的决定，自2007年1月1日起施行 《银行业监督管理法》规定，国务院银行业监督管理机构（中国银监会）依法负责对全国银行业金融机构及其业务活动进行监督管理 《银行业监督管理法》共分六章，分别为：总则、监督管理机构、监督管理职责、监督管理措施、法律责任和附则
监管目标	依照《银行业监督管理法》第三条的规定，银行业监督管理的目标包括两个方面：一是促进银行业的合法、稳健运行，维护公众对银行业的信心；二是保护银行业公平竞争，提高银行业竞争能力

（续）

项　目	内　容
监管措施	《银行业监督管理法》第五条规定，银行业监督管理机构及其从事监督管理工作的人员依法履行监督管理职责，受法律保护。地方政府、各级政府部门、社会团体和个人不得干涉 　银行业监管措施主要有： （1）要求银行金融机构报送报表、资料 （2）现场检查 （3）与银行业金融机构高管人员谈话制度 （4）责令银行业金融机构依法披露信息 （5）对违规行为进行处理、处罚 （6）对有信用危机的银行业金融机构实行接管或者重组 （7）对有严重违法经营、经营管理不善的银行业金融机构予以撤销 （8）查询、申请冻结有关机构及人员的账户

1.5 《中华人民共和国证券法》（表 7-9～表 7-12）

表 7-9　概述和基本原则

项　目	内　容
概述	《中华人民共和国证券法》（以下简称《证券法》）可调整证券发行、交易、监管等活动中的经济关系，其范围涵盖了中国境内的股票、公司债券和国务院依法认定的其他证券，旨在保护投资者的合法权益，维护社会经济秩序和社会公共利益 　《证券法》共分十二章，分别是总则、证券发行、证券交易、上市公司的收购、证券交易所、证券公司、证券登记结算机构、证券服务机构、证券业协会、证券监督管理机构、法律责任和附则
基本原则	（1）公开、公平、公正原则 （2）自愿、有偿、诚实信用的原则 （3）合法原则 （4）分业经营、分业管理的原则 （5）保护投资者合法权益的原则 （6）国家集中统一监管与行业自律相结合的原则

表 7-10　证券机构

项　目	内　容
证券交易所	证券交易所是为证券集中交易提供场所和实施，组织和监督证券交易，实行自律管理的法人，其设立和解散由国务院决定。目前，我国大陆地区有 1990 年 12 月设立的上海证券交易所和 1991 年 7 月设立的深圳证券交易所两家证券交易所
证券公司	证券公司是依照《中华人民共和国公司法》（以下简称《公司法》）和《证券法》的规定设立的经营证券业务的有限责任公司或股份有限公司。证券公司的设立必须经国务院证券管理机构审查批准。未经国务院证券监督管理机构批准，任何单位和个人不得经营证券业务。证券公司包括两类，实行公类管理；一类是综合类证券公司，依法可以经营证券承销、自营和经纪等业务；另一类是经纪类证券公司，依法专门从事证券经纪业务
证券登记结算机构	证券登记结算机构是为证券交易提供集中登记、存管与结算服务、不以营利为目的的法人。设立证券登记结算机构必须经国务院证券监督管理机构批准。其履行下列职能： （1）证券账户、结算账户的设立 （2）证券的存管和过户 （3）证券持有人名册登记 （4）证券交易所上市证券交易的清算和交收 （5）受发行人的委托派发证券权益 （6）办理与上述业务有关的查询 （7）国务院证券监督管理机构批准的其他业务

（续）

项　目	内　容
证券服务机构	投资咨询机构、财务顾问机构、资信评级机构、资产评估机构、会计师事务所从事证券服务业务，必须经国务院证券监督管理机构和有关主管部门批准
证券业协会	证券业协会是证券业的自律性组织，具社团法人资格。其职责主要包括： （1）教育和组织会员遵守证券法律、行政法规 （2）依法维护会员的合法权益，向证券监督管理机构反映会员的建议和要求 （3）收集整理证券信息，为会员提供服务 （4）制定会员应遵守的规则，组织会员单位的从业人员的业务培训，开展会员间的业务交流 （5）对会员之间、会员与客户之间发生的证券业务纠纷进行调解 （6）组织会员就证券业的发展、运作及有关内容进行研究 （7）监督、检查会员行为，对违反法律、行政法规或者协会章程的，按照规定给予纪律处分 （8）证券业协会章程规定的其他职责
证券监督管理机构	按照《证券法》的规定，我国依法对证券市场实行监督管理的机构是国务院证券监督管理机构，目前是中国国务院证券监督管理委员会。国务院证券监督管理机构对证券市场实施监督管理，其主要履行以下职责： （1）依法制定有关证券市场监督管理的规章、规则，并依法行使审批或者核准权 （2）依法对证券的发行、上市、交易、登记、存管、结算进行监督管理 （3）依法对证券发行人、上市公司、证券公司、证券投资基金管理公司、证券服务机构、证券交易所、证券登记结算机构的证券业务活动进行监督管理 （4）依法制定从事证券业务人员的资格标准和行为准则，并监督实施 （5）依法监督检查证券发行、上市和交易的信息公开情况 （6）依法对证券业协会的活动进行指导和监督 （7）依法对违反证券市场监督管理法律、行政法规的行为进行查处 （8）法律、行政法规规定的其他职责 国务院证券监督管理机构可以和其他国家或者地区的证券监督管理机构建立监督管理合作机制，实施跨境监督管理

表7-11　证券交易的有关规定

项　目	内　容
限制和禁止的证券交易行为的	第三十七条　证券交易当事人依法买卖的证券，必须是依法发行并交付的证券。非依法发行的证券不得买卖 第三十八条　依法发行的股票、公司债券及其他证券，法律对其转让期限有限制性规定的，在限定的期限内不得买卖 第三十九条　依法公开发行的股票、公司债券及其他证券，应当在依法设立的证券交易所上市或者在国务院批准的其他证券交易所转让 第四十二条　证券交易以现货和国务院规定的其他方式进行交易 第四十三条　证券交易所、证券公司和证券登记结算机构的从业人员、证券监督管理机构的工作人员以及法律、行政法规禁止参与股票交易的其他人员，在任期或者法定限期内，不得直接或者以化名、借他人名义持有、买卖股票，任何人在成为前款所列人员时，其原已持有的股票，必须依法转让 第四十五条　为股票发行出具审计报告、资产评估报告或者法律意见书等文件的证券服务机构和人员，在该股票承销期内和期满后六个月内，不得买卖该种股票。除前款规定外，为上市公司出具审计报告、资产评估报告或者法律意见书等文件的证券服务机构和人员，自接受上市公司委托之日起至上述文件公开后五日内，不得买卖该种股票 第四十七条　上市公司董事、监事、高级管理人员、持有上市股份公司股份百分之五以上的股东，将其持有的该公司股票在买入后六个月内卖出，或者在卖出后六个月内买入，由此所得收益归该公司所有，公司董事会应当收回其所得收益。但是证券公司因包销购入售后剩余股票而持有百分之五以上股份的，卖出股票不受六个月时间限制

（续）

项　　目		内　　容
禁止内幕交易	内幕信息的知情人	内幕交易是一种证券投机行为，属于欺诈交易，是证券犯罪的常见形态。《证券法》第七十三条规定：禁止证券交易内幕信息的知情人和非法获取内幕信息的人利用内幕信息从事证券交易活动。其中证券交易内幕信息的知情人包括： （1）发行人的董事、监事、高级管理人员 （2）持有公司百分之五以上股份的股东及其董事、监事、高级管理人员，公司的实际控制人及其董事、监事、高级管理人员 （3）发行人控股的公司及其董事、监事、高级管理人员 （4）由于所任公司职务可以获取公司有关内幕信息的人员 （5）证券监督管理机构工作人员以及由于法定职责对证券的发行、交易进行管理的其他人员 （6）保荐人、承销的证券公司、证券交易所、证券登记结算机构、证券服务机构的有关人员 （7）国务院证券监督管理机构规定的其他人
	内幕信息	内幕信息是指证券交易活动中，涉及公司的经营、财务或者对该公司证券的市场价格有重大影响的尚未公开的信息，包括： 发生可能对上市公司股票交易价格产生较大影响的重大事件；公司分配股利或者增资的计划；公司股权结构的重大变化；公司债务担保的重大变更；公司营业用主要资产的抵押、出售或者报废一次超过该资产的百分之三十；公司的董事、监事、高级管理人员的行为可能依法承担重大损害赔偿责任；上市公司收购的有关方案；国务院证券监督管理机构认定的对证券交易价格有显著影响的其他重要信息。其中，可能对上市公司股票交易价格产生较大影响的重大事件包括： （1）公司的经营方针和经营范围的重大变化 （2）公司的重大投资行为和重大的购置财产的决定 （3）公司订立重要合同，可能对公司的资产、负债、权益和经营成果产生重要影响 （4）公司发生重大债务和未能清偿到期重大债务的违约情况 （5）公司发生重大亏损或者重大损失 （6）公司生产经营的外部条件发生重大变化 （7）公司的董事、三分之一以上监事或者经理发生变动 （8）持有公司百分之五以上股份的股东或者实际控制人，其持有股份或者控制公司的情况发生较大变化 （9）公司减资、合并、分立、解散及申请破产的决定 （10）涉及公司的重大诉讼，股东大会、董事会决议被依法撤销或宣告无效 （11）公司涉嫌犯罪被司法机关立案调查，公司董事、监事、高级管理人员涉嫌犯罪被司法机关采取强制措施 （12）国务院证券监督管理机构规定的其他事项
禁止操纵证券市场		禁止操纵证券市场的行为。所谓操纵市场，是指少数人以获取利益或者减少损失为目的，利用其资金、信息等优势或者滥用职权，影响证券市场价格，制造证券市场假象，诱导或者致使普通投资者在不了解事实真相的情况下作出证券投资决定，扰乱证券市场秩序的行为 操纵市场的手段主要包括： （1）单独或通过合谋，集中资金优势、持股优势或利用信息优势联合或连续买卖，操纵证券交易价格或证券交易量 （2）与他人串通，以事先约定的时间、价格和方式相互进行证券交易，影响证券交易价格或证券交易量 （3）在自己实际控制的账户之间进行证券交易，影响证券交易价格或证券交易量 （4）其他手段操纵证券市场 操纵证券市场行为给投资者造成损失的，行为人当依法承担赔偿责任
禁止虚假陈述和信息误导		禁止虚假陈述和信息误导行为。虚假陈述包括两种情况，一是虚假陈述行为，即发行人、承销商公告的招股说明书、公司债券募集办法、财务会计报告、上市报告文件，年度报告、中期报告、临时报告中故意虚假记载、误导性陈述或者有重大遗漏致使投资者在证券交易中遭受损失；二是编造并传播虚假信息，严重影响证券交易的行为 《证券法》第七十八条规定：禁止国家工作人员、传播媒介从业人员和有关人员编造、传播虚假信息，扰乱证券市场 禁止证券交易所、证券公司、证券登记结算机构、证券服务机构及其从业人员，证券业协会、证券监督管理机构及其工作人员，在证券交易活动中作出虚假陈述或者信息误导 各种传播媒介传播证券市场信息必须真实、客观，禁止误导

（续）

项　目	内　容
禁止欺诈客户行为	禁止证券公司及其从业人员从事下列损害客户利益的欺诈行为： （1）违背客户的委托为其买卖证券 （2）不在规定时间内向客户提供交易的书面确认文件 （3）挪用客户所委托买卖的证券或者客户账户上的资金 （4）未经客户的委托，擅自为客户买卖证券，或者假借客户的名义买卖证券 （5）为牟取佣金收入，诱使客户进行不必要的证券买卖 （6）利用传播媒介或者通过其他方式提供、传播虚假或者误导投资者的信息 （7）其他违背客户真实意思表示、损害客户利益的行为 欺诈客户行为给客户造成损失的，行为人应依法承担赔偿责任
禁止的其他行为	（1）禁止法人非法利用他人账户从事证券交易；禁止法人出借自己或者他人的证券账户 （2）依法拓宽资金入市渠道，禁止资金违规流入股市 （3）禁止任何人挪用公款买卖证券

表 7-12　客户交易结算账户管理与违反《证券法》的法律责任

项　目		内　容
客户交易结算账户管理		客户交易结算账户是指存管银行为每个投资者开立的、管理投资者用于证券买卖用途的交易结算资金存管专户。客户交易结算资金管理账户记载客户交易结算资金的变动明细，并与客户的银行结算账户（储蓄卡）和客户的证券资金账户之间建立对应关系
违反《证券法》的法律责任	发行人擅自发行证券的民事责任	《证券法》第一百八十八条规定：未经法定机关核准，擅自公开或变相公开发行证券的，责令停止发行，退还所募资金并加算银行同期存款利息，处以非法所募资金金额百分之一以上百分之五以下的罚款；对擅自公开或者变相公开发行证券设立的公司，由依法履行监督管理职责的机构或者部门会同县级以上地方人民政府予以取缔。对直接负责的主管人员和其他直接责任人员给予警告，并处以三万元以上三十万元以下的罚款
	虚假陈述的民事责任	《证券法》第一百九十一条规定：证券公司承销证券，有下列行为之一的，责令改正，给予警告，没收违法所得，可以并处三十万元以上六十万元以下的罚款；情节严重的，暂停或者撤销相关业务许可。给其他证券承销机构或者投资者造成损失的，依法承担赔偿责任。对直接负责的主管人员和其他直接责任人员给予警告，可以并处三万元以上三十万元以下的罚款；情节严重的，撤销任职资格或者证券从业资格： （1）进行虚假的或者误导投资者的广告或者其他宣传推介活动 （2）以不正当竞争手段招揽承销业务 （3）其他违反证券承销业务规定的行为
	内幕交易的民事责任	《证券法》第二百零二条规定：证券交易内幕信息的知情人或非法获取内幕信息的人，在涉及证券的发行、交易或其他对证券的价格有重大影响的信息公开前，买卖该证券，或泄露该信息，或建议他人买卖该证券的，责令依法处理非法持有的证券，没收违法所得，并处以违法所得一倍以上五倍以下的罚款；没有违法所得或违法所得不足三万元的，处三万元以上六十万元以下的罚款。单位从事内幕交易的，还应当对直接负责的主管人员和其他直接责任人员给予警告，并处以三万元以上三十万元以下的罚款
	操纵市场行为的民事责任	《证券法》第二百零三条规定：违反本法（《证券法》）规定，操纵证券市场的，责令依法处理其非法持有的证券，没收违法所得，并处以违法所得一倍以上五倍以下的罚款；没有违法所得或者违法所得不足三十万元的，处以三十万元以上三百万元以下的罚款。单位操纵证券市场的，还应当对直接负责的主管人员和其他直接责任人员给予警告，并处十万元以上六十万元以下的罚款

1.6 《中华人民共和国证券投资基金法》（表 7-13～表 7-18）

表 7-13　基本内容

项　目	内　容
施行时间	《中华人民共和国证券投资基金法》以下简称《证券投资基金法》于 2003 年 10 月 28 日第十届全国人民代表大会常务委员会第五次会议通过，并于 2004 年 6 月 1 日起施行
内容	《证券投资基金法》对证券投资基金的性质、地位、基金财产、基金管理人与托管人、基金的募集、封闭式基金份额的交易、开放式基金份额的申购与赎回、基金的投资运作与信息披露、基金合同的变更终止与财产清算、基金份额持有人权利与持有人大会、法律责任等内容作了全面规定 《证券投资基金法》共分十二章，分别是总则，基金管理人，基金托管人，基金的募集，基金份额的交易，基金份额的申购与赎回，基金的运作与信息披露，基金合同的变更、终止与基金财产清算，基金份额持有人权利及其行使，监督管理，法律责任和附则
范围	《证券投资基金法》的调整范围只限于证券投资基金，除此之外的政府建设基金、社会公益基金和保险基金等均不属于该法的调整对象

表 7-14　和个人理财业务相关的重要法条内容——证券投资基金的基本概念

项　目		内　容
概念		证券投资基金是指通过发售基金份额，将众多投资者的资金集中起来，形成独立财产，由基金托管人（商业银行）托管，基金管理人（基金公司）管理，以投资组合的方式进行证券投资
特点		（1）证券投资基金是由专家运作、管理并专门投资于证券市场的基金 （2）证券投资基金是一种间接的证券投资方式；投资者是通过购买基金而间接投资于证券市场的 （3）证券投资基金具有投资小、费用低的优点 （4）证券投资基金具有组合投资、分散风险的好处 （5）流动性强
基金管理人	概念	基金管理人是负责基金的具体投资操作和日常管理的机构。基金管理人由依法设立的基金管理公司担任。担任基金管理人，应当经国务院证券监督管理机构核准
	第十三条规定	设立基金管理公司，应当具备下列条件，并经国务院证券监督管理机构批准： （一）有符合本法和《中华人民共和国公司法》规定的章程 （二）注册资本不低于一亿元人民币，且必须为实缴货币资本 （三）主要股东具有从事证券经营、证券投资咨询、信托资产管理或者其他金融资产管理的较好的经营业绩和良好的社会信誉，最近三年没有违法记录，注册资本不低于三亿元人民币 （四）取得基金从业资格的人员达到法定人数 （五）有符合要求的营业场所、安全防范设施和与基金管理业务有关的其他设施 （六）有完善的内部稽核监控制度和风险控制制度 （七）法律、行政法规规定的和经国务院批准的国务院证券监督管理机构规定的其他条件
	第十九条规定	基金管理人应当履行下列职责： （一）依法募集基金，办理或者委托经国务院证券监督管理机构认定的其他机构代为办理基金份额的发售、申购、赎回和登记事宜 （二）办理基金备案手续 （三）对所管理的不同基金财产分别管理、分别记账，进行证券投资 （四）按照基金合同的约定确定基金收益分配方案，及时向基金份额持有人分配收益 （五）进行基金会计核算并编制基金财务会计报告 （六）编制中期和年度基金报告 （七）计算并公告基金资产净值，确定基金份额申购、赎回价格 （八）办理与基金财产管理业务活动有关的信息披露事项 （九）召集基金份额持有人大会 （十）保存基金财产管理业务活动的记录、账册、报表和其他相关资料 （十一）以基金管理人名义，代表基金份额持有人利益行使诉讼权利或者实施其他法律行为 （十二）国务院证券监督管理机构规定的其他职责

项　目		内　容
基金托管人	概念	基金托管人是投资人权益的代表，是基金资产的名义持有人或管理机构。为了保证基金资产的安全，按照资产管理和资产保管分开的原则运作基金，基金设有专门的基金托管人保管基金资产
	第二十六条规定	申请取得基金托管资格，应当具备下列条件，并经国务院证券监督管理机构和国务院银行业监督管理机构核准： （一）净资产和资本充足率符合有关规定 （二）设有专门的基金托管部门 （三）取得基金从业资格的专职人员达到法定人数 （四）有安全保管基金财产的条件 （五）有安全高效的清算、交割系统 （六）有符合要求的营业场所、安全防范设施和与基金托管业务有关的其他设施 （七）有完善的内部稽核监控制度和风险控制制度 （八）法律、行政法规规定的和经国务院批准的国务院证券监督管理机构、国务院银行业监督管理机构规定的其他条件
	第二十九条规定	基金托管人应当履行下列职责： （一）安全保管基金财产 （二）按照规定开设基金财产的资金账户和证券账户 （三）对所托管的不同基金财产分别设置账户，确保基金财产的完整与独立 （四）保存基金托管业务活动的记录、账册、报表和其他相关资料 （五）按照基金合同的约定，根据基金管理人的投资指令，及时办理清算、交割事宜 （六）办理与基金托管业务活动有关的信息披露事项 （七）对基金财务会计报告、中期和年度基金报告出具意见 （八）复核、审查基金管理人计算的基金资产净值和基金份额申购、赎回价格 （九）按照规定召集基金份额持有人大会 （十）按照规定监督基金管理人的投资运作 （十一）国务院证券监督管理机构规定的其他职责
基金份额持有人	概念	基金投资者即基金份额持有人，通过购买基金管理公司发行的基金份额，按其所持基金份额享受收益和承担风险
	第七十条规定	基金份额持有人享有下列权利： （一）分享基金财产收益 （二）参与分配清算后的剩余基金财产 （三）依法转让或者申请赎回其持有的基金份额 （四）按照规定要求召开基金份额持有人大会 （五）对基金份额持有人大会审议事项行使表决权 （六）查阅或者复制公开披露的基金信息资料 （七）对基金管理人、基金托管人、基金份额发售机构损害其合法权益的行为依法提起诉讼 （八）基金合同约定的其他权利
	第七十一条规定	下列事项应当通过召开基金份额持有人大会审议决定： （一）提前终止基金合同 （二）基金扩募或者延长基金合同期限 （三）转换基金运作方式 （四）提高基金管理人、基金托管人的报酬标准 （五）更换基金管理人、基金托管人 （六）基金合同约定的其他事项

（续）

项 目		内 容
基金合同	概念	基金合同就是指基金管理人、托管人、投资者为设立投资基金而订立的用以明确基金当事人各方权利与义务关系的书面法律文件。基金合同规范基金各方当事人的地位与责任。管理人对基金财产具有经营管理权；托管人对基金财产具有保管权；投资人则对基金运营收益享有收益权，并承担投资风险
	第三十七条规定	基金合同应当包括下列内容： （一）募集基金的目的和基金名称 （二）基金管理人、基金托管人的名称和住所 （三）基金运作方式 （四）封闭式基金的基金份额总额和基金合同期限，或者开放式基金的最低募集份额总额 （五）确定基金份额发售日期、价格和费用的原则 （六）基金份额持有人、基金管理人和基金托管人的权利、义务 （七）基金份额持有人大会召集、议事及表决的程序和规则 （八）基金份额发售、交易、申购、赎回的程序、时间、地点、费用计算方式，以及给付赎回款项的时间和方式 （九）基金收益分配原则、执行方式 （十）作为基金管理人、基金托管人报酬的管理费、托管费的提取、支付方式与比例 （十一）与基金财产管理、运用有关的其他费用的提取、支付方式 （十二）基金财产的投资方向和投资限制 （十三）基金资产净值的计算方法和公告方式 （十四）基金募集未达到法定要求的处理方式 （十五）基金合同解除和终止的事由、程序以及基金财产清算方式 （十六）争议解决方式 （十七）当事人约定的其他事项

表 7-15 和个人理财业务相关的重要法条内容——基金的分类和募集基金

项 目		内 容
基金分类		按照基金运作方式可以把基金分为封闭式基金、开放式基金或者其他方式基金 采用封闭式运作方式的基金（以下简称封闭式基金），是指经核准的基金份额总额在基金合同期限内固定不变，基金份额可以在依法设立的证券交易场所交易，但基金份额持有人不得申请赎回的基金 采用开放式运作方式的基金（以下简称开放式基金），是指基金份额总额不固定，基金份额可以在基金合同约定的时间和场所申购或者赎回的基金 采用其他运作方式的基金的基金份额发售、交易、申购、赎回的办法，由国务院另行规定
募集基金	概述	基金管理人依法发售基金份额，募集基金，国务院证券监督管理机构应当自受理基金募集申请之日起六个月内依照法律、行政法规及国务院证券监督管理机构的规定和审慎监管原则进行审查，作出核准或者不予核准的决定，并通知申请人；不予核准的，应当说明理由
	第三十六条规定	基金管理人依照本法发售基金份额，募集基金，应当向国务院证券监督管理机构提交下列文件，并经国务院证券监督管理机构核准： （一）申请报告 （二）基金合同草案 （三）基金托管协议草案 （四）招募说明书草案 （五）基金管理人和基金托管人的资格证明文件 （六）经会计师事务所审计的基金管理人和基金托管人最近三年或者成立以来的财务会计报告 （七）律师事务所出具的法律意见书 （八）国务院证券监督管理机构规定提交的其他文件

（续）

项 目		内 容
募集基金	第三十八条规定	基金招募说明书应当包括下列内容： （一）基金募集申请的核准文件名称和核准日期 （二）基金管理人、基金托管人的基本情况 （三）基金合同和基金托管协议的内容摘要 （四）基金份额的发售日期、价格、费用和期限 （五）基金份额的发售方式、发售机构及登记机构名称 （六）出具法律意见书的律师事务所和审计基金财产的会计师事务所的名称和住所 （七）基金管理人、基金托管人报酬及其他有关费用的提取、支付方式与比例 （八）风险警示内容 （九）国务院证券监督管理机构规定的其他内容
	第四十条规定	基金募集申请经核准后，方可发售基金份额
	第四十一条规定	基金份额的发售，由基金管理人负责办理；基金管理人可以委托经国务院证券监督管理机构认定的其他机构代为办理
	第四十三条规定	基金管理人应当自收到核准文件之日起六个月内进行基金募集。超过六个月开始募集，原核准的事项未发生实质性变化的，应当报国务院证券监督管理机构备案；发生实质性变化的，应当向国务院证券监督管理机构重新提交申请 基金募集不得超过国务院证券监督管理机构核准的基金募集期限，基金募集期限自基金份额发售之日起计算
	第四十四条规定	基金募集期限届满，封闭式基金募集的基金份额总额达到核准规模的百分之八十以上，开放式基金募集的基金份额总额超过核准的最低募集份额总额，并且基金份额持有人人数符合国务院证券监督管理机构规定的，基金管理人应当自募集期限届满之日起十日内聘请法定验资机构验资，自收到验资报告之日起十日内，向国务院证券监督管理机构提交验资报告，办理基金备案手续，并予以公告
	第四十五条规定	基金募集期间募集的资金应当存入专门账户，在基金募集行为结束前，任何人不得动用
	第四十六条规定	基金募集期限届满，不能满足本法第四十四条规定的条件的，基金管理人应当承担下列责任： （一）以其固有财产承担因募集行为而产生的债务和费用 （二）在基金募集期限届满后三十日内返还投资人已缴纳的款项，并加计银行同期存款利息

表 7-16 和个人理财业务相关的重要法条内容——基金份额的交易和申购与赎回

项 目		内 容
交易	第四十八条规定	基金份额上市交易，应当符合下列条件： （一）基金的募集符合本法规定 （二）基金合同期限为五年以上 （三）基金募集金额不低于两亿元人民币 （四）基金份额持有人不少于一千人 （五）基金份额上市交易规则规定的其他条件
	第五十条规定	基金份额上市交易后，有下列情形之一的，由证券交易所终止其上市交易，并报国务院证券监督管理机构备案： （一）不再具备本法第四十八条规定的上市交易条件 （二）基金合同期限届满 （三）基金份额持有人大会决定提前终止上市交易 （四）基金合同约定的或者基金份额上市交易规则规定的终止上市交易的其他情形

（续）

项 目		内 容
申购与赎回	概念	基金份额申购，是指投资人按照基金份额申购价格，申请购买基金管理人管理的开放式基金的基金份额。基金份额赎回，是指基金份额持有人按照基金份额赎回价格，要求基金管理人购回其所持有的开放式基金的基金份额。开放式基金的基金管理人办理基金份额的申购、赎回业务，是其重要职责之一 基金份额的登记，是指基金份额登记机构为投资人办理因基金份额的认购、申购、赎回以及其他情形，而导致的基金份额持有人和基金份额持有人所持基金份额数量变更的登记，以及因基金分红而导致的基金份额持有人权益变更的登记事宜
	价格	开放式基金申购和赎回的价格是建立在每份基金净值基础上的，以基金净值再加上或减去必要的费用，就构成了开放式基金的申购和赎回价格。而封闭式基金的交易价格则基本上是由市场的供求关系决定的

表 7-17 和个人理财业务相关的重要法条内容——基金的运作与信息披露

项 目		内 容
基金财产	第五十八条规定	基金财产应当用于下列投资： （一）上市交易的股票、债券 （二）国务院证券监督管理机构规定的其他证券品种
	第五十九条规定	基金财产不得用于下列投资或者活动： （一）承销证券 （二）向他人贷款或者提供担保 （三）从事承担无限责任的投资 （四）买卖其他基金份额，但是国务院另有规定的除外 （五）向其基金管理人、基金托管人出资或者买卖其基金管理人、基金托管人发行的股票或者债券 （六）买卖与其基金管理人、基金托管人有控股关系的股东或者与其基金管理人、基金托管人有其他重大利害关系的公司发行的证券或者承销期内承销的证券 （七）从事内幕交易、操纵证券交易价格及其他不正当的证券交易活动 （八）依照法律、行政法规有关规定，由国务院证券监督管理机构规定禁止的其他活动
应当公开披露的信息	第六十一条规定	基金信息披露义务人应当确保应予披露的基金信息在国务院证券监督管理机构规定时间内披露，并保证投资人能够按照基金合同约定的时间和方式查阅或者复制公开披露的信息资料
	第六十二条规定	公开披露的基金信息包括： （一）基金招募说明书、基金合同、基金托管协议 （二）基金募集情况 （三）基金份额上市交易公告书 （四）基金资产净值、基金份额净值 （五）基金份额申购、赎回价格 （六）基金财产的资产组合季度报告、财务会计报告及中期和年度基金报告 （七）临时报告 （八）基金份额持有人大会决议 （九）基金管理人、基金托管人的专门基金托管部门的重大人事变动 （十）涉及基金管理人、基金财产、基金托管业务的诉讼 （十一）依照法律、行政法规有关规定，由国务院证券监督管理机构规定应予披露的其他信息

表 7-18   和个人理财业务相关的重要法条内容——法律责任

项　目	内　容
第八十三条规定	基金管理人、基金托管人在履行各自职责的过程中，违反本法规定或者基金合同约定，给基金财产或者基金份额持有人造成损害的，应当分别对各自的行为依法承担赔偿责任；因共同行为给基金财产或者基金份额持有人造成损害的，应当承担连带赔偿责任
第八十四条规定	违反本法第四十五条规定，动用募集的资金的，责令返还，没收违法所得；违法所得五十万元以上的，并处违法所得一倍以上五倍以下罚款；没有违法所得或者违法所得不足五十万元的，并处五万元以上五十万元以下罚款；对直接负责的主管人员和其他直接责任人员给予警告，并处三万元以上三十万元以下罚款；给投资人造成损害的，依法承担赔偿责任；构成犯罪的，依法追究刑事责任
第八十八条规定	基金管理人、基金托管人违反本法规定，未对基金财产实行分别管理或者分账保管，或者将基金财产挪作他用的，责令改正，处五万元以上五十万元以下罚款；给基金财产或者基金份额持有人造成损害的，依法承担赔偿责任；对直接负责的主管人员和其他直接责任人员给予警告，暂停或者取消基金从业资格，并处三万元以上三十万元以下罚款；构成犯罪的，依法追究刑事责任 基金管理人、基金托管人将基金财产挪作他用而取得的财产和收益，归入基金财产。但是，法律、行政法规另有规定的，依照其规定
第九十三条规定	基金信息披露义务人不依法披露基金信息或者披露的信息有虚假记载、误导性陈述或者重大遗漏的，责令改正，没收违法所得，并处十万元以上一百万元以下罚款；给基金份额持有人造成损害的，依法承担赔偿责任；对直接负责的主管人员和其他直接责任人员给予警告，暂停或者取消基金从业资格，并处三万元以上三十万元以下罚款；构成犯罪的，依法追究刑事责任
第九十五条规定	基金管理人或者基金托管人不按照规定召集基金份额持有人大会的，责令改正，可以处五万元以下罚款；对直接负责的主管人员和其他直接责任人员给予警告，暂停或者取消基金从业资格
第九十七条规定	基金管理人、基金托管人的专门基金托管部门的从业人员违反本法第十八条规定，给基金财产或者基金份额持有人造成损害的，依法承担赔偿责任；情节严重的，取消基金从业资格；构成犯罪的，依法追究刑事责任

1.7 《中华人民共和国保险法》（表 7-19～表 7-21）

表 7-19   概述

项　目	内　容
施行时间	《中华人民共和国保险法》（以下简称《保险法》）于 1995 年 6 月 30 日第八届全国人民代表大会常务委员会第十四次会议通过，并于 1995 年 10 月 1 日起施行。2002 年 10 月 28 日第九届全国人民代表大会常务委员会第三十次会议通过《关于修改〈中华人民共和国保险法〉的决定》。2009 年 2 月 28 日第一届全国人民代表大会常务委员会第七次会议对《保险法》进行了修订，修订后的《保险法》自 2009 年 10 月 1 日起施行
内容	保险是指投保人根据合同约定，向保险人支付保险费，保险人对于合同约定的可能发生的事故因其发生所造成的财产损失承担赔偿保险金责任，或者当被保险人死亡、伤残、疾病或者达到合同约定的年龄、期限时承担给付保险金责任的商业保险行为 《保险法》共分八章，分别是总则、保险合同、保险公司、保险经营规则、保险代理人和保险经纪人、保险业监督管理、法律责任和附则
范围	《保险法》的调整对象是保险组织和保险行为，其范围涵盖了在中华人民共和国境内从事的保险活动

表 7-20　保险合同

项　目		内　容
概述		保险合同是投保人与保险人约定保险权利义务关系的协议。投保人是指与保险人订立保险合同，并按照保险合同负有支付保险费义务的人。保险人是指与投保人订立保险合同，并按照合同约定承担赔偿或者给付保险金责任的保险公司 《保险法》第十二条规定：人身保险的投保人在保险合同订立时，对被保险人应当具有保险利益 财产保险的被保险人在保险事故发生时，对被保险人应当具有保险利益 人身保险是以人的寿命和身体为保险标的的保险 财产保险是以财产及其有关利益为保险标的的保险
订立	内容	《保险法》第十八条规定，保险合同应当包括下列事项： （一）保险人的名称和住所 （二）投保人、被保险人的姓名或者名称、住所，以及人身保险的受益人的姓名或者名称、住所 （三）保险标的 （四）保险责任和责任免除 （五）保险期间和保险责任开始时间 （六）保险金额 （七）保险费以及支付办法 （八）保险金赔偿或者给付办法 （九）违约责任和争议处理 （十）订立合同的年、月、日
	告知义务	《保险法》第十六条规定：订立保险合同，保险人就保险标的或者被保险人的有关情况提出询问的，投保人应当如实告知 投保人故意或者因重大过失未履行前款规定的如实告知义务，足以影响保险人决定是否同意承保或者提高保险费率的，保险人有权解除合同 前款规定的合同解除权，自保险人知道有解除事由之日起，超过三十日不行使而消灭。自合同成立之日起超过两年的，保险人不得解除合同；发生保险事故的，保险人应当承担赔偿或者给付保险金的责任 投保人故意不履行如实告知义务的，保险人对于合同解除前发生的保险事故，不承担赔偿或者给付保险金的责任，并不退还保险费 投保人因重大过失未履行如实告知义务，对保险事故的发生有严重影响的，保险人对于合同解除前发生的保险事故，不承担赔偿或者给付保险金的责任，但应当退还保险费 保险人在合同订立时已经知道投保人未如实告知的情况的，保险人不得解除合同；发生保险事故的，保险人应当承担赔偿或者给付保险金的责任 保险事故是指保险合同约定的保险责任范围内的事故
履行	投保人、被保险人的义务	投保人、被保险人义务主要包括： （1）投保人应按照约定交付保险费，这是投保人最基本的义务 （2）投保人、被保险人应履行出险通知、预防危险、索赔举证的义务 （3）被保险人应履行危险增加通知、施救的义务 《保险法》第二十一条规定：投保人、被保险人或者受益人知道保险事故发生后，应当及时通知保险人。故意或者因重大过失未及时通知，致使保险事故的性质、原因、损失程度等难以确定的，保险人对无法确定的部分，不承担赔偿或者给付保险金的责任，但保险人通过其他途径已经及时知道或者应当及时知道保险事故发生的除外 《保险法》第二十二条规定：保险事故发生后，按照保险合同请求保险人赔偿或者给付保险金时，投保人、被保险人或者受益人应当向保险人提供其所能提供的与确认保险事故的性质、原因、损失程度等有关的证明和资料 保险人按照合同的约定，认为有关的证明和资料不完整的，应当及时一次性通知投保人、被保险人或者受益人补充提供

（续）

项 目		内 容
履行	保险人的义务	保险人的义务主要是按照合同约定的时间开始承担保险责任，在保险事故发生后或保险合同规定的事项发生后对损失给予赔偿或向受益人支付约定的保险金。保险人或者再保险接受人对在办理保险业务中知道的投保人、被保险人、受益人或者再保险分出人的业务和财产情况及个人隐私，负有保密的义务
	保险的理赔与索赔	《保险法》就索赔与理赔的程序作了如下规定： （1）出险通知。投保人、被保险人或者受益人知道保险事故发生后，应当及时通知保险人 （2）提供索赔单证。保险事故发生后，依照保险合同请求保险人赔偿或者给付保险金时，投保人、被保险人或者受益人应当向保险人提供其所能提供的与确认保险事故的性质、原因、损失程度等有关的证明和资料。保险人依照保险合同的约定，认为有关的证明和资料不完整的，应当通知投保人、被保险人或者受益人补充提供有关的证明和资料 （3）核定赔偿。《保险法》第二十三条规定：保险人收到被保险人或者受益人的赔偿或者给付保险金的请求后，应当及时作出核定；情形复杂的，应当在三十日内作出核定，但合同另有约定的除外。保险人应当将核定结果通知被保险人或者受益人；对属于保险责任的，在与被保险人或者受益人达成赔偿或者给付保险金的协议后十日内，履行赔偿或者给付保险金义务。保险合同对赔偿或者给付保险金的期限有约定的，保险人应当按照约定履行赔偿或者给付保险金义务 保险人未及时履行前款规定义务的，除支付保险金外，应当赔偿被保险人或者受益人因此受到的损失 任何单位和个人不得非法干预保险人履行赔偿或者给付保险金的义务，也不得限制被保险人或者受益人取得保险金的权利 《保险法》第二十四条规定：保险人依照本法第二十三条的规定作出核定后，对不属于保险责任的，应当自作出核定之日起三日内向被保险人或者受益人发出拒绝赔偿或者拒绝给付保险金通知书，并说明理由 《保险法》第二十五条规定：保险人自收到赔偿或者给付保险金的请求和有关证明、资料之日起六十日内，对其赔偿或者给付保险金的数额不能确定的，应当根据已有证明和资料可以确定的数额先予支付；保险人最终确定赔偿或者给付保险金的数额后，应当支付相应的差额
	保险的索赔时效	按照我国《保险法》第二十六条规定：人寿保险以外的其他保险的被保险人或者受益人，向保险人请求赔偿或者给付保险金的诉讼时效期间为两年，自其知道或者应当知道保险事故发生之日起计算 人寿保险的被保险人或者受益人向保险人请求给付保险金的诉讼时效期间为五年，自其知道或者应当知道保险事故发生之日起计算

表 7-21　保险代理人和保险经纪人

项 目		内 容
定义		保险代理人是根据保险人的委托，向保险人收取佣金，并在保险人授权的范围内代为办理保险业务的机构或者个人。保险代理机构包括专门从事保险代理业务的保险专业代理机构和兼营保险代理业务的保险兼业代理机构 保险经纪人是基于投保人的利益，为投保人与保险人订立保险合同提供中介服务，并依法收取佣金的机构
相关规定	第一百二十六条	保险人委托保险代理人代为办理保险业务的，应当与保险代理人签订委托代理协议，依法约定双方的权利和义务
	第一百二十七条	保险代理人根据保险人的授权代为办理保险业务的行为，由保险人承担责任 保险代理人没有代理权、超越代理权或者代理权终止后以保险人名义订立合同，使投保人有理由相信其有代理权的，该代理行为有效。保险人可以追究越权的保险代理人的责任

（续）

项　目		内　容
相关规定	第一百二十八条	保险经纪人因过错给投保人、被保险人造成损失的，依法承担赔偿责任
	第一百三十一条	保险代理人、保险经纪人及其从业人员在办理保险业务活动中不得有下列行为： （一）欺骗保险人、投保人、被保险人或者受益人 （二）隐瞒与保险合同有关的重要情况 （三）阻碍投保人履行本法规定的如实告知义务，或者诱导其不履行本法规定的如实告知义务 （四）给予或者承诺给予投保人、被保险人或者受益人保险合同约定以外的利益 （五）利用行政权力、职务或者职业便利以及其他不正当手段强迫、引诱或者限制投保人订立保险合同 （六）伪造、擅自变更保险合同，或者为保险合同当事人提供虚假证明材料 （七）挪用、截留、侵占保险费或者保险金 （八）利用业务便利为其他机构或者个人牟取不正当利益 （九）串通投保人、被保险人或者受益人，骗取保险金 （十）泄露在业务活动中知悉的保险人、投保人、被保险人的商业秘密
职业许可有关规定	第一百一十九条	保险代理机构、保险经纪人应当具备国务院保险监督管理机构规定的条件，取得保险监督管理机构颁发的经营保险代理业务许可证、保险经纪业务许可证 保险专业代理机构、保险经纪人凭保险监督管理机构颁发的许可证向工商行政管理机关办理登记，领取营业执照 保险兼业代理机构凭保险监督管理机构颁发的许可证，向工商行政管理机关办理变更登记
	第一百二十条	以公司形式设立保险专业代理机构、保险经纪人，其注册资本最低限额适用《公司法》的规定 国务院保险监督管理机构根据保险专业代理机构、保险经纪人的业务范围和经营规模，可以调整其注册资本的最低限额，但不得低于《公司法》规定的限额 保险专业代理机构、保险经纪人的注册资本或者出资额必须为实缴货币资本
	第一百二十一条	保险专业代理机构、保险经纪人的高级管理人员，应当品行良好，熟悉保险法律、行政法规，具有履行职责所需的经营管理能力，并在任职前取得保险监督管理机构核准的任职资格
	第一百二十二条	个人保险代理人、保险代理机构的代理从业人员、保险经纪人的经纪从业人员，应当具备国务院保险监督管理机构规定的资格条件，取得保险监督管理机构颁发的资格证书
	第一百二十三条	保险代理机构、保险经纪人应当有自己的经营场所，设立专门账簿记载保险代理业务、经纪业务的收支情况
	第一百二十四条	保险代理机构、保险经纪人应当按照国务院保险监督管理机构的规定缴存保证金或者投保职业责任保险。未经保险监督管理机构批准，保险代理机构、保险经纪人不得动用保证金
	第一百二十五条	个人保险代理人在代为办理人寿保险业务时，不得同时接受两个以上保险人的委托
	第一百二十六条	保险人委托保险代理人代为办理保险业务，应当与保险代理人签订委托代理协议，依法约定双方的权利和义务
	第一百二十七条	保险代理人根据保险人的授权代为办理保险业务的行为，由保险人承担责任 保险代理人没有代理权、超越代理权或者代理权终止后以保险人名义订立合同，使投保人有理由相信其有代理权的，该代理行为有效。保险人可以依法追究越权的保险代理人的责任
	第一百二十八条	保险经纪人因过错给投保人、被保险人造成损失的，依法承担赔偿责任

1.8 《中华人民共和国信托法》（表7-22～表7-23）

表7-22　基本内容

项　目	内　容
时间	《中华人民共和国信托法》（以下简称《信托法》）于2001年4月28日第九届全国人民代表大会常务委员会第二十一次会议通过，并于2001年10月1日起施行
概念	信托，是指委托人基于对受托人的信任，将其财产权委托给受托人，由受托人按委托人的意愿，以自己的名义，为受益人的利益或者特定目的进行管理或者处分的行为
内容	信托的当事人包括委托人、受托人、受益人 《信托法》共分七章，分别是总则、信托的设立、信托财产、信托当事人、信托的变更与终止、公益信托和附则
范围	《信托法》的调整对象是信托关系，其范围涵盖了民事信托、营业信托、公益信托

表7-23　与商业银行个人理财业务相关的内容

项　目	内　容
关于委托人权利和义务	《信托法》的有关规定： 第五条　信托当事人进行信托活动，必须遵守法律、行政法规，遵循自愿、公平和诚实信用原则，不得损害国家利益和社会公共利益 第十九条　委托人应当是具有完全民事行为能力的自然人、法人或者依法成立的其他组织 第二十条　委托人有权了解其信托财产的管理运用、处分及收支情况，并有权要求受托人作出说明 委托人有权查阅、抄录或者复制与其信托财产有关的信托账目以及处理信托事务的其他文件 第二十一条　因设立信托时未能预见的特别事由，致使信托财产的管理方法不利于实现信托目的或者不符合受益人的利益时，委托人有权要求受托人调整该信托财产的管理方法 第二十二条　受托人违反信托目的处分信托财产或者因违背管理职责、处理信托事务不当致使信托财产受到损失的，委托人有权申请人民法院撤销该处分行为，并有权要求受托人恢复信托财产的原状或者予以赔偿；该信托财产的受让人明知是违反信托目的而接受该财产的，应当予以返还或者予以赔偿 前款规定的申请权，自委托人知道或者应当知道撤销原因之日起一年内不行使的，归于消除 第二十三条　受托人违反信托目的处分信托财产或者管理运用、处分信托财产有重大过失的，委托人有权依照信托文件的规定解任受托人，或者申请人民法院解任受托人 第四十条　受托人职责终止的，依照信托文件规定选任新受托人；信托文件未规定的，由委托人选任；委托人不指定或者无能力指定的，由受益人选任；受益人为无民事行为能力人或者限制民事行为能力人的，依法由其监护人代行选任 原委托人处理信托事务的权利和义务，由新受托人承继

（续）

项　目	内　容
关于受托人权利和义务	《信托法》的有关规定： 第二十五条　受托人应当遵守信托文件的规定，为受益人的最大利益处理信托事务 受托人管理信托财产，必须恪尽职守，履行诚实、信用、谨慎、有效管理的义务 第二十六条　受托人除依照本法规定取得报酬外，不得利用信托财产为自己牟取利益 受托人违反前款规定，利用信托财产为自己牟取利益的，所得利益归入信托财产 第二十七条　受托人不得将信托财产转为其固有财产。受托人将信托财产转为其固有财产的，必须恢复该信托财产的原状；造成信托财产损失的，应当承担赔偿责任 第二十八条　受托人不得将其固有财产与信托财产进行交易或者将不同委托人的信托财产进行相互交易，但信托文件另有规定或者经委托人或者受益人同意，并以公平的市场价格进行交易的除外。受托人违反前款规定，造成信托财产损失的，应当承担赔偿责任 第二十九条　受托人必须将信托财产与其固有财产分别管理、分别记账，并将不同委托人的信托财产分别管理、分别记账 第三十条　受托人应当自己处理信托事务，但信托文件另有规定或者有不得已事由的，可以委托他人代为处理 受托人依法将信托事务委托他人代理的，应对他人处理信托事务的行为承担责任 第三十三条　受托人必须保存处理信托事务的完整记录 受托人应当每年定期将信托财产的管理运用、处分及收支情况，报告委托人和受益人 受托人对委托人、受益人以及处理信托事务的情况和资料负有依法保密的义务 第三十四条　受托人以信托财产为限向受益人承担支付信托利益的义务 第三十五条　受托人有权依照信托文件的约定取得报酬。信托文件未作事先约定的，经信托当事人协商同意，可以作出补充约定；未作事先约定和补充约定的，不得收取报酬 约定的报酬经信托当事人协商同意，可以增减其数额 第三十七条　受托人因处理信托事务所支出的费用、对第三人所负债务，以信托财产承担。受托人以其固有财产先行支付的，对信托财产享有优先受偿的权利 受托人违背管理职责或者处理信托事务不当对第三人所负债务或者自己所受到的损失，以其固有财产承担
关于受益人权利和义务	《信托法》的有关规定： 第四十三条　受益人是在信托中享有信托受益权的人。受益人可以是自然人、法人或者依法成立的其他组织 委托人可以是受益人，也可以是同一信托的惟一受益人 受托人可以是受益人，但不得是同一信托的惟一受益人 第四十四条　受益人自信托生效之日起享有信托受益权。信托文件另有规定的，从其规定 第四十五条　共同受益人按照信托文件的规定享受信托利益。信托文件对信托利益的分配比例或者分配方法未作规定的，各受益人按照均等的比例享受信托利益 第四十六条　受益人可以放弃信托受益权 第四十七条　受益人不能清偿到期债务的，其信托受益权可以用于清偿债务，但法律、行政法规以及信托文件有限制性规定的除外 第四十八条　受益人的信托受益权可以依法转让和继承，但信托文件有限制性规定的除外

1.9 《中华人民共和国个人所得税法》（表7-24）

表7-24 《中华人民共和国个人所得税法》

项　　目	内　　容
概念	个人所得税是以个人的所得为征收对象的一种税。《中华人民共和国个人所得税法》（以下简称《个人所得税法》）是调整征税机关与自然人（居民、非居民）之间在个人所得税的征纳与管理过程中所发生的社会关系的法律规范的总称
个人所得税纳税义务人	《个人所得税法》第一条规定：在中国境内有住所，或者无住所而在境内居住满一年的个人，从中国境内和境外取得的所得，依照本法规定缴纳个人所得税
个人所得税的征税对象	《个人所得税法》第二条规定，下列各项个人所得，应纳个人所得税： 一、工资、薪金所得 二、个体工商户的生产、经营所得 三、对企事业单位的承包经营、承租经营所得 四、劳务报酬所得 五、稿酬所得 六、特许权使用费所得 七、利息、股息、红利所得 八、财产租赁所得 九、财产转让所得 十、偶然所得 十一、经国务院财政部门确定征税的其他所得
免纳和减征个人所得税的个人收入项目	第四条　下列各项个人所得，免纳个人所得税： 一、省级人民政府、国务院部委和中国人民解放军军以上单位，以及外国组织、国际组织颁发的科学、教育、技术、文化、卫生、体育、环境保护等方面的奖金 二、国债和国家发行的金融债券利息 三、按照国家统一规定发给的补贴、津贴 四、福利费、抚恤金、救济金 五、保险赔款 六、军人的转业费、复员费 七、按照国家统一规定发给干部、职工的安家费、退职费、退休工资、离休工资、离休生活补助费 八、依照我国有关法律规定应予免税的各国驻华使馆、领事馆的外交代表、领事官员和其他人员的所得 九、中国政府参加的国际公约、签订的协议中规定免税的所得 十、经国务院财政部门批准免税的所得 第五条　有下列情形之一的，经批准可以减征个人所得税： 一、残疾、孤老人员和烈属的所得 二、因严重自然灾害造成重大损失的 三、其他经国务院财政部门批准减税的
个人所得税的征收管理	第八条　个人所得税，以所得人为纳税义务人，以支付所得的单位或者个人为扣缴义务人。个人所得超过国务院规定数额的，在两处以上取得工资、薪金所得或者没有扣缴义务人的，以及具有国务院规定的其他情形的，纳税义务人应当按照国家规定办理纳税申报。扣缴义务人应当按照国家规定办理全员全额扣缴申报 第九条　扣缴义务人每月所扣的税款，自行申报纳税人每月应纳的税款，都应当在次月七日内缴入国库，并向税务机关报送纳税申报表 工资、薪金所得应纳的税款，按月计征，由扣缴义务人或者纳税义务人在次月七日内缴入国库，并向税务机关报送纳税申报表。特定行业的工资、薪金所得应纳的税款，可以实行按年计算、分月预缴的方式计征，具体办法由国务院规定 个体工商户的生产、经营所得应纳的税款，按年计算，分月预缴，由纳税义务人在次月七日内预缴，年度终了后三个月内汇算清缴，多退少补 对企事业单位的承包经营、承租经营所得应纳的税款，按年计算，由纳税义务人在年度终了后三十日内缴入国库，并向税务机关报送纳税申报表。纳税义务人在一年内分次取得承包经营、承租经营所得的，应当在取得每次所得后的七日内预缴，年度终了后三个月内汇算清缴，多退少补 从中国境外取得所得的纳税义务人，应当在年度终了后三十日内，将应纳的税款缴入国库，并向税务机关报送纳税申报表

1.10 《中华人民共和国物权法》(表 7-25～表 7-29)

表 7-25　基本内容

项　目	内　容
施行时间	《中华人民共和国物权法》(以下简称《物权法》)于 2007 年 3 月 16 日十届人大五次会议通过,分五编十九章,对物权的设立、所有权、用益物权、担保物权等进行了详细规定,于 2007 年 10 月 1 日开始施行
概念	《物权法》是一部明确物的归属,保护物权,充分发挥物的效用,维护社会主义市场经济秩序,维护国家基本经济制度,关系人民群众切身利益的民事基本法

表 7-26　和商业银行个人理财业务相关的内容——不动产登记管理和动产的交付管理

项　目	内　容
不动产登记管理	《物权法》的有关规定: 第九条　不动产物权的设立、变更、转让和消灭,经依法登记,发生效力;未经登记,不发生效力,但法律另有规定的除外 依法属于国家所有的自然资源,所有权可以不登记 第十条　不动产登记,由不动产所在地的登记机构办理 国家对不动产实行统一登记制度。统一登记的范围、登记机构和登记办法,由法律、行政法规规定 第十四条　不动产物权的设立、变更、转让和消灭,依照法律规定应当登记的,自记载于不动产登记簿时发生效力 第十五条　当事人之间订立有关设立、变更、转让和消灭不动产物权的合同,除法律另有规定或者合同另有约定外,自合同成立时生效;未办理物权登记的,不影响合同效力
动产的交付管理	《物权法》的有关规定: 第二十三条　动产物权的设立和转让,自交付时发生效力,但法律另有规定的除外 第二十四条　船舶、航空器和机动车等物权的设立、变更、转让和消灭,未经登记,不得对抗善意第三人 第二十五条　动产物权设立和转让前,权利人已经依法占有该动产的,物权自法律行为生效时发生效力 第二十六条　动产物权设立和转让前,第三人依法占有该动产的,负有交付义务的人可以通过转让请求第三人返还原物的权利代替交付 第二十七条　动产物权转让时,双方又约定由出让人继续占有该动产的,物权自该约定生效时发生效力

表 7-27　和商业银行个人理财业务相关的内容——担保物权和抵押

项　目		内　容
担保物权		《物权法》的有关规定: 第一百七十一条　债权人在借贷、买卖等民事活动中,为保障实现其债权,需要担保的,可以依照本法和其他法律的规定设立担保物权 第三人为债务人向债权人提供担保的,可以要求债务人提供反担保。反担保适用本法和其他法律的规定
抵押	第一百七十九条规定	为担保债务的履行,债务人或者第三人不转移财产的占有,将该财产抵押给债权人的,债务人不履行到期债务或者发生当事人约定的实现抵押权的情形,债权人有权就该财产优先受偿 前款规定的债务人或者第三人为抵押人,债权人为抵押权人,提供担保的财产为抵押财产

（续）

项 目		内 容
抵押	第一百八十条规定	债务人或者第三人有权处分的下列财产可以抵押： （一）建筑物和其他土地附着物 （二）建设用地使用权 （三）以招标、拍卖、公开协商等方式取得的荒地等土地承包经营权 （四）生产设备、原材料、半成品、产品 （五）正在建造的建筑物、船舶、航空器 （六）交通运输工具 （七）法律、行政法规未禁止抵押的其他财产 抵押人可以将前款所列财产一并抵押
	第一百八十四条规定	下列财产不得抵押： （一）土地所有权 （二）耕地、宅基地、自留地、自留山等集体所有的土地使用权，但法律规定可以抵押的除外 （三）学校、幼儿园、医院等以公益为目的的事业单位、社会团体的教育设施、医疗卫生设施和其他社会公益设施 （四）所有权、使用权不明或者有争议的财产 （五）依法被查封、扣押、监管的财产 （六）法律、行政法规规定不得抵押的其他财产
	第一百八十五条规定	设立抵押权，当事人应当采取书面形式订立抵押合同 抵押合同一般包括下列条款： （一）被担保债权的种类和数额 （二）债务人履行债务的期限 （三）抵押财产的名称、数量、质量、状况、所在地、所有权归属或者使用权归属 （四）担保的范围

表 7-28　和商业银行个人理财业务相关的内容——质押

项 目	内 容
第二百零八条规定	为担保债务的履行，债务人或者第三人将其动产出质给债权人占有的，债务人不履行到期债务或者发生当事人约定的实现质权的情形，债权人有权就该动产优先受偿 前款规定的债务人或者第三人为出质人，债权人为质权人，交付的动产为质押财产
第二百零九条规定	法律、行政法规禁止转让的动产不得出质
第二百一十条规定	设立质权，当事人应当采取书面形式订立质权合同 质权合同一般包括下列条款： （一）被担保债权的种类和数额 （二）债务人履行债务的期限 （三）质押财产的名称、数量、质量、状况 （四）担保的范围 （五）质押财产交付的时间
第二百一十四条规定	质权人在质权存续期间，未经出质人同意，擅自使用、处分质押财产，给出质人造成损害的，应当承担赔偿责任
第二百一十五条规定	质权人负有妥善保管质押财产的义务；因保管不善致使质押财产毁损、灭失的，应当承担赔偿责任 质权人的行为可能使质押财产毁损、灭失，出质人可以要求质权人将质押财产提存，或者要求提前清偿债务并返还质押财产

（续）

项　　目	内　　容
第二百二十三条规定	债务人或者第三人有权处分的下列权利可以出质： （一）汇票、支票、本票 （二）债券、存款单 （三）仓单、提单 （四）可以转让的基金份额、股权 （五）可以转让的注册商标专用权、专利权、著作权等知识产权中的财产权 （六）应收账款 （七）法律、行政法规规定可以出质的其他财产权利
第二百二十四条规定	以汇票、支票、本票、债券、存款单、仓单、提单出质的，当事人应当订立书面合同。质权自权利凭证交付质权人时设立；没有权利凭证的，质权自有关部门办理出质登记时设立
第二百二十五条规定	汇票、支票、本票、债券、存款单、仓单、提单的兑现日期或者提货日期先于主债权到期的，质权人可以兑现或者提货，并与出质人协议将兑现的价款或者提取的货物提前清偿债务或者提存
第二百二十六条规定	以基金份额、股权出质的，当事人应当订立书面合同。以基金份额、证券登记结算机构登记的股权出质的，质权自证券登记结算机构办理出质登记时设立；以其他股权出质的，质权自工商行政管理部门办理出质登记时设立 基金份额、股权出质后，不得转让，但经出质人与质权人协商同意的除外。出质人转让基金份额、股权所得的价款，应当向质权人提前清偿债务或者提存
第二百二十七条规定	以注册商标专用权、专利权、著作权等知识产权中的财产权出质的，当事人应当订立书面合同。质权自有关主管部门办理出质登记时设立 知识产权中的财产权出质后，出质人不得转让或者许可他人使用，但经出质人与质权人协商同意的除外。出质人转让或者许可他人使用出质的知识产权中的财产权所得的价款，应当向质权人提前清偿债务或者提存

表 7-29　和商业银行个人理财业务相关的内容——留置

项　　目	内　　容
第二百三十条规定	债务人不履行到期债务，债权人可以留置已经合法占有的债务人的动产，并有权就该动产优先受偿 前款规定的债权人为留置权人，占有的动产为留置财产
第二百三十一条规定	债权人留置的动产，应当与债权属于同一法律关系，但企业之间留置的除外
第二百三十二条规定	法律规定或者当事人约定不得留置的动产，不得留置
第二百三十三条规定	留置财产为可分物的，留置财产的价值应当相当于债务的金额
第二百三十四条规定	留置权人负有妥善保管留置财产的义务；因保管不善致使留置财产毁损、灭失的，应当承担赔偿责任
第二百三十五条规定	留置权人有权收取留置财产的孳息。前款规定的孳息应当先充抵收取孳息的费用
第二百三十六条规定	留置权人与债务人应当约定留置财产后的债务履行期间；没有约定或者约定不明确的，留置权人应当给债务人两个月以上履行债务的期间，但鲜活易腐等不易保管的动产除外。债务人逾期未履行的，留置权人可以与债务人协议以留置财产折价，也可以就拍卖、变卖留置财产所得的价款优先受偿 留置财产折价或者变卖的，应当参照市场价格

(续)

项　目	内　容
第二百三十七条规定	债务人可以请求留置权人在债务履行期届满后行使留置权；留置权人不行使的，债务人可以请求人民法院拍卖、变卖留置财产
第二百三十八条规定	留置财产折价或者拍卖、变卖后，其价款超过债权数额的部分归债务人所有，不足部分由债务人清偿
第二百三十九条规定	同一动产上已设立抵押权或者质权，该动产又被留置的，留置权人优先受偿
第二百四十条规定	留置权人对留置财产丧失占有或者留置权人接受债务人另行提供担保的，留置权消失

2　个人理财业务活动涉及的相关行政法规

2.1　《中华人民共和国外资银行管理条例》（表 7-30）

表 7-30　《中华人民共和国外资银行管理条例》

项　目	内　容
施行时间	《中华人民共和国外资银行管理条例》于 2006 年 11 月 8 日经国务院第 155 次常务会议通过，自 2006 年 12 月 11 日起施行
第二十九条规定	外商独资银行、中外合资银行按照国务院银行业监督管理机构批准的业务范围，可以经营下列部分或者全部外汇业务和人民币业务： （一）吸收公众存款 （二）发放短期、中期和长期贷款 （三）办理票据承兑与贴现 （四）买卖政府债券、金融债券，买卖股票以外的其他外币有价证券 （五）提供信用证服务及担保 （六）办理国内外结算 （七）买卖、代理买卖外汇 （八）代理保险 （九）从事同业拆借 （十）从事银行卡业务 （十一）提供保管箱服务 （十二）提供资信调查和咨询服务 （十三）经国务院银行业监督管理机构批准的其他业务 外商独资银行、中外合资银行经中国人民银行批准，可以经营结汇、售汇业务
第三十条规定	外商独资银行、中外合资银行的分支机构在总行授权范围内开展业务，其民事责任由总行承担
第三十一条规定	外国银行分行按照国务院银行业监督管理机构批准的业务范围，可以经营下列部分或者全部外汇业务以及对除中国境内公民以外客户的人民币业务： （一）吸收公众存款 （二）发放短期、中期和长期贷款 （三）办理票据承兑与贴现 （四）买卖政府债券、金融债券，买卖股票以外的其他外币有价证券 （五）提供信用证服务及担保 （六）办理国内外结算 （七）买卖、代理买卖外汇 （八）代理保险 （九）从事同业拆借 （十）提供保管箱服务 （十一）提供资信调查和咨询服务 （十二）经国务院银行业监督管理机构批准的其他业务 外国银行分行可以吸收中国境内公民每笔不少于一百万元人民币的定期存款 外国银行分行经中国人民银行批准，可以经营结汇、售汇业务

（续）

项　目	内　容
第三十二条规定	外国银行分行及其分支机构的民事责任由其总行承担
第三十三条规定	外国银行代表处可以从事与其代表的外国银行业务相关的联络、市场调查、咨询等非经营性活动。外国银行代表处的行为所产生的民事责任，由其所代表的外国银行承担
第三十四条规定	外资银行营业性机构经营本条例第二十九条或者第三十一条规定业务范围内的人民币业务的，应当具备下列条件，并经国务院银行业监督管理机构批准： （一）提出申请前在中华人民共和国境内开业三年以上 （二）提出申请前两年连续盈利 （三）国务院银行业监督管理机构规定的其他审慎性条件 外国银行分行改制为由其总行单独出资的外商独资银行的，前款第（一）项、第（二）项规定的期限自外国银行分行设立之日起计算

2.2 《期货交易管理条例》（表 7-31）

表 7-31　《期货交易管理条例》

项　目		内　容
主要内容		2007 年 2 月 7 日国务院第 168 次常务会议通过《期货交易管理条例》，自 2007 年 4 月 15 日起施行 该条例将适用范围从原来的商品期货交易扩大到商品、金融期货和期权合约交易
和个人理财业务相关的重要内容	期货合约	由期货交易所统一制定的、规定在将来某一特定的时间和地点交割一定数量标的物的标准化合约。根据合约标的物的不同，期货合约分为商品期货合约和金融期货合约。商品期货合约的标的物包括农产品、工业品、能源和其他商品及其相关指数产品；金融期货合约的标的物包括有价证券、利率、汇率等金融产品及其相关指数产品
	期权合约	由期货交易所统一制定的、规定买方有权在将来某一时间以特定价格买入或者卖出约定标的物（包括期货合约）的标准化合约
	保证金	期货交易者按照规定标准交纳的资金，用于结算和保证履约
	结算	根据期货交易所公布的结算价格对交易双方的交易盈亏状况进行的资金清算和划转
	交割	合约到期时，按照期货交易所的规则和程序，交易双方通过该合约所载标的物所有权的转移，或者按照规定结算价格进行现金差价结算，了结到期未平仓合约的过程
	平仓	期货交易者买入或者卖出与其所持合约的品种、数量和交割月份相同但交易方向相反的合约，了结期货交易的行为
	持仓量	期货交易者所持有的未平仓合约的数量
	持仓限额	期货交易所对期货交易者的持仓量规定的最高数额
	仓单	交割仓库开具并经期货交易所认定的标准化提货凭证
	涨跌停板	合约在 1 个交易日中的交易价格不得高于或者低于规定的涨跌幅度，超出该涨跌幅度的报价将被视为无效，不能成交
	内幕信息	可能对期货交易价格产生重大影响的尚未公开的信息，包括：国务院期货监督管理机构以及其他相关部门制定的对期货交易价格可能发生重大影响的政策，期货交易所作出的可能对期货交易价格发生重大影响的决定，期货交易所会员、客户的资金和交易动向以及国务院期货监督管理机构认定的对期货交易价格有显著影响的其他重要信息
	内幕信息的知情人员	由于其管理地位、监督地位或者职业地位，或者作为雇员、专业顾问履行职务，能够接触或者获得内幕信息的人员，包括：期货交易所的管理人员以及其他由于任职可获取内幕信息的从业人员，国务院期货监督管理机构和其他有关部门的工作人员以及国务院期货监督管理机构规定的其他人员

3 个人理财业务活动涉及的相关部门规章及解释

3.1 《商业银行开办代客境外理财业务管理暂行办法》（表 7-32～表 7-33）

表 7-32 基本概念

项　目	内　容
概念	2006 年 12 月，中国人民银行、中国银行业监督管理委员会、国家外汇管理局联合发布《商业银行开办代客境外理财业务管理暂行办法》 　　商业银行代客境外理财业务，是指具有代客境外理财资格的商业银行，受境内机构和居民个人的委托，以其资金在境外进行规定的金融产品投资的经营活动。实务中，商业银行通过发售代客境外理财产品募集客户资金后，代理客户在境外进行投资，投资的收益和风险均由客户承担
特点	与以往的银行理财产品相比，代客境外理财产品具有以下特点： 　　（1）资金投资市场在境外。代客境外理财业务所募集的客户资金主要投资于境外金融产品，使投资者有机会参与国际金融市场 　　（2）可投资的境外金融产品和境外金融市场有限。目前，商业银行不得代客投资于境外商品类衍生产品、对冲基金以及国际公认评级机构评级 BBB 级以下的证券 　　（3）可以直接用人民币投资。客户可以自有外汇或人民币购买代客境外理财产品，银行代替客户统一在国家外汇管理局换汇后进行境外投资
市场风险	市场风险是指由于利率、汇率、股票价格和商品价格等波动的不确定性而造成损失的风险。对于代客境外理财产品来说，汇率风险较为突出。当投资者以人民币购买代客境外理财产品时，商业银行将人民币资金转换为外币资金对外投资，产品到期后，对外投资的外币资金再转换回人民币，人民币兑外币的汇率相对于期初时上升或下降将对投资收益产生影响，甚至造成本金亏损。此外，由于代客境外理财产品的投资方向较广，包括债券，与汇率、利率、股票指数等标的挂钩的结构性产品，境外基金产品以及境外上市的股票等，利率、汇率和股票价格等因素的波动，将对投资收益产生影响，客户存在遭受损失的风险
信用风险	信用风险是指以信用关系规定的交易过程中，交易一方不能履行给付承诺而给另一方造成损失的可能性。投资者购买代客境外理财产品，将直接面临境外投资标的发行人及其他相关机构的信用风险。如果境外投资标的的发行人出现违约、无法支付到期本息，或由于发行人信用等级降低导致投资标的的价格下降，投资者到期可能无法获得预期收益，甚至可能遭受本金损失

表 7-33 个人理财业务活动相关的重要内容

项　目		内　容
业务准入管理	第十二条规定	商业银行取得代客境外理财业务资格后，在境内发售个人理财产品，按照《商业银行个人理财业务管理暂行办法》的有关规定管理 　　商业银行取得代客境外理财业务资格后，向境内机构发售理财产品或提供综合理财服务，准入管理适用报告制，报告程序和要求以及相关风险的管理参照个人理财业务管理的有关规定执行
	第十三条规定	商业银行受投资者委托以人民币购汇办理代客境外理财业务，应向外汇局申请代客境外理财购汇额度 　　商业银行接受投资者委托以投资者的自有外汇进行境外理财投资的，其委托的金额不计入外汇局批准的投资购汇额度

（续）

项　　目		内　　容
业务准入管理	第十五条规定	在经批准的购汇额度范围内，商业银行可向投资者发行以人民币标价的境外理财产品，并统一办理募集人民币资金的购汇手续
	第十六条规定	境外理财资金汇回后，商业银行应将投资本金和收益支付给投资者。投资者以人民币购汇投资的，商业银行结汇后支付给投资者；投资者以外汇投资的，商业银行将外汇划回投资者原账户，原账户已关闭的，可划入投资者指定的账户
资金流出管理	第十九条规定	商业银行境外理财投资，应当委托经中国银监会批准具有托管业务资格的其他境内商业银行作为托管人托管其用于境外投资的全部资产
	第二十条规定	除中国银监会规定的职责外，托管人还应当履行下列职责： （一）为商业银行按理财计划开设境内托管账户、境外外汇资金运用结算账户和证券托管账户 （二）监督商业银行的投资运作，发现其投资指令违法、违规的，及时向外汇局报告 （三）保存商业银行的资金汇出、汇入、兑换、收汇、付汇和资金往来记录等相关资料，其保存的时间应当不少于十五年 （四）按照规定，办理国际收支统计申报 （五）协助外汇局检查商业银行资金的境外运用情况 （六）外汇局根据审慎监管原则规定的其他职责
	第二十二条规定	商业银行在收到外汇局有关购汇额度的批准文件后，应当持批准文件，与境内托管人签订托管协议，并开立境内托管账户。商业银行应当自境内托管账户开设之日起 5 个工作日内，向外汇局报送正式托管协议
	第二十三条规定	商业银行境内托管账户的收入范围是：商业银行划入的外汇资金、境外汇回的投资本金及收益以及外汇局规定的其他收入
		商业银行境内托管账户的支出范围是：划入境外外汇资金运用结算账户的资金、汇回商业银行的资金、货币兑换费、托管费、资产管理费以及各类手续费以及外汇局规定的其他支出
	第二十四条规定	境内托管人应当根据审慎原则，按照风险管理要求以及商业惯例选择境外金融机构作为其境外托管代理人 境内托管人应当在境外托管代理人处开设商业银行外汇资金运用结算账户和证券托管账户，用于与境外证券登记结算机构之间的资金结算业务和证券托管业务
	第二十五条规定	境内托管人及境外托管代理人必须为不同的商业银行分别设置托管账户
信息披露与监督管理	第二十六条规定	商业银行购买境外金融产品，必须符合中国银监会的相关风险管理规定。中国银监会根据相关法律法规，对商业银行代客境外理财业务的风险进行监管
	第二十七条规定	从事代客境外理财业务的商业银行应在发售产品时，向投资者全面详细告知投资计划、产品特征及相关风险，由投资者自主作出选择
	第二十八条规定	从事代客境外理财业务的商业银行应定期向投资者披露投资状况、投资表现、风险状况等信息
	第二十九条规定	从事代客境外理财业务的商业银行应按规定履行结售汇统计报告义务

3.2 《证券投资基金销售管理办法》（表 7-34～表 7-36）

表 7-34 概述和商业银行从事基金代销业务的准入标准

项 目	内 容
概述	为了规范证券投资基金的销售活动，促进证券投资基金市场健康发展，根据《证券投资基金法》及其他有关法律、行政法规，中国证监会制定了《证券投资基金销售管理办法》，自 2004 年 7 月 1 日起施行。中国证监会《关于代理证券投资基金销售业务的商业银行完善内部合规控制制度和员工行为规范的指导意见》、《关于证券公司办理开放式基金代销业务有关问题的通知》、《证券投资基金销售管理暂行规定》同时废止
证券投资基金销售的概念	证券投资基金（以下简称基金）销售，包括基金管理人或者基金管理人委托的其他机构（以下简称代销机构）宣传推介基金，发售基金份额，办理基金份额申购、赎回等活动
商业银行从事基金代销业务的准入标准	根据该办法规定，基金销售由基金管理人负责办理；基金管理人可以委托取得基金代销业务资格的其他机构代为办理，未取得基金代销业务资格的机构，不得接受基金管理人委托，代为办理基金的销售 商业银行可以根据该办法第九条的规定向中国证监会申请基金代销业务资格，并应当具备以下条件： （1）资本充足率符合国务院银行业监督管理机构的有关规定 （2）有专门负责基金代销业务的部门 （3）财务状况良好，运作规范稳定，最近三年内没有因违法违规行为受到行政处罚或者刑事处罚 （4）具有健全的法人治理结构、完善的内部控制和风险管理制度，并得到有效执行 （5）有与基金代销业务相适应的营业场所、安全防范设施和其他设施 （6）有安全、高效的办理基金发售、申购和赎回业务的技术设施，基金代销业务的技术系统已与基金管理人、基金托管人、基金登记机构相应的技术系统进行了联机、联网测试，测试结果符合国家规定的标准 （7）制定了完善的业务流程、销售人员执业操守、应急处理措施等基金代销业务管理制度 （8）公司及其主要分支机构负责基金代销业务的部门取得基金从业资格的人员不低于该部门员工人数的二分之一，部门的管理人员已取得基金从业资格，熟悉基金代销业务，并具备从事两年以上基金业务或者五年以上证券、金融业务的工作经历 （9）中国证监会规定的其他条件

表 7-35 关于基金宣传推介材料的具体要求

项 目	内 容
基金宣传推介材料的界定	基金宣传推介材料是指为推介基金向公众分发或者公布，使公众可以普遍获得的书面、电子或其他介质的信息，包括： （1）公开出版资料 （2）宣传单、手册、信函等面向公众的宣传资料 （3）海报、户外广告 （4）电视、电影、广播、互联网资料及其他音像、通信资料 （5）中国证监会规定的其他材料
事前报备程序	基金管理人和基金代销机构的基金宣传推介材料，应当事先经基金管理人的督察长检查，出具合规意见书，并报中国证监会备案 中国证监会自收到备案材料之日起 20 个工作日内，依法进行审查，出具是否有异议的书面意见

（续）

项　　目	内　　容
关于宣传推介材料内容的具体要求	（1）禁止性规定。基金宣传推介材料必须真实、准确，与基金合同、基金招募说明书相符，不得有下列情形： 1）虚假记载、误导性陈述或者重大遗漏 2）预测该基金的证券投资业绩 3）违规承诺收益或者承担损失 4）诋毁其他基金管理人、基金托管人或基金代销机构，或者其他基金管理人募集或管理的基金 5）夸大或者片面宣传基金，违规使用安全、保证、承诺、保险、避险、有保障、高收益、无风险等可能使投资人认为没有风险的词语 6）登载单位或者个人的推荐性文字 7）中国证监会规定禁止的其他情形 （2）关于登载基金业绩及风险提示的规定。基金宣传推介材料登载基金业绩，须满足以下几个方面的要求 1）要依据基金合同的已生效期确定所登载基金的过往业绩年度。基金合同生效不足6个月的，不可以登载该基金、基金管理人管理的其他基金的过往业绩；基金合同生效6个月以上但不满1年的，应当登载从合同生效之日起计算的业绩；基金合同生效1年以上但不满10年的，应当登载自合同生效当年开始所有完整会计年度的业绩，宣传推介材料公布日在下半年的，还应登载当年上半年度的业绩；基金合同生效10年以上的，应当登载最近10个完整会计年度的业绩 2）应当按照有关法律、行政法规的规定或者行业公认的准则计算基金的业绩表现数据；引用的统计数据和资料应当真实、准确，并注明出处，能够真实、准确、合理地表述基金业绩和基金管理人的管理水平，不得引用未经核实、尚未发生或者模拟的数据。基金业绩表现数据还应当经基金托管人复核 3）基金宣传推介材料应当含有明确、醒目的风险提示和警示性文字，并使投资人在阅读过程中不易忽略，以提醒投资人注意投资风险，仔细阅读基金合同和基金招募说明书，了解基金的具体情况。基金管理人应当特别声明，基金的过往业绩并不预示其未来表现，基金管理人管理的其他基金的业绩并不构成新基金业绩表现的保证。基金宣传推介材料含有基金获中国证监会核准内容的，应当特别声明中国证监会的核准并不代表中国证监会对该基金的风险和收益作出实质性判断、推荐或者保证 （3）对基金宣传推介材料内容的其他要求。基金宣传推介材料对不同基金的业绩进行比较，应当使用可比的数据来源、统计方法和比较期间，并且有关数据来源、统计方法应当公平、准确，具有关联性。基金宣传推介材料附有统计图表的，应当清晰、准确；提及第三方专业机构评价结果的，应当列明第三方专业机构的名称及评价日期

表 7-36　基金销售行为规范和法律责任

项　　目		内　　容
基金销售行为规范	关于建立健全基金销售相关管理制度的规定	（1）原则要求。基金管理人、代销机构应当建立健全并有效执行基金销售业务制度和销售人员的持续培训制度，加强对基金销售业务合规运作和销售人员行为规范的检查和监督 （2）账户制度。基金管理人、代销机构应当建立完善的基金份额持有人账户和资金账户管理制度，以及基金份额持有人资金的存取程序和授权审批制度；应当在有证券投资基金托管业务资格的商业银行开立与基金销售有关的账户，并由该银行对账户内的资金进行监督。基金管理人应当将基金募集期间募集的资金存入专门账户，在基金募集行为结束前，任何人不得动用 （3）档案管理制度。基金管理人、代销机构应当建立健全档案管理制度，妥善保管基金份额持有人的开户资料和与销售业务有关的其他资料，保存期不少于十五年

（续）

项　目		内　容
基金销售行为规范	关于基金销售的强制性和禁止性规定	（1）关于签订书面代销协议和公示业务资格证明文件的要求。基金管理人委托代销机构办理基金的销售，应当与其签订书面代销协议，约定支付报酬的比例和方式，明确双方的权利和义务；未经签订书面代销协议，代销机构不得办理基金的销售。代销机构应当将基金代销业务资格的证明文件置备于基金销售网点的显著位置，不得委托其他机构代为办理基金的销售。基金管理人对代销机构从事基金销售活动负有监督检查义务，发现代销机构违规销售基金的，应当予以制止；情节严重的，应当按约定解除代销协议 （2）关于申购、赎回的规定。开放式基金合同生效后，基金管理人、代销机构应当按照法律、行政法规、中国证监会的规定和基金合同、代销协议的约定，办理基金份额的申购、赎回，不得擅自停止办理基金份额的发售或者拒绝投资人的申购、赎回 （3）关于收取销售费用的规定。基金管理人、代销机构应当按照基金合同的约定和招募说明书的规定向投资人收取销售费用，并如实核算、记账；基金管理人、代销机构未经基金合同约定，不得向投资人收取额外费用；未经招募说明书载明并公告，不得对不同投资人适用不同费率 基金管理人应当按照代销协议的约定向代销机构支付报酬，并如实核算、记账 （4）其他有关基金销售的禁止性规定。基金管理人、代销机构从事基金销售活动，不得有下列情形： 1）以排挤竞争对手为目的，压低基金的收费水平 2）采取抽奖、回扣或者送实物、保险、基金份额等方式销售基金 3）以低于成本的销售费率销售基金 4）募集期间对认购费打折 5）承诺利用基金资产进行利益输送 6）挪用基金份额持有人的认购、申购、赎回资金 7）虚假记载、误导性陈述或者重大遗漏；预测该基金的证券投资业绩；违规承诺收益或者承担损失；诋毁其他基金管理人、基金托管人或基金代销机构，或者其他基金管理人募集或管理的基金；夸大或者片面宣传基金；违规使用安全、保证、承诺、保险、避险、有保障、高收益、无风险等可能使投资人认为没有风险的词语；登载单位或者个人的推荐性文字
法律责任		《证券投资基金销售管理办法》根据《证券投资基金法》的授权，明确规定了违规行为的处罚条款，规定了责令整改、暂停办理相关业务、监管谈话、出具警示函、记入诚信档案、暂停履行职务、认定为不适宜担任相关职务者等行政监管措施和警告、罚款等行政处罚措施，加强了可操作性 基金管理人、代销机构从事基金销售活动，有下列情形之一的，责令改正，单处或者并处警告、罚款；对直接负责的主管人员和其他直接责任人员，单处或者并处警告、罚款： （1）违反《证券投资基金销售管理办法》第三十九条第二款的规定，允许未经聘任的人员销售基金或者未取得基金从业资格的人员宣传推介基金 （2）未按照《证券投资基金销售管理办法》第四十条第一款的规定签订书面代销协议 （3）违反《证券投资基金销售管理办法》第四十一条的规定，擅自向公众分发、公布基金宣传推介材料 （4）未按照《证券投资基金销售管理办法》第四十二条的规定使用基金宣传推介材料 （5）未按照《证券投资基金销售管理办法》第四十三条的规定开立与基金销售有关的账户 （6）违反《证券投资基金销售管理办法》第四十四条的规定，擅自停止办理基金份额发售或者拒绝投资人的申购、赎回 （7）未按照《证券投资基金销售管理办法》第四十五条第一款的规定收取销售费用并核算、记账 （8）未按照《证券投资基金销售管理办法》第四十六条的规定为投资人保守秘密 （9）从事《证券投资基金销售管理办法》第四十七条规定禁止的行为 （10）未按照《证券投资基金销售管理办法》第五十一条的规定配合中国证监会及其派出机构进行监督检查

3.3 《保险兼业代理管理暂行办法》和《关于规范银行代理保险业务的通知》

（表 7-37～表 7-38）

表 7-37　概述和保险兼业代理资格管理

项　　目		内　　容
概述		为了加强对保险兼业代理人的管理，规范保险兼业代理行为，维护保险市场秩序，促进保险事业的健康发展，中国保监会根据《保险法》，于 2000 年 8 月 4 日颁布实施了《保险兼业代理管理暂行办法》。近年来，随着保险公司与商业银行之间合作的不断加强，在双方合作的过程中，出现了一些不规范的行为，不仅损害了消费者的利益，也影响了各自业务的健康发展,中国保监会和中国银监会于 2006 年 6 月 15 日联合发布了《关于规范银行代理保险业务的通知》
保险兼业代理人的概念		保险兼业代理人，或称保险兼业代理机构，是指接受保险人的委托，在从事自身业务的同时，在保险人的授权范围内代为办理保险业务，并收取保险代理手续费的机构。保险兼业代理人在保险人授权范围内代理保险业务的行为所产生的法律责任，由保险人承担
保险兼业代理资格管理	保险兼业代理市场准入条件	依据现行规定，申请保险兼业代理资格应具备下列条件： （1）具有工商行政管理机关核发的营业执照 （2）有同经营主业直接相关的一定规模的保险代理业务来源 （3）有固定的营业场所 （4）具有在其营业场所直接代理保险业务的便利条件 商业银行代理保险业务，还应当满足以下条件：其一级分行应当取得保险兼业代理资格。保险公司不得委托没有取得兼业代理资格的商业银行开展代理保险业务
	保险兼业代理的核准程序	保险兼业代理人资格申报，应由被代理的保险公司报中国保险监督管理委员会核准。申请时，应向中国保监会提交下列材料： （1）保险兼业代理人资格申报表（一式三份） （2）工商营业执照副本复印件 （3）组织机构代码证复印件 （4）保险兼业代理人资格申报电脑数据盘 （5）被代理保险公司经营保险业务许可证复印件 （6）中国保监会要求的其他材料 中国保监会对经核准取得保险兼业代理资格的单位颁发保险兼业代理许可证。保险兼业代理许可证的有效期限为三年，保险兼业代理人应在有效期满前两个月申请办理换证事宜。保险兼业代理人在发生合并或撤销、解散等事宜而不再具备保险兼业代理资格时，应在一个月内向中国保监会交回保险兼业代理许可证 保险兼业代理人资格有关内容的变更，也应由被代理的保险公司报中国保险监督管理委员会核准。由于名称或主营业务范围变更而需变更保险兼业代理许可证的内容时，应在三个月内向中国保监会申请办理变更事宜

表 7-38　保险兼业代理关系管理、执业管理和法律责任

项　目		内　容
保险兼业代理关系管理		依据现行规定，保险公司只能与已取得保险兼业代理许可证的单位建立保险兼业代理关系，委托其开展保险代理业务。保险公司与保险兼业代理人建立保险代理关系，应报中国保监会备案，并提交下列材料： （1）保险兼业代理关系登记表（一式三份） （2）保险兼业代理许可证复印件 （3）保险代理关系申报电脑数据盘 中国保监会在收到备案材料 10 个工作日内未提出异议的，保险代理合同生效，保险代理关系即告成立
执业管理	一般规定	保险公司与兼业代理人建立代理关系时，有责任确定兼业代理人： （1）具备保险兼业代理许可证 （2）委托代理险种在保险兼业代理许可证允许的范围内 （3）经过相应的专业培训 保险兼业代理人只能在其主业营业场所内代理保险业务，不得在营业场所外另设代理网点
	禁止性规定	保险兼业代理人从事保险代理业务，不得有下列行为： （1）擅自变更保险条款，提高或降低保险费率 （2）利用行政权力、职务或职业便利强迫、引诱投保人购买指定的保单 （3）使用不正当手段强迫、引诱或者限制投保人、被保险人投保或转换保险人 （4）串通投保人、被保险人或受益人欺骗保险人 （5）对其他保险机构、保险代理机构作出不正确或误导性的宣传 （6）代理再保险业务 （7）挪用或侵占保险费 （8）兼做保险经纪业务 （9）中国保监会认定的其他损害保险人、投保人和被保险人利益的行为
	有关保险兼业代理合同的规定	保险公司应制订统一的保险兼业代理合同文本并报中国保监会备案 保险兼业代理合同应列明代理险种、代理权限、手续费标准和支付方式、保费划转期限等内容。保险兼业代理合同的代理期限以合同订立时保险兼业代理人持有的保险兼业代理许可证有效期为限
	有关保费及代理手续费的规定	保险兼业代理人应按照保险兼业代理合同的规定，与保险公司按时结算保费和交接有关单证。保费结算时间最长不得超过 1 个月。保险公司应当按照财务制度据实列支向商业银行支付的代理手续费。保险公司不得以任何名义、任何形式向代理机构、网点或经办人员支付合作协议规定的手续费之外的其他任何费用，包括业务推动费以及以业务竞赛或激励名义给予的其他利益
	其他方面的规定	未经中国保监会批准，保险公司不得委托保险兼业代理人签发保险单 从事代理保险业务的商业银行应由专门部门或专人负责保险代理业务，加强相关内控制度建设，定期开展对制度执行情况的内部监督检查

（续）

项　目	内　容
法律责任	违反《保险兼业代理暂行办法》，未取得保险兼业代理许可证和保险兼业代理委托书，非法从事保险代理业务的，由中国保监会予以取缔；尚不构成犯罪的，由中国保监会没收违法所得，并处以违法所得一倍以上五倍以下的罚款，没有违法所得或者违法所得不足二十万元的，处以二十万元以上一百万元以下的罚款；构成犯罪的，依法追究刑事责任
	违反《保险兼业代理暂行办法》，保险兼业代理人在保险代理业务中欺骗投保人、被保险人或受益人，尚不构成犯罪的，由中国保监会责令改正，并处以五万元以上三十万元以下的罚款；情节严重的，吊销经营保险代理业务许可证；构成犯罪的，依法追究刑事责任
	保险兼业代理人违反《保险兼业代理暂行办法》第十七条、第二十一条、第二十二条、第二十三条其中之一的，由中国保监会责令其改正，并处以警告或一万元以上五万元以下的罚款；情节严重的，吊销保险兼业代理人《保险兼业代理许可证》；构成犯罪的，依法追究刑事责任
	保险公司违反《保险兼业代理暂行办法》第十三条、第十九条、第二十条、第二十九条、第三十条其中之一的，由中国保监会责令改正，并处以一万元以上十万元以下的罚款；情节严重的，由中国保监会责令撤换有关责任人、停业整顿或取消有关主要负责人的高级管理人员任职资格

3.4 《个人外汇管理办法》和《个人外汇管理办法实施细则》（表 7-39～表 7-40）

表 7-39　《个人外汇管理办法》和个人理财相关的重要内容

项　目		内　容
个人外汇业务的分类和管理	第二条规定	个人外汇业务按照交易主体区分境内与境外个人外汇业务，按照交易性质区分经常项目和资本项目个人外汇业务。按上述分类对个人外汇业务进行管理
	第三条规定	经常项目项下的个人外汇业务按照可兑换原则管理，资本项目项下的个人外汇业务按照可兑换进程管理
	第六条规定	银行应通过外汇局指定的管理信息系统办理个人购汇和结汇业务，真实、准确录入相关信息，并将办理个人业务的相关材料至少保存五年备查
经常项目个人外汇管理	第十条规定	从事货物进出口的个人对外贸易经营者，在商务部门办理对外贸易经营权登记备案后，其贸易外汇资金的收支按照机构的外汇收支进行管理
	第十一条规定	个人进行工商登记或者办理其他执业手续后，可以凭有关单证办理委托具有对外贸易经营权的企业代理进出口项下及旅游购物、边境小额贸易等项下外汇资金收付、划转及结汇
	第十二条规定	境内个人外汇汇出境外用于经常项目支出，单笔或当日累计汇出在规定金额以下的，凭本人有效身份证件在银行办理；单笔或当日累计汇出在规定金额以上的，凭本人有效身份证件和有交易额的相关证明等材料在银行办理
	第十三条规定	境外个人在境内取得的经常项目项下合法人民币收入，可以凭本人有效身份证件及相关证明材料在银行办理购汇及汇出
	第十四条规定	境外个人未使用的境外汇入外汇，可以凭本人有效身份证件在银行办理原路汇回
	第十五条规定	境外个人将原兑换未使用完的人民币兑回外币现钞时，小额兑换凭本人有效身份证件在银行或外币兑换机构办理；超过规定金额的，可以凭原兑换水单在银行办理

（续）

项　目		内　容
资本项目个人外汇管理	第十六条规定	境内个人对外直接投资符合有关规定的，经外汇局核准可以购汇或以自有外汇汇出，并应当办理境外投资外汇登记
	第十七条规定	境内个人购买 B 股，进行境外权益类、固定收益类以及国家批准的其他金融投资，应当按相关规定通过具有相应业务资格的境内金融机构办理
	第十八条规定	境内个人向境内保险经营机构支付外汇人寿保险项下保险费，可以购汇或以自有外汇支付
	第十九条规定	境内个人在境外获得的合法资本项目收入经外汇局核准后可以结汇
	第二十条规定	境内个人对外捐赠和财产转移需购付汇的，应当符合有关规定并经外汇局核准
	第二十一条规定	境内个人向境外提供贷款、借用外债；提供对外担保和直接参与境外商品期货和金融衍生品交易，应当符合有关规定并到外汇局办理相应登记手续
	第二十二条规定	境外个人购买境内商品房，应当符合自用原则，其外汇资金的收支和汇兑应当符合相关外汇管理规定。境外个人出售境内商品房所得人民币，经外汇局核准可以购汇汇出
	第二十三条规定	除国家另有规定外，境外个人不得购买境内权益类和固定收益类等金融产品。境外个人购买 B 股，应当按照国家有关规定办理
	第二十四条规定	境外个人在境内的外汇存款应纳入存款金融机构短期外债余额管理
	第二十五条规定	境外个人对境内机构提供贷款或担保，应当符合外债管理的有关规定
	第二十六条规定	境外个人在境内的合法财产对外转移，应当按照个人财产对外转移的有关外汇管理规定办理
个人外汇账户及外币现钞管理	第二十七条规定	个人外汇账户按主体类别区分为境内个人外汇账户和境外个人外汇账户；按账户性质区分为外汇结算账户、资本项目账户及外汇储蓄账户
	第二十八条规定	银行按照个人开户时提供的身份证件等证明材料确定账户主体类别，所开立的外汇账户应使用与本人有效身份证件记载一致的姓名。境内个人和境外个人外汇账户境内划转按跨境交易进行管理
	第三十一条规定	境外个人在境内直接投资，经国家外汇管理局核准，可以开立外国投资者专用外汇账户。账户内资金经国家外汇管理局核准可以结汇。直接投资项目获得国家主管部门批准后，境外个人可以将外国投资者专用外汇账户内的外汇资金划入外商投资企业资本金账户
	第三十二条规定	个人可以凭本人有效身份证件在银行开立外汇储蓄账户。外汇储蓄账户的收支范围为非经营性外汇收付、本人或与其直系亲属之间同一主体类别的外汇储蓄账户间的资金划转。境内个人和境外个人开立的外汇储蓄联名账户按境内个人外汇储蓄账户进行管理
	第三十三条规定	个人携带外币现钞出入境，应当遵守国家有关管理规定
	第三十四条规定	个人购汇提钞或从外汇储蓄账户中提钞，单笔或当日累计在有关规定允许携带外币现钞出境金额之下的，可以在银行直接办理；单笔或当日累计提钞超过上述金额的，凭本人有效身份证件、提钞用途证明等材料向当地外汇局事前报备
	第三十五条规定	个人外币现钞存入外汇储蓄账户，单笔或当日累计在有关规定允许携带外币现钞入境免申报金额之下的，可以在银行直接办理；单笔或当日累计存钞超过上述金额的，凭本人有效身份证件、携带外币现钞入境申报单或本人原存款金融机构外币现钞提取单据在银行办理

表 7-40　《个人外汇管理办法实施细则》和个人理财业务相关的重要内容

项　目		内　容
结汇和境内个人购汇实行年度总额管理	第二条规定	对个人结汇和境内个人购汇实行年度总额管理。年度总额分别为每人每年等值五万美元。国家外汇管理局可根据国际收支状况，对年度总额进行调整 个人年度总额内的结汇和购汇，凭本人有效身份证件在银行办理；超过年度总额的，经常项目下按本细则第十条、第十一条、第十二条办理，资本项目下按本细则"资本项目个人外汇管理"有关规定办理
	第三条规定	个人所购外汇，可以汇出境外、存入本人外汇储蓄账户，或按照有关规定携带出境
	第四条规定	个人年度总额内购汇、结汇，可以委托其直系亲属代为办理；超过年度总额的购汇、结汇以及境外个人购汇，可以按本细则规定，凭相关证明材料委托他人办理
经常项目个人外汇管理	第八条规定	个人经常项目项下外汇收支分为经营性外汇收支和非经营性外汇收支
	第十条规定	境内个人经常项目项下非经营性结汇超过年度总额的，凭本人有效身份证件及以下证明材料在银行办理： （一）捐赠：经公证的捐赠协议或合同。捐赠须符合国家规定 （二）赡家款：直系亲属关系证明或经公证的赡养关系证明、境外给付人相关收入证明，如银行存款证明、个人收入纳税凭证等 （三）遗产继承收入：遗产继承法律文书或公证书 （四）保险外汇收入：保险合同及保险经营机构的付款证明。投保外汇保险须符合国家规定 （五）专有权利使用和特许收入：付款证明、协议或合同 （六）法律、会计、咨询和公共关系服务收入：付款证明、协议或合同 （七）职工报酬：雇佣合同及收入证明 （八）境外投资收益：境外投资外汇登记证明文件、利润分配决议或红利支付书或其他收益证明 （九）其他：相关证明及支付凭证
	第十一条规定	境外个人经常项目项下非经营性结汇超过年度总额的，凭本人有效身份证件及以下证明材料在银行办理： （一）房租类支出：房屋管理部门登记的房屋租赁合同、发票或支付通知 （二）生活消费类支出：合同或发票 （三）就医、学习等支出：境内医院（学校）收费证明 （四）其他：相关证明及支付凭证 上述结汇单笔等值五万美元以上的，应将结汇所得人民币资金直接划转至交易对方的境内人民币账户
	第十二条规定	境内个人经常项目项下非经营性购汇超过年度总额的，凭本人有效身份证件和有交易额的相关证明材料在银行办理
	第十三条规定	境外个人经常项目合法人民币收入购汇及未用完的人民币兑回，按以下规定办理： （一）在境内取得的经常项目合法人民币收入，凭本人有效身份证件和有交易额的相关证明材料（含税务凭证）办理购汇 （二）原兑换未用完的人民币兑回外汇，凭本人有效身份证件和原兑换水单办理，原兑换水单的兑回有效期为自兑换日起 24 个月；对于当日累计兑换不超过等值五百美元（含）以及离境前在境内关外场所当日累计不超过等值一千美元（含）的兑换，可凭本人有效身份证件办理
	第十四条规定	境内个人外汇汇出境外用于经常项目支出，按以下规定办理： 外汇储蓄账户内外汇汇出境外当日累计等值五万美元以下（含）的，凭本人有效身份证件在银行办理；超过上述金额的，凭经常项目项下有交易额的真实性凭证办理 手持外币现钞汇出当日累计等值一万美元以下（含）的，凭本人有效身份证件在银行办理；超过上述金额的，凭经常项目项下有交易额的真实性凭证、经海关签章的《中华人民共和国海关进境旅客行李物品申报单》或本人原存款银行外币现钞提取单据办理

（续）

项 目		内 容
经常项目个人外汇管理	第十五条规定	境外个人经常项目外汇汇出境外，按以下规定在银行办理： （一）外汇储蓄账户内外汇汇出，凭本人有效身份证件办理 （二）手持外币现钞汇出，当日累计等值一万美元以下（含）的，凭本人有效身份证件办理；超过上述金额的，还应提供经海关签章的《中华人民共和国海关进境旅客行李物品申报单》或本人原存款银行外币现钞提取单据办理
资本项目个人外汇管理	第十六条规定	境内个人对外直接投资应按国家有关规定办理。所需外汇经所在地外汇局核准后可以购汇或以自有外汇汇出，并办理相应的境外投资外汇登记手续 境内个人及因经济利益关系在中国境内习惯性居住的境外个人，在境外设立或控制特殊目的公司并返程投资的，所涉外汇收支按《国家外汇管理局关于境内居民通过境外特殊目的公司融资及返程投资外汇管理有关问题的通知》等有关规定办理
	第十七条规定	境内个人可以使用外汇或人民币，并通过银行、基金管理公司等合格境内机构投资者进行境外固定收益类、权益类等金融投资
	第十八条规定	境内个人参与境外上市公司员工持股计划、认股期权计划等所涉外汇业务，应通过所属公司或境内代理机构统一向外汇局申请获准后办理 境内个人出售员工持股计划、认股期权计划等项下股票以及分红所得外汇收入，汇回所属公司或境内代理机构开立的境内专用外汇账户后，可以结汇，也可以划入员工个人的外汇储蓄账户
	第十九条规定	境内个人向境内经批准经营外汇保险业务的保险经营机构支付外汇保费，应持保险合同、保险经营机构付款通知书办理购付汇手续 境内个人作为保险受益人所获外汇保险项下赔偿或给付的保险金，可以存入本人外汇储蓄账户，也可以结汇
	第二十条规定	移居境外的境内个人将其取得合法移民身份前境内财产对外转移以及外国公民依法继承境内遗产的对外转移，按《个人财产对外转移售付汇管理暂行办法》等有关规定办理
	第二十一条规定	境外个人在境内买卖商品房及通过股权转让等并购境内房地产企业所涉外汇管理，按《国家外汇管理局—建设部关于规范房地产市场外汇管理有关问题的通知》等有关规定办理
	第二十二条规定	境外个人可按相关规定投资境内 B 股；投资其他境内发行和流通的各类金融产品，应通过合格境外机构投资者办理
	第二十三条规定	根据人民币资本项目可兑换的进程，逐步放开对境内个人向境外提供贷款、借用外债、提供对外担保以及直接参与境外商品期货和金融衍生品交易的管理，具体办法另行制定
个人外汇账户及外币现钞管理	第二十四条规定	外汇局按账户主体类别和交易性质对个人外汇账户进行管理。银行为个人开立外汇账户，应区分境内个人和境外个人。账户按交易性质分为外汇结算账户、外汇储蓄账户、资本项目账户
	第二十五条规定	外汇结算账户是指个人对外贸易经营者、个体工商户按照规定开立的用以办理经常项目项下经营性外汇收支的账户。其开立、使用和关闭按机构账户进行管理
	第二十六条规定	个人在银行开立外汇储蓄账户应当出具本人有效身份证件，所开立账户户名应与本人有效身份证件记载的姓名一致
	第二十七条规定	个人开立外国投资者投资专用账户、特殊目的公司专用账户及投资并购专用账户等资本项目外汇账户及账户内资金的境内划转、汇出境外应经外汇局核准

（续）

项　目		内　　容
个人外汇账户及外币现钞管理	第二十八条规定	个人外汇储蓄账户资金境内划转，按以下规定办理： （一）本人账户间的资金划转，凭有效身份证件办理 （二）个人与其直系亲属账户间的资金划转，凭双方有效身份证件、直系亲属关系证明办理 （三）境内个人和境外个人账户间的资金划转按跨境交易进行管理
	第二十九条规定	本人外汇结算账户与外汇储蓄账户间资金可以划转，但外汇储蓄账户向外汇结算账户的划款限于划款当日的对外支付，不得划转后结汇
	第三十条规定	个人提取外币现钞当日累计等值一万美元以下（含）的，可以在银行直接办理；超过上述金额的，凭本人有效身份证件、提钞用途证明等材料向银行所在地外汇局事前报备。银行凭本人有效身份证件和经外汇局签章的《提取外币现钞备案表》为个人办理提取外币现钞手续
	第三十一条规定	个人向外汇储蓄账户存入外币现钞，当日累计等值五千美元以下（含）的，可以在银行直接办理；超过上述金额的，凭本人有效身份证件、经海关签章的《中华人民共和国海关进境旅客行李物品申报单》或本人原存款银行外币现钞提取单据在银行办理。银行应在相关单据上标注存款银行名称、存款金额及存款日期

真题链接

一、单项选择题（以下各小题所给出的四个选项中，只有一项最符合题目要求，请将正确选项的代码填入括号内。）

1．商业银行在个人理财业务中，超越客户的授权从事业务且没有经过客户追认的，其民事责任（　　）。[2010 年真题]

  A．完全由商业银行承担

  B．完全由客户承担

  C．由客户承担，商业银行承担连带责任

  D．由商业银行承担，客户承担连带责任

【答案】A　根据民事代理制度，没有代理权、超越代理权或者代理权终止后的行为，只有经过被代理人的追认，被代理人才承担民事责任。未经追认的行为，由行为人承担民事责任。本人知道他人以本人名义实施民事行为而不作否认表示的，视为同意。由题意可知，在没有经过客户追认的情况下，民事责任完全由商业银行承担。

2．根据我国《合同法》的规定，下列对格式条款理解不正确的是（　　）。[2010年真题]

  A．格式条款和非格式条款不一致时，应采用格式条款

  B．格式条款是指当事人为重复使用而预先拟定，并在订立合同时未与对方协商

C. 订立格式条款一方应遵循公平原则确定当事人之间的权利和义务

D. 合同订立方应采取合理的方式提请对方注意免除或者限制其责任的条款，按对方要求，对条款予以说明

【答案】A　对格式条款的理解发生争议的，应当按照通常理解予以解释。对格式条款有两种以上解释的，应当作出不利于提供格式条款一方的解释。格式条款和非格式条款不一致的，应当采用非格式条款。

3. 下列不属于基金管理人职责的是（　　）。[2010年真题]

A. 办理或委托其他机构办理基金份额的发售、申购、赎回和登记事宜

B. 确定基金收益方案，向持有人分配收益

C. 计算并公告基金资产净值

D. 及时办理清算、交割事宜

【答案】D　基金管理人是负责基金的具体投资操作和日常管理的机构。基金管理人由依法设立的基金管理公司担任。担任基金管理人，应当经国务院证券监督管理机构核准。

基金管理人应当履行下列职责：①依法募集基金，办理或者委托经国务院证券监督管理机构认定的其他机构代为办理基金份额的发售、申购、赎回和登记事宜；②办理基金备案手续；③对所管理的不同基金财产分别管理、分别记账，进行证券投资；④按照基金合同的约定确定基金收益分配方案，及时向基金份额持有人分配收益；⑤进行基金会计核算并编制基金财务会计报告；⑥编制中期和年度基金报告；⑦计算并公告基金资产净值，确定基金份额申购、赎回价格；⑧办理与基金财产管理业务活动有关的信息披露事项；⑨召集基金份额持有人大会；⑩保存基金财产管理业务活动的记录、账册、报表和其他相关资料；⑪以基金管理人名义，代表基金份额持有人利益行使诉讼权利或者实施其他法律行为；⑫国务院证券监督管理机构规定的其他职责。D项属于基金托管人的职责。

4. 公开披露的基金信息不包括（　　）。[2010年真题]

A. 基金投资策略　　　　　　　　　B. 基金份额申购、赎回价格

C. 基金募集情况　　　　　　　　　D. 基金资产净值，基金份额净值

【答案】A　《证券投资基金法》第六十二条规定，公开披露的基金信息包括：①基金招募说明书、基金合同、基金托管协议；②基金募集情况；③基金份额上市交易公告书；④基金资产净值、基金份额净值；⑤基金份额申购、赎回价格；⑥基金财产的资产组合季度报告、财务会计报告及中期和年度基金报告；⑦临时报告；⑧基金份额持有人大会决议；⑨基金管理人、基金托管人的专门基金托管部门的重大人事变动；⑩涉及基金管理人、基金财产、基金托管业务的诉讼；⑪依照法律、行政法规有关规定，由国务院证券监督管理机构规定应予披露的其他信息。

5. 投保人最基本的义务是（　　）。[2010年真题]

    A. 预防危险　　　　B. 出险通知　　　　C. 交付保费　　　　D. 索赔举证

【答案】C　投保人、被保险人的义务主要包括：①投保人应按照约定交付保险费，这是投保人最基本的义务；②投保人、被保险人应履行出险通知、预防危险、索赔举证的义务；③被保险人应履行危险增加通知、施救的义务。

6. 按照我国《个人所得税法》的有关规定，个人所得税纳税人是指：在中国境内有住所或者无住所而在境内居住满（　　）年的个人，从中国境内或境外取得的所得，依照《个人所得税法》规定缴纳个人所得税。[2010年真题]

    A. 1　　　　　　　B. 2　　　　　　　C. 3　　　　　　　D. 5

【答案】A　个人所得税是以个人的所得为征收对象的一种税。《个人所得税法》规定：在中国境内有住所，或者无住所而在境内居住满一年的个人，从中国境内和境外取得的所得，依照本法规定缴纳个人所得税。

二、**多项选择题**（以下各小题所给出的五个选项中，有两项或两项以上符合题目的要求，请选择相应选项，多选、错选均不得分。）

1. 根据《中华人民共和国合同法》，承担合同违约责任的形式可以是（　　）。[2010年真题]

    A. 赔偿损失　　　　　　　　　　B. 强制履行

    C. 违约金责任　　　　　　　　　D. 订金责任

    E. 采取补救措施

【答案】ABCDE　违约责任是指当事人一方不履行合同债务或其履行不符合合同约定时，对另一方当事人所应承担的继续履行、采取补救措施或者赔偿损失等民事责任。违约责任的承担形式主要有：①违约金责任；②赔偿损失；③强制履行；④订金责任；⑤采取补救措施。

2. 退休职工李某本月取得的下列收入中，不需缴纳个人所得税的有（　　）。[2010年真题]

    A. 退休工资1200元　　　　　　　B. 保险理赔款800元

    C. 股票红利960元　　　　　　　　D. 在公开刊物上发表文章获稿酬1000元

    E. 国债资产产生利息200元

【答案】ABE　《个人所得税法》规定，下列各项个人所得，免纳个人所得税：①省级人民政府、国务院部委和中国人民解放军军以上单位，以及外国组织、国际组织颁发的科学、教育、技术、文化、卫生、体育、环境保护等方面的奖金；②国债和国家发行的金融债券利息；③按照国家统一规定发给的补贴、津贴；④福利费、抚恤金、救济金；⑤保险赔款；⑥军人的转业费、复员费；⑦按照国家统一规定发给干部、职工的安家费、退职费、退休工资、离休工资、离休生活补助费；⑧依照

我国有关法律规定应予免税的各国驻华使馆、领事馆的外交代表、领事官员和其他人员的所得;⑨中国政府参加的国际公约、签订的协议中规定免税的所得;⑩经国务院财政部门批准免税的所得。

3. 银行个人理财从业人员的下列行为中,违反《证券法》的有(　　　　)。[2009年真题]

  A. 内幕交易   B. 擅自发行证券

  C. 操纵市场行为   D. 以不正当竞争手段招揽业务

  E. 进行虚假的或者误导投资者的广告或者其他宣传推介活动

【答案】ABCDE　《证券法》的法律责任分为刑事责任、民事责任和行政责任三类,可能涉及银行个人理财从业人员的主要是:①发行人擅自发行证券的民事责任;②虚假陈述的民事责任,具体包括进行虚假的或者误导投资者的广告或者其他宣传推介活动,以不正当竞争手段招揽承销业务,其他违反证券承销业务规定的行为;③内幕交易的民事责任;④操纵市场行为的民事责任。

4. 下列行为违反《商业银行法》的有(　　　　)。[2009年真题]

  A. 无故拖延或者拒绝支付存款本金和利息

  B. 拒绝中国人民银行稽核、检查监督

  C. 向境内非银行金融机构和企业投资

  D. 非法查询、冻结、扣划个人储蓄存款或者单位存款

  E. 向关系人发放担保贷款的条件等同于其他借款人同类贷款条件

【答案】ABCD　根据《商业银行法》的规定,向关系人发放担保贷款的条件优于其他借款人同类贷款条件的属于违法行为,等同于其他借款人同类贷款条件的是合法的正确行为。选项E不符合题意。根据《商业银行法》的规定,商业银行有无故拖延或者拒绝支付存款本金和利息,非法查询、冻结、扣划个人储蓄存款或者单位存款等行为,对存款人或者其他客户造成财产损害的,应当承担支付延迟履行的利息以及其他民事责任。

三、判断题(请对以下各小题的描述作出判断,正确用A表示,错误用B表示。)

1. 外国银行分行可以吸收中国境内公民每笔不少于一百万元人民币的定期存款。(　　)[2010年真题]

【答案】A

2. 保险兼业代理人可以代理再保险业务。(　　)[2009年真题]

【答案】B　保险兼业代理人,或称保险兼业代理机构,是指接受保险人的委托,在从事自身业务的同时,在保险人的授权范围内代为办理保险业务,并收取保险代理手续费的机构。保险兼业代理人在保险人授权范围内代理保险业务的行为所产生的法律责任,由保险人承担。保险兼业代理人不准代理再保险业务。

3．目前，证券公司的个人理财服务形式主要以代客进行投资操作为主。（　　）[2009 年真题]

【答案】B　与商业银行相比，证券公司等金融机构提供的理财业务专业性较强，但理财范围有较大的局限性，理财建议主要集中在投资的操作层面上，而在理财的整体规划上则比较欠缺。例如，证券公司的理财业务主要集中在股票、债券和基金等投资工具上。商业银行的理财业务特点主要体现在其综合性上，商业银行尤其是国有大型商业银行作为个人资金的出口和入口，与居民生活的各个方面都息息相关。所以，以代客进行投资操作是国内银行的主要个人理财服务形式，而不是证券公司的。

第8章 个人理财业务管理

本章命题规律

对近年考试的命题进行研究可以发现，本章的命题规律体现在以下几个方面：
1. 个人理财业务合规性管理是每年必考的知识点。
2. 个人理财资金使用管理是本章重要的考核点。
3. 个人理财业务流程管理在考试中反复出现，需要高度重视。

核心考点解读

1 个人理财业务合规性管理

1.1 开展个人理财业务的基本条件（表8-1）

表8-1 开展个人理财业务的基本条件

项　目	内　容
概述	为规范和促进商业银行个人理财业务健康有序发展，中国银监会于2005年9月发布了《商业银行个人理财业务管理暂行办法》（以下简称《办法》）和《商业银行个人理财业务风险管理指引》（以下简称《指引》），在此基础上，截至2009年12月31日，以银监会为主的监管机构共颁布与银行理财产品相关的"办法"三个、"指引"两个和"通知"九个 内容主要涉及如下三个主要方面： （1）三个"办法"推动了三类产品的发展。《金融机构衍生产品交易业务管理暂行办法》介绍了衍生品交易业务的分类、界定了从事衍生品交易的基本条件与风险管控措施等主要内容，推动了与境外金融衍生品挂钩的外币理财产品的发展。《商业银行开办代客境外理财业务管理暂行办法》规定了代客境外理财的业务准入管理、投资购汇额度和汇兑管理、资金流出入管理和信息披露与监督管理，推动了国内代客境外理财业务的进一步发展，目前共与九个国家签订了合作备忘录 （2）《指引》对个人理财顾问服务的风险管理、综合理财服务的风险管理和理财产品的风险管理进行了指导；《银行与信托公司业务合作指引》界定了银信合作理财产品的运作方式、基本要求、风险控制和信息披露等主要内容 （3）九个通知的内容主要涉及产品的风险管理、报备制度、投资方向、信息披露制度和投资者的风险评估等重要内容
《办法》第四十八条规定的条件	（1）具有相应的风险管理体系和内部控制制度 （2）有具备开展相关业务工作经验和知识的高级管理人员、从业人员

（续）

项　　目	内　　容
《办法》第四十八条规定的条件	（3）具备有效的市场风险识别、计量、监测和控制体系 （4）信誉良好，近两年内未发生损害客户利益的重大事件 （5）中国银行业监督管理委员会规定的其他审慎性条件
关于机构设置与业务申报材料	（1）商业银行应建立健全个人理财业务管理体系，明确个人理财业务的管理部门，针对理财顾问服务和综合理财服务的不同特点，分别制定理财顾问服务和综合理财服务的管理规章制度，明确相关部门和人员的责任 （2）商业银行申请需要批准的个人理财业务，应向中国银行业监督管理委员会报送以下材料（一式三份）： 　1）由商业银行负责人签署的申请书 　2）拟申请业务介绍，包括业务性质、目标客户群以及相关分析预测 　3）业务实施方案，包括拟申请业务的管理体系、主要风险及拟采取的管理措施等 　4）商业银行内部相关部门的审核意见 　5）中国银行业监督管理委员会要求的其他文件和资料 （3）商业银行开展其他不需要审批的个人理财业务，应将以下资料按照相关规定及时向中国银行业监督管理委员会或其派出机构报告： 　1）理财计划的可行性评估报告，主要内容包括产品属性、目标客户群、拟销售的时间和规模、拟销售的地区、产品投向、投资组合安排、银行资金成本与收益测算、含有预期收益率的理财计划的收益测算方式和测算依据、产品风险评估管控措施等 　2）内部相关部门审核文件 　3）商业银行就理财计划对投资管理人、托管人、投资顾问等相关方的尽职调查文件 　4）商业银行就理财计划与投资管理人、托管人、投资顾问等相关方签署的法律文件 　5）理财计划的销售文件，包括产品协议书、产品说明书、风险揭示书、客户评估书等需要客户进行签字确认的销售文件 　6）理财计划的宣传材料，包括银行营业网点、银行官方网站和银行委托第三方网站向客户提供的产品宣传材料，以及通过各种媒体投放的产品广告等 　7）报告材料联络人的具体联系方式 　8）中国银监会及其派出机构要求的其他材料 对于商业银行分支机构，《关于进一步规范商业银行个人理财业务报告管理有关问题的通知》规定应最迟在开始发售理财计划后 5 个工作日内，将以下材料按照有关规定向当地银监会派出机构报告： 　1）法人机构理财计划发售授权书 　2）理财计划的销售文件，包括产品协议书、产品说明书、风险揭示书、客户评估书等需要客户进行签字确认的销售文件 　3）理财计划的宣传材料，包括银行营业网点、银行官方网站和银行委托第三方网站向客户提供的产品宣传材料，以及通过各种媒体投放的产品广告等 　4）报告材料联络人的具体联系方式 　5）中国银监会及其派出机构要求的其他材料
关于业务制度建设的要求	（1）商业银行应建立健全综合理财服务的内部控制和定期检查制度，保证综合理财服务符合有关法律、法规及银行与客户的约定 （2）商业银行应对理财计划的研发、定价、风险管理、销售、资金管理运用、账务处理、收益分配等方面进行全面规范，建立健全有关规章制度和内部审核程序，严格内部审查和稽核监督管理 （3）商业银行开展个人理财业务，应建立相应的风险管理体系，并将个人

（续）

项　　目	内　　容
关于业务制度建设的要求	理财业务的风险管理纳入商业银行风险管理体系之中。商业银行的个人理财业务风险管理体系应覆盖个人理财业务面临的各类风险，并就相关风险制定有效的管控措施 （4）商业银行应制订理财计划或产品的研发设计工作流程，制订内部审批程序，明确主要风险以及应采取的风险管理措施，并按照有关要求向监管部门报送 （5）商业银行应对理财计划设置市场风险监测指标，建立有效的市场风险识别、计量、监测和控制体系 （6）商业银行应区分理财顾问服务与一般性业务咨询活动，按照防止误导客户或不当销售的原则制定个人理财业务人员的工作守则与工作规范。商业银行个人理财业务人员，应包括为客户提供财务分析、规划或投资建议的业务人员，销售理财计划或投资性产品的业务人员，以及其他与个人理财业务销售和管理活动紧密相关的专业人员 （7）商业银行开展个人理财业务，应与客户签订合同，明确双方的权利与义务，并根据业务需要签署必要的客户委托授权书和其他代理客户投资所必需的法律文件 （8）个人理财业务涉及金融衍生品交易或者外汇管理规定的，商业银行应按照有关规定建立相应的管理制度和风险控制制度 在银监会办公厅 2008 年 4 月 3 日发布的《关于进一步规范商业银行个人理财业务有关问题的通知》中，第一条、第二条和第五条分别进一步要求： （1）商业银行履行代客资产管理角色，健全产品设计管理机制 （2）建立客户评估机制，切实做好客户评估工作 （3）建立客户投诉处理机制，妥善处理客户投诉 在银监会 2009 年 7 月 6 日发布的《关于进一步规范商业银行个人理财投资管理有关问题的通知》中，第二条、第七条进一步要求： （1）商业银行应按照符合客户利益和风险承受能力的原则，建立健全相应的内部控制和风险管理制度体系，并定期或不定期检查相关制度体系和运行机制，保障理财资金投资管理的合规性和有效性 （2）商业银行应将理财业务的投资管理纳入总行的统一管理体系之中，实行前、中、后台分离，加强日常风险指标监测和内控管理
关于理财业务人员的要求	商业银行个人理财业务人员的要求可以分为资格要求、教育培训要求以及考核要求三个方面。《办法》有以下要求： （1）商业银行个人理财业务人员资格要求 1）对个人理财业务活动相关法律法规、行政规章和监管要求等，有充分的了解和认识 2）遵守监管部门和商业银行制定的个人理财业务人员职业道德标准或守则 3）掌握所推介产品或向客户提供咨询顾问意见所涉及产品的特性，并对有关产品市场有所认识和理解 4）具备相应的学历水平和工作经验 5）具备相关监管部门要求的行业资格 6）具备中国银行业监督管理委员会要求的其他资格条件 （2）商业银行个人理财业务人员教育培训要求 商业银行应配备与开展的个人理财业务相适应的理财业务人员，保证个人理财业务人员每年的培训时间不少于二十小时 （3）商业银行个人理财业务人员考核要求 中国银行业监督管理委员会将根据个人理财业务发展与监管的需要，组织、指导个人理财业务人员的从业培训和考核。有关要求和考核办法，由中国银行业监督管理委员会另行规定

（续）

项　目	内　容
关于理财业务人员的要求	《指引》对从业人员也提出了要求：商业银行个人理财业务管理部门应当配备必要的人员，对本行从事个人理财顾问服务的业务人员操守与胜任能力、个人理财顾问服务操作的合规性与规范性、个人理财顾问服务品质等进行内部调查和监督。并对从业人员资格提出以下要求： 1）商业银行应当根据有关规定建立健全个人理财业务人员资格考核与认定、继续培训、跟踪评价等管理制度，保证相关人员具备必要的专业知识、行业经验和管理能力，充分了解所从事业务的有关法律法规和监管规章，理解所推介产品的风险特性，遵守职业道德 2）商业银行应当明确个人理财业务人员与一般产品销售和服务人员的工作范围界限，禁止一般产品销售人员向客户提供理财投资咨询顾问意见、销售理财计划。客户在办理一般产品业务时，如需要银行提供相关个人理财顾问服务，一般产品销售人员和服务人员应将客户移交理财业务人员

1.2　开展个人理财业务的政策限制（表 8-2）

表 8-2　开展个人理财业务的政策限制

项　目	内　容
关于个人理财业务的政策监管	（1）商业银行开展个人理财业务，应进行严格的合规性审查，准确界定个人理财业务所包含的各种法律关系，明确可能涉及的法律和政策问题，研究制定相应的解决办法，切实防范法律风险 （2）商业银行利用理财顾问服务向客户推介投资产品时，应了解客户的风险偏好、风险认知能力和承受能力，评估客户的财务状况，提供合适的投资产品由客户自主选择，并应向客户解释相关投资工具的运作市场及方式，揭示相关风险。商业银行应妥善保存有关客户评估和顾问服务的记录，并妥善保存客户资料和其他文件资料 （3）商业银行开展个人理财业务，在进行相关市场风险管理时，应对利率和汇率等主要金融政策的改革与调整进行充分的压力测试，评估可能对银行经营活动产生的影响，制订相应的风险处置和应急预案。商业银行不应销售压力测试显示潜在损失超过商业银行警戒标准的理财计划 （4）商业银行应当制订个人理财业务应急计划，并纳入商业银行整体业务应急计划体系之中，保证个人理财服务的连续性、有效性 （5）商业银行开展个人理财业务，可根据相关规定向客户收取适当的费用，收费标准和收费方式应在与客户签订的合同中明示。商业银行根据国家有关政策的规定，需要统一调整与客户签订的收费标准和收费方式时，应将有关情况及时告知客户；除非在相关协议中另有约定，商业银行根据业务发展和投资管理情况，需要对已签订的收费标准和收费方式进行调整时，应获得客户同意 （6）商业银行开展个人理财业务，涉及金融衍生品交易和外汇管理规定的，应按照有关规定获得相应的经营资格 （7）商业银行开展个人理财服务，发现客户有涉嫌洗钱、恶意逃避税收管理等违法违规行为的，应按照国家有关规定及时向相关部门报告
关于理财产品（计划）的政策监管	（1）商业银行销售的理财计划中包括结构性存款产品的，其结构性存款产品应将基础资产与衍生交易部分相分离，基础资产应按照储蓄存款业务管理，衍生交易部分应按照金融衍生品业务管理 （2）商业银行不得将一般储蓄存款产品单独当作理财计划销售，或者将理财计划与本行储蓄存款进行强制性搭配销售 （3）保证收益理财计划或相关产品中高于同期储蓄存款利率的保证收益，

（续）

项　　目	内　　容
关于理财产品（计划）的政策监管	应是对客户有附加条件的保证收益。商业银行不得无条件向客户承诺高于同期储蓄存款利率的保证收益率。商业银行不得承诺或变相承诺除保证收益以外的任何可获得收益 （4）商业银行向客户承诺保证收益的附加条件，可以是对理财计划期限调整、币种转换等权利，也可以是对最终支付货币和工具的选择权利等。商业银行使用保证收益理财计划附加条件所产生的投资风险应由客户承担 （5）商业银行应根据理财计划或相关产品的风险状况，设置适当的期限和销售起点金额 （6）商业银行应对理财计划的资金成本与收益进行独立测算，采用科学合理的测算方式预测理财投资组合的收益率。商业银行不得销售不能独立测算或收益率为零或负值的理财计划 （7）商业银行理财计划的宣传和介绍材料，应包含对产品风险的揭示，并以醒目、通俗的文字表达；对非保证收益理财计划，在与客户签订合同前，应提供理财计划预期收益率的测算数据、测算方式和测算的主要依据 （8）商业银行应对理财计划设置市场风险监测指标，建立有效的市场风险识别、计量、监测和控制体系。商业银行将有关市场监测指标作为理财计划合同的终止条件或终止参考条件时，应在理财计划合同中对相关指标的定义和计算方式作出明确解释
关于对个人理财业务的检查监管	（1）中国银行业监督管理委员会及其派出机构可以根据个人理财业务发展与监管的实际需要，按照相应的监管权限，组织相关调查和检查活动 对于以下事项，中国银行业监督管理委员会及其派出机构可以采用多样化的方式进行调查 1）商业银行从事产品咨询、财务规划或投资顾问服务业务人员的专业胜任能力、操守情况，以及上述服务对投资者的保护情况 2）商业银行接受客户的委托和授权，按照与客户事先约定的投资计划和方式进行资产管理的业务活动，客户授权的充分性与合规性，操作程序的规范性，以及客户资产保管人员和账户操作人员职责的分离情况等 3）商业银行销售和管理理财计划过程中对投资人的保护情况，以及对相关产品风险的控制情况 （2）商业银行应按季度对个人理财业务进行统计分析，并于下一季度的第一个月内，将有关统计分析报告（一式三份）报送中国银行业监督管理委员会 （3）商业银行对个人理财业务的季度统计分析报告，应至少包括以下内容： 1）当期开展的所有个人理财业务简介及相关统计数据 2）当期推出的理财计划简介，理财计划的相关合同、内部法律审查意见、管理模式（包括会计核算和税务处理方式等）、销售预测及当期销售和投资情况 3）相关风险监测与控制情况 4）当期理财计划的收益分配和终止情况 5）涉及的法律诉讼情况 6）其他重大事项 （4）商业银行应在每一会计年度终了编制本年度个人理财业务报告：个人理财业务年度报告应全面反映本年度个人理财业务的发展情况，理财计划的销售情况、投资情况、收益分配情况，以及个人理财业务的综合收益情况等，并附年度报表。年度报告和相关报表（一式三份），应于下一年度的 2 月底前报中国银行业监督管理委员会

1.3　开展个人理财业务的违法责任（表 8-3）

表 8-3　开展个人理财业务的违法责任

项　　目	内　　容
关于违规业务的规定	（1）商业银行开展个人理财业务有下列情形之一的，银行业监督管理机构可依据《银行业监督管理法》第四十七条的规定和《金融违法行为处罚办法》的相关规定对直接负责的董事、高级管理人员和其他直接责任人员进行处理，构成犯罪的，依法追究刑事责任： 1）违规开展个人理财业务造成银行或客户重大经济损失的 2）未建立相关风险管理制度和管理体系，或虽建立了相关制度但未实际落实风险评估、监测与管控措施，造成银行重大损失的 3）泄露或不当使用客户个人资料和交易信息记录造成严重后果的 4）利用个人理财业务从事洗钱、逃税等违法犯罪活动的 5）挪用单独管理的客户资产的 （2）商业银行开展个人理财业务有下列情形之一的，由银行业监督管理机构依据《银行业监督管理法》的规定实施处罚 1）违反规定销售未经批准的理财计划或产品的 2）将一般储蓄存款产品作为理财计划销售并违反国家利率管理政策，进行变相高息揽储的 3）提供虚假的成本收益分析报告或风险收益预测数据的 4）未按规定进行风险揭示和信息披露的 5）未按规定进行客户评估的 （3）商业银行开展个人理财业务有下列情形之一，并造成客户经济损失的，应按照有关法律规定或者合同的约定承担责任： 1）商业银行未保存有关客户评估记录和相关资料，不能证明理财计划或产品的销售是符合客户利益原则的 2）商业银行未按客户指令进行操作，或者未保存相关证明文件的 3）不具备理财业务人员资格的业务人员向客户提供理财顾问服务、销售理财计划或产品的
关于违规处罚的规定	（1）商业银行开展个人理财业务的其他违法违规行为，由银行业监督管理机构依据相应的法律法规予以处罚 （2）商业银行违反审慎经营规则开展个人理财业务，或利用个人理财业务进行不公平竞争的，银行业监督管理机构应依据有关法律法规责令其限期改正；逾期未改正的，银行业监督管理机构依据有关法律法规可以采取下列措施： 1）暂停商业银行销售新的理财计划或产品 2）建议商业银行调整个人理财业务管理部门负责人 3）建议商业银行调整相关风险管理部门、内部审计部门负责人 （3）对于商业银行违反个人理财业务投资管理规定的，监管部门将依据《银行业监督管理法》的有关规定，追究发售银行高级管理层、理财业务管理部门及相关风险管理部门、内部审计部门负责人的相关责任，暂停该机构发售新的理财产品

2 个人理财资金使用管理（表8-4）

表8-4　个人理财资金使用管理

项　目	内　容
《办法》有关商业银行个人理财资金使用的规定	根据《办法》商业银行个人理财的资金使用与核算有以下要求： （1）商业银行销售理财计划汇集的理财资金，应按照理财合同的约定管理和使用。商业银行除对理财计划所汇集的资金进行正常的会计核算外，还应为每一个理财计划制作明细记录 （2）在理财计划的存续期内，商业银行应向客户提供其所持有的所有相关资产的账单，账单应列明资产变动、收入和费用、期末资产估值等情况 （3）商业银行应按季度准备理财计划各投资工具的财务报表、市场表现情况及相关材料，客户有权查询或要求商业银行向其提供上述信息 （4）商业银行应在理财计划终止时，或理财计划投资收益分配时，向客户提供理财计划投资、收益的详细情况报告 （5）商业银行应根据个人理财业务的性质，按照国家有关法律法规的规定，采用适宜的会计核算和税务处理方法
《关于进一步规范商业银行个人理财业务投资管理有关问题的通知》有关商业银行个人理财业务资金的使用规定	第六条　商业银行应尽责履行信息披露义务，向客户充分披露理财资金的投资方向、具体投资品种以及投资比例等有关投资管理信息，并及时向客户披露对投资者权益或者投资收益等产生重大影响的突发事件 第八条　商业银行可以独立对理财资金进行投资管理，也可以委托经相关监管机构批准或认可的其他金融机构对理财资金进行投资管理 第九条　商业银行发售理财产品，应按照企业会计准则（2006）第23号"金融资产转移"及其他相关规定，对理财资金所投资的资产逐项进行认定，将不符合转移标准的理财资金所投资的资产纳入表内核算，并按照自有同类资产的会计核算制度进行管理，对资产方按相应的权重计算风险资产，计提必要的风险拨备 第十条　商业银行发售理财产品，应委托具有证券投资基金托管业务资格的商业银行托管理财资金及其所投资的资产 第十一条　理财资金用于投资固定收益类金融产品，投资标的市场公开评级应在投资级以上 第十二条　理财资金用于投资银行信贷资产，应符合以下要求： 1）所投资的银行信贷资产为正常类 2）商业银行应独立或委托其他商业银行担任所投资银行信贷资产的管理人，并确保不低于管理人自营同类资产的管理标准 第十三条　理财资金用于发放信托贷款，应符合以下要求： 1）遵守国家相关法律法规和产业政策的要求 2）商业银行应对理财资金投资的信托贷款项目进行尽职调查，比照自营贷款业务的管理标准对信托贷款项目作出评审 第十四条　理财资金用于投资单一借款人及其关联企业银行贷款，或者用于向单一借款人及其关联企业发放信托贷款的总额不得超过发售银行资本净额的10% 第十五条　理财资金用于投资公开或非公开市场交易的资产组合，商业银行应具有明确的投资标的、投资比例及募集资金规模计划，应对资产组合及其项下各项资产进行独立的尽职调查与风险评估，并由高级管理层核准评估结果后，在理财产品发行文件中进行披露 第十六条　理财资金用于投资金融衍生品或结构性产品，商业银行或其委托的境内投资管理人应具备金融机构衍生品交易资格，以及相适应的风险管理能力

（续）

项　目	内　容
《关于进一步规范商业银行个人理财业务投资管理有关问题的通知》有关商业银行个人理财业务资金的使用规定	第十七条　理财资金用于投资集合资金信托计划，其目标客户的选择应参照《信托公司集合资金信托计划管理办法》对于合格投资者的规定执行 第十八条　理财资金不得投资于境内二级市场公开交易的股票或与其相关的证券投资基金。理财资金参与新股申购，应符合国家法律法规和监管规定 第十九条　理财资金不得投资于未上市企业股权和上市公司非公开发行或交易的股份 第二十条　对于具有相关投资经验、风险承受能力较强的高资产净值客户，商业银行可以通过私人银行服务满足其投资需求，不受本通知第十八条和第十九条限制 第二十一条　理财资金投资于境外金融市场，除应遵守本通知相关规定外，应严格遵守《商业银行代客境外理财业务管理暂行办法》和《关于调整商业银行代客境外理财业务境外投资范围的通知》等相关监管规定。严禁利用代客境外理财业务变相代理销售在境内不具备开展相关金融业务资格的境外金融机构所发行的金融产品。严禁利用代客境外理财业务变相代理不具备开展相关金融业务资格的境外金融机构在境内拓展客户或从事相关类似活动 第二十二条　商业银行因违反上述规定，或因相关责任人严重疏忽，造成客户重大经济损失，监管部门将依据《银行业监督管理法》的有关规定，追究发售银行高级管理层、理财业务管理部门以及相关风险管理部门、内部审计部门负责人的相关责任，暂停该机构发售新的理财产品
《关于进一步规范银信合作有关事项的通知》有关商业银行个人理财业务资金的使用规定	2009 年 12 月 24 日，银监会下发了《关于进一步规范银信合作有关事项的通知》，该通知进一步规范了商业银行与信托公司业务合作行为，其中与个人理财业务资金使用相关的规定有以下几点： 第三条　商业银行应在向信托公司出售信贷资产、票据资产等资产后的十个工作日内，书面通知债务人资产转让事宜，保证信托公司真实持有上述资产 第四条　商业银行应在向信托公司出售信贷资产、票据资产等资产后的十五个工作日内，将上述资产的全套原始权利证明文件或者加盖商业银行有效印章的上述文件复印件移交给信托公司，并在此基础上办理抵押品权属的重新确认和让渡。如移交复印件的，商业银行须确保上述资产全套原始权利证明文件的真实与完整，如遇信托公司确需提供原始权利证明文件的，商业银行有义务及时提供 第五条　银信合作理财产品不得投资于理财产品发行银行自身的信贷资产或票据资产

3　个人理财业务流程管理

3.1　业务人员管理和客户需求调查（表 8-5）

表 8-5　业务人员管理和客户需求调查

项　目	内　容
概述	商业银行个人理财业务流程管理的目标是通过一套符合实际的工作流程，合理有效地把人、财、物资源分配在各个不同的个人理财工作环节中，使得工作流程各环节均能有效地发挥作用并连续配合，从而提高工作效率。个人理财业务流程管理可分为理财顾问业务的理财业务流程管理和商业银行综合理财服务流程管理两个部分

（续）

项　　目	内　　容
业务人员管理	（1）商业银行应当根据有关规定建立健全个人理财业务人员资格考核与认定、继续培训、跟踪评价等管理制度，保证相关业务人员具备必要的专业知识、行业经验和管理能力，充分了解所从事业务的有关法律法规和监管规章，理解所推介产品的风险特性，遵守职业道德 （2）为了严格理财业务人员管理，提高理财从业人员素质，《办法》规定：商业银行应配备与开展的个人理财业务相适应的理财业务人员，保证个人理财业务人员每年的培训时间不少于二十小时。商业银行应详细记录理财业务人员的培训方式、培训时间及考核结果等，未达到培训要求的理财业务人员应暂停从事个人理财业务活动 （3）商业银行应当明确个人理财业务人员与一般产品销售和服务人员的工作范围界限，禁止一般产品销售人员向投资者提供理财投资咨询顾问意见、销售理财计划 （4）《指引》规定商业银行从事财务规划、投资顾问和产品推介等个人理财顾问服务活动的业务人员，以及相关协助人员，应了解所销售的银行产品、代理销售产品的性质、风险收益状况及市场发展情况 （5）2008年4月银监会办公厅下发《关于进一步规范商业银行个人理财业务有关问题的通知》，规定商业银行应建立理财从业人员持证上岗管理制度，完善理财业务人员的处罚和退出机制，加强对理财业务人员的持续专业培训和职业操守教育，要建立问责制，对发生多次或较严重误导销售的业务人员，及时取消其相关从业资格，并追究管理负责人的责任
客户需求调查	理财业务的出发点是客户需求。影响客户理财业务需求的因素很多，实际操作中，商业银行可以根据多个维度对客户进行分层。在大多数情形下，商业银行一般会根据客户的资产（包括金融资产和其他资产）规模对客户进行分层，在分层的基础上调查客户需求的共性 商业银行调查的信息包括客户群对理财产品收益率的要求、客户群对理财产品流动性的要求、客户群风险整体承受能力以及客户群对理财产品需求规模的预估等

3.2　理财产品开发（表8-6）

表8-6　理财产品开发

项　　目	内　　容
目标	理财产品开发目标具有多重性，客户需求是理财产品开发的出发点，但仅有客户需求难以形成实际的产品开发动力。从商业银行角度出发，理财产品开发在满足客户理财需求的同时，还具有以下几个功能 （1）增加业务收入，改善业务结构 （2）扩大客户基础，提升客户质量 （3）增强业务影响，树立品牌形象
原则	商业银行应本着符合客户利益和风险承受能力的原则，审慎、合规地开发设计理财产品。理财产品的风险和收益应该匹配。在设计理财产品过程中，商业银行应该对理财产品的风险和收益进行科学的测算，对客户资金的安全性进行严格管理

（续）

项　目	内　容
个人理财产品的开发管理	个人理财产品开发管理有以下几个重点 （1）商业银行研发新的投资产品，应当制定产品开发审批程序与规范，在进行任何新的投资产品开发之前，都应当就产品开发的背景、可行性、拟销售的潜在目标客户群等进行分析，并报董事会或高级管理层批准 （2）商业银行根据理财业务发展需要研发的新投资产品的介绍和宣传材料，应当按照内部管理有关规定经相关部门审核批准 （3）新产品的开发应当编制产品开发报告，并经各相关部门审核签字。产品开发报告应详细说明新产品的定义、性质与特征，目标客户及销售方式，主要风险及其测算和控制方法，风险限额，风险控制部门对相关风险的管理权力与责任，会计核算与财务管理方法，后续服务，应急计划等 （4）商业银行应当建立新产品风险的跟踪评估制度，在新产品推出后，对新产品的风险状况进行定期评估

3.3　理财产品销售（表 8-7）

表 8-7　理财产品销售

项　目	内　容
理财产品销售原则	理财产品销售过程是客户需求满足的过程，适合性是产品销售的关键，在实际业务操作过程中，应遵守"适合的理财产品应在适合的营业网点由适合的销售人员销售给适合的客户"原则进行产品销售
理财产品销售流程	（1）销售前的基本准备工作 （2）销售中的注意事项 （3）销售后的跟踪服务和投诉处理 《办法》规定，商业银行应制定客户投诉处理制度，接受并及时处理客户投诉。《进一步规范商业银行个人理财业务有关问题的通知》规定： 1）商业银行应建立全面、透明、方便和快捷的投资者投诉处理机制。投资者投诉处理机制应至少包括处理投诉的流程、回复的安排、调查的程序及补偿或赔偿机制 2）商业银行应为投资者提供合理的投诉途径，确保投资者了解投诉的途径、方法及程序，采用统一的标准，公平和公正地处理投诉 3）商业银行应配备足够的资源，确保投资者投诉处理机制有效执行
个人理财产品销售管理	综上所述，个人理财产品销售管理有以下几个重点： （1）商业银行开展个人理财业务涉及代理销售其他金融机构的投资产品时，应对产品提供者的信用状况、经营管理能力、市场投资能力和风险处置能力等进行评估，并明确界定双方的权利与义务，划分相关风险的承担责任和转移方式 （2）商业银行应要求提供代销产品的金融机构提供详细的产品介绍、相关的市场分析报告和风险收益测算报告 （3）商业银行提供的理财产品组合中如包括代理销售产品，应对所代理的产品进行充分的分析，对相关产品的风险收益预测数据进行必要的验证。商业银行应根据产品提供者提供的有关材料和对产品的分析情况，按照审慎原则重新编写有关产品介绍材料和宣传材料 （4）商业银行个人理财业务部门销售商业银行自有产品时，应当要求产品开发部门提供产品介绍材料和宣传材料。个人理财业务部门认为有必要对以上材料进行重新编写时，应注意所编写的相关材料应与自有产品介绍和宣传材料保持一致 （5）商业银行在编写有关产品介绍和宣传材料时，应进行充分的风险揭示，提供必要的举例说明，并根据有关管理规定将需要报告的材料及时向中国银行业监督管理委员会报告

3.4 理财业务其他管理（表 8-8）

表 8-8 理财业务其他管理

项 目	内 容
组织结构	个人理财业务是商业银行零售业务的重要组成部分，其服务对象主要为个人客户，因此，在业务架构上大多数商业银行都是由零售业务部门或个人业务部门牵头，相关业务部门和管理部门按流程和业务性质进行业务分工
绩效管理	在实际业务中，个人理财业务收入大多可以归类为中间业务收入。在制定绩效考核标准时，商业银行一般会根据业务发展需要确定部门间和总分行之间以及银行和其他机构之间的利润划分。为鼓励发展，一些银行在进行绩效管理过程中会向分支机构和客户经理倾斜
渠道管理	为推动理财业务的发展，一些银行包括分行加强了推进理财业务渠道的推广和营销，其中包括渠道建设、渠道管理、渠道服务支持等。渠道管理的目标是为客户提供方便、快捷的服务，实现业务的发展
产品开发策划	进行市场分析和业务分析，制订新产品开发计划、产品种类、产品规模是银行自主开发理财产品策略的主要内容
客户关系管理	客户关系管理目标就是通过明确客户的收益点，提高客户的满意度，以实现盈利。商业银行进行个人理财主要集中在优质客户上，对客户实行分层服务

真题链接

一、单项选择题（以下各小题所给出的四个选项中，只有一项最符合题目的要求，请选择相应选项，不选、错选均不得分。）

1. 商业银行销售的理财计划中包括结构性存款产品时（ ）。[2010 年真题]

　　A. 根据客户需要，制定具体的管理办法

　　B. 按照金融衍生品业务管理

　　C. 根据本银行需要，制定具体的管理办法

　　D. 基础资产按照储蓄存款业务管理，衍生交易部分按照衍生产品业务管理

【答案】D　关于理财产品（计划）的政策监管要求规定，商业银行销售的理财计划中包括结构性存款产品的，其结构性存款产品应将基础资产与衍生交易部分相分离，基础资产应按照储蓄存款业务管理，衍生交易部分应按照金融衍生品业务管理。

2. 根据《商业银行个人理财业务管理暂行办法》，保证收益理财计划中的保证收益（ ）。[2010 年 5 月真题]

　　A. 不得高于同业拆借利率

　　B. 不得低于同期储蓄存款利率

　　C. 高于同期储蓄存款利率的，应对客户提出附加条件

　　D. 不得对客户提出任何附加条件

【答案】C　《商业银行个人理财业务管理暂行办法》第二十四条规定，保证收益理财计划或相关产品中高于同期储蓄存款利率的保证收益，应是对客户有附加条件的保证收益。商业银行不得无条件向客户承诺高于同期储蓄存款利率的保证收益率。

3．商业银行利用理财顾问服务向客户推介投资产品时，应首先（　　）。[2010年真题]

　　A．了解客户的风险偏好　　　　　B．了解客户的非财务信息
　　C．评估客户的当前财务状况　　　D．选择多样化投资工具

【答案】A　利用理财顾问服务向客户推介投资产品时，商业银行应了解客户的风险偏好、风险认知能力和承受能力，评估客户的财务状况，提供合适的投资产品由客户自主选择，并应向客户解释相关投资工具的运作市场及方式，揭示相关风险。

4．商业银行开展个人理财业务，下列行为中应追究责任人的刑事责任的是（　　）。[2009年真题]

　　A．未按规定提示风险　　　　　　B．销售未经批准的理财产品
　　C．利用个人理财业务从事洗钱活动　D．提供虚假的风险收益预测数据

【答案】C　利用个人理财业务从事洗钱、逃税等属于违法犯罪活动，应依法追究刑事责任。

5．商业银行应按（　　）准备理财计划中各投资工具的财务报表、市场表现情况及相关材料，相关客户有权查询或要求商业银行向其提供上述信息。[2009年真题]

　　A．年　　　　　B．半年　　　　　C．季度　　　　　D．月

【答案】C　《商业银行个人理财业务管理暂行办法》规定，商业银行应按季度准备理财计划各投资工具的财务报表、市场表现情况及相关材料，客户有权查询或要求商业银行向其提供上述信息。

二、多项选择题（以下各小题所给出的五个选项中，有两项或两项以上符合题目的要求，请选择相应选项，多选、错选均不得分。）

1．根据《商业银行个人理财业务管理暂行办法》的规定，商业银行对个人理财业务的季度统计分析报告，应至少包括（　　）。[2010年真题]

　　A．涉及的法律诉讼情况
　　B．相关风险监测与控制情况
　　C．当期理财计划的收益分配和终止情况
　　D．当期推出的理财计划的内部法律审查意见
　　E．当期开展的所有个人理财业务简介及相关统计数据

【答案】ABCDE　商业银行对个人理财业务的季度统计分析报告，应至少包括以下内容：①当期开展的所有个人理财业务简介及相关统计数据；②当期推出的理财计划简介，理财计划的相关合同、内部法律审查意见、管理模式（包括会计核算和税务

处理方式等）、销售预测及当期销售和投资情况；③相关风险监测与控制情况；④当期理财计划的收益分配和终止情况；⑤涉及的法律诉讼情况；⑥其他重大事项。

2. 销售非保证收益理财计划应向客户提供（　　　　）。[2009 年真题]

　　A．预期收益率的测算方式　　　　　B．预期收益率的测算依据

　　C．国外合作信托机构的基本情况　　D．预期收益率的测算数据

　　E．第三方合作协议

【答案】ABD　《商业银行个人理财业务管理暂行办法》规定，商业银行理财计划的宣传和介绍材料，应包含对产品风险的揭示，并以醒目、通俗的文字表达；对非保证收益理财计划，在与客户签订合同前，应提供理财计划预期收益率的测算数据、测算方式和测算的主要依据。

三、判断题（请对以下各小题的描述作出判断，正确用 A 表示，错误用 B 表示。）

保证收益理财产品（计划）的销售起点金额，应在 5 万元人民币以上。（　　　　）[2009 年真题]

【答案】A

第9章 个人理财业务风险管理

本章命题规律

根据考试大纲可以发现本章内容都是需要掌握的，近年来的命题规律具体表现在以下几点：

1. 个人理财的风险是常考的内容。
2. 个人理财业务面临的主要风险是本章重要的考核点。
3. 产品、操作、销售和声誉风险管理是需要了解的内容。

核心考点解读

1 个人理财的风险

1.1 个人理财风险的影响因素（表9-1）

表9-1 个人理财风险的影响因素

项　目	内　容
风险类型	理财顾问与综合理财服务业务风险主要在于产品属性（风险与收益）与客户风险偏好（承受能力）类型的错配风险，即在产品与顾问服务中，没有根据客户的风险评估，分析可能会给客户带来风险 个人理财产品风险方面，按照个人理财产品的主要构成要素，可以分为如下三个类型：一是表明理财资金最终运用方向的基础资产的市场风险，二是支付条款中蕴涵的支付结构风险，三是理财机构的投资管理风险 （1）基础资产的市场风险 （2）支付条款中的支付结构风险 （3）理财资金的投资管理风险
宏观影响因素	理财产品及其他各种理财工具的市场风险，与宏观经济与金融形势密切相关。影响理财产品的宏观因素包括社会环境、政府法律环境、经济环境、技术环境等。客户在不同的经济环境下可调整其理财策略，选择不同特点的理财产品
微观影响因素	客户的理财策略以及理财产品选择都会受到微观因素的影响，一方面是客户的微观因素，另一方面是理财产品与顾问服务中的微观因素 客户的微观因素包括其经济金融条件、风险承受能力的易变性，这些需要理财服务的动态调整

1.2 理财产品风险评估（表9-2）

表 9-2 理财产品风险评估

项　　目	内　　容
风险类型	（1）政策风险，指由于国家各种货币政策、财政政策、产业政策的变化而导致的风险。比如说，如果证监会对新股发行机制进行改革、新股发行的套利空间发生变化，很多银行发行的打新股理财产品就会受到影响 （2）违约风险和信用风险，指当商业银行提供信贷资产转让项目和新增贷款项目以及企业信托融资项目时，客户面临信托融资项目用款人的信用违约的风险。例如，信托类的固定收益理财产品受到很多低风险投资者的青睐，但是如果所投向的信托计划发生违约事件，将会导致投资者的理财资金发生损失 （3）市场风险，指市场价格出现不利的变化而导致的风险。这也是理财产品面临的最常见的风险。比如说2007年年初，很多银行推出了挂钩海外市场绩优股票的看涨期权结构性理财产品，随着美国次贷危机的爆发和持续恶化，全球资本市场遭受重创，导致这些结构性理财产品收益不佳。从2007年3月18日开始，在9个月的时间里，中央银行先后6次加息，加息后基准利率可能比投资者首次加息之前购买的固定收益理财产品收益更高。因此，在快速加息周期里，投资者更宜选择一些期限较短的理财产品 （4）流动性风险，指同样投资标的的理财产品一般期限越长流动性越差，所以作为对流动性的补偿，预期收益会相对高一些。投资者在选择的时候，不能仅看预期收益，而要结合家庭的财务支出计划来统筹考虑 （5）提前终止风险，指如果在投资期内，如信托融资项目用款人提前全部或部分还款或者发生商业有权提前终止理财产品,客户可能面临不能按预期期限取得预期收益的风险 （6）销售风险，指不实或夸大宣传、以模拟测算的收益替代预期收益、隐瞒市场重大变化、营销人员素质不高等问题都有可能造成对投资者的误导和不当销售 （7）操作风险，指在办理理财业务的过程中所发生的不当操作导致的损失 （8）交易对手管理风险，指由于合作的信托公司受经验、技能等综合因素的限制，可能会影响理财产品的后续管理，从而导致理财产品项下资金遭受损失 （9）延期风险，指理财产品对应的信托财产变现不及时等原因造成理财产品不能按时支付理财资金，理财期限将相应延长的风险 （10）不可抗力及意外事件风险，指自然灾害、战争等不能预见、不能避免、不能克服的不可抗力事件或系统故障、通信故障、投资市场停止交易等意外事件的出现，可能对理财产品的产品成立、投资运作、资金返还、信息披露造成影响，甚至可能导致理财产品收益降低乃至本金损失
评估方法	理财产品的风险评估可采用定性、定量两种方法来进行 　　定性方法，投资者需对宏观环境、理财产品发行方（比如商业银行）和管理者（比如基金管理人和托管人）、投资基础资产的性质特点有一定的认识 　　定量方法，即在对过去损失资料分析的基础上，运用概率和数理统计的方法对风险事故的发生概率和风险事故发生后可能造成的损失的严重程度进行定量的分析和预测。风险测量的常用指标是产品收益率的方差、标准差、VaR。VaR方法（Value at Risk），称为风险价值模型，也称受险价值方法、在险价值方法。其含义指，在市场正常波动下，某一金融资产或证券组合的最大可能损失。更为确切的是指，在一定概率水平（置信度）下，某一金融资产或证券组合价值在未来特定时期内的最大可能损失。VaR指标包括VaB和VaW，分别代表一定概率下产品所能达到的最高和最低期望收益率

（续）

项　目	内　容
评估方法	VaR 方法有三个优点： （1）VaR 模型测量风险简洁明了，统一了风险计量标准，管理者和投资者较容易理解掌握 （2）可以事前计算，降低市场风险 （3）确定必要资本及提供监管依据。定量方面，投资者可以参考产品说明书的收益率、收益形式、产品期限等指标相对自身的风险承受能力作一个衡量
评估主体	（1）评估通用的指标理财产品在各种情况下的预期收益率以及收益率期望，包括预期收益率、超额收益率、最高收益率、最低收益率，如 VaB 和 VaW。其中超额收益率为期望收益率与同币种同期限存款利率之差 （2）收益类型也显而易见地说明了产品的风险。常见的收益类型包括保本国家收益（保证收益）、保本浮动收益、非保本浮动收益 （3）不同类别的理财产品有不同侧重的评估指标。下面对主要几种基本资产理财产品的风险评估分别作介绍： 1）债券类，风险的主要评估主体是存款利率及汇率的变动对收益率的影响 2）利率类，风险的主要评估主体是利率波动对收益率的影响 3）汇率类，风险的主要评估主体是汇率波动对收益率的影响 4）信用类，风险的主要评估主体是贷款方的信用程度、贷款的使用计划、资金赎回条件等影响其还款的风险等 5）股票类，风险的主要评估主体是系统风险和个股风险等 6）组合类，风险的主要评估主体是产品设计的结构和各种基础资产的比例及各自的风险指标等 7）结构类，风险的主要评估主体是产品设计结构、所用金融衍生品的杠杆效应、衍生品组合的收益率等
相关信息可获得性	客户可以从三个渠道获得产品信息，即发售机构的网站、柜台和第三方理财服务机构。第三方理财服务机构包括研究机构、理财类网站、理财中介类服务机构等。然而，发售机构提供的理财产品合同文本是最终的参照信息。客户及理财咨询服务人员应该注意信息甄别与分析，选取可信度高的报告和分析作参考

2　个人理财业务面临的主要风险

2.1　个人理财业务面临的主要风险和风险管理的基本要求（表 9-3）

表 9-3　个人理财业务面临的主要风险和风险管理的基本要求

项　目	内　容
主要风险	商业银行应当对个人理财业务实行全面、全程风险管理。个人理财业务的风险管理，既应包括商业银行在提供个人理财顾问服务和综合理财服务过程中面临的法律风险、操作风险、声誉风险等主要风险，也应包括理财计划或产品包含的相关交易工具的市场风险、信用风险、操作风险、流动性风险以及商业银行进行有关投资操作和资产管理中面临的其他风险

（续）

项　目	内　容
基本要求	根据监管规定，对于商业银行来说，个人理财业务风险管理应具有以下几点基本要求： （1）商业银行对各类个人理财业务的风险管理，都应同时满足个人理财顾问服务相关风险管理的基本要求 （2）商业银行应当具备与管控个人理财业务风险相适应的技术支持系统和后台保障能力，以及其他必要的资源保证 （3）商业银行应当制定并落实内部监督和独立审核措施，合规、有序地开展个人理财业务，切实保护客户的合法权益 （4）商业银行应建立个人理财业务的分析、审核与报告制度，并就个人理财业务的主要风险管理方式、风险测算方法与标准，以及其他涉及风险管理的重大问题，积极主动地与监管部门沟通 （5）商业银行接受客户委托进行投资操作和资产管理等业务活动，应与客户签订合同，确保获得客户的充分授权。商业银行应妥善保管相关合同和各类授权文件，并至少每年重新确认一次 （6）商业银行应当将银行资产与客户资产分开管理，明确相关部门及其工作人员在管理、调整客户资产方面的授权。对于可以由第三方托管的客户资产，应交由第三方托管 （7）商业银行应当保存完备的个人理财业务服务记录，并保证恰当地使用这些记录。除法律法规另有规定，或经客户书面同意外，商业银行不得向第三方提供客户的相关资料和服务与交易记录

2.2　个人理财顾问服务的风险管理（表 9-4）

表 9-4　个人理财顾问服务的风险管理

项　目	内　容
设置风险管理机构	（1）商业银行高级管理层应充分认识建立银行内部监督审核机制对于降低个人理财顾问服务法律风险、操作风险和声誉风险等的重要性，应至少建立个人理财业务管理部门内部调查和审计部门独立审计两个层面的内部监督机制，并要求内部审计部门提供独立的风险评估报告，定期召集相关人员对个人理财顾问服务的风险状况进行分析与评估 （2）商业银行的内部审计部门对个人理财顾问服务的业务审计，应制定审计规范，并保证审计活动的独立性
建立有效的规章制度	（1）商业银行的董事会和高级管理层应当充分了解个人理财顾问服务可能对商业银行法律风险、声誉风险等产生的重要影响，密切关注个人理财顾问服务的操作风险、合规性风险等风险管控制度的实际执行情况，确保个人理财顾问服务的各项管理制度和风险控制措施体现了解客户和符合客户最大利益的原则 （2）商业银行应当充分认识到不同层次的客户、不同类型的个人理财顾问服务和个人理财顾问服务的不同渠道所面临的主要风险，制定相应的具有针对性的业务管理制度、工作规范和工作流程。相关制度、规范和流程应当突出重点风险的管理，清晰明确，具有较高的可操作性 （3）商业银行应当根据有关规定建立健全个人理财业务人员资格考核与认定、继续培训、跟踪评价等管理制度，保证相关业务人员具备必要的专业知识、行业经验和管理能力，充分了解所从事业务的有关法律法规和监管规章，理解所推介产品的风险特性，遵守职业道德 （4）商业银行应当建立个人理财顾问服务的跟踪评估制度，定期对客户评估报告或投资顾问建议进行重新评估，并向客户说明有关评估情况 （5）商业银行应当保证配置足够的资源支持所开展的个人理财顾问服务，并向客户提供有效的服务渠道。商业银行应制定相关制度接受并及时处理客户投诉

（续）

项　目	内　容
个人理财顾问服务管理基本内容	（1）商业银行开展个人理财顾问服务，应根据不同种类个人理财顾问服务的特点，以及客户的经济状况、风险认知能力和承受能力等，对客户进行必要的分层，明确每类个人理财顾问服务适宜的客户群体，防止由于错误销售损害客户利益 （2）商业银行应在客户分层的基础上，结合不同个人理财顾问服务类型的特点，确定向不同客户群提供个人理财顾问服务的通道 （3）商业银行应当明确个人理财业务人员与一般产品销售和服务人员的工作范围界限，禁止一般产品销售人员向客户提供理财投资咨询顾问意见、销售理财计划。客户在办理一般产品业务时，如需要银行提供相关个人理财顾问服务，一般产品销售和服务人员应将客户移交理财业务人员。如确有需要，一般产品销售和服务人员可以协助理财业务人员向客户提供个人理财顾问服务，但必须制定明确的业务管理办法和授权管理规则 （4）商业银行从事财务规划、投资顾问和产品推介等个人理财顾问服务活动的业务人员，以及相关协助人员，应了解所销售的银行产品、代理销售产品的性质、风险收益状况及市场发展情况等 （5）商业银行向客户提供财务规划、投资顾问、推介投资产品服务，应首先调查了解客户的财务状况、投资经验、投资目的，以及对相关风险的认知和承受能力，评估客户是否适合购买所推介的产品，并将有关评估意见告知客户，双方签字 （6）客户评估报告认为某一客户不适宜购买某一产品或计划，但客户仍然要求购买的，商业银行应制定专门的文件，列明商业银行的意见、客户的意愿和其他的必要说明事项，双方签字认可 （7）对于市场风险较大的投资产品，特别是与衍生交易相关的投资产品，商业银行不应主动向无相关交易经验或经评估不适宜购买该产品的客户推介或销售该产品。客户主动要求了解或购买有关产品时，商业银行应向客户当面说明有关产品的投资风险和风险管理的基本知识，并以书面形式确认是客户主动要求了解和购买产品 （8）商业银行在向客户说明有关投资风险时，应使用通俗易懂的语言，配以必要的示例，说明最不利的投资情形和投资结果
商业银行个人理财顾问业务内部的审查与监督管理	（1）商业银行个人理财业务管理部门应当配备必要的人员，对本行从事个人理财顾问服务的业务人员操守与胜任能力、个人理财顾问服务操作的合规性与规范性、个人理财顾问服务品质等进行内部调查和监督 （2）个人理财业务管理部门的内部调查监督，应在审查个人理财顾问服务的相关记录、合同和其他材料等基础上，重点检查是否存在错误销售和不当销售情况。个人理财业务管理部门的内部调查监督人员，应采用多样化的方式对个人理财顾问服务的质量进行调查。销售每类理财产品（计划）时，内部调查监督人员都应亲自或委托适当的人员，以客户的身份进行调查 （3）商业银行的内部审计部门对个人理财顾问服务的业务审计，应制定审计规范，并保证审计活动的独立性 （4）个人理财业务人员对客户的评估报告，应报个人理财业务部门负责人或经其授权的业务主管人员审核。审核人员应着重审查理财投资建议是否存在误导客户的情况，避免部分业务人员为销售特定银行产品或银行代理产品对客户进行错误销售和不当销售 （5）对于投资金额较大的客户，评估报告除应经个人理财业务部门负责人审核批准外，还应经其他相关部门或者商业银行主管理财业务的负责人审核。审核的权限，应根据产品特性和商业银行风险管理的实际情况制定

（续）

项　　目	内　　容
个人理财顾问服务的风险提示	（1）商业银行向客户提供的所有可能影响客户投资决策的材料，商业银行销售的各类投资产品介绍，以及商业银行对客户投资情况的评估和分析等，都应包含相应的风险揭示内容。风险揭示应当充分、清晰、准确，确保客户能够正确理解风险揭示的内容。商业银行通过理财服务销售的其他产品，也应进行明确的风险揭示 （2）商业银行提供个人理财顾问服务业务时，要向客户进行风险提示。风险提示应设计客户确认栏和签字栏。客户确认栏应载明以下语句，并要求客户抄录后签名："本人已经阅读上述风险提示，充分了解并清楚知晓本产品的风险，愿意承担相关风险"

2.3　综合理财业务的风险管理（表 9-5）

表 9-5　综合理财业务的风险管理

项　　目	内　　容
设置综合理财业务风险管理机构	（1）商业银行应清楚划分相关业务运作部门的职责，采取充分的隔离措施，避免利益冲突可能给客户造成的损害。理财计划风险分析部门、研究部门应当与理财计划的销售部门、交易部门分开，保证有关风险评估分析、市场研究等的客观性 （2）理财计划的内部监督部门和审计部门应当独立于理财计划的运营部门，适时对理财计划的运营情况进行监督检查和审计，并直接向董事会和高级管理层报告
建立自上而下的风险管理制度体系	（1）商业银行的董事会和高级管理层应当充分了解和认识综合理财服务的高风险性，建立健全综合理财服务的内部管理与监督体系、客户授权检查与管理体系和风险评估与报告体系，并及时对相关体系的运行情况进行检查 （2）商业银行应定期对内部风险监控和审计程序的独立性、充分性、有效性进行审核和测试，商业银行内部监督部门应向董事会和高级管理层提供独立的综合理财业务风险管理评估报告 （3）商业银行的董事会和高级管理层应根据商业银行的经营战略、风险管理能力和人力资源状况等，慎重研究决定商业银行是否销售以及销售哪些类型的理财计划 （4）商业银行的董事会或高级管理层应根据本行理财计划的发展策略、资本实力和管理能力，确定本行理财计划所能承受的总体风险程度，并明确每个理财计划所能承受的风险程度。可承受的风险程度应当是量化指标，可以与商业银行的资本总额相联系，也可以与个人理财业务收入等其他指标相联系 （5）商业银行的董事会或高级管理层应确保理财计划的风险管理能够按照规定的程序和方法实施，并明确划分相关部门或人员在理财计划风险管理方面的权限与责任，建立内部独立审计监督机制 （6）商业银行的董事会或高级管理层应当根据理财计划及其所包含的投资产品的性质、销售规模和投资的复杂程度，针对理财计划面临的各类风险，制定清晰、全面的风险限额管理制度，建立相应的管理体系。理财计划涉及的有关交易工具的风险限额，同时应纳入相应的交易工具的总体风险限额管理
综合理财产品的风险管理制度	（1）商业银行应综合分析所销售的投资产品可能对客户产生的影响，确定不同投资产品或理财计划的销售起点。保证收益理财计划的起点金额，人民币应在五万元以上，外币应在五千美元（或等值外币）以上；其他理财计划和投资产品的销售起点金额应不低于保证收益理财计划的起点金额，并依据潜在客户群的风险认识和承受能力确定 （2）商业银行应当建立必要的委托投资跟踪审计制度，保证商业银行代理客户的投资活动符合与客户的事先约定。未经客户书面许可，商业银行不得擅自变更客户资金的投资方向、范围或方式 （3）商业银行在销售任何理财计划时，应事前对拟销售的理财计划进行全面的风险评估，制定主要风险的管控措施，并建立分级审核批准制度

（续）

项　　目	内　　容
综合理财业务的风险控制	（1）商业银行应采用多重指标管理市场风险限额，市场风险的限额可以采用交易限额、止损限额、错配限额、期权限额和风险价值限额等。但在所采用的风险限额指标中，至少应包括风险价值限额 （2）商业银行除应制定银行总体可承受的市场风险限额外，还应当按照风险管理权限，制定不同的交易部门和交易人员的风险限额，并确定每一理财计划或产品的风险限额 （3）商业银行对信用风险限额的管理，应当包括结算前信用风险限额和结算信用风险限额。结算前信用风险限额可采用传统信贷业务信用额度的计算方式，根据交易对手的信用状况计算；结算信用风险限额应根据理财计划所涉及的交易工具的实际结算方式计算 （4）商业银行可根据实际业务情况确定流动性风险限额的管理，但流动性风险限额应至少包括期限错配限额，并应根据市场风险和信用风险可能对银行流动性产生的影响，制定相应的限额指标 （5）商业银行的各相关部门都应当在规定的限额内进行交易，任何突破限额的交易都应当按照有关内部管理规定事先审批。对于未事先审批而突破交易限额的交易，应予以记录并调查处理 （6）商业银行对相关风险的评估测算，应当按照有关规定采用适宜、有效的方法，并应保证相关风险评估测算的一致性 （7）商业银行应当将负责理财计划或产品相关交易工具的交易人员，与负责银行自营交易的交易人员相分离，并定期检查、比较两类交易人员的交易状况
综合理财业务的风险提示	（1）商业银行应当充分、清晰、准确地向客户提示综合理财服务和理财计划的风险。对于保证收益理财计划和保本浮动收益理财计划，风险提示的内容应至少包括以下语句："本理财计划有投资风险，您只能获得合同明确承诺的收益，您应充分认识投资风险，谨慎投资" （2）对于非保本浮动收益理财计划，风险提示的内容应至少包括以下语句："本理财计划是高风险投资产品，您的本金可能会因市场变动而蒙受重大损失，您应充分认识投资风险，谨慎投资"

3 产品、操作、销售和声誉风险管理（表 9-6）

表 9-6　产品、操作、销售和声誉风险管理

项　　目	内　　容
产品风险管理	（1）产品设计风险管理。商业银行应该制定合理的产品研发流程以及内部审批程序，明确主要风险以及相对风险管理措施，并按要求向监管部门报送。商业银行应该对理财产品的资金成本和收益进行独立测算，用科学合理的方法预测产品的收益率 （2）产品运作风险管理。商业银行应该在产品销售之后，对产品的风险指标进行追踪管理，定期作出评估 （3）产品到期风险管理。商业银行应监督客户资金的偿还和分配以及财务处理。对于一些特殊情况，商业银行应制订相应的应急处理方案

（续）

项　目	内　　容
操作风险管理	（1）操作管理体系。商业银行应该建立与本行的业务性质、规模和复杂程度相适应的操作风险管理体系，有效地识别、评估、监测和控制／缓释操作风险。商业银行的高层及董事会应负责制定、管理、检查风险管理政策和制度及具体操作。商业银行应设立专门的理财业务风险管理部门，并且该部门应与其他部门独立，确保操作风险管理的有效性。银行的内审部门应定时监督操作风险管理的情况 （2）操作管理方法。商业银行可通过评估操作风险和内部控制、损失事件的报告和数据收集、关键风险指标的监测、新产品和新业务的风险评估、内部控制的测试和审查以及操作风险的报告来控制和监测操作风险。商业银行应当制定有效的程序，定期监测并报告操作风险状况和重大损失情况。应针对潜在损失不断增大的风险，建立早期的操作风险预警机制，以便及时采取措施控制、降低风险，降低损失事件的发生频率及损失程度
销售风险管理	（1）销售人员管理 1）商业银行应该对销售人员进行培训和考核，只有合格的人员才可进行销售工作 2）商业银行应建立健全个人理财业务管理体系，明确个人理财业务的管理部门，针对理财顾问服务和综合理财服务的不同特点，分别制定理财顾问服务和综合理财服务的管理规章制度，明确相关部门和人员的责任。 （2）销售过程管理 商业银行利用理财顾问服务向客户推介投资产品时，应了解客户的风险偏好、风险认知能力和承受能力，评估客户的财务状况，提供合适的投资产品由客户自主选择，并应向客户解释相关投资工具的运作市场及方式，揭示相关风险。在销售产品过程中，销售人员不应以销售业绩为目标，误导客户或者向客户推销不合适的理财产品
声誉风险管理	声誉风险指由商业银行经营、管理及其他行为或外部事件导致利益相关方对商业银行负面评价的风险。商业银行建立声誉风险排查机制、声誉事件分类分级管理和应急处理机制，提高对声誉风险的发现和声誉事件的应对能力；建立投诉处理监督评估机制、信息发布、新闻工作归口管理制度和舆情信息研判机制，解决声誉风险管理部门和业务部门相脱离的问题；建立声誉风险内部培训和激励机制、声誉风险信息管理制度和后评价机制，形成良好的声誉风险管理文化

真题链接

一、单项选择题（以下各小题所给出的四个选项中，只有一项最符合题目的要求，请选择相应选项，不选、错选均不得分。）

1. 下列关于商业银行保证收益理财计划的起点金额设置，说法正确的是（　　）。[2009年真题]

A. 人民币5万元以上，外币1万美元（或等值外币）以上

B. 人民币5万元以上，外币5千美元（或等值外币）以上

C. 人民币10万元以上，外币1万美元（或等值外币）以上

D. 人民币 10 万元以上，外币 5 千美元（或等值外币）以上

【答案】B　《商业银行个人理财业务风险管理指引》第三十四条规定，商业银行应综合分析所销售的投资产品可能对客户产生的影响，确定不同投资产品或理财计划的销售起点。保证收益理财计划的起点金额，人民币应在 5 万元以上，外币应在 5 千美元（或等值外币）以上；其他理财计划和投资产品的销售起点金额应不低于保证收益理财计划的起点金额，并依据潜在客户群的风险认识和承受能力确定。

2. 商业银行应采取多重指标管理理财业务的市场风险限额，在采用的风险限额指标中，至少应包括（　　）。[2009 年真题]

A. 分配限额　　　　　　　　　　　B. 止损限额

C. 风险价值限额　　　　　　　　　D. 交易限额

【答案】C　《商业银行个人理财业务风险管理指引》规定，商业银行应采用多重指标管理市场风险限额，市场风险的限额可以采用交易限额、止损限额、错配限额、期权限额和风险价值限额等。但在所采用的风险限额指标中，至少应包括风险价值限额。

二、多项选择题（以下各小题所给出的五个选项中，有两项或两项以上符合题目的要求，请选择相应选项，多选、错选均不得分。）

个人理财业务的风险管理应包括（　　）。[2010 年真题]

A. 理财产品包含的相关交易工具的流动性风险

B. 理财产品包含的相关交易工具的市场风险

C. 商业银行进行有关投资操作面临的操作风险

D. 综合理财服务中面临的法律风险

E. 商业银行在提供个人理财顾问服务过程中面临的声誉风险

【答案】ABCDE　个人理财业务的风险管理，既应包括商业银行在提供个人理财顾问服务和综合理财服务过程中面临的法律风险、操作风险、声誉风险等主要风险，也应包括理财计划或产品包含的相关交易工具的市场风险、信用风险、操作风险、流动性风险以及商业银行进行有关投资操作和资产管理中面临的其他风险。

三、判断题（请对以下各小题的描述作出判断，正确用 A 表示，错误用 B 表示。）

商业银行在向客户说明有关投资风险时，应使用通俗易懂的语言，配以必要的示例，说明最不利的投资情形和投资结果。（　　）[2010 年真题]

【答案】A

第10章　职业道德和投资者教育

本章命题规律

根据考试大纲可以发现本章内容都是需要掌握的，近年来的命题规律具体表现在以下几点：

1. 个人理财业务从业资格及从业人员的基本条件是需要了解的内容。
2. 银行个人理财业务从业人员的职业道德是重要的命题点。
3. 个人理财投资者教育是需要了解的内容。

核心考点解读

1　个人理财业务从业资格简介（表10-1）

表10-1　个人理财业务从业资格简介

项　　目	内　　容
境外理财业务从业资格简介	由于个人理财业务相对于其他商业银行业务有其特殊性，在国外和我国香港地区，对个人理财从业人员资格一般都有具体要求，以明确从业人员的资质条件、职业操守、相关限制及违法责任，保证相关业务人员具备必要的专业知识、行业经验和管理能力，充分了解所从事业务的有关法律法规和监管规章，理解所推介产品的风险特性，遵守职业道德。如香港金管局明确规定，只有通过监管部门相关资格考试的人员，才能够从事相关理财业务活动。近年来，注册从业人员（Certified Financial Planner, CFP）逐渐成为国际上金融领域最权威、最流行的个人理财职业资格，被誉为专业、有操作经验的理财专家，为客户提供全方位的专业理财建议，保证财务独立和金融安全
境内银行个人理财业务从业资格	鉴于我国商业银行个人理财业务尚处在起步阶段，发展时间较短，相关配套政策和措施都需要逐步完善，中国银监会采取了循序渐进的方法规范个人理财业务从业人员的资格问题，在《办法》、《指引》中对从业人员应当具备的基本条件进行了明确规定。在此基础上，本着提高中国银行业从业人员素质和规范中国银行业从业人员管理的宗旨，遵循统一规范、社会公认、国际可比的原则，中国银行业协会于2006年6月6日成立了银行业从业人员资格认证委员会，并制定了中国银行业从业人员资格认证（Certification of China Banking Professional, CCBP）制度

（续）

项　目	内　容
境内银行个人理财业务从业资格	CCBP 由中国银行业协会银行业从业人员资格认证委员会（以下简称认证委员会）领导实施，下设中国银行业从业人员资格认证专家委员会（以下简称专家委员会）和中国银行业从业人员资格认证办公室（以下简称认证办公室）。专家委员会是实施认证制度的专业咨询机构；认证办公室是实施认证制度的日常工作机构。中国银行业从业人员资格是中国境内银行业的基本从业标准。《个人理财》涵盖的内容包括银行个人理财业务基础知识、专业技能、相关法规和个人理财业务管理等基础内容，是商业银行个人理财业务相关岗位以及有志于从事该工作人员学习的基础教材。一些银行规定员工考试合格后，才有资格从事银行个人理财业务相关岗位工作
银行个人理财业务从业人员基本条件	按照 CCBP 的要求，结合《办法》的规定，在充分借鉴国际市场各种认证标准并兼顾国内金融发展实际的基础上，商业银行个人理财业务从业人员应当具备的基本条件有以下几点： （1）对与个人理财业务活动相关法律法规、行政规章和监管要求等，有充分的了解和认识。了解和掌握与个人理财业务相关的法律法规和监管要求，熟悉本行各项个人理财业务规章制度，这是从业人员依法合规为客户提供个人理财服务的基本保障，也有助于从业人员在从业活动中保护自己的职业生涯 （2）遵守监管部门和商业银行制定的个人理财业务人员职业道德标准、行为守则。严格遵守职业道德标准与行为准则，有助于提高从业人员的整体素质和职业道德水准，建立健康的银行企业文化和信用文化，维护银行的良好信誉，促进银行健康发展 （3）掌握所推介产品或向客户提供咨询顾问意见所涉及产品的特性，并对有关产品市场有所认识和理解。《办法》要求，从事财务规划、投资顾问和产品推介等个人理财顾问服务活动的业务人员，以及相关协助人员，应了解所销售的银行产品、代理销售产品的性质、风险收益状况及市场发展情况等 （4）具备相应的学历水平和工作经验。个人理财业务需要从业人员具有一定的市场营销学、客户心理学、财务分析、统计等方面的知识，全面掌握银行各种个人银行产品、渠道的专业知识和营销要点，一定的学历水平与工作经验则是从业人员达到这种专业胜任要求的基本前提 （5）具备相关监管部门要求的行业资格。行业资格是指通过行业主管部门组织的考试或认可而取得的从事该行业工作所应当具备的资格。根据有关监管机构的规定，商业银行的某些岗位只有具备相应的资格才能上岗，个人理财业务中涉及相关监管部门要求具备行业资格的，从业人员应当具备相应的资格，如 CCBP 资格等 （6）具备中国银行业监督管理委员会要求的其他资格条件。例如，从事代客境外理财的从业人员应当具备境外投资管理的能力和经验，从事代客理财业务托管资格的专职人员应当熟悉托管业务

2　银行个人理财业务从业人员的职业道德

2.1　从业人员基本行为准则和岗位职责要求（表 10-2）

表 10-2　从业人员基本行为准则和岗位职责要求

项　目	内　容
基本行为准则	（1）诚实信用。从业人员应当以高标准职业道德规范行事，品行正直，恪守诚实信用的原则

(续)

项　目	内　容
基本行为准则	（2）守法合规。从业人员应当遵守法律法规、行业自律规范以及所在机构的规章制度 （3）专业胜任。从业人员应当具备岗位所需的专业知识、资格与能力 （4）勤勉尽职。从业人员应当勤勉谨慎，对所在机构负有诚实信用义务，切实履行岗位职责，维护所在机构的商业信誉 （5）保护商业秘密和隐私。从业人员应当保守所在机构的商业秘密，保护客户信息和隐私 （6）公平竞争。从业人员应当尊重同业人员，公平竞争，禁止商业贿赂 （7）职业形象
岗位职责要求	（1）熟知业务。从业人员应当加强学习，不断提高业务知识水平，熟知向客户推荐的金融产品的特性、收益、风险、法律关系、业务处理流程及风险控制框架 （2）岗位职责。从业人员应当遵守业务操作指引，遵循银行岗位职责划分和风险隔离的操作规程，确保客户交易的安全 （3）信息披露 （4）信息保密。银行业从业人员应当妥善保存客户资料及其交易信息档案 （5）内幕交易。从业人员在业务活动中应当遵守有关禁止内幕交易的规定，不得将内幕信息以明示或暗示的形式告知法律和所在机构允许范围以外的人员，不得利用内幕信息获取个人利益，也不得基于内幕信息为他人提供理财或投资方面的建议 （6）协助执行

2.2　从业人员与客户关系、同事关系、所在机构关系协调处理原则（表10-3）

表10-3　从业人员与客户关系、同事关系、所在机构关系协调处理原则

项　目	内　容
客户关系	（1）了解客户 （2）礼貌服务 （3）公平对待 （4）风险提示 （5）利益冲突 （6）礼物收送 （7）娱乐及便利。银行业从业人员邀请客户或应客户邀请进行娱乐活动或提供交通工具、旅行等其他方面的便利时，应当遵循以下原则： 1）属于政策法规允许的范围以内，并且在第三方看来，这些活动属于行业惯例 2）不会让接受人因此产生对交易的义务感 3）根据行业惯例，这些娱乐活动不显得频繁，且价值在政策法规和所在机构允许的范围以内 4）这些活动一旦被公开将不至于影响所在机构的声誉 （8）客户投诉。银行业从业人员应当耐心、礼貌、认真处理客户的投诉，应接受并及时处理客户投诉，并确保客户了解投诉的途径、方法及程序，采用统一的标准，公平和公正地处理投诉，并遵循以下原则： 1）坚持客户至上、客观公正原则，不轻慢任何投诉和建议 2）所在机构有明确的客户投诉反馈时限的，应当在反馈时限内答复客户

（续）

项　　目	内　　容
客户关系	3）所在机构没有明确的投诉反馈时限的，应当遵循行业惯例或口头承诺的时限向客户反馈情况 4）在投诉反馈时限内无法拿出意见的，应当在反馈时限内告知客户现在投诉处理的情况，并提前告知下一个反馈时限
同事关系	从业人员与同事应当团结合作。从业人员在工作中应当树立理解、信任、合作的团队精神，共同创造，共同进步，分享专业知识和工作经验。个人理财业务的开展必须讲求合作，依托于银行内部相关同事的支持与配合，加强信息交流、上下沟通与内外协调
所在机构关系	（1）从业人员对所在机构应当忠于职守。从业人员应当自觉遵守法律法规、行业自律规范和所在机构的各种规章制度，保护所在机构的商业秘密、知识产权和专有技术，自觉维护所在机构的形象和声誉 （2）商业银行应建立理财从业人员持证上岗管理制度，完善理财业务人员的处罚和退出机制，加强对理财业务人员的持续专业培训和职业操守教育，要建立问责制，对发生多次或较严重误导销售的业务人员，及时取消其相关从业资格，并追究管理负责人的责任 （3）商业银行应详细记录理财业务人员的培训方式、培训时间及考核结果等，未达到培训要求的理财业务人员应暂停从事个人理财业务活动 （4）商业银行应当根据有关规定建立健全个人理财业务人员资格考核与认定、继续培训、跟踪评价等管理制度，保证相关业务人员具备必要的专业知识、行业经验和管理能力，充分了解所从事业务的有关法律法规和监管规章，理解所推介产品的风险特性，遵守职业道德

2.3　从业人员与同业人员关系、监管机构关系协调处理原则（表10-4）

表10-4　从业人员与同业人员关系、监管机构关系协调处理原则

项　　目	内　　容
同业人员关系	（1）同业竞争。从业人员应当坚持同业间公平、有序竞争原则，在业务宣传、办理业务过程中，不得使用不正当竞争手段 （2）商业保密与知识产权保护。与同业人员接触时，不得泄露本机构客户信息和本机构尚未公开的财务数据、重大战略决策以及新的产品研发等重大内部信息或商业秘密；不得以不正当手段刺探、窃取同业人员所在机构尚未公开的财务数据、重大战略决策和产品研发等重大内部信息或商业秘密；不得窃取、侵害同业人员所在机构的知识产权和专有技术
监管机构关系	（1）从业人员应当严格遵守法律法规，对监管机构坦诚，与监管部门建立并保持良好的关系，接受银行业监管部门的监管 （2）从业人员在业务活动中，应当树立依法合规意识，不得向客户明示或暗示以诱导客户规避金融、外汇监管规定，更不得利用个人理财服务规避监管要求 （3）反洗钱。从业人员应当遵守反洗钱有关规定，熟知银行承担的反洗钱义务，在严守客户隐私的同时，及时按照所在机构的要求，报告大额和可疑交易

2.4 从业人员的限制性条款和违法责任（表 10-5）

表 10-5 从业人员的限制性条款和违法责任

项　目		内　容
限制性条款		根据《指引》，商业银行应当明确个人理财业务人员与一般产品销售和服务人员的工作范围界限，禁止一般产品销售人员向客户提供理财投资咨询顾问意见、销售理财计划。客户在办理一般产品业务时，如需要银行提供相关个人理财顾问服务，一般产品销售和服务人员应将客户移交理财业务人员 如确有需要，一般产品销售和服务人员可以协助理财业务人员向客户提供个人理财顾问服务，但必须制定明确的业务管理办法和授权管理规则 严禁利用代客境外理财业务变相代理销售在境内不具备开展相关金融业务资格的境外金融机构所发行的金融产品。严禁利用代客境外理财业务变相代理不具备开展相关金融业务资格的境外金融机构在境内拓展客户或从事相关类似活动 对于频繁被客户投诉、投诉事实经查实的理财业务人员，应将其调离理财业务岗位，情节严重的应予以纪律处分
违法责任	民事责任	商业银行开展个人理财业务有下列情形之一，并造成客户经济损失的，应按照有关法律法规的规定或者合同的约定承担责任： （1）商业银行未保存有关客户评估记录和相关资料，不能证明理财计划或产品的销售是符合客户利益原则的 （2）商业银行未按客户指令进行操作，或者未保存相关证明文件的 （3）不具备理财业务人员资格的业务人员向客户提供理财顾问服务、销售理财计划或产品的
	行政监管措施与行政处罚	（1）商业银行开展个人理财业务有下列情形之一的，银行业监督管理机构可依据《银行业监督管理法》第四十七条的规定和《金融违法行为处罚办法》的相关规定对直接负责的董事、高级管理人员和其他直接责任人员进行处理： 1）违规开展个人理财业务造成银行或客户重大经济损失的 2）未建立相关风险管理制度和管理体系，或虽建立了相关制度但未实际落实风险评估、监测与管控措施，造成银行重大损失的 3）泄露或不当使用客户个人资料和交易信息记录造成严重后果的 4）利用个人理财业务从事洗钱、逃税等违法犯罪活动的 5）挪用单独管理的客户资产的 （2）商业银行开展个人理财业务有下列情形之一的，由银行业监督管理机构依据《银行业监督管理法》的规定实施处罚： 1）违反规定销售未经批准的理财计划或产品的 2）将一般储蓄存款产品作为理财计划销售并违反国家利率管理政策，进行变相高息揽储的 3）提供虚假的成本收益分析报告或风险收益预测数据的 4）未按规定进行风险揭示和信息披露的 5）未按规定进行客户评估的 （3）商业银行违反审慎经营规则开展个人理财业务，或利用个人理财业务进行不公平竞争的，银行业监督管理机构应依据有关法律法规责令其限期改正；逾期未改正的，银行业监督管理机构依据有关法律法规可以采取下列措施： 1）暂停商业银行销售新的理财计划或产品 2）建议商业银行调整个人理财业务管理部门负责人 3）建议商业银行调整相关风险管理部门、内部审计部门负责人 （4）商业银行开展个人理财业务的其他违法违规行为，由银行业监督管理机构依据相应的法律法规予以处罚

（续）

项　目		内　容
违法责任	刑事责任	商业银行开展个人理财业务存在前述第 2 项第（1）小项中所列各情形之一，构成犯罪的，依法追究刑事责任 2009 年 9 月 20 日颁布的银监会《关于进一步规范商业银行个人理财业务投资管理有关问题的通知》中规定： 商业银行因违反相关规定，或因相关责任人严重疏忽，造成客户重大经济损失，监管部门将依据《银行业监督管理法》的有关规定，追究发售银行高级管理层、理财业务管理部门以及相关风险管理部门、内部审计部门负责人的相关责任，暂停该机构发售新的理财产品

3　个人理财投资者教育（表 10-6）

表 10-6　个人理财投资者教育

项　目		内　容
概述	概念	银行个人理财的投资者教育，主要是指针对银行个人理财客户开展的普及理财知识、宣传理财政策法规、揭示理财风险并引导客户依法维权等各项活动。银行个人理财业务的投资者教育是由银行及相关主体实施的有目的、有计划、有组织的传播活动。投资者教育的内容包括有关个人理财相关知识和经验，其目标是协助客户提升理财技能，树立正确的理财观念，并提示相关的理财风险，告知客户所拥有的权利及权利的保护途径，以提高客户素质的一项系统的社会活动。银行个人理财投资者教育工作是一项普惠全社会的长期工作
	对象	银行理财投资者教育对象是广大理财服务对象，包括银行个人理财客户以及潜在银行个人理财客户。商业银行有义务对其所有客户进行投资者教育，而不仅局限于其高端优质客户。相对于高端优质客户，商业银行中小客户往往因为理财经验少，投资者教育更显得重要。成功的投资者教育可以有效地减少客户投诉和纠纷
	主体	投资者教育作为一项普惠全社会的活动，其实施主体不应仅是商业银行，还应包括监管机构、行业协会以及其他组织，甚至需要全社会各方面的力量来共同参与。作为理财服务的提供者，商业银行与客户接触最广，因此是投资者教育的最主要的实施主体，而投资者教育是其不可推卸的社会责任；作为行业协会，中国银行业协会在投资者教育中发挥着行业组织的协调引导作用，它积极指导和组织会员单位加强投资者教育，提升银行投资者教育工作的统一协调性；作为监管机构，银监会一贯重视投资者教育，对个人理财投资者教育方向和重点提出指导性原则和意见
	功能	通过投资者教育可以帮助银行客户树立科学的理财观，促进银行理财业务的发展，从而提高整个金融市场的运行效率，维护市场稳定 （1）投资者教育可以帮助客户树立正确的理财观，提高客户素质，增强客户的风险意识 1）投资者教育有利于提升客户对创新产品的认知能力。理财业务的发展源泉来自商业银行的业务创新，在业务创新过程中，商业银行应及时向客户进行充分的信息披露，主动介绍创新产品的基本知识，提示相关风险，其结果是有利于提升客户对创新产品的认知能力，增强客户理财技能 2）投资者教育有利于增强客户的信心。投资者教育的一个目标是保护客户的利益，从而促进市场规范发展。其核心是提高客户的素质，使客户能够更好地参与市场、投资市场，更好地分享国民经济高速发展的成果。通过投资者教育可以有效加深客户对各类市场的了解，从而提升客户的理财水平，达到增强客户理财信心的作用

（续）

项　目	内　容
功能	3）投资者教育有利于增强客户自我保护能力。理财业务涉及多个市场，每个市场具有不同的运行规律，其中一些市场具有高风险特征，只有通过向客户进行全面、充分的市场机会与风险揭示，才能使客户树立起正确的价值投资理念，正确了解市场、理解市场并把握市场机会，增强自我保护能力 （2）投资者教育可以有效减少银行的客户投诉和纠纷，降低银行声誉风险，促进理财业务健康发展 通过投资者教育可以帮助银行客户树立科学的理财观，促进银行理财业务的发展，从而提高整个金融市场的运行效率，维护市场稳定 （1）投资者教育可以帮助客户树立正确的理财观，提高客户素质，增强客户的风险意识 1）投资者教育有利于提升客户对创新产品的认知能力。理财业务的发展源泉来自商业银行的业务创新，在业务创新过程中，商业银行应及时向客户进行充分的信息披露，主动介绍创新产品的基本知识，提示相关风险，其结果是有利于提升客户对创新产品的认知能力，增强客户理财技能 2）投资者教育有利于增强客户的信心。投资者教育的一个目标是保护客户的利益，从而促进市场规范发展。其核心是提高客户的素质，使客户能够更好地参与市场、投资市场，更好地分享国民经济高速发展的成果。通过投资者教育可以有效加深客户对各类市场的了解，从而提升客户的理财水平，达到增强客户理财信心的作用 3）投资者教育有利于增强客户自我保护能力。理财业务涉及多个市场，每个市场具有不同的运行规律，其中一些市场具有高风险特征，只有通过向客户进行全面、充分的市场机会与风险揭示，才能使客户树立起正确的价值投资理念，正确了解市场、理解市场并把握市场机会，增强自我保护能力 （2）投资者教育可以有效减少银行的客户投诉和纠纷，降低银行声誉风险，促进理财业务健康发展 投资者教育可以有效提高客户对理财业务的风险认知水平，增加银行和客户间的互信，减少客户投诉和纠纷。2008年金融危机期间，一些银行所发行的理财产品由于出现零收益甚至负收益现象，遭遇到了大量投诉。虽然有一部分理财产品是由于本身存在瑕疵，但不乏一些产品设计较为合理而客户认识不足的情况。投资者教育可以增加客户对这部分理财产品的认识，减少不必要的投诉和纠纷 （3）投资者教育可以规范理财市场主体行为，提高金融市场有效性。维护金融稳定 投资者教育有利于规范理财市场主体行为。通过投资者教育可以规范各类市场主体行为，促进市场的规范化和法制化。通过对投资者的教育，提高客户的素质，将加强客户参与意识，提高参与水平。客户参与市场能力的提高，对各类市场主体都会形成强有力的约束。各市场主体都将在一定程度上更加谨慎地对待客户，规范自己的行为，遵守法律法规。从而提升金融市场的有效性，对于市场规范发展和金融稳定具有积极意义
内容	（1）普及理财基础知识 （2）宣传相关的政策法规 （3）揭示理财相关风险 （4）介绍理财业务 （5）传递经营机构的基本信息 （6）接受客户咨询，处理客户投诉

真题链接

多项选择题（以下各小题所给出的五个选项中，有两项或两项以上符合题目的要求，请选择相应选项，多选、错选均不得分。）

银行业从业人员职业操守的宗旨包括（　　　　）。[2009 年真题]

A．维护银行业良好信誉

B．规范银行业从业人员职业行为

C．建立健康的银行业企业文化和信用文化

D．促进银行业的健康发展

E．提高中国银行业从业人员整体素质和职业道德水准

【答案】**ABCDE**　银行业从业人员职业操守的宗旨包括：提高中国银行业从业人员整体素质和职业道德水准，建立健康的银行企业文化和信用文化，维护银行的良好信誉，促进银行健康发展，规范银行业从业人员职业行为。

第二部分

全真模拟

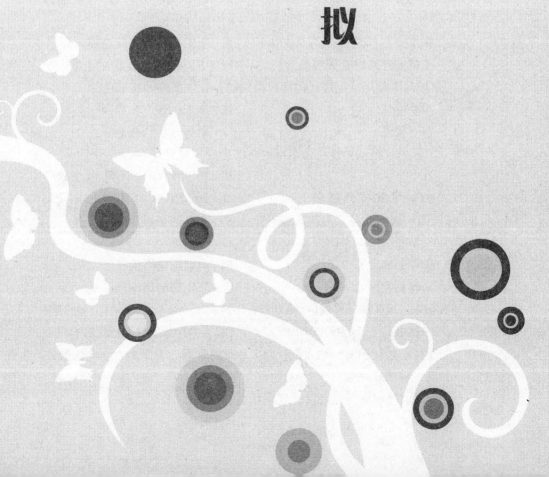

模拟试卷（一）

一、单选题（共 90 题，每小题 0.5 分，共 45 分）以下各小题所给出的四个选项中，只有一项最符合题目的要求，请选择相应选项，不选、错选均不得分。

1. 若预测某一地区未来一年发生温和的通货膨胀，则下列理财策略调整建议正确的是（　　）。

  A. 减少黄金的配置　　　　　　　B. 减少股票的配置

  C. 减少债券的配置　　　　　　　D. 维持储蓄的配置

2. 下列（　　）不属于个人理财过程中的步骤。

  A. 评估理财环境和个人条件　　　B. 监控执行进度和再评估

  C. 运行个人理财目标　　　　　　D. 制订个人理财规划

3. 个人理财过程中，个人条件的评估不包括对（　　）的评估。

  A. 负债　　　　B. 收入　　　　C. 个人资产　　　　D. 抵押资产

4. 根据《商业银行个人理财业务管理暂行办法》，个人理财业务是指商业银行为个人客户提供的专业化服务活动，其不包括（　　）。

  A. 信息分析　　　B. 投资顾问　　　C. 财务规划　　　D. 资产管理

5. 下列（　　）不属于个人理财业务相关的监管机构。

  A. 国家外汇管理局　　　　　　　B. 中国期货监督管理委员会

  C. 中国证券监督管理委员会　　　D. 中国银行业监督管理委员会

6. 理财顾问服务是商业银行向客户提供的专业化服务，其不包括（　　）。

  A. 投资建议　　　　　　　　　　B. 个人投资产品推介

  C. 资产管理　　　　　　　　　　D. 财务分析与规划

7. （　　）通常被认为是个人理财业务的形成与发展时期。

  A. 20 世纪 90 年代　　　　　　　B. 20 世纪 40 年代到 50 年代

  C. 20 世纪 30 年代到 60 年代　　D. 20 世纪 60 年代到 80 年代

8. 按照影响因素的特征分类，银行个人理财业务的影响因素主要有三种，不包括（　　）。

  A. 微观影响因素　　　　　　　　B. 中观影响因素

  C. 宏观影响因素　　　　　　　　D. 其他影响因素

9. 下列国家或地区的法律规定，商业银行不得从事证券业务和信托业务的是（　　）。

  A. 中国　　　　　B. 美国　　　　C. 英国　　　　D. 日本

10. 关于理财顾问服务、私人银行业务和理财计划三者之间，个性化服务特色强弱的对比，其正确的顺序是（　　）。

  A. 理财顾问服务＞理财计划＞私人银行业务

B. 理财计划＜理财顾问服务＜私人银行业务

C. 理财顾问服务＜私人银行业务＜理财计划

D. 理财顾问服务＜理财计划＜私人银行业务

11. 在基金认购中，认购期内产生的利息以（   ）的记录为准。

A. 基金管理公司　　　　　　　B. 基金托管机构

C. 注册登记中心　　　　　　　D. 结算中心

12. 下列（   ）没有参与生命周期理论的创建。

A. R·布伦博格　　　　　　　B. 哈里·马柯维茨

C. F·莫迪利安尼　　　　　　D. A·安多

13. 货币之所以具有时间价值的原因不包括（   ）。

A. 通货膨胀会致使货币贬值

B. 收益率是决定货币在未来增值程度的关键因素

C. 投资有风险，需要提供风险补偿

D. 货币可以满足当前消费或用于投资而产生回报，货币占用具有机会成本

14. 年初的 10 000 元存入银行，当存款利率为 9% 的情况下，到年终其价值为 10 900 元，其中（   ）元是货币的时间价值。

A. 1 000　　　　B. 450　　　　C. 900　　　　D. 1 100

15. 金先生购买某公司股票，该公司的分红为每股 1.30 元，预计未来 10 年内以每年 35% 的速度增长，10 年后的股利为（   ）。

A. 26.14　　　　B. 1.755　　　　C. 4.55　　　　D. 149.5

16. 朱阿姨想购买某利率为 6% 债券，想通过一年的投资得到 3 万元，那么朱阿姨当前的投资应该为（   ）元。

A. 18 750　　　　B. 28 200　　　　C. 29 000　　　　D. 28 302

17. 周老师将 18 000 元进行投资，年利率为 16%，每半年计息一次，4 年后的终值为（   ）。

A. 20 880 元　　　B. 24 480 元　　　C. 33 317 元　　　D. 29 520 元

18. 苏先生在去年的今天以每股 15 元的价格购买了 500 股某上市公司的股票，过去一年中得到每股 0.50 元的红利，年底时股票价格为每股 18 元，其持有期收益率为（   ）。

A. 33.3%　　　　B. 83.3%　　　　C. 3.3%　　　　D. 23.3%

19. 下列（   ）不属于系统性风险。

A. 利率风险　　　B. 市场风险　　　C. 经营风险　　　D. 购买力风险

20. 下列关于资产组合说法不正确的是（   ）。

A. 现代资产组合理论由美国经济学家哈里·马柯维茨提出

B. 如果资产组合中的资产均为有价证券，则该资产组合也可称为股票组合

C. 资产组合的预期收益率，就是组成资产组合的各种资产的预期收益率的加权平均数，其权数等于各种资产在整个组合中所占的价值比例

D. 两个或两个以上资产所构成的集合，称为资产组合

21. 投资组合管理的根本任务是对（　　）。

A. 资产组合的分析　　　　　　B. 资产组合的调整

C. 资产组合的选择　　　　　　D. 资产组合的执行

22. 中国银监会在 2005 年 9 月 29 日颁布的（　　）中规定保证收益理财计划的起点金额。

A.《商业银行代客境外理财业务管理暂行办法》

B.《关于调整商业银行代客境外理财业务境外投资范围的通知》

C.《商业银行个人理财业务风险管理指引》

D.《关于进一步规范商业银行个人理财业务投资管理有关问题的通知》

23. 金融市场的特点不包括（　　）。

A. 市场交易活动的灵活性　　　B. 市场交易价格的一致性

C. 市场商品的特殊性　　　　　D. 交易主体角色的可变性

24. 金融市场的中介大体分为交易中介和（　　）。

A. 评估中介　　B. 服务中介　　C. 规划中介　　D. 融资中介

25. 下列不属于金融市场的宏观经济功能的是（　　）。

A. 反映功能　　　　　　　　　B. 调节功能

C. 交易功能　　　　　　　　　D. 资源配置功能

26. 下列关于货币市场在个人理财中的运用说法错误的是（　　）。

A. 投资者购买时，可根据产品各自的特点，选择适合自己的理财组合，在确保安全性、流动性的基础上获得投资收益的最大化

B. 货币市场基金、人民币理财产品以及信托产品安全性较高，收益稳定，适合投资者投资

C. 人民币理财产品、信托产品投资期限固定，收益稳定，适合有较大数额闲置资金的投资者购买

D. 大额可转让定期存单由于具有很强的流动性，收益高于同期银行定期存款，是银行储蓄的良好替代品

27. 债券的收益来源不包括（　　）。

A. 分红收益

B. 利息收益

C. 债券利息的再投资收益

D. 资本利得，投资者可以通过债券交易取得买卖差价

28. 国库券的发行和定价方式为（   ）。

    A. 按面值发行，按本息相加额到期一次偿还

    B. 以低于面值的价格发行，按面值偿还，其间按期支付利息

    C. 按面值发行，按面值偿还，其间按期支付利息

    D. 以低于面值的价格发行，即贴现发行，到期按面值偿还

29. （   ），衍生品市场与股票市场一起随着我国金融体制的市场化改革开始出现。

    A. 20 世纪 70 年代初　　　　　B. 20 世纪 80 年代初

    C. 20 世纪 90 年代初　　　　　D. 20 世纪 90 年代末

30. 金融期权基本的交易策略不包括（   ）。

    A. 卖出看涨期权　　　　　　　B. 买进看涨期权

    C. 卖出持平期权　　　　　　　D. 买进看跌期权

31. _____是世界最大的外汇交易中心，_____则是北美洲最活跃的外汇市场。（   ）

    A. 纽约；温哥华　　　　　　　B. 伦敦；纽约

    C. 东京；华盛顿　　　　　　　D. 苏黎世；纽约

32. 目前我国尚未对个人开设的外汇业务项目是（   ）。

    A. 官方外汇市场　　　　　　　B. 零售外汇市场

    C. 远期外汇市场　　　　　　　D. 即期外汇市场

33. 我国银行理财产品市场的发展，第二阶段为（   ）。这一阶段属于银行理财产品市场的发展阶段，主要特点为产品数量飙升、产品类型日益丰富和资金规模屡创新高等。

    A. 2005 年 11 月以前　　　　　B. 2002 年 11 月至 2005 年中期

    C. 2005 年 11 月至 2008 年中期　D. 2007 年 1 月至 2010 年中期

34. 下列（   ）不属于投资顾问。

    A. 证券公司　　　　　　　　　B. 资产管理公司

    C. 阳光私募基金　　　　　　　D. 商业银行

35. 债券型理财产品的特点不包括（   ）。

    A. 资金赎回灵活　　　　　　　B. 客户预期收益稳定

    C. 产品结构简单　　　　　　　D. 投资风险小

36. 结构性理财产品的主要风险不包括（   ）。

    A. 收益风险　　　　　　　　　B. 本金风险

    C. 挂钩标的物的价格波动　　　D. 信用风险

37. 国内首个人民币结构性理财产品出现在（   ）年。

    A. 2002　　　　B. 2004　　　　C. 2005　　　　D. 2006

38. 货币型理财产品所面临的信用风险_____，流动性风险_____。（   ）

    A. 高；小   B. 高；大   C. 低；小   D. 低；大

39. 信贷资产类理财产品通过资产组合管理的方式投资于多项信贷资产，理财产品的期限与信贷资产的剩余期限不一致时，应将不少于（   ）的理财资金投资于高流动性、本金安全程度高的存款、债券等产品。

    A. 15%   B. 20%   C. 30%   D. 40%

40. C 银行在市场上发行了一个投资期 4 个月的看好欧元/美元的一触即付期权产品，并设定其触发汇率为 1 欧元兑 1.240 8 美元。假定其潜在回报率为 6%，最低回报率为 1%。客户黄某对该产品感兴趣，拿出 20 万元作为保证投资金额。如果到期时最终汇率收盘价高于触发汇率，则该产品的总回报是（   ）万元。

    A. 21.2   B. 20   C. 21   D. 21.4

41. 银行代理理财产品销售基本原则包括适用性原则和（   ）。

    A. 灵活性原则   B. 主观性原则   C. 客观性原则   D. 公开性原则

42. 基金的特点不包括（   ）。

    A. 独立监管、风险保障   B. 组合投资、分散投资

    C. 集合理财、专业管理   D. 利益共享、风险共担

43. 基金可以根据（   ）不同，分为公募基金和私募基金。

    A. 投资目标   B. 募集方式   C. 投资理念   D. 投资对象

44. （   ）是一种专门投资于其他证券投资基金的基金，它并不直接投资股票或债券，其投资范围仅限于其他基金。

    A. LOF   B. ETF   C. FOF   D. QDII

45. 根据证监会公布的基金"一对多"合同内容与格式准则，单个"一对多"账户人数上限为 _____ 人，每个客户准入门槛不得低于 _____ 万元，每年至多开放一次，开放期原则上不得超过 _____ 个工作日。（   ）

    A. 200；100；10   B. 100；50；7

    C. 400；100；5   D. 200；100；5

46. （   ）是指在基金存续期间，将手中持有的基金份额按一定价格卖给基金管理人并收回现金的行为。

    A. 基金赎回   B. 基金申购   C. 基金转换   D. 基金认购

47. 下列（   ）不属于债券投资的风险因素。

    A. 赎回风险   B. 政策风险   C. 违约风险   D. 再投资风险

48. 客户信息可以分为定量信息和（   ）。

    A. 工作信息   B. 个人信息   C. 定性信息   D. 背景信息

49. 银行从业人员制订个人财务规划的基础和根据是（   ），其决定了客户的

目标和期望是否合理，以及完成个人财务规划的可能性。

    A．财务信息   B．非财务信息   C．政策信息   D．初级信息

50．客户的风险特征构成不包括（　　）。

    A．风险偏好   B．风险认知度

    C．风险判断力   D．实际风险承受能力

51．在对客户全面了解的基础上，理财顾问服务的下一个流程就是（　　）。

    A．建立投资组合   B．具体财务规划的制订

    C．资产管理目标分析   D．实施计划

52．预算的控制中，（　　）=储蓄动机+开源节流的努力方向。

    A．储蓄计划   B．认知需要   C．理财规划   D．备用需要

53．税收规划最根本的原则是（　　），是由税法基本原则中的税收公平原则所决定的。

    A．综合性原则   B．规划性原则

    C．目的性原则   D．合法性原则

54．下列属于保险规划风险的是（　　）。

    A．必要保险的风险   B．充分保险的风险

    C．过分保险的风险   D．保险违约的风险

55．个人理财业务活动中法律关系的主体有（　　）。

    A．企业和资金   B．商业银行和客户

    C．借款人和贷款人   D．商业银行和企业

56．（　　）可以应对失业或失能导致的工作收入中断，应对紧急医疗或意外所导致的超支费用。

    A．债券   B．股票

    C．紧急备用金   D．套期保值工具

57．民事活动中最核心、最基本的原则是（　　）。

    A．公平   B．法律地位   C．等价有偿   D．诚实信用

58．《民法通则》规定，具有民事权利能力和民事行为能力，依法独立享有民事权利和承担民事义务的组织是（　　）。

    A．法人   B．公民   C．担保人   D．代理人

59．商业银行是依照（　　）的规定，设立的吸收公众存款、发放贷款、办理结算等业务的企业法人。

    A．《商业银行法》和《合同法》   B．《商业银行法》和《公司法》

    C．《合同法》和《公司法》   D．《民法通则》和《公司法》

60．《商业银行法》中的流动性资产是指在____内能够变现的放款和国债资产，

流动性负债是指在____内要偿还的负债。（　　）

  A．1个月；1个月   B．1个月；5个月

  C．2个月；5个月   D．2个月；1个月

61．根据《商业银行法》的规定，未经批准设立分支机构的由国务院银行业监督管理机构责令改正，有违法所得的，没收违法所得，违法所得 _____ 的，并处违法、所得一倍以上 _____ 罚款。（　　）

  A．五十万元以下；三倍以下 B．五十万元以上；五倍以下

  C．八十万元以下；四倍以下 D．八十万元以下；五倍以下

62．《中华人民共和国银行业监督管理法》于（　　）起施行。

  A．2003年12月1日   B．2004年1月24日

  C．2004年2月1日   D．2004年5月1日

63．操纵市场的手段不包括（　　）。

  A．与他人串通，以事先约定的时间、价格和方式相互进行证券交易，影响证券交易价格或证券交易量

  B．在未知的情况下购买优势的股票

  C．在自己实际控制的账户之间进行证券交易，影响证券交易价格或证券交易量

  D．单独或通过合谋，集中资金优势、持股优势或利用信息优势联合或连续买卖，操纵证券交易价格或证券交易量

64．《证券投资基金法》于2003年10月28日第十届全国人民代表大会常务委员会第五次会议通过，并于（　　）起施行。

  A．2003年6月1日   B．2004年3月1日

  C．2004年6月1日   D．2004年7月1日

65．按《保险法》规定，人寿保险以外的其他保险的被保险人或者受益人，向保险人请求赔偿或者给付保险金的诉讼时效期间为（　　）。

  A．六个月 B．一年 C．二年 D．三年

66．《个人所得税法》第一条规定，在中国境内有住所，或者无住所而在境内居住满（　　）的个人，从中国境内和境外取得的所得，依照本法规定缴纳个人所得税。

  A．6个月 B．一年 C．二年 D．五年

67．截至2009年12月31日，以银监会为主的监管机构共颁布与银行理财产品相关的《商业银行个人理财业务风险管理指引》主要涉及的内容不包括（　　）。

  A．理财产品的风险管理   B．个人理财顾问服务的风险管理

  C．综合理财服务的风险管理 D．个人理财规划的风险管理

68．商业银行开展其他不需要审批的个人理财业务，应按照相关规定及时向中国

银行业监督管理委员会或其派出机构报告的材料不包括（　　）。

    A. 内部相关部门审核文件

    B. 理财计划的销售文件，包括产品协议书、产品说明书、风险揭示书、客户评估书等需要客户进行签字确认的销售文件

    C. 报告材料联络人的具体联系方式

    D. 业务实施方案，包括拟申请业务的管理体系、主要风险及拟采取的管理措施

69. 下列不属于商业银行个人理财业务人员要求的是（　　）。

    A. 教育培训要求　　　　　　　　B. 学历要求

    C. 考核要求　　　　　　　　　　D. 资格要求

70. 商业银行开展个人理财业务的基本条件不包括（　　）。

    A. 关于理财业务人员的要求　　　B. 关于机构设置与业务申报材料

    C. 内部相关部门审核文件　　　　D. 关于业务制度建设的要求

71. 年度报告和相关报表（一式三份），应于下一年度的（　　）月底前报中国银行业监督管理委员会。

    A. 2　　　　　B. 3　　　　　C. 4　　　　　D. 5

72. 理财资金用于投资单一借款人及其关联企业银行贷款，或者用于向单一借款人及其关联企业发放信托贷款的总额不得超过发售银行资本净额的（　　）。

    A. 5%　　　　　B. 10%　　　　　C. 12%　　　　　D. 15%

73. 在理财计划的存续期内，商业银行应向客户提供其所持有的所有相关资产的账单，账单提供应不少于 _____ 次，并且至少每月提供 _____ 次。（　　）

    A. 两；一　　　B. 一；两　　　C. 三；两　　　D. 两；三

74. 理财业务的出发点是（　　）。

    A. 客户的需求　　　　　　　　　B. 银行的盈利

    C. 客户的资产　　　　　　　　　D. 银行的要求

75. 在对理财产品命名时，下列带有（　　）特征的称谓是可以使用的。

    A. 误导性　　　B. 承诺性　　　C. 诱惑性　　　D. 公开性

76. 理财顾问与综合理财服务业务风险主要在于产品属性与（　　）类型的错配风险。

    A. 客户决策　　　　　　　　　　B. 客户资金量

    C. 客户风险偏好　　　　　　　　D. 理财规划

77. 投资管理风险主要包括（　　）与交易对手方风险。

    A. 服务执行风险　　　　　　　　B. 信用风险

    C. 流动性风险　　　　　　　　　D. 理财资金投资管理人的投资管理风险

78. 影响理财产品的宏观因素不包括（　　　）。

　　A. 技术环境　　　　　　　　　B. 经济金融条件

　　C. 社会环境　　　　　　　　　D. 政府法律环境

79. 不实或夸大宣传、以模拟测算的收益替代预期收益、隐瞒市场重大变化、营销人员素质不高等问题都有可能造成对投资者的误导和不当销售。这属于银行理财产品（　　　）风险。

　　A. 信用　　　　B. 营销　　　　C. 市场　　　　D. 销售

80. 由于国家各种货币政策、财政政策、产业政策的变化而导致的风险是（　　　）。

　　A. 行政性风险　　　　　　　　B. 交易对手管理风险

　　C. 政策风险　　　　　　　　　D. 不可抗力及意外事件风险

81. 2007 年年初，很多银行推出了挂钩海外市场绩优股票的看涨期权结构性理财产品，随着美国次贷危机的爆发和持续恶化，全球资本市场遭受重创，导致这些结构性理财产品收益不佳。这属于银行理财产品的（　　　）风险。

　　A. 销售　　　　　　　　　　　B. 市场

　　C. 政策　　　　　　　　　　　D. 不可抗力及意外事件

82. 商业银行应综合分析所销售的投资产品可能对客户产生的影响，确定不同投资产品或理财计划的销售起点。保证收益理财计划的起点金额，人民币应在 _____ 元以上，外币应在 _____ 美元（或等值外币）以上。（　　　）

　　A. 五万；一万　　　　　　　　B. 五万；五千

　　C. 十万；一万　　　　　　　　D. 八万；五千

83. 下列关于 VaR 方法的优点表述错误的是（　　　）。

　　A. VaR 模型测量风险简洁明了

　　B. 确定必要资本及提供监管依据

　　C. 可以事后计算，降低市场风险

　　D. 统一了风险计量标准，管理者和投资者较容易理解掌握

84. 中国银行业协会于（　　　）成立了银行业从业人员资格认证委员会，并制定了中国银行业从业人员资格认证（Certification of China Banking Professional，CCBP）制度。

　　A. 2006 年 6 月 6 日　　　　　B. 2006 年 7 月 6 日

　　C. 2007 年 2 月 7 日　　　　　D. 2007 年 3 月 4 日

85. 中国银行业从业人员资格是中国境内银行业的（　　　）。

　　A. 专业从业标准　　　　　　　B. 基本从业标准

　　C. 规范从业标准　　　　　　　D. 特殊从业标准

86. 中国银行业从业人员首先应当具备的职业操守是（　　　）。

　　A. 守法合规　　　　　　　　　B. 恪守诚实信用

    C. 专业敬业   D. 勤勉尽职

87.（   ）是银行的生命线，其风险很可能置银行于倒闭的边缘。

    A. 业绩   B. 诚信   C. 声誉   D. 敬业

88. 下列不属于银行业从业人员岗位职责要求的是（   ）。

    A. 信息披露   B. 协助执行

    C. 内幕交易   D. 职业形象

89. 开展理财业务应当遵守审慎尽责的原则是银行业从业人员基本行为准则中（   ）的要求。

    A. 勤勉尽职   B. 公平竞争

    C. 专业胜任   D. 保护商业秘密和隐私

90. 下列关于银行业从业人员与所在机构关系协调处理原则的表述错误的是（   ）。

    A. 从业人员应当自觉遵守法律法规、行业自律规范和所在机构的各种规章制度，保护所在机构的商业秘密、知识产权和专有技术，自觉维护所在机构的形象和声誉

    B. 商业银行应当根据有关规定建立健全个人理财业务人员资格考核与认定、继续培训、跟踪评价等管理制度，保证相关业务人员具备必要的专业知识、行业经验和管理能力，充分了解所从事业务的有关法律法规和监管规章，理解所推介产品的风险特性，遵守职业道德

    C. 商业银行应详细记录理财业务人员的培训方式、培训时间及考核结果等，未达到培训要求的理财业务人员应取消其从事理财业务活动的资格

    D. 商业银行应建立理财从业人员持证上岗管理制度，完善理财业务人员的处罚和退出机制，加强对理财业务人员的持续专业培训和职业操守教育，要建立问责制，对发生多次或较严重误导销售的业务人员，及时取消其相关从业资格，并追究管理负责人的责任

二、多选题（共40题，每小题1分，共40分）以下各小题所给出的五个选项中，有两项或两项以上符合题目的要求，请选择相应选项，多选、错选均不得分。

1. 个人理财是指客户根据（   ），制订理财目标和理财规划，执行理财规划，实现理财目标的过程。

    A. 个人地位   B. 财务状况

    C. 理财能力   D. 自身生涯规划

    E. 风险属性

2. 私人银行业务具有（   ）的特征。

    A. 专业化服务   B. 综合化服务

    C. 准入门槛高   D. 重视客户关系

E. 服务内容全面

3. 基金可分配收益也称基金净收益，一般有（　　　）。

　　A. 红利再投资　　　　　　　　　B. 现金分红

　　C. 按面额分配红利　　　　　　　D. 按份额分配红利

　　E. 按基金净资产分配红利

4. 下列关于我国银行个人理财业务发展和现状的说法，正确的是（　　　）。

　　A. 与发达国家的个人理财业务发展历史相比，我国商业银行个人理财业务起步较晚，发展历程较短

　　B. 从 21 世纪初到 2005 年是我国商业银行个人理财业务的形成时期

　　C. 在我国商业银行个人理财业务还是一项新兴的银行业务，尚处于起步发展阶段，个人理财业务的市场环境正在不断规范和完善

　　D. 20 世纪 60 年代到 80 年代，是我国银行个人理财业务的萌芽阶段

　　E. 银监会于 2005 年 9 月发布了《商业银行个人理财业务管理暂行办法》，界定了商业银行个人理财业务范畴，规范了商业银行个人理财业务管理

5. 中国银行业协会综合考虑了客户使用的易读性与便利性等因素，制订了《商业银行理财客户风险评估问卷基本模板》。该模板涵盖了（　　　）模块。

　　A. 客户财务状况　　　　　　　　B. 投资目标

　　C. 风险承受能力　　　　　　　　D. 投资经验

　　E. 投资风格

6. 在实际理财业务过程中，商业银行往往按照人们的主观风险偏好类型和程度将投资者的理财风格分为五种类型，包括（　　　）。

　　A. 稳健型　　　　　　　　　　　B. 平衡型

　　C. 成长型　　　　　　　　　　　D. 保守型

　　E. 进取型

7. 资产配置的基本步骤包括（　　　）。

　　A. 建立长期投资储备

　　B. 建立多元化的产品组合

　　C. 了解客户属性

　　D. 风险规划与保障资产储备

　　E. 生活设计与生活资产储备

8. 下列属于非系统性风险的有（　　　）。

　　A. 经营风险　　　　　　　　　　B. 信用风险

　　C. 利率风险　　　　　　　　　　D. 财务风险

　　E. 偶然事件风险

9. 下列属于金融市场主体的有（　　　）。
   A. 居民个人
   B. 企业
   C. 金融机构
   D. 中央银行
   E. 政府及政府机构

10. 下列属于货币市场工具的有（　　　）。
    A. 商业票据
    B. 金融期货
    C. 货币市场共同基金
    D. 可转让的大额定期存单
    E. 政府发行的短期政府债券

11. 下列（　　　）为境外上市股票。
    A. B股
    B. H股
    C. N股
    D. S股
    E. D股

12. 期货交易的主要制度包括（　　　）。
    A. 每日结算制度
    B. 会员报告制度
    C. 持仓限额制度
    D. 强行平仓制度
    E. 保证金制度

13. 保险的相关要素包括（　　　）。
    A. 投保人
    B. 保险人
    C. 保险标的
    D. 保险金额
    E. 被保险人

14. 在产品要素中，与理财产品开发主体相关的信息主要包括（　　　）。
    A. 产品发行地区
    B. 资金门槛
    C. 投资顾问
    D. 托管机构
    E. 理财产品发行人

15. 债券型理财产品是以（　　　）为主要投资对象的银行理财产品。
    A. 短期融资券
    B. 金融债
    C. 公司债
    D. 国债
    E. 中央银行票据

16. 利率/债券挂钩类理财产品的挂钩标的有（　　　）。
    A. 香港蓝筹股
    B. 伦敦银行同业拆放利率
    C. 国库券
    D. 公司债券
    E. 信托资产

17. 银行代理黄金业务种类包括（　　　）。
    A. 纸黄金
    B. 条块现货

C. 黄金基金   D. 金饰品

E. 金币

18. 保险规划具有（　　　　）功能。

    A. 风险消除   B. 合理避税

    C. 风险转移   D. 获得收益

    E. 套期保值

19. 一个全面的财务规划涉及（　　　　）问题。

    A. 人生事件规划   B. 保险规划

    C. 现金、消费及债务管理   D. 投资规划

    E. 税收规划

20. 为了控制费用与投资储蓄，银行从业人员应该建议客户在银行开立三种类型的账户，包括（　　　　）。

    A. 扣款账户   B. 证券账户

    C. 定期投资账户   D. 信用卡账户

    E. 活期储蓄账户

21. 保险规划的主要步骤包括（　　　　）。

    A. 明确保险期限   B. 确定保险金额

    C. 确定保险标的   D. 确认保险合同

    E. 选定保险产品

22. 个人或家庭生命周期内综合考虑其（　　　　）等因素来决定其目前的消费和储蓄。

    A. 即期收入   B. 退休时间   C. 未来收入   D. 工作时间

    E. 可预期开支

23. 下列属于税收规划原则的有（　　　　）。

    A. 综合性原则   B. 合法性原则

    C. 规范性原则   D. 目的性原则

    E. 规划性原则

24. 个人理财中商业银行为客户进行的（　　　　）等专业化服务活动，是基于二者之间确定的民事活动。

    A. 投资顾问   B. 财务规划   C. 资产管理   D. 技术管理

    E. 财务分析

25. 个人理财中平等的民事法律主体之间进行的民事法律活动，应当遵循民事法律的（　　　　）的原则。

    A. 公平   B. 公开   C. 自愿   D. 等价有偿

E. 诚实信用

26.《民法通则》对自然人的民事行为能力根据自然人的年龄和智力状况作了（　　）分类。

A. 无民事行为能力人　　　　　　B. 限制民事行为能力人

C. 代理民事行为能力人　　　　　D. 限制民事行为能力人的法定代理人

E. 完全民事行为能力人

27.《民法通则》以法人活动的性质为标准，将法人分为（　　）。

A. 机关法人　　B. 企业法人　　C. 代理法人　　D. 社会团体法人

E. 事业单位法人

28. 根据《中华人民共和国公司法》代理权产生的根据不同，可以将代理分为（　　）。

A. 法定代理　　B. 指定代理　　C. 管理代理　　D. 委托代理

E. 分类代理

29. 发生（　　）情形，按照《中华人民共和国公司法》规定可以中止履行合同。

A. 当事人生病　　　　　　　　　B. 丧失商业信誉

C. 经营状况严重恶化　　　　　　D. 转移财产、抽逃资金，以逃避债务

E. 有丧失或者可能丧失履行债务能力的情形

30. 商业银行实行（　　）经营模式。

A. 自负盈亏　　B. 自我管理　　C. 自我约束　　D. 自主经营

E. 自担风险

31. 商业银行有（　　）行为之一，对存款人或者其他客户造成财产损害的，应当承担支付延迟履行的利息以及其他民事责任。

A. 存款人决定冻结自有个人储蓄存款

B. 无故拖延或者拒绝支付存款本金和利息的

C. 非法查询、冻结、扣划个人储蓄存款或者单位存款的

D. 违反《商业银行法》的规定对存款人或者其他客户造成其他损害的

E. 违反票据承兑等结算业务规定，不予兑现，不予收付入账、压单、压票或者违反规定退票的

32. 2009年12月31日，以银监会为主的监管机构共颁布与银行理财产品相关的九个通知主要涉及的内容包括（　　）。

A. 投资方向　　　　　　　　　　B. 信息披露制度

C. 产品的风险管理　　　　　　　D. 投资者的风险评估

E. 报备制度

33. 个人理财业务年度报告应全面反映本年度（　　）。

A. 理财计划的销售情况　　　　　B. 投资情况

C. 收益分配情况　　　　　　　　D. 个人理财业务的综合收益情况

E. 涉及的法律诉讼情况

34. 对于商业银行违反个人理财业务投资管理规定的，监管部门将依据《银行业监督管理法》的有关规定，追究（　　　）的责任。

A. 理财业务人员　　　　　　　　B. 理财业务管理部门

C. 内部审计部门负责人　　　　　D. 发售银行高级管理层

E. 相关风险管理部门

35. 下列（　　　）属于银行理财产品风险。

A. 政策风险　　　　　　　　　　B. 流动性风险

C. 违约风险和信用风险　　　　　D. 交易对手管理风险

E. 不可抗力及意外事件风险

36. 下列（　　　）属于银行理财产品市场的不可抗力及意外事件风险。

A. 系统故障，可能导致理财产品收益降低乃至本金损失

B. 地震

C. 战争

D. 操作员违规操作

E. 投资市场停止交易的意外事件

37. 评估通用的指标理财产品在各种情况下的预期收益率以及收益率期望包括（　　　）。

A. 最高收益率　　B. 最低收益率　　C. 超额收益率　　D. 保守收益率

E. 预期收益率

38. 从（　　　）渠道，理财客户可以获得产品信息。

A. 电视广告　　　B. 朋友推介　　　C. 柜台　　　D. 发售机构的网站

E. 第三方理财服务机构

39. 商业银行个人理财业务从业人员应当具备的基本条件包括（　　　）。

A. 具备相应的学历水平和工作经验

B. 具备相关监管部门要求的行业资格

C. 掌握所推介产品或向客户提供咨询顾问意见所涉及产品的特性，并对有关产品市场有所认识和理解

D. 遵守监管部门和商业银行制定的个人理财业务人员职业道德标准、行为守则

E. 对与个人理财业务活动相关法律法规、行政规章和监管要求等，有充分的了解和认识

40. 社会保险的特点包括（　　　　）。

    A. 无偿性　　　　B. 强制性　　　　C. 商业性　　　　D. 非营利性

    E. 社会公平性

三、判断题（共 15 题，每小题 1 分，共 15 分）请对以下各题的描述作出判断，正确用 A 表示，错误用 B 表示。

1. 以基金份额、股权出质的，质权自当事人订立书面合同时设立。（　　）

2. 当就业率不断下降，失业人数不断增加时，个人理财策略可以偏于积极，更多配置股票、房产等风险资产。（　　）

3. 资产配置组合模型中哑铃形的资产结构中，低风险、低收益的储蓄债券资产与高风险、高收益的股票基金资产比例相当，占主导地位，而中风险、中收益的资产占比最高。（　　）

4. 银行承兑汇票具有违约风险小、流动性强、交易成本低和收入免税的特点。（　　）

5. S 股是以人民币标明面值，以外币认购和买卖，在上海和深圳两个证券交易所上市交易的股票。（　　）

6. 银行理财产品按期次性可分为两种：期次类和连续发行。（　　）

7. 依据投资理念不同，基金可以分为开放式基金和封闭式基金。（　　）

8. 国内理财顾问业务流程图中，完成第一步收集客户信息后，第二步应为客户财务目标分析与确认。（　　）

9. 社会团体法人是指自然人或法人自愿组成，从事社会公益、文学艺术、学术研究、宗教等活动的各类法人。（　　）

10. 《商业银行法》规定商业银行的资金只能投资公司债券，而不能投资国债资产，以保证银行资产在投资上的绝对安全。（　　）

11. 商业银行应按季度对个人理财业务进行统计分析，并于下一季度的最后一月，将有关统计分析报告（一式三份）报送中国银行业监督管理委员会。（　　）

12. 流动性风险，指同样投资标的的理财产品一般期限越长流动性越好，所以作为对流动性的补偿，预期收益会相对低一些。（　　）

13. 商业银行应当明确个人理财业务人员与一般产品销售和服务人员的工作范围界限，一般产品销售人员也可以向客户提供理财投资咨询顾问意见、销售理财计划。（　　）

14. 由于客户的个人和财务资料只能通过与客户沟通获得，所以也称为次级信息。（　　）

15. 对于频繁被客户投诉、投诉事实经查实的理财业务人员，应将其调离理财业务岗位，情节严重的应取消其理财业务人员资格。（　　）

模拟试卷（二）

一、单选题（共 90 题，每小题 0.5 分，共 45 分）以下各小题所给出的四个选项中，只有一项最符合题目的要求，请选择相应选项，不选、错选均不得分。

1. 根据管理运作方式，商业银行个人理财业务可分为（　　）服务与综合理财服务两大类。

    A. 专业理财　　　B. 理财规划　　　C. 理财评估　　　D. 理财顾问

2. 个人理财过程中的步骤不包括（　　）。

    A. 制订个人理财服务内容

    B. 评估理财环境和个人条件

    C. 制定个人理财目标

    D. 监控执行进度和再评估

3. 银行往往根据客户类型进行业务分类，理财业务可分为理财业务（服务）、财富管理业务（服务）和私人银行业务（服务）三个层次，下列相关说法不正确的是（　　）。

    A. 理财业务客户范围相对较广，但服务种类相对较窄

    B. 私人银行业务服务内容最为全面，除了提供金融产品外，更重要的是提供全面的服务

    C. 私人银行业务是面向中高端客户提供的服务

    D. 财富管理客户，客户等级高于理财业务客户但低于私人银行客户

4. 个人理财在国外的发展过程中，通常认为（　　）是个人理财业务日趋成熟的时期，许多人涌入个人理财行业。

    A. 20 世纪 80 年代　　　　　　B. 20 世纪 90 年代

    C. 20 世纪 60 年代到 80 年代　　D. 20 世纪 80 年代到 90 年代

5. 商业银行将按照与客户事先约定的投资计划和方式进行投资和资产管理的业务活动，属于（　　）。

    A. 顾问性质　　　B. 受托性质　　　C. 管理性质　　　D. 规划性质

6. 银行个人理财业务的宏观影响因素不包括（　　）。

    A. 经济环境　　　　　　　　　B. 技术环境

    C. 社会环境　　　　　　　　　D. 教育环境

7. 商业银行在向客户提供理财顾问服务的基础上，接受客户的委托和授权，按照与客户事先约定的投资计划和方式进行投资和资产管理的业务活动，称为（　　）。

    A. 综合理财服务　　　　　　　B. 执行理财规划

    C. 理财顾问服务　　　　　　　D. 理财咨询服务

8. 银行个人理财业务的宏观经济政策不包括（　　）。

　　A. 税收政策　　　　　　　　　B. 货币政策

　　C. 保险政策　　　　　　　　　D. 收入分配政策

9. 按照（　　）的观点，世界各国的经济发展可分为五个阶段。

　　A. 美国经济学家哈里·马柯维茨　　　B. 美国人劳伦·丹顿

　　C. 美国管理学家迈克尔·波特　　　　D. 美国学者罗斯托

10. 当预期未来本币升值时，下列个人理财策略调整的思路错误的是（　　）。

　　A. 增加本币储蓄配置　　　　　　B. 增加股票配置

　　C. 减少外汇配置　　　　　　　　D. 减少股票配置

11. 对于个人理财策略来说，最基础、最核心的影响因素之一是（　　）。

　　A. 收益　　　　B. 效益　　　　C. 利率　　　　D. 通货膨胀率

12. 家庭形成期至家庭衰老期，随客户年龄的增大，投资股票等风险资产的比重应（　　）。

　　A. 保持不变　　　B. 逐步增加　　　C. 逐步降低　　　D. 无法判断

13. 时间的长短是影响货币时间价值的首要因素，（　　）。

　　A. 时间越长，货币时间价值越明显

　　B. 时间越长，货币时间价值越不明显

　　C. 时间越短，货币时间价值越明显

　　D. 时间越短，货币时间价值不变

14. 年初的 10 000 元投入股市，当收益率为 15% 的情况下，到年终其价值为 11 500 元，其中（　　）元是货币的时间价值。

　　A. 1 500　　　　B. 750　　　　C. 900　　　　D. 1 000

15. 王先生购买 3 万元某债券，该债券利率为 11%，他一年后将会得到（　　）元。

　　A. 26 700　　　B. 30 000　　　C. 31 000　　　D. 33 300

16. 孙先生将 10 000 元进行投资，年利率为 18%，每季度计息一次，3 年后的终值为 16 958 元，其有效年利率为（　　）。

　　A. 16.95%　　　B. 18%　　　C. 18.81%　　　D. 19.25%

17. 由于某种全局性的因素而对所有投资品的收益都会产生作用的风险称之为（　　）。

　　A. 非系统性风险　　　　　　　B. 系统性风险

　　C. 微观风险　　　　　　　　　D. 信用风险

18. 现代资产组合理论是由美国经济学家（　　）提出的。

　　A. A·安多　　　　　　　　　B. 迈克尔·波特

　　C. F·莫迪利安尼　　　　　　　D. 哈里·马柯维茨

19. 投资组合管理的根本任务是对资产组合的选择，整个决策过程分成五步，其中不包括（　　）。

    A. 资产分析   B. 资产组合调整

    C. 资产组合执行   D. 资产组合选择

20. 下列关于市场有效的三个层次之间的关系表述正确的是（　　）。

    A. 弱型有效市场包含半强型有效市场，半强型有效市场包含强型有效市场

    B. 弱型有效市场包含强型有效市场，强型有效市场包含半强型有效市场

    C. 强型有效市场包含弱型有效市场，弱型有效市场包含半强型有效市场

    D. 强型有效市场包含半强型有效市场，半强型有效市场包含弱型有效市场

21. 下列关于部分理财工具风险和收益特征描述错误的是（　　）。

    A. 房地产，流动性较差，变现能力弱、变现周期长，受宏观经济政策影响大，收益不确定性较大

    B. 国债，公认的最安全的投资工具，收益往往略高于定期存款，但是流动性往往不佳

    C. 证券，主要指股票，典型的高风险、高收益、高流动性投资工具

    D. 金银等贵金属，安全性高、收益性和流动性中等，变现能力较高

22. 下列（　　）不属于根据对义务性支出和选择性支出的不同态度划分的典型的理财价值观。

    A. 购房型   B. 以事业为中心型

    C. 后享受型   D. 先享受型

23. 下列关于金融市场的表述错误的是（　　）。

    A. 是指以金融资产为交易对象而形成的供求关系及其交易机制的总和

    B. 包含了金融资产的交易机制，其中最主要的是价格（包括利率、汇率及各种证券的价格）机制

    C. 是金融资产进行交易的有形场所

    D. 反映了金融资产供应者和需求者之间的供求关系

24. 下列选项中，不属于理财顾问服务的是（　　）。

    A. 投资品介绍   B. 投资品推介

    C. 资产管理   D. 咨询

25. 下列（　　）不属于短期政府债券的特点。

    A. 收入免税   B. 交易成本低

    C. 违约风险小   D. 不记名

26. 境外主要股票价格指数不包括（　　）。

    A. 日经 225 股价指数   B. 上证 50 指数

C．标准普尔股票价格指数　　　　D．道琼斯股票价格平均指数

27．下列关于债券市场的功能表述错误的是（　　　）。

A．债券市场是中央银行对金融进行宏观调控的重要场所

B．债券市场能够反映企业经营实力和发展前景

C．债券市场是债券流通和变现的场所

D．债券市场是聚集资金的重要场所

28．下列不属于金融衍生品市场功能的是（　　　）。

A．价格发现

B．转移风险

C．优化资源配置

D．实现不同地区间的支付结算

29．期货交易的主要制度不包括（　　　）。

A．持仓限额制度　　　　　　　　B．强行平仓制度

C．每日结算制度　　　　　　　　D．会员报告制度

30．下列（　　　）是外汇市场的特点。

A．流动性　　　B．方位统一性　　　C．时间连续性　　　D．杠杆特征

31．保险的相关要素不包括（　　　）。

A．投保人　　　B．手续费　　　C．受益人　　　D．保险合同

32．金条含金量的多少被称为成色，通常用百分或者千分含量表示。上海黄金交易所规定参加交易的金条成色有 4 种规格，但不包括下列（　　　）。

A．>99.98%　　　B．>99.99%　　　C．>99.9%　　　D．>99.5%

33．银行理财产品要素所包含的信息可以分为三大类，其中不包括（　　　）。

A．产品发行渠道信息　　　　　　B．产品特征信息

C．产品开发主体信息　　　　　　D．产品目标客户信息

34．下列关于银行理财产品的分类的说法错误的是（　　　）。

A．银行理财产品按期次性可分为两种：期次类和滚动发行

B．银行理财产品按开发类型可分为两类：开放式产品和封闭式产品

C．银行理财产品按收益或者本金是否可以保全可分为两类：保本产品和非保本产品

D．银行理财产品按期限类型可分为 6 个月以内、1 年以内、1 年至 2 年期以及 2 年以上期产品

35．（　　　）年，我国第一个银行理财产品问世，标志着银行个人理财业务达到了新的水平。

A．1999　　　B．2001　　　C．2002　　　D．2008

36. 某银行人民币债券理财计划为半年期理财产品，到期一次还本付息。2010 年 3 月 1 日，某人投资 20 000 元购买该理财产品，半年后到期，该产品实际年收益率为 4%，则理财收益约为（　　　）元。

  A. 402.16 B. 362.95 C. 400 D. 403.29

37. 信贷资产类产品对银行和信托公司而言，都属于 _____，贷款的信用风险完全由 _____ 承担。（　　　）

  A. 表外业务；银行   B. 表内业务；信托公司

  C. 表外业务；投资者   D. 表内业务；银行

38. 信贷资产类理财产品的主要风险不包括（　　　）。

  A. 利率风险 B. 流动性风险 C. 信用风险 D. 收益风险

39. 目前，国际间最重要和最常用的市场基准利率是（　　　）。

  A. 东京同业拆放利率   B. 纽约同业拆放利率

  C. 伦敦银行同业拆放利率   D. 香港同业拆放利率

40. 在我国外汇挂钩类理财产品中，通常挂钩的一组或多组外汇的汇率大都依据（　　　）下午 3 时整，在路透社或彭博社相应的外汇展示页中的价格而厘定。

  A. 香港时间 B. 东京时间 C. 北京时间 D. 纽约时间

41. 在销售代理理财产品时，要综合考虑客户所属的人生周期以及相匹配的风险承受能力、客户的投资目标、投资期限长短、产品流动性等因素，为客户推荐适合的产品。这属于银行代理理财产品销售（　　　）基本原则。

  A. 客观性 B. 适用性 C. 服务性 D. 流动性

42. 基金通过汇集众多中小投资者的小额资金，形成较大的资金实力，将资金资产分别配置到股票、债券等多种资产上，通过有效的资产组合降低投资风险。这体现了基金（　　　）的特点。

  A. 集合理财、专业管理   B. 利益共享、风险共担

  C. 组合投资、分散投资   D. 严格监管、信息透明

43. 成长型基金与收入型基金的区别不包括（　　　）。

  A. 派息情况不同   B. 投资工具不同

  C. 资产分布不同   D. 投资对象不同

44. 下列（　　　）的申购赎回必须以一篮子股票换取基金份额或者以基金份额换回一篮子股票，这是其有别于其他开放式基金的主要特征之一。

  A. FOF B. LOF C. QDII D. ETF

45. 银行的基金代销流程不包括（　　　）。

  A. 基金转换   B. 基金开户

  C. 基金申购   D. 基金投资建议

46. 进行基金投资，投资者首先需要开立基金交易账户和（　　）。

    A．基金理财账户　　　　　　　　B．基金 TA 账户

    C．基金 FOF 账户　　　　　　　　D．基金信息账户

47. 分红险的收益来源不包括（　　）所产生的可分配盈余。

    A．费差益　　　B．利差益　　　C．利息收益　　　D．死差益

48. 理财顾问服务的特点不包括（　　）。

    A．长期性　　　B．制度性　　　C．规范性　　　D．综合性

49. 为了控制费用与投资储蓄，下列不属于银行从业人员应该建议客户在银行开立的账户类型的是（　　）。

    A．信用卡账户　　　　　　　　　B．定期投资账户

    C．扣款账户　　　　　　　　　　D．活期储蓄账户

50. 保险规划的主要步骤不包括（　　）。

    A．确认保险合同　　　　　　　　B．明确保险期限

    C．选定保险产品　　　　　　　　D．确定保险金额

51. 下列不属于税收规划基本内容的是（　　）。

    A．减税规划　　　B．节税规划　　　C．转嫁规划　　　D．避税规划

52. 客户在退休规划中的误区不包括（　　）。

    A．对投资项目收益估计不足　　　B．投资过于保守

    C．计划开始太迟　　　　　　　　D．对收入和费用的估计太乐观

53. 下列属于个人资产负债表资产项目的是（　　）。

    A．投资　　　　　　　　　　　　B．住房贷款

    C．银行信用卡支出　　　　　　　D．公共事业费用

54. 下列不属于税收规划原则的是（　　）。

    A．规划性原则　　　B．目的性原则　　　C．综合性原则　　　D．专业性原则

55. 根据《个人外汇管理办法实施细则》规定，个人提取外币现钞当日累计等值（　　）美元以下（含）的，可以在银行直接办理。

    A．5 千　　　　B．1 万　　　　C．1.5 万　　　　D．2 万

56. 在商业银行个人理财业务中，民事法律关系的主体就是（　　）。

    A．商业银行和个人客户　　　　　B．商业银行和政府部门

    C．商业银行和企业单位　　　　　D．商业银行和行政机关

57. 下列关于个人理财中民事代理的特征描述错误的是（　　）。

    A．代理行为必须是具有法律效力的行为

    B．代理人在代理活动中具有独立的法律地位

    C．代理人可以以个人的名义实施代理行为

D．代理人须在代理权限内实施代理行为

58．《中华人民共和国合同法》规定，合同履行的抗辩权不包括（   ）。

A．不安抗辩权   B．安全抗辩权

C．先履行抗辩权   D．同时履行抗辩权

59．《商业银行法》规定，设立商业银行，应当经（   ）审查批准。

A．商业银行银行业监督管理机构

B．国务院银行业监督管理机构

C．国际银行业监督管理机构

D．中国银行业监督管理协会

60．《商业银行法》规定的经营活动中的"三性"原则不包括（   ）。

A．效益性原则   B．安全性原则   C．流动性原则   D．效率性原则

61．下列不属于商业银行中的负债业务的是（   ）。

A．吸收公众存款   B．发放贷款

C．发放金融债券   D．从事同业拆借

62．《中华人民共和国保险法》于 1995 年 6 月 30 日第八届全国人民代表大会常务委员会第十四次会议通过，并于（   ）起施行。

A．1995 年 8 月 1 日   B．1995 年 10 月 1 日

C．1996 年 1 月 1 日   D．1996 年 10 月 1 日

63．《中华人民共和国个人所得税法》中，下列（   ）不用交个人所得税。

A．稿酬所得   B．偶然所得   C．保险赔款   D．工资、薪金所得

64．依据《中华人民共和国个人所得税法》，经批准下列情形中可以减征个人所得税的是（   ）。

A．国债和国家发行的金融债券利息

B．军人转业费

C．保险赔款

D．孤老、烈属所得

65．商业银行开展个人理财业务和承销证券投资资金属于商业银行的（   ）。

A．负债业务   B．存款业务   C．资产业务   D．中间业务

66．关于建立健全基金销售相关管理制度的规定不包括（   ）。

A．账户制度   B．诚信监管

C．档案管理制度   D．原则要求

67．李某是未成年人，其父母以李某的名义购买了一套房产，李某与其父母在该法律行为中的关系为（   ）。

A．信托   B．委托   C．行纪   D．代理

68．负责对商业银行代客境外理财业务的风险进行监管的是（　　）。

    A．国家财政部　　B．外汇管理局　　C．中国银监会　　D．中国人民银行

69．银信合作产品投资于权益类金融产品或具备权益类特征的金融产品，且聘请第三方投资顾问的，应提前（　　）个工作日向监管部门事前报告。

    A．10　　　　　　B．5　　　　　　C．15　　　　　　D．20

70．以下不属于中国银行业监督管理委员会及其派出机构可以采用多样化的方式进行调查的事项是（　　）。

    A．商业银行接受客户的委托和授权，按照与客户事先约定的投资计划和方式进行资产管理的业务活动，客户授权的充分性与合规性，操作程序的规范性，以及客户资产保管人员和账户操作人员职责的分离情况等

    B．商业银行从事产品咨询、财务规划或投资顾问服务业务人员的专业胜任能力、操守情况，以及上述服务对投资者的保护情况

    C．商业银行销售和管理理财计划过程中对投资人的保护情况，以及对相关产品风险的控制情况

    D．当期推出的理财计划简介，理财计划的相关合同、内部法律审查意见、管理模式（包括会计核算和税务处理方式等）、销售预测及当期销售和投资情况

71．下列不属于可以对直接负责的董事、高级管理人员和其他直接责任人员进行处理，构成犯罪的，依法追究刑事责任的违规业务是（　　）。

    A．利用个人理财业务从事洗钱、逃税等违法犯罪活动的

    B．将一般储蓄存款产品作为理财计划销售并违反国家利率管理政策，进行变相高息揽储的

    C．挪用单独管理的客户资产的

    D．泄露或不当使用客户个人资料和交易信息记录造成严重后果的

72．银监会办公厅 2007 年 11 月 28 日下发的《关于调整商业银行个人理财业务管理有关规定的通知》规定，理财产品存续期内，各商业银行应及时报告中国银监会或其派出机构的情况不包括（　　）。

    A．客户集中投诉　　　　　　　　B．发生重大收益波动

    C．异常风险事件　　　　　　　　D．挪用客户资金

73．商业银行应在向信托公司出售信贷资产、票据资产等资产后的（　　）个工作日内，书面通知债务人资产转让事宜，保证信托公司真实持有上述资产。

    A．3　　　　　　B．5　　　　　　C．10　　　　　　D．15

74．商业银行调查的信息不包括（　　）。

    A．客户群对理财产品需求规模的预估

B. 客户群对理财产品操作性的要求

C. 客户群风险整体承受能力

D. 客户群对理财产品收益率的要求

75. 理财产品销售过程是客户需求满足的过程，（　　）是产品销售的关键。

A. 多重性　　　B. 效率性　　　C. 适合性　　　D. 谨慎性

76. 下列关于理财产品按基础资产分类及其相应特点的表述错误的是（　　）。

A. 国债类，有债券兑现风险，指政策变动引起的债券兑现不确定的风险

B. 商品类，有商品价格风险，指由市场或其他因素引起的商品价格波动的可能性

C. 股票类，有股票价格风险，指资本市场变动和股票本身价格的波动所带来的风险

D. 利率类，有利率风险，指市场利率波动所带来的不确定性风险

77. 下列（　　）不属于银行理财产品风险。

A. 政策风险　　　　　　　　　　B. 人为失误风险

C. 不可抗力及意外事件风险　　　D. 交易对手管理风险

78. 下列关于银行理财产品风险的说法错误的是（　　）。

A. 提前终止风险，指如果在投资期内，如信托融资项目用款人提前全部或部分还款或者发生商业有权提前终止理财产品，客户可能面临不能按预期期限取得预期收益的风险

B. 流动性风险，指同样投资标的的理财产品一般期限越长流动性越差，所以作为对流动性的补偿，预期收益会相对高一些

C. 违约和信用风险，指在办理理财业务的过程中所发生的不当操作导致的损失

D. 延期风险，指理财产品对应的信托财产变现不及时等原因造成理财产品不能按时支付理财资金，理财期限将相应延长的风险

79. 下列违反了"公平竞争"要求的是（　　）。

A. 某从业人员为扩大理财产品市场份额而进行商业贿赂

B. 某从业人员在工作中经常打私人电话

C. 某从业人员将客户资料私自外泄

D. 某从业人员不遵守法律法规、行业自律规范以及所在机构的规章制度

80. 评估通用的指标理财产品在各种情况下的预期收益率以及收益率期望，不包括（　　）。

A. 最低收益率　　　　　　　　　B. 最高收益率

C. 估计收益率　　　　　　　　　D. 超额收益率

81. 收益类型说明了产品的风险。下列不属于常见收益类型的是（　　）。

　　A. 持平收益　　　　　　　　　　B. 保本国家收益（保证收益）

　　C. 保本浮动收益　　　　　　　　D. 非保本浮动收益

82. 下列（　　）应当对个人理财业务实行全面、全程风险管理。

　　A. 交易场所　　　B. 商业银行　　　C. 证券公司　　　D. 监管机构

83. 建立银行（　　）对于降低个人理财顾问服务的法律风险、操作风险和声誉风险十分重要。

　　A. 相关监管法规　　　　　　　　B. 内部监督审核机制

　　C. 外部监管　　　　　　　　　　D. 必要的资源保障

84. 银行业从业人员应当以高标准职业道德规范行事，品行正直，恪守（　　）的原则。

　　A. 诚实信用　　　B. 勤奋尽职　　　C. 专业奉献　　　D. 品行优良

85. 下列不属于银行业从业人员必须遵守的从业基本准则是（　　）。

　　A. 公平竞争　　　　　　　　　　B. 规避监管

　　C. 诚实信用　　　　　　　　　　D. 保护商业秘密和隐私

86. 下列（　　）作为银行从业基本准则，是指导银行业从业人员应当具备岗位所需的专业知识、资格与能力。

　　A. 勤勉尽职　　　B. 敬业勤奋　　　C. 职业形象　　　D. 专业胜任

87. 银行业从业人员应当妥善保存客户资料及其交易信息档案，指的是下列（　　）的要求。

　　A. 内幕交易　　　B. 信息披露　　　C. 熟知业务　　　D. 信息保密

88. 下列不属于商业银行开展个人理财业务时造成客户经济损失，应按照有关法律法规的规定或者合同的约定承担责任的情形是（　　）。

　　A. 商业银行未按客户指令进行操作，或者未保存相关证明文件的

　　B. 泄露或不当使用客户个人资料和交易信息记录

　　C. 商业银行未保存有关客户评估记录和相关资料，不能证明理财计划或产品的销售是符合客户利益原则的

　　D. 不具备理财业务人员资格的业务人员向客户提供理财顾问服务、销售理财计划或产品的

89. 人寿保险的被保险人或者受益人向保险人请求给付保险金的诉讼时效为（　　）。

　　A. 自知道或应当知道保险事故发生之日起五年

　　B. 自知道或应当知道保险事故发生之日起两年

　　C. 自保险事故发生之日起五年

D. 自保险事故发生之日起两年

90. 投资者教育最主要的实施主体是（　　　）。

    A. 商业银行　　　B. 董事会　　　C. 监管机构　　　D. 行业协会

二、多选题（共40题，每小题1分，共40分）以下各小题所给出的五个选项中，有两项或两项以上符合题目的要求，请选择相应选项，多选、错选均不得分。

1. 银行往往根据客户类型进行业务分类。按照这种分类方式。理财业务可分为（　　　）。

    A. 理财业务（服务）　　　　　　B. 综合化业务（服务）

    C. 财富管理业务（服务）　　　　D. 私人银行业务（服务）

    E. 个人自助银行业务（服务）

2. 按照客户对象不同，综合理财服务可以分为（　　　）。

    A. 理财计划　　　　　　　　　　B. 专业化服务

    C. 私人银行业务　　　　　　　　D. 对公银行业务

    E. 执行理财计划

3. 以下属于社会文化环境的是（　　　）。

    A. 风俗习惯　　　　　　　　　　B. 审美观

    C. 语言文字　　　　　　　　　　D. 价值观念

    E. 人口结构

4. 当预期未来利率水平上升时，个人理财可以采取的策略包括（　　　）。

    A. 股票减少配置　　　　　　　　B. 基金和房产减少配置

    C. 外汇增加配置　　　　　　　　D. 本币储蓄增加配置

    E. 债券和股票减少配置

5. 下列（　　　）是生命周期理论的共同创建者。

    A. 罗斯托　　　　　　　　　　　B. A·安多

    C. F·莫迪利安尼　　　　　　　　D. 哈里·马柯维茨

    E. R·布伦博格

6. 我国《个人所得税法》规定的应纳个人所得税的所得包括（　　　）。

    A. 偶然所得　　　　　　　　　　B. 财产租赁所得

    C. 财产转让所得　　　　　　　　D. 劳务报酬所得

    E. 利息、股息、红利所得

7. 系统性风险包括（　　　）。

    A. 购买力风险　　B. 市场风险　　C. 利率风险　　D. 财务风险

    E. 政策风险

8. 无差异曲线具有如下（　　　）特点。

A. 无差异曲线的位置越高，它带来的满意程度就越高

B. 无差异曲线是一簇互不相交的向上倾斜的曲线

C. 无差异曲线的条数是无限的而且密布整个平面

D. 落在同一条无差异曲线上的组合有相同的满意程度

E. 一个组合会同时落在两条不同的无差异曲线上，也就是说不同的无差异曲线不会相交

9. 影响房地产价格的因素很多，主要有（　　　）。

A. 自然因素　　　　　　　　B. 社会因素

C. 行政因素　　　　　　　　D. 经济因素

E. 通货膨胀

10. 金融市场的中介大体分为（　　　）。

A. 融资中介　　　　　　　　B. 评估中介

C. 服务中介　　　　　　　　D. 规划中介

E. 交易中介

11. 商业票据的市场主体包括（　　　）。

A. 监管部门　　　　　　　　B. 发行者

C. 投资者　　　　　　　　　D. 中介者

E. 销售商

12. 根据发行主体不同，债券可划分为（　　　）。

A. 公司债券　　　　　　　　B. 金融债券

C. 社会债券　　　　　　　　D. 政府债券

E. 国际债券

13. 金融期权的要素包括（　　　）。

A. 到期日　　　　　　　　　B. 期权费

C. 执行价格　　　　　　　　D. 基础资产

E. 期权的买方

14. 对投资者而言，债券型理财产品面临的主要风险有（　　　）。

A. 操作风险　　B. 汇率风险　　C. 利率风险　　D. 流动性风险

E. 提前偿付风险

15. 银行理财产品要素所包含的信息包括（　　　）。

A. 产品质量信息　　　　　　B. 产品质量特征

C. 产品特征信息　　　　　　D. 产品开发主体信息

E. 产品目标客户信息

16. 下列属于私募理财产品投资范围的是（　　　）。

A. ETF   B. 股票   C. 权证   D. 债券

E. 债券回购

17. 按照投资对象不同，基金可以分为（   ）。

A. 混合型基金   B. 股票型基金

C. 货币市场基金   D. 债券型基金

E. 平衡型基金

18. 债券投资的风险因素包括（   ）。

A. 赎回风险   B. 通货膨胀风险

C. 违约风险   D. 再投资风险

E. 提前偿付风险

19. 理财顾问服务是指商业银行向客户提供的（   ）等专业化服务。

A. 财务托管   B. 信贷服务

C. 投资建议   D. 财务分析与规划

E. 个人投资产品推介

20. 个人现金流量表可以作为衡量个人是否合理使用其收入的工具，还可以为制订个人理财规划提供以下（   ）帮助。

A. 有助于创造更大的利润

B. 有助于更有效地利用财务资源

C. 有助于找到解决这些问题的方法

D. 有助于更好地控制资金管理成本

E. 有助于发现个人消费方式上的潜在问题

21. 客户的风险特征构成包括（   ）。

A. 风险判断力   B. 风险预估

C. 风险偏好   D. 风险认知度

E. 实际风险承受能力

22. 现金管理是对现金和流动资产的日常管理。其目的在于（   ）。

A. 满足计划外消费的需求

B. 满足未来消费的需求

C. 满足日常的、周期性支出的需求

D. 满足应急资金的需求

E. 满足财富积累与投资获利的需求

23. 一个完整的退休规划，包括（   ）。

A. 退休前养老金的储蓄   B. 退休后生活设计

C. 工作生涯设计   D. 自筹退休金部分的储蓄投资设计

E．退休生活规划

24．《民法通则》确定了进行民事活动的基本原则,内容包括公民和法人的（　　　）。

    A．民事权利　　　　　　　　　　B．民事责任

    C．公民的法律地位　　　　　　　D．民事代理制度

    E．民事法律行为

25．《民法通则》规定,法人应当具备（　　　）条件。

    A．诚实守信　　　　　　　　　　B．依法成立

    C．能够独立承担民事责任　　　　D．有自己的名称、组织机构和场所

    E．有必要的财产或者经费

26．有下列（　　　）情形的,按照《中华人民共和国公司法》规定合同无效。

    A．损害社会公共利益

    B．以合法形式掩盖非法目的

    C．违反法律、行政法规的强制性规定

    D．恶意串通,损害国家、集体或者第三人利益

    E．一方以欺诈、胁迫的手段订立合同,损害国家利益

27．《商业银行法》中规定,在经营活动中要坚持（　　　）。

    A．公平竞争原则

    B．依法经营原则

    C．严格贷款资信担保、依法按期收回贷款本息原则

    D．保障存款人的合法权益不受侵犯的原则

    E．业务往来遵循平等、自愿、公平和诚实信用原则

28．对在中华人民共和国境内设立的（　　　）以及经国务院银行业监督管理机构批准设立的其他金融机构的监督管理,适用《银行业监督管理法》对银行业金融机构监督管理的规定。

    A．财务公司　　　　　　　　　　B．保险公司

    C．信托投资公司　　　　　　　　D．金融租赁公司

    E．金融资产管理公司

29．下列（　　　）从事证券服务业务,必须经国务院证券监督管理机构和有关主管部门批准。

    A．会计师事务所　　　　　　　　B．财务顾问机构

    C．资产评估机构　　　　　　　　D．投资咨询机构

    E．资信评级机构

30．信托的当事人包括（　　　）。

    A．委托人　　　B．受理人　　　C．受托人　　　D．受益人

E．管理人

31．《信托法》的调整对象是信托关系，其范围涵盖了（　　　　）。

A．政府信托　　　B．公益信托　　　C．艺术信托　　　D．民事信托

E．营业信托

32．商业银行个人理财业务的政策监管包括（　　　　）。

A．商业银行开展个人理财业务，涉及金融衍生品交易和外汇管理规定的，应按照有关规定获得相应的经营资格

B．商业银行应当制订个人理财业务应急计划，并纳入商业银行整体业务应急计划体系之中，保证个人理财服务的连续性、有效性

C．商业银行应将个人理财业务的投资管理纳入总行的统一管理体系之中，实行前、中、后台分离，加强日常风险指标监测和内控管理

D．商业银行开展个人理财业务，应进行严格的合规性审查，准确界定个人理财业务所包含的各种法律关系，明确可能涉及的法律和政策问题，研究制定相应的解决办法，切实防范法律风险

E．商业银行应按照符合客户利益和风险承受能力的原则，建立健全相应的内部控制和风险管理制度体系，并定期或不定期检查相关制度体系和运行机制，保障理财资金投资管理的合规性和有效性

33．通常，伦敦银行同业拆放利率报出的利率有（　　　　）。

A．1年　　　B．半年　　　C．7天　　　D．3个月

E．1个月

34．商业银行在向客户销售理财产品前，应按照"了解你的客户"原则，充分了解客户的内容包括（　　　　）。

A．投资经验　　　B．风险偏好　　　C．财务状况　　　D．投资目的

E．投资数量

35．销售人员应在了解客户的年龄、职业、资金来源等基本情况以及客户的理财需求的基础上应向客户充分说明理财产品的要素包括（　　　　）。

A．收益计算公式　　　　　　　B．投资期限

C．投资收益　　　　　　　　　D．投资标的

E．投资风险

36．下列属于商业银行个人理财业务管理的是（　　　　）。

A．文件管理　　　　　　　　　B．产品开发策略

C．IT系统开发管理　　　　　　D．渠道管理

E．绩效管理

37．近年来，一些银行通过（　　　　）手段来推广个人理财业务。

A. 手机银行　　　　　　　　B. 自助设备

C. 网上银行　　　　　　　　D. 网点理财区建设

E. 保险

38. 以下有关"保护商业秘密和隐私"的说法正确的有（　　　　）。

A. 为客户保守秘密是一项最基本的职业操守

B. 保守秘密和隐私的要求，在国外是不够重视的

C. 从业人员应当保守所在机构的商业秘密，保护客户信息和隐私

D. 从业人员必须恪守保守秘密的职业道德准则，确保客户信息的保密性和安全性

E. 从业人员对自己的家人、朋友，即使是没有任何利益关系的人，都必须遵守为客户保守秘密

39. 银行业从业人员与客户关系协调处理的原则有（　　　　）。

A. 礼貌服务　　　　　　　　B. 风险提示

C. 礼物收送　　　　　　　　D. 互相信任

E. 娱乐及便利

40. 违约责任的承担形式主要有（　　　　）。

A. 强制履行　　　　　　　　B. 定金责任

C. 赔偿损失　　　　　　　　D. 违约金责任

E. 采取补救措施

三、判断题（共 15 题，每小题 1 分，共 15 分）请对以下各题的描述作出判断，正确用 A 表示，错误用 B 表示。

1. 财富管理客户的客户等级高于理财业务客户但低于私人银行客户，服务种类少于理财业务客户但超过私人银行业务客户。　　　　　　　　　　（　　）

2. 由于税收政策直接关系到投资收益与成本，因此对个人和家庭的投资策略具有直接的影响。　　　　　　　　　　　　　　　　　　　　　　（　　）

3. 任何一个理财产品或理财工具都具有收益性、风险性与流动性的三重特征。

（　　）

4. 按照金融工具发行和流通特征，金融市场划分为货币市场、资本市场、金融衍生品市场、外汇市场、保险市场和黄金及其他投资品市场。　　　　（　　）

5. 货币市场工具包括政府发行的长期政府债券、商业票据、可转让的大额定期存单以及货币市场共同基金等。　　　　　　　　　　　　　　　　（　　）

6. 当前市场上较为常见的理财产品按投资对象主要分为以下几类：货币型理财产品、债券类理财产品、股票类理财产品、信贷资产类理财产品、组合投资类理财产品、结构性理财产品、另类理财产品和其他理财产品。　　　　　　（　　）

7．保险产品最显著的特点是具有其他投资理财工具不可替代的保障功能。（　　）

8．商业银行在理财顾问服务中向客户提供的财务分析、财务规划、投资建议、个人投资产品推介、专业咨询五种专业化服务。　　　　　　　　　　　　　　（　　）

9．证券公司包括两类，实行分类管理：一类是经纪类证券公司，依法可以经营证券承销、自营和经纪等业务；另一类是综合类证券公司，依法专门从事证券经纪业务。

（　　）

10．为股票发行出具审计报告、资产评估报告或者法律意见书等文件的证券服务机构和人员，在该股票承销期内和期满后6个月内，不得买卖该种股票。（　　）

11．商业银行只能独立对理财资金进行投资管理。　　　　　　　　　（　　）

12．延期风险，指理财产品对应的信托财产变现不及时等原因造成理财产品不能按时支付理财资金，理财期限将相应延长的风险。　　　　　　　　　　（　　）

13．个人理财顾问服务不会对商业银行法律风险、声誉风险等产生影响。

（　　）

14．根据客户对待投资中风险与收益的态度，可以将客户分为三种类型，即风险厌恶型、风险偏爱型和风险中立型。　　　　　　　　　　　　　　　（　　）

15．未建立相关风险管理制度和管理体系，或虽建立了相关制度但未实际落实风险评估、监测与管控措施，造成银行重大损失的构成犯罪。　　　　　　（　　）

模拟试卷（三）

一、单选题（共 90 题，每小题 0.5 分，共 45 分）以下各小题所给出的四个选项中，只有一项最符合题目的要求，请选择相应选项，不选、错选均不得分。

1. 下列不属于商业银行个人理财业务特点的是（　　）。
   A. 经营收益稳定　　　　　　　B. 业务范围广
   C. 管理简单　　　　　　　　　D. 风险低

2. 在基金认购时，一般采用的原则是（　　）。
   A. 面额认购、份额发行　　　　B. 面额认购、金额发行
   C. 金额认购、面额发行　　　　D. 金额认购、份额发行

3. 私人银行业务具有的特征不包括（　　）。
   A. 综合化服务　　　　　　　　B. 准入门槛高
   C. 重视客户关系　　　　　　　D. 专业化服务

4. 国外个人理财业务发展中，（　　）通常被认为是个人理财业务的萌芽时期。
   A. 20 世纪 20 年代到 50 年代　　B. 20 世纪 60 年代到 80 年代
   C. 20 世纪 30 年代到 60 年代　　D. 20 世纪 90 年代

5. 银监会于（　　）发布了《商业银行个人理财业务管理暂行办法》，界定了商业银行个人理财业务范畴，规范了商业银行个人理财业务管理。
   A. 2004 年 9 月　　B. 2005 年 1 月　　C. 2005 年 9 月　　D. 2008 年 12 月

6. 商业银行向客户提供的财务分析与规划、投资建议、个人投资产品推介等专业化服务，称为（　　）。
   A. 综合理财服务　　　　　　　B. 理财顾问服务
   C. 私人银行服务　　　　　　　D. 理财咨询服务

7. 下列流动性最差的是（　　）。
   A. 活期存款、基金　　　　　　B. 股票、债券
   C. 定期存款、外汇　　　　　　D. 房地产、收藏品

8. 由于（　　）直接关系投资收益与成本，因此其对个人和家庭的投资策略具有直接的影响。
   A. 财政政策　　B. 货币政策　　C. 税收政策　　D. 收入分配政策

9. 在金融危机时期，许多国家由于本币贬值导致个人和家庭资产严重缩水，经济陷入困境。若一个家庭持有一定比例的（　　）资产，则金融危机对这个家庭的损害就可以有效地减少。
   A. 期货　　　　B. 债券　　　　C. 外汇　　　　D. 房地产

10. 人口环境对个人理财业务的影响表现在（　　）两个方面。人口总量的增长

会导致对金融业务和金融产品的需求量增大。

    A. 形式与内容   B. 规模与结构   C. 稳定与持续   D. 分配与调整

11. 预期未来出现通货紧缩的情况下，理财策略应该调整为 _____ 储蓄配置、
_____ 债券配置和适当 _____ 股票配置。（   ）

    A. 维持；减少；减少   B. 维持；减少；增加

    C. 减少；减少；适当增加   D. 增加；减少；维持

12. 下列（   ）既是资源稀缺性的体现，也是人类心理认知的反应，表明在信用货币体制下，现在的货币在价值上总是高于未来等额的货币。

    A. 通货膨胀   B. 时间价值   C. 货币价值   D. 资源价值

13. 刘小姐计划购买某股票，预计未来 6 年内每年 38% 的速度增长，6 年后的股利为 60 元，那该股票每股（   ）元的时候投资最合适。

    A. 22.8   B. 8.70   C. 10   D. 9.65

14. 文女士在未来 15 年内每年年底获得 1 500 元，年利率为 9%，则这笔年金的现值为（   ）元。

    A. 22 500   B. 12 100   C. 24 525   D. 13 800

15. 非系统性风险不包括（   ）。

    A. 汇率风险   B. 信用风险   C. 经营风险   D. 偶然事件风险

16. 下列关于无差异曲线的特点描述错误的是（   ）。

    A. 无差异曲线的条数是无限的而且密布整个平面

    B. 无差异曲线是一簇互不相交的向上倾斜的曲线

    C. 无差异曲线的位置越高，它带来的满意程度就越低

    D. 落在同一条无差异曲线上的组合有相同的满意程度

17. 下列关于市场有效的三个层次之间的关系的描述正确的是（   ）。

    A. 强型有效市场包含半强型有效市场

    B. 弱型有效市场包含半强型有效市场

    C. 半强型有效市场包含强型有效市场

    D. 弱型有效市场包含强型有效市场

18. 下列关于不同理财价值观的投资建议不正确是（   ）。

    A. 后享受型，投资：收益较为稳定的基金或股票，如平衡型基金投资组合；保险：购买养老险或投资型保单

    B. 购房型，投资：中长期表现稳定基金；保险：长期储蓄险或房贷寿险

    C. 先享受型，投资：稳定型基金或股票，如单一指数型基金；保险：基本需求养老险

    D. 以子女为中心型，投资：中长期比较看好的基金；保险：子女教育基金

19. 下列（   ）不属于影响风险承受能力的因素。

  A．收入水平 B．受教育情况 C．主观风险偏好 D．个人经历

20. 在实际理财业务过程中，商业银行往往按照人们的主观风险偏好类型和程度将投资者的理财风格分为五种类型，下列（   ）不属于其分类。

  A．成长型   B．卓越型   C．稳健型   D．进取型

21. 下列（   ）不属于客户风险评估常见的评估方法。

  A．客户投资目标   B．概率和收益的权衡

  C．对投资产品的偏好   D．定时方法

22. 资产配置的基本步骤不包括（   ）。

  A．建立长期投资储备   B．建立专一性的产品组合

  C．了解客户属性   D．风险规划与保障资产储备

23. 下列不属于金融市场的微观经济功能的是（   ）。

  A．交易功能 B．集聚功能 C．调节功能 D．避险功能

24. 作为一种理财产品，债券的特征不包括（   ）。

  A．灵活性   B．偿还性   C．流动性   D．收益性

25. 金融衍生品的特性表现在可复制性和（   ）。

  A．流动性   B．杠杆特征 C．高回报   D．风险性

26. 下列（   ）是外汇市场上最经济、最普通的形式，这个市场容量巨大，交易活跃而且报价容易，易于捕捉行情，是最主要的外汇市场形式。

  A．远期外汇市场   B．零售外汇市场

  C．自由外汇市场   D．即期外汇市场

27. 保险产品可按照（   ）划分为人身保险、财产保险与投资型保险产品。

  A．经营性质 B．承保方式 C．保险标的 D．理财方式

28. 下列（   ）不属于房地产投资的特点。

  A．财务杠杆效应   B．交易风险

  C．价值升值效应   D．变现性相对较差

29. 在我国上市公司的股票中，按照股票是否流动可将其分为流通股及非流通股两大类。下列（   ）不属于流通股股票。

  A．STAQ 上流通的股票   B．上海证券交易所流通的 A 股股票

  C．国家股   D．深圳证券交易所流通的 B 股股票

30. 下列（   ）属于金融市场的客体。

  A．金融机构 B．金融衍生品 C．会计师事务所 D．居民个人

31. 大户报告制度与（   ）紧密相关。

  A．保证金制度 B．每日结算制度 C．强行平仓制度 D．持仓限额制度

32. 影响黄金价格的因素不包括（　　）。

    A. 成交量　　　　　　　　　　B. 汇率

    C. 通货膨胀　　　　　　　　　D. 供求关系及均衡价格

33. 下列（　　）不属于银行理财产品目标客户信息。

    A. 投资顾问　　　　　　　　　B. 客户资产规模

    C. 产品发行地区　　　　　　　D. 资金门槛和最小递增金额

34. 关于组合投资类理财产品的描述错误的是（　　）。

    A. 组合投资类理财产品的优势主要在于产品期限覆盖面广

    B. 组合投资类理财产品特点是产品结构简单、投资风险小、客户预期收益稳定

    C. 组合投资类理财产品的表现更加依赖于发行主体的管理水平，组合投资类理财产品赋予发行主体灵活的主动管理能力，同时对其资产管理和风险防控能力提出更高的要求

    D. 组合投资类理财产品存在信息透明度不高的缺点

35. 下列（　　）不属于债券型理财产品资金的主要投向市场。

    A. 基金市场　　B. 国债市场　　C. 企业债市场　　D. 银行间债券市场

36. 银行发行的债券挂钩类理财产品主要是指在（　　）上进行交换和交易，并由银行发行的理财产品。

    A. 期货市场和债券市场　　　　B. 货币市场和债券市场

    C. 期货市场和货币市场　　　　D. 股票市场和货币市场

37. 关于我国金融市场中的 QDII 基金与 QFII 基金，下列说法正确的是（　　）。

    A. QDII 基金境内设立，投资境外　　B. QDII 基金境外设立，投资境内

    C. QFII 基金境外设立，投资境外　　D. QFII 基金境内设立，投资境外

38. 下列关于另类理财产品的说法，不正确的是（　　）。

    A. 另类理财产品的信息透明度较高

    B. 部分另类资产发生亏损的可能性不大

    C. 另类资产未来潜在的高增长也将会给投资者带来潜在的高收益

    D. 另类资产是指除传统股票、债券和现金之外的金融资产和实物资产

39. 在理财期间，市场利率上升，但理财产品的收益率不随市场利率上升而提高，这是理财产品面临的（　　）。

    A. 市场风险　　B. 社会风险　　C. 流动性风险　　D. 法律风险

40. 在实际销售过程中，商业银行往往根据（　　）限定资金门槛和最小递增金额。

    A. 产品开发主体　　　　　　　B. 产品目标客户

    C. 托管机构特征　　　　　　　D. 产品特征

41．通过发行基金份额或收益凭证，将投资者分散的资金集中起来，由专业管理人员投资于股票、债券或其他金融资产，并将投资收益按持有者投资份额分配给持有者的一种利益共享、风险共担的金融产品是指（　　）。

  A．信托   B．国债   C．基金   D．保险

42．依据（　　）不同，基金可以分为主动型基金和被动型基金。

  A．募集方式 B．投资目标 C．投资对象 D．投资理念

43．目前银行代理国债的种类不包括（　　）。

  A．长期国债   B．凭证式国债

  C．记账式国债   D．无记名（实物）国债

44．信托按（　　）可分为任意信托和法定信托。

  A．财产的不同   B．委托人或受托人的性质

  C．时间期限的不同   D．关系建立的方式

45．银行代理黄金业务的种类不包括（　　）。

  A．纸黄金   B．金币   C．金饰品   D．黄金基金

46．股票型基金以股票为主要投资对象，股票投资比重不得低于（　　）。

  A．40%   B．50%   C．60%   D．80%

47．下列不属于基金依据投资目标的不同所做分类的是（　　）。

  A．混合型基金   B．收入（收益）型基金

  C．成长型基金   D．平衡型基金

48．在客户信息收集中，客户的个人和财务资料通过与客户沟通获得的叫做（　　）。

  A．高级信息 B．初级信息 C．次级信息 D．特殊信息

49．合理的现金预算是实现个人理财规划的基础，预算编制的程序不包括（　　）。

  A．预测季度收入   B．算出年度支出预算目标

  C．对预算进行控制与差异分析 D．设定长期理财规划目标

50．下列关于投资规划的说法不正确的是（　　）。

  A．银行业从业人员在制订投资规划时只需大概了解各种投资工具的特性

  B．个人在其生命周期每一个阶段上的财务安排都可以视为一种广义的投资

  C．投资规划应该围绕理财目标而制订，投资规划只是理财规划中的子规划，投资目标实际上也就是理财规划中包含的一些子目标。

  D．制订投资规划先要确定投资目标和可投资财富的数量，再根据对风险的偏好，确定采取稳健型还是激进型的策略

51．下列（　　）不属于分析客户风险特征的要素。

  A．风险承受能力   B．风险偏好

  C．年龄   D．风险认知度

52. 税收规划最有特色的原则是（　　），这是由作为税收基本原则的社会政策原则所引发的。

    A．规划性原则　　　　　　　　　B．合法性原则

    C．目的性原则　　　　　　　　　D．综合性原则

53. 王小姐，27 岁，月薪 3 000 元，单身，有社会医疗保险，无家庭负担，自己想存钱但自我控制能力不强花销较大，她想通过购买某种或某些保险，强迫自己储蓄一部分钱，以备不时之需，根据客户情况，下列合适的保险规划是（　　）。

    A．责任险　　　　　　　　　　　B．财产险

    C．意外险　　　　　　　　　　　D．人身保险，且以寿险为主

54. 下列（　　）不属于制订保险规划的原则。

    A．量力而行的原则　　　　　　　B．转移风险的原则

    C．效益最大化原则　　　　　　　D．分析客户保险需要

55. 在个人贷款中，公民或者法人设立、变更、终止民事权利和民事义务的合法行为是指（　　）。

    A．民事法律行为　　　　　　　　B．民事法律关系

    C．民事代理制度　　　　　　　　D．刑事法律行为

56. 下列关于民事代理法律责任描述错误的是（　　）。

    A．本人知道他人以本人名义实施民事行为而不作否认表示的，视为同意。

    B．代理人不履行职责而给被代理人造成损害的，应当承担民事责任

    C．代理人和第三人串通，损害被代理人的利益的，由代理人承担民事责任

    D．代理人知道被委托代理的事项违法仍然进行代理活动的，或者被代理人知道代理人的代理行为违法不表示反对的，由被代理人和代理人负连带责任

57. 商业银行设立分支机构的资本，应当按照《商业银行法》和银行章程的规定向分行拨付营运资金，拨付给分支机构的营运资金额的总和，不得超过商业银行总行资本金总额的（　　）。

    A．30%　　　　　B．50%　　　　　C．60%　　　　　D．80%

58. 根据《商业银行法》的规定，拒绝或者阻碍国务院银行业监督管理机构检查监督的，由国务院银行业监督管理机构责令改正，并处＿＿＿罚款。

    A．十万元以上二十万元以下

    B．二十万元以上三十万元以下

    C．二十万元以上五十万元以下

    D．五十万元以上八十万元以下

59. 《证券投资基金法》的调整范围是（　　）。

    A．证券投资基金　　　　　　　　B．社会公益基金

C．政府建设基金　　　　　　　D．保险基金

60．对企事业单位的承包经营、承租经营所得应纳的税款，按年计算，由纳税义务人在年度终了后（　　）内缴入国库，并向税务机关报送纳税申报表。

A．十日　　　　B．十五日　　　　C．三十日　　　　D．六十日

61．根据《物权法》规定，（　　）财产不可以抵押。

A．土地所有权　　　　　　　　B．土地承包经营权

C．生产设备　　　　　　　　　D．建筑物

62．《中华人民共和国外资银行管理条例》中规定，外商独资银行、中外合资银行按照国务院银行业监督管理机构批准的业务范围不包括（　　）。

A．发放短期、中期和长期贷款　　B．买卖、代理买卖外汇

C．经营股票买卖　　　　　　　　D．提供保管箱服务

63．下列不属于《中华人民共和国外资银行管理条例》和个人理财业务相关内容的是（　　）。

A．外商独资银行、中外合资银行按照国务院银行业监督管理机构批准的业务范围

B．外商独资银行、中外合资银行的分支机构在总行授权范围内开展业务，其民事由总行承担

C．商业银行境外理财投资，应当委托经中国银监会批准具有托管业务资格的其他境内商业银行作为托管人托管

D．外国银行分行及其分支机构的民事责任由其总行承担

64．在《期货交易管理条例》中，根据合约标的物的不同，期货合约分为（　　）。

A．商品期货合约和金融期货合约　　B．商品期货合约和资金期货合约

C．银行投资合约和金融期货合约　　D．银行投资合约和商品期货合约

65．在保险兼业代理时，保费结算时间最长不得超过（　　）。

A．15天　　　　B．1个月　　　　C．2个月　　　　D．3个月

66．《个人外汇管理办法实施细则》对境外个人经常项目合法人民币收入购汇及未用完的人民币兑回规定凭本人有效身份证件和原兑换水单办理，原兑换水单的兑回有效期为自兑换日起_____；对于当日累计兑换不超过等值_____以及离境前在境内关外场所当日累计不超过等值_____的兑换，可凭本人有效身份证件办理。（　　）

A．12个月；500美元（含）；1 000美元（含）

B．12个月；300美元（含）；1 500美元（含）

C．24个月；500美元（含）；1 000美元（含）

D．24个月；300美元（含）；1 500美元（含）

67．截至2009年12月31日，以银监会为主的监管机构共颁布与银行理财产品

相关的三个"办法"不含（　　）。

  A．商业银行开办代客境外理财业务管理暂行办法

  B．商业银行个人理财业务风险管理指引

  C．商业银行个人理财业务管理暂行办法

  D．金融机构衍生产品交易业务管理暂行办法

68．商业银行申请需要批准的个人理财业务，应向中国银行业监督管理委员会报送的材料不包括（　　）。

  A．拟申请业务介绍，包括业务性质、目标客户群以及相关分析预测

  B．由商业银行负责人签署的申请书

  C．商业银行内部相关部门的审核意见

  D．商业银行就理财计划对投资管理人、托管人、投资顾问等相关方的尽职调查文件

69．商业银行应配备与开展的个人理财业务相适应的理财业务人员，保证个人理财业务人员每年的培训时间不少于（　　）小时。

  A．10   B．15   C．20   D．25

70．对股票历史信息，如股价和交易量等进行研究，希望找出其波动周期的运动规律以期形成预测模型，这是指（　　）的手段。

  A．基本面分析 B．价格分析   C．技术分析   D．波形分析

71．下列关于理财产品开发的目标，说法不正确的是（　　）。

  A．理财产品开发要扩大客户基础，提升客户质量

  B．理财产品开发目标具有统一性

  C．理财产品开发要增加业务收入，改善业务结构

  D．理财产品开要增强业务影响，树立品牌形象

72．下列关于理财产品销售说法不正确的是（　　）。

  A．在实际业务操作过程中，应遵守"适合的理财产品应在适合的营业网点由适合的销售人员销售给适合的客户"的原则进行产品销售

  B．对商业银行来说，适合的理财产品目前主要分为两大类，第一类是银行自主开发的理财产品，第二类是银行代理销售的理财产品

  C．商业银行应当明确个人理财业务人员与一般产品销售和服务人员的工作范围界限，允许一般产品销售人员向客户提供理财投资咨询顾问意见、销售理财计划

  D．信息披露是个人理财业务重要的内容

73．商业银行零售业务的重要组成部分是（　　）。

  A．个人理财业务   B．个人信贷

C. 风险管理　　　　　　　　　　D. 证券代理

74. 通过明确客户的收益点，提高客户的满意度，以实现盈利是商业银行客户关系管理的（　　）。

A. 意义　　　　　B. 内容　　　　　C. 目标　　　　　D. 结果

75. 理财资金用于向单一借款人及其关联企业发放信托贷款的总额不得超过发售银行资本净额的（　　）。

A. 6%　　　　　B. 9%　　　　　C. 10%　　　　　D. 15%

76. 个人理财产品风险方面，按照个人理财产品的主要构成要素分类不包括（　　）。

A. 理财机构的投资管理风险　　　B. 基础资产的市场风险

C. 理财产品的信用风险　　　　　D. 支付条款中的支付结构风险

77. 下列（　　）不属于 VaR 方法（Value at Risk）的别称。

A. 风险价值模型　　　　　　　　B. 收益率的方差

C. 在险价值方法　　　　　　　　D. 受险价值方法

78. 根据监管规定，对于商业银行来说，个人理财业务风险管理应具有几点基本要求，下列说法不正确的是（　　）。

A. 商业银行应当将银行资产与客户资产分开管理，明确相关部门及其工作人员在管理、调整客户资产方面的授权。对于可以由第三方托管的客户资产，不应交由第三方托管

B. 商业银行对各类个人理财业务的风险管理，都应同时满足个人理财顾问服务相关风险管理的基本要求

C. 商业银行应当具备与管控个人理财业务风险相适应的技术支持系统和后台保障能力，以及其他必要的资源保证

D. 商业银行应当制定并落实内部监督和独立审核措施，合规、有序地开展个人理财业务，切实保护客户的合法权益

79. 个人理财顾问服务管理的基本内容不包括（　　）。

A. 商业银行应在客户分层的基础上，结合不同个人理财顾问服务类型的特点，确定向不同客户群提供个人理财顾问服务的通道

B. 客户评估报告认为某一客户不适宜购买某一产品或计划，但客户仍然要求购买的，商业银行应制定专门的文件，列明商业银行的意见、客户的意愿和其他的必要说明事项，双方签字认可

C. 商业银行应当具备与管控个人理财业务风险相适应的技术支持系统和后台保障能力，以及其他必要的资源保证

D. 商业银行应当明确个人理财业务人员与一般产品销售和服务人员的工作范围界限，禁止一般产品销售人员向客户提供理财投资咨询顾问意见、

销售理财计划

80. 个人理财业务管理部门的内部调查监督,应在审查个人理财顾问服务的相关记录、合同和其他材料等基础上,重点检查是否存在错误销售和( )的情况。

　　A. 不当销售

　　B. 恶意违规销售

　　C. 为提高业绩,提高客户风险承受等级

　　D. 销售失误

81. 商业银行应清楚划分相关业务运作部门的职责,理财计划风险分析部门、研究部门应当与理财计划的销售部门、交易部门分开,保证有关风险评估分析、市场研究等的( )。

　　A. 独立性　　　B. 客观性　　　C. 专业性　　　D. 科学性

82. 下列( )不属于银行理财产品的不可抗力及意外事件风险。

　　A. 投资市场停止交易的意外事件　　B. 操作员违规操作

　　C. 战争　　　　　　　　　　　　　D. 自然灾害

83. 商业银行在管理销售风险时,需从销售人员素质以及( )两个方面进行管理。

　　A. 销售终端　　B. 销售过程　　C. 销售规范　　D. 销售业绩

84. CCBP 由( )领导实施。

　　A. 中国银行业协会银行业从业人员资格认证办公室

　　B. 中国银监会

　　C. 中国银行业协会银行业从业人员资格认证委员会

　　D. 中国银行业协会银行业从业人员资格认证专家委员会

85. 商业银行个人理财业务从业人员应当具备的基本条件表述错误的是( )。

　　A. 具备相应的学历水平和工作经验

　　B. 具备相关监管部门要求的行业资格。行业资格是指通过行业主管部门组织的考试或认可而取得的从事该行业工作所应当具备的资格

　　C. 对与个人理财业务活动相关法律法规、行政规章和监管要求等,只需一般了解即可

　　D. 掌握所推介产品或向客户提供咨询顾问意见所涉及产品的特性,并对有关产品市场有所认识和理解

86. 银行从业人员最基本的职业操守是( )。

　　A. 诚实守信　　B. 守法合规　　C. 为客户保守秘密　　D. 勤勉尽职

87. 从业人员应当加强学习,不断提高业务知识水平,熟知向客户推荐的金融产品的特性、收益、风险、法律关系、业务处理流程及风险控制框架指的是( )。

　　A. 岗位职责　　B. 熟知业务　　C. 协助执行　　D. 专业胜任

88. 下列关于投资者教育错误的是（　　）。

    A. 银行个人理财的投资者教育，主要是指针对银行个人理财客户开展的普及理财知识、宣传理财政策法规、揭示理财风险，并引导客户依法维权等各项活动

    B. 投资者教育的内容包括有关个人理财相关知识和经验，其目标是协助客户提升理财技能，树立正确的理财观念，并提示相关的理财风险，告知客户所拥有的权利及权利的保护途径，以提高客户素质的一项系统的社会活动

    C. 银行个人理财投资者教育工作是一项短时间工作。

    D. 银行个人理财业务的投资者教育是由银行及相关主体实施的有目的、有计划、有组织的传播活动

89. 投资者教育的核心是（　　）。

    A. 增加客户的信心

    B. 保护客户的利益

    C. 加深客户对各类市场的了解

    D. 提高客户的素质

90. 某银行从业人员在向客户销售理财产品时，口头保证该产品肯定能够达到预期收益率。该从业人员违反了（　　）方面职业操守的有关规定。

    A. 公平竞争　　　　　　　　　　B. 诚实信用

    C. 专业胜任　　　　　　　　　　D. 守法合规

二、多选题（共 40 题，每小题 1 分，共 40 分）以下各小题所给出的五个选项中，有两项或两项以上符合题目的要求，请选择相应选项，多选、错选均不得分。

1. 个人理财过程包括的步骤有（　　）。

    A. 评估理财环境和个人条件　　　B. 监控执行进度和再评估

    C. 执行个人理财规划　　　　　　D. 制订个人理财规划

    E. 制定个人理财目标

2. 在个人理财过程中，个人条件的评估包括对（　　）的评估。

    A. 收入　　　B. 健康状况　　　C. 集体资产　　　D. 个人资产

    E. 负债

3. 银行个人理财业务的影响因素，按照影响因素的特征，大致可分为（　　）。

    A. 个人资产　　　　　　　　　　B. 微观影响因素

    C. 宏观影响因素　　　　　　　　D. 中观影响因素

    E. 其他影响因素

4. 衡量消费者收入水平的指标主要包括（　　）。

    A. 人均国民收入　　　　　　　　B. 个人收入

C. 个人可支配收入　　　　　　　　D. 税收收入

E. 国民收入

5. 家庭的生命周期是指（　　　）的整个过程。

A. 家庭成熟期　　　　　　　　　　B. 家庭成长期

C. 家庭发展期　　　　　　　　　　D. 家庭衰老期

E. 家庭形成期

6. 一般而言，投资者在选择资产组合的过程中应遵循的基本原则有（　　　）。

A. 风险高，回报高的投资组合

B. 在既定预期收益率条件下，风险水平最低的投资组合

C. 风险低，回报低的投资组合

D. 在既定风险水平下，预期收益率最高的投资组合

E. 在风险和收益率中找到平衡点

7. 常见的资产配置组合模型有（　　　）。

A. 梭镖形　　　　　　　　　　　　B. 纺锤形

C. 哑铃形　　　　　　　　　　　　D. 金字塔形

E. 倒金字塔形

8. 根据对义务性支出和选择性支出的不同态度，理财价值观可以划分为四种比较典型的类型，下列关于理财价值观的说法正确的是（　　　）。

A. 后享受型是指将大部分选择性支出投向储蓄，维持高储蓄率，迅速积累财富，期待未来生活品质能得到提高的族群

B. 先享受型的投资者注重退休后的生活品质，因此靠储蓄就能完成理财目标

C. 先享受型是指将大部分选择性支出用于现在的消费上，提高目前的生活水准的族群

D. 以子女为中心型是指现在的消费投在子女教育上的比重偏高，或储蓄的动机是以获得子女未来接受高等教育储备金为首要目标的族群

E. 购房型的投资者以购买房屋作为最主要的理财目标，在这一目标上耗用太多资源，必将影响其他目标的实现以及生活水平的提高

9. 金融市场的客体包括（　　　）。

A. 同业拆借　　　　　　　　　　　B. 外汇

C. 储蓄　　　　　　　　　　　　　D. 股票

E. 债券

10. 目前，（　　　）等地外汇市场已成为世界上主要的自由外汇市场。

A. 东京　　　　　　　　　　　　　B. 巴黎

C. 苏黎世　　　　　　　　　　　D. 伦敦

E. 法兰克福

11. 房地产与个人的其他资产相比，其自身的特点有（　　　　）。

　　A. 差异性　　　　　　　　　　B. 固定性

　　C. 有限性　　　　　　　　　　D. 风险性

　　E. 保值增值性

12. 我国的主要股票价格指数有（　　　　）。

　　A. 上证 180 指数　　　　　　　B. 深证综合指数

　　C. 上证综合指数　　　　　　　D. 标准普尔价格指数

　　E. 沪深 300 指数

13. 按照交易标的物的不同划分，金融市场包括（　　　　）。

　　A. 信用市场　　　　　　　　　B. 外汇市场

　　C. 保险市场　　　　　　　　　D. 资本市场

　　E. 货币市场

14. 银行理财产品的发展趋势包括（　　　　）。

　　A. 动态管理类产品的逐步增多

　　B. POP 模式的逐步繁荣

　　C. 另类投资的逐步兴起

　　D. 同业理财的逐步拓展

　　E. 投资组合保险策略的逐步尝试

15. 交易所上市基金（ETF）的特征主要有（　　　　）。

　　A. 一天提供一个基金净值报价

　　B. 投资者可以在证券交易所直接买卖 ETF 份额

　　C. 它可以在交易所挂牌买卖

　　D. ETF 在本质上是开放式基金

　　E. 申购和赎回只能用与指数对应的一篮子股票

16. 2005 年以后我国出现的银行理财新产品包括（　　　　）。

　　A. QDII　　　　　　　　　　　B. 新股申购

　　C. 项目融资　　　　　　　　　D. 权益挂钩

　　E. 货币型理财产品

17. 下列属于基金的特点的是（　　　　）。

　　A. 严格监管、信息透明　　　　B. 利益均分、风险自负

　　C. 组合投资、分散投资　　　　D. 集合理财、专业管理

　　E. 独立托管、保障安全

18. 占据市场主流的三大险种全部来自寿险，包括（　　　）。

  A．家庭财产险   B．万能险

  C．房贷款   D．分红险

  E．投连险

19. 下列属于理财顾问服务的特点的是（　　　）。

  A．长期性   B．制度性

  C．专业性   D．综合性

  E．顾问性

20. 除了风险特征外，会对客户理财方式和产品选择产生很大影响的其他的理财特征包括（　　　）。

  A．生活方式   B．家庭结构

  C．知识结构   D．投资渠道偏好

  E．个人性格

21. 在消费管理中应注意的方面有（　　　）。

  A．孩子的消费   B．健康的消费

  C．住房、汽车等大额消费   D．消费支出的预期

  E．即期消费和远期消费

22. 税收规划的基本内容有（　　　）。

  A．避税规划   B．转嫁规划

  C．免税规划   D．节税规划

  E．减税规划

23. 客户在退休规划中的误区包括（　　　）。

  A．过早开始规划   B．投资过于保守

  C．计划开始太迟   D．对投资项目收益估计不足

  E．对收入和费用的估计太乐观

24. 民事法律关系主体是指参与民事法律关系、享有民事权利并承担民事义务的"人"。这里的"人"应作宽泛的理解，包括（　　　）。

  A．法人   B．公民

  C．政府机关   D．企事业单位

  E．非法人组织

25. 根据《中华人民共和国公司法》的规定，公司分为（　　　）。

  A．有限责任公司   B．外资企业

  C．合资企业   D．政府企业

  E．股份有限公司

26. 商业银行的组织形式有（　　　　）。

　　A. 银行有限责任公司　　　　　　B. 银行股份有限公司

　　C. 企业有限责任公司　　　　　　D. 企业股份有限公司

　　E. 银行中外合资股份有限公司

27. 《银行业监督管理法》的调整对象是全国银行业金融机构及其业务活动，所指银行业金融机构，即中华人民共和国境内设立的（　　　　）等吸收公众存款的金融机构以及政策性银行。

　　A. 商业银行　　　　　　　　　　B. 合资银行

　　C. 外企银行　　　　　　　　　　D. 城市信用合作社

　　E. 农村信用合作社

28. 证券投资基金具有（　　　　）特点。

　　A. 流动性强

　　B. 证券投资基金具有组合投资、分散风险的好处

　　C. 证券投资基金具有投资小、费用低的优点

　　D. 证券投资基金是一种间接的证券投资方式

　　E. 证券投资基金是由专家运作、管理并专门投资于证券市场的基金

29. 《中华人民共和国外资银行管理条例》中规定，外国银行具备（　　　　）条件下，经国务院银行业监督管理机构批准，可经营资信调查和咨询服务。

　　A. 提出申请前 3 年连续盈利

　　B. 提出申请前 2 年连续盈利

　　C. 国务院银行业监督管理机构规定的审慎性条件

　　D. 提出申请前在中华人民共和国境内开业 2 年以上

　　E. 提出申请前在中华人民共和国境内开业 3 年以上

30. 《期货交易管理条例》将适用范围从原来的商品期货交易扩大到（　　　　）交易。

　　A. 商品　　　　　　　　　　　　B. 技术

　　C. 股权交易　　　　　　　　　　D. 期权合约

　　E. 金融期货

31. 下列（　　　　）属于《期货交易管理条例》中金融期货的标的物。

　　A. 能源　　　　　　　　　　　　B. 利率

　　C. 汇率　　　　　　　　　　　　D. 工业品

　　E. 有价证券

32. 下列（　　　　）属于银行理财产品风险。

　　A. 延期风险　　　　　　　　　　B. 流动性风险

　　C. 市场风险　　　　　　　　　　D. 提前终止风险

　　E. 销售风险

33．不同类别的理财产品有不同侧重的评估指标。下列说法正确的是（　　　　）。

　　A．利率类，风险的主要评估主体是利率波动对收益率的影响

　　B．汇率类，风险的主要评估主体是存款利率及汇率的变动对收益率的影响

　　C．结构类，风险的主要评估主体是产品设计结构、所用金融衍生品的杠杆效应、衍生品组合的收益率等

　　D．股票类，风险的主要评估主体是系统风险和个股风险等

　　E．组合类，风险的主要评估主体是产品设计的结构和各种基础资产的比例及各自的风险指标等

34．VaR 方法的优点有（　　　　）。

　　A．实用性较强

　　B．确定必要资本及提供监管依据

　　C．可以事前计算，降低市场风险

　　D．统一了风险计量标准，使管理者和投资者较容易理解掌握

　　E．VaR 模型测量风险简洁明了

35．银行业从业人员邀请客户或应客户邀请进行娱乐活动或提供交通工具、旅行等其他方面的便利时，应当遵循的原则有（　　　　）。

　　A．不会让接受人因此产生对交易的义务感

　　B．属于政策法规允许的范围以内，并且在第三方看来，这些活动属于行业惯例

　　C．这些活动一旦被公开，将不至于影响所在机构的声誉

　　D．根据行业惯例，这些娱乐活动不显得频繁，且价值在政策法规和所在机构允许的范围以内

　　E．赠送的数量在法律法规和所在机构允许的范围以内

36．下列属于当商业银行开展个人理财业务时，银行业监督管理机构可对其直接负责的董事、高级管理人员和其他直接责任人员进行处理的情形是（　　　　）。

　　A．未建立相关风险管理制度和管理体系，或虽建立了相关制度但未实际落实风险评估、监测与管控措施，造成银行重大损失的

　　B．利用个人理财业务从事洗钱、逃税等违法犯罪活动的

　　C．提供虚假的成本收益分析报告或风险收益预测数据的

　　D．违规开展个人理财业务造成银行或客户重大经济损失的

　　E．挪用单独管理的客户资产的

37．综合理财业务的风险管理包括（　　　　）。

　　A．综合理财业务的风险提示

　　B．综合理财业务的风险控制

    C. 设置综合理财业务风险管理机构

    D. 建立自下而上的风险管理制度体系

    E. 综合理财产品的风险管理制度

38. 商业银行应采用多重指标管理市场风险限额,市场风险的限额可以采用（   ）。

    A. 风险价值限额   B. 止损限额

    C. 错配限额   D. 交易限额

    E. 期权限额

39. 产品风险的管理主要分为（   ）个阶段。

    A. 产品策划风险管理   B. 产品到期风险管理

    C. 产品设计风险管理   D. 产品运作风险管理

    E. 产品终结风险管理

40. 商业银行应该建立与（   ）相适应的操作风险管理体系。

    A. 本行的理财信誉   B. 本行的业务性质

    C. 本行的业务规模   D. 本行的资金实力

    E. 本行的业务复杂程度

三、判断题（共 15 题,每小题 1 分,共 15 分）请对以下各题的描述作出判断,正确用 A 表示,错误用 B 表示。

1. 个人理财业务相关的监管机构包括银监会、证监会、保监会、国家外汇管理局等。   （   ）

2. 20 世纪 90 年代是个人理财业务日趋成熟的时期,许多人涌入个人理财行业。   （   ）

3. 中国银监会综合考虑了客户使用的易读性与便利性等因素,制定了《商业银行理财客户风险评估问卷基本模板》。该模板涵盖了客户财务状况、投资经验、投资风格、投资目标和风险承受能力五大模块,对应 20 道问题,20 道问题最高为 100 分。   （   ）

4. 《中华人民共和国公司法》规定,三类公司可发行公司债:股份有限公司、有限责任公司和国有独资企业或国有控股企业。   （   ）

5. 按照基础工具的种类划分,金融衍生品可以分为远期、期货、期权和互换。   （   ）

6. 债券型理财产品的特点是投资期短,资金赎回灵活,本金、收益安全性高。   （   ）

7. 信托产品是为满足客户的特定需求而设计的,因此有专业转让平台,流动性比较高。   （   ）

8. 理财顾问服务是指中央银行向客户提供的财务分析与规划、投资建议、个人

投资产品推介等专业化服务。　　　　　　　　　　　　　　　　　（　　）

9．书面委托代理的授权委托书应当载明代理人的姓名或者名称、代理事项、权限和期间，并由委托人签名或者盖章。　　　　　　　　　　　　　　（　　）

10．当事人在订立合同过程中知悉的商业秘密，无论合同是否成立，商业秘密可为自己所用。　　　　　　　　　　　　　　　　　　　　　　　　　　（　　）

11．商业银行对理财客户进行的产品适合度评估应在营业网点当面进行，不得通过网络或电话等手段对客户产品适合度评估。　　　　　　　　　　　　（　　）

12．理财产品的风险评估可采用定性、定量两种方法来进行。　　　（　　）

13．交易对手管理风险，指由于合作的信托公司受经验、技能等综合因素的限制，可能会影响理财产品的后续管理，从而导致理财产品项下资金遭受损失。（　　）

14．税收规划，指在纳税行为发生前，在不违反法律、法规（税法及其他相关法律、法规）的前提下，通过对纳税主体（法人或自然人）的经营活动或投资行为等涉税事项作出事先安排，以达到少纳税和递延缴纳的一系列规划活动。　　　（　　）

15．银行理财投资者教育对象就是银行个人理财客户。　　　　　　（　　）

模拟试卷（四）

一、单选题（共 90 题，每小题 0.5 分，共 45 分）以下各小题所给出的四个选项中，只有一项最符合题目的要求，请选择相应选项，不选、错选均不得分。

1. 中央银行为调控货币供应量和信用规模运用的货币政策工具不包括（　　）。
   A. 财政支出　　　B. 公开市场业务　C. 再贴现率　　　D. 存款准备金率

2. 在对理财环境和个人条件进行评估的基础上（　　）是理财活动的关键，也是个人理财的动力。
   A. 制定个人理财目标　　　　　B. 监控执行进度和再评估
   C. 制订个人理财服务内容　　　D. 执行个人理财规划

3. 个人理财业务涉及的市场较为广泛，但不包括下列（　　）。
   A. 资本市场　　　　　　　　　B. 黄金市场
   C. 人力市场　　　　　　　　　D. 理财产品市场

4. 按是否接受客户委托、授权对客户资金进行投资和管理的理财业务可分为（　　）。
   A. 财富管理业务和综合理财服务
   B. 理财业务和私人银行业务
   C. 理财顾问服务和综合理财服务
   D. 财富管理业务和私人银行业务

5. 个人理财业务最早在（　　）兴起，并且首先在其发展成熟。
   A. 法国　　　　　B. 英国　　　　　C. 德国　　　　　D. 美国

6. 下列关于我国银行个人理财业务发展和现状的说法，不正确的是（　　）。
   A. 20 世纪 80 年代到 90 年代，是我国银行个人理财业务的萌芽阶段
   B. 从 21 世纪初到 2004 年是我国商业银行个人理财业务的形成时期
   C. 在我国，商业银行个人理财业务还是一项新兴的银行业务，尚处于起步发展阶段，个人理财业务的市场环境正在不断规范和完善
   D. 银监会于 2005 年 9 月下发了《商业银行个人理财业务风险管理指引》，对商业银行个人理财业务风险管理提出了指导意见

7. 个人理财业务是建立在委托——代理关系基础之上的银行业务，是一种（　　）、综合化的服务活动。
   A. 特殊化　　　B. 专业化　　　C. 个性化　　　D. 大众化

8. 商业银行在对潜在目标客户群分析研究的基础上，针对特定目标客户群开发设计并销售的资金投资和管理计划是（　　）。
   A. 目标规划　　　　　　　　　B. 理财计划

C. 理财咨询　　　　　　　　　　　D. 综合理财服务

9. 国家为实现宏观调控总目标和总任务，针对居民收入水平高低、收入差距大小在分配方面制定的政策和方针称为（　　）。

　　A. 货币政策　　　　　　　　　　B. 收入分配政策

　　C. 税收政策　　　　　　　　　　D. 财政政策

10. 反映宏观经济状况的经济指标的运行规律不包括（　　）。

　　A. 通货膨胀率　　　　　　　　　B. 就业率

　　C. 国际收支与汇率　　　　　　　D. 国民收入

11. 当一个经济体出现持续的国际收支顺差，将会导致本币汇率（　　）。

　　A. 降低　　　　B. 贬值　　　　C. 升值　　　　D. 震荡

12. 货币时间价值的影响因素不包括（　　）。

　　A. 收益率或通货膨胀率　　　　　B. 时间

　　C. 单利与复利　　　　　　　　　D. 标准差

13. 肖小姐购买某基金，该基金的分红为每股 2.30 元，预计未来 8 年内以每年 45% 的速度增长，8 年后的分红为每股（　　）元。

　　A. 26.68　　　　B. 44.94　　　　C. 3.335　　　　D. 18.4

14. 黄阿姨将 20000 元进行投资，年利率为 14%，每季度计息一次，5 年后的终值为（　　）。

　　A. 22 800 元　　　B. 25 000 元　　　C. 39 800 元　　　D. 38 508 元

15. 佟女士在去年的今天以每股 7.6 元的价格购买了 2000 股某上市公司的股票，过去一年中得到每股 0.10 元的红利，年底时股票价格为每股 8.4 元，佟女士在持有期的收益率为（　　）。

　　A. 33.3%　　　　B. 10%　　　　C. 10.5%　　　　D. 11.8%

16. 依据所要达到的理财目标，按资产的风险最低与报酬最佳的原则，将资金有效地分配在不同类型的资产上，构建达到增强投资组合报酬与控制风险的资产投资组合称为（　　）。

　　A. 资产规划　　　B. 资产配置　　　C. 资产投资　　　D. 资产管理

17. 常见的资产配置组合模型不包括（　　）。

　　A. 梭镖形　　　B. 纺锤形　　　C. 哑铃形　　　D. 斧头形

18. （　　）是指股票价格的变动是随机、不可预测的。股价的随机变化正表明了市场是正常运作或者说是有效的。

　　A. 随机调整　　　B. 随机漫步　　　C. 随机变化　　　D. 规律游走

19. 下列（　　）不属于市场有效的三个层次。

　　A. 半强型有效市场　　　　　　　B. 弱型有效市场

C. 半弱型有效市场   D. 强型有效市场

20. 考虑到业务开展及政策延续性的需要，银行一般会将一定比例的重要人士纳入客户准入范围，下列（   ）是不属于其范围内的。

     A. 年消费积分达到一定分数且信用良好的银行信用卡持卡人

     B. 贷款金额达到一定额度以上，并且在银行内部有关信息系统及人民银行征信系统中无任何不良记录的贷款客户

     C. 达到小型规模以上的对公客户的高管人员

     D. 国家规定的级别工资高于一定级别以上的高等学校、科研单位、医疗卫生单位、文艺体育单位的工作人员

21. 客户的风险识别就是理财业务人员对客户在理财活动中所面临的各类风险进行系统的（   ）和鉴别的过程。

     A. 调整   B. 整理   C. 归类   D. 分类

22. 根据客户对待投资中风险与收益的态度，可以将客户分为三种类型，下列（   ）不属于三种类型之一。

     A. 风险淡漠型   B. 风险中立型

     C. 风险厌恶型   D. 风险偏爱型

23. 下列关于货币市场的特征描述正确的是（   ）。

     A. 中风险，低收益   B. 期限长

     C. 流动性低   D. 交易量大

24. 大额可转让定期存单的特点不包括（   ）。

     A. 不记名

     B. 交易成本低

     C. 金额较大

     D. 不能提前支取，但是可以在二级市场上流通转让

25. 按投资主体的性质分类，股票包括（   ）。

     A. H 股   B. 无记名股票   C. 国家股   D. 优先股股票

26. 下列不属于按期限不同划分的债券种类的是（   ）。

     A. 不限期债券   B. 中期债券   C. 短期债券   D. 长期债券

27. 外汇市场是指由银行等金融机构、自营交易商、大型跨国企业参与的，通过中介机构或（   ）联结的，以各种货币为买卖对象的交易市场。

     A. 网络系统   B. 邮政系统   C. 电信系统   D. 银行系统

28. 下列（   ）不属于保险产品的功能。

     A. 融通资金   B. 补偿损失

     C. 优化资源配置   D. 转移风险，分摊损失

29. 下列不属于财产保险的是（　　　）。

    A. 信用保险　　　　　　　　　　B. 责任保险

    C. 健康保险　　　　　　　　　　D. 物质财产保险

30. 房地产的投资方式不包括（　　　）。

    A. 房地产信托　　B. 房地产租赁　　C. 房地产购买　　D. 房地产抵押

31. 下列不属于古玩投资特点的是（　　　）。

    A. 风险性高

    B. 投资古玩要有鉴别能力

    C. 交易成本高、流动性低

    D. 价值一般较高，投资者要具有相当的经济实力

32. 在面对通货膨胀压力的情况下，下列资产中保值性最好的是（　　　）。

    A. 股票　　　　B. 古玩　　　　C. 黄金　　　　D. 债券

33. 按照银行业风险属性的分类，信贷资产类理财产品应属于保守、稳健型。这类产品的主要风险不包括（　　　）。

    A. 信用风险　　B. 政策风险　　C. 收益风险　　D. 流动性风险

34. 下列关于另类理财产品的说法错误的是（　　　）。

    A. 另类资产与传统资产以及宏观经济周期的相关性较高，大大降低了资产组合的抗跌性和顺周期性

    B. 大体而言，另类理财产品主要涉及的投资领域有艺术品、饮品（红酒、白酒和普洱茶）和私募股权等

    C. 在任何新兴投资品种的发展初期，都难免遭受金融炒家的炒作，另类资产投资更是如此，谨防由投机造成的该类资产价格的过度波动风险

    D. 另类资产多属于新兴行业或领域，未来潜在的高增长也将会给投资者带来潜在的高收益

35. 2005 年 12 月，银监会允许获得衍生品业务许可证的银行发行（　　　）产品，为中国银行业理财产品的大发展提供了制度上的保证。

    A. 股票类挂钩和权益挂钩　　　　B. 权益挂钩和商品挂钩

    C. 指数类挂钩和商品挂钩　　　　D. 股票类挂钩和商品挂钩

36. 国内银行在推出理财计划时，一般会对投资者进行风险提示。假如 B 银行推出人民币债券理财计划，则其应主要进行（　　　）提示。

    A. 流动性风险和再投资风险　　　B. 利率风险和流动性风险

    C. 汇率风险和利率风险　　　　　D. 汇率风险和信用风险

37. 信托计划到期后由（　　　）根据信托投资情况支付本金和收益。

    A. 保险公司　　B. 商业银行　　C. 证券公司　　D. 信托投资公司

38. 下列（　　）不属于组合投资类理财产品的优点。

    A. 扩大了资金运用范围　　　　　　B. 信息透明度高

    C. 产品期限覆盖面　　　　　　　　D. 广发行主体有充分的主动管理能力

39. 在一定投资期间内，若挂钩外汇在整个期间未曾触及买方所预先设定的两个触及点，则买方将可获得当初双方所协定的回报率是（　　）。

    A. 二触即付期权　　　　　　　　　B. 一触即付期权

    C. 单向不触发期权　　　　　　　　D. 双向不触发期权

40. 另类投资可以采用（　　）策略，以实现以小博大的投资目的。

    A. 买多投资　　　　　　　　　　　B. 卖空投资

    C. 对冲投资　　　　　　　　　　　D. 杠杆投资

41. 在一国境内设置，经批准可以在境外证券市场进行股票、债券等有价证券投资的基金是指（　　）。

    A. ETF　　　　　B. FOF　　　　　C. LOF　　　　　D. QDII

42. 证券投资基金的收益不包括（　　）。

    A. 红利收入　　　　　　　　　　　B. 债券利息

    C. 证券买卖差价　　　　　　　　　D. 金融政策补贴

43. 基金产品主要风险包括（　　）。

    A. 政策风险　　　　　　　　　　　B. 价格波动风险

    C. 通货膨胀风险　　　　　　　　　D. 收益性风险

44. 财产险是目前各家银行大力发展的险种，下列不属于财产险的是（　　）。

    A. 企业财产保险　　　　　　　　　B. 投连险

    C. 房贷险　　　　　　　　　　　　D. 家庭财产险

45. 信托按（　　）可划分为资金信托、动产信托、不动产信托和其他财产信托等。

    A. 流通性的不同　　　　　　　　　B. 关系建立的方式

    C. 财产的不同　　　　　　　　　　D. 委托人或受托人的性质

46. 投资黄金等贵金属的（　　）风险是第一位的。

    A. 流通性　　　　　　　　　　　　B. 市场

    C. 收益　　　　　　　　　　　　　D. 政策性

47. 下列投资对象常常是风险较大的金融产品的基金是（　　）。

    A. 收入型基金　　　　　　　　　　B. 公司型基金

    C. 契约性基金　　　　　　　　　　D. 成长型基金

48. 由政府部门或金融机构公布的信息中获得的宏观经济信息可以称为（　　）。

    A. 初级信息　　　　　　　　　　　B. 政策信息

    C. 次级信息　　　　　　　　　　　D. 财务信息

49. 按时间的长短划分的客户理财所期望达到的目标，不包括（　　）。

    A．长期目标　　B．中期目标　　C．短期目标　　D．不定期目标

50. 下列不属于紧急预备金的存储方式的是（　　）。

    A．活期存款　　　　　　　　　B．短期定期存款

    C．贷款额度　　　　　　　　　D．股票债券投资

51. 一个全面的财务规划不涉及（　　）问题。

    A．人生事件规划　　　　　　　B．保险规划

    C．现金、消费及债务管理　　　D．教育规划

52. 税收规划最基本的原则是（　　），这是由税法的税收法定原则所决定的。

    A．综合性原则　　　　　　　　B．规划性原则

    C．目的性原则　　　　　　　　D．合法性原则

53. 在合理的利率成本下，个人的信贷能力即贷款能力取决于客户收入能力和（　　）。

    A．客户信誉度　　　　　　　　B．客户资产价值

    C．客户负债率　　　　　　　　D．客户个人背景

54. 退休规划的最大影响因素不包括（　　）。

    A．投资报酬率　　　　　　　　B．通货膨胀率

    C．政策因素　　　　　　　　　D．工资薪金收入成长率

55. 下列关于《民法通则》对自然人的民事权利能力和民事行为能力的规定叙述错误的是（　　）。

    A．自然人是基于出生而取得民事主体资格的人

    B．法律赋予自然人参加民事法律关系、享有民事权利、承担民事义务的资格

    C．十六周岁以上的未成年人是限制民事行为能力人，可以进行与他的年龄、智力相适应的民事活动

    D．自然人能够以自己的行为独立参加民事法律关系、行使民事权利和设定民事义务的资格

56. 在（　　）情形下，民事委托代理可以终止。

    A．代理人死亡　　　　　　　　B．代理事物有变

    C．法院取消　　　　　　　　　D．委托事物过多

57. 《中华人民共和国商业银行法》于（　　）起正式实施。

    A．1995 年 7 月 1 日　　　　　　B．1995 年 9 月 1 日

    C．1997 年 7 月 1 日　　　　　　D．1997 年 8 月 15 日

58. 商业银行不可以经营（　　）业务。

    A．办理国内外结算　　　　　　B．发行金融债券

C．从事同业拆借　　　　　　D．证券经营

59．目前，我国大陆地区有 _____ 设立的上海证券交易所和 _____ 设立的深圳证券交易所两家证券交易所。（　　）

A．1987年12月；1990年8月　　B．1990年12月；1991年7月

C．1991年7月；1992年6月　　D．1991年7月；1992年6月

60．证券公司在个人理财中应当妥善保存客户开户资料、委托记录、交易记录和与内部管理、业务经营有关的各项资料，任何人不得隐匿、伪造、篡改或者毁损。上述资料的保存期限（　　）。

A．不得少于十年　　　　　　B．不得少于二十年

C．十五年以上　　　　　　　D．三十年以上

61．下列关于受益人的权利和义务叙述有误的是（　　）。

A．受益人是在信托中享有信托受益权的人

B．受益人自信托生效之日起享有信托受益权

C．受益人不得放弃信托受益权

D．共同受益人按照信托文件的规定享受信托利益

62．2007年2月7日国务院第168次常务会议通过（　　），自2007年4月15日起施行。

A．《中华人民共和国外资银行管理条例》

B．《期货交易管理条例》

C．《证券投资基金销售管理办法》

D．《中华人民共和国民法通则》

63．在个人理财业务中，与以往的银行理财产品相比，代客境外理财产品不具有（　　）特点。

A．资金投资市场在境外

B．资金投资市场在境内

C．可以直接用人民币投资

D．可投资的境外金融产品和境外金融市场有限

64．保险兼业代理许可证的有效期限为 _____ 年，保险兼业代理人应在有效期满前 _____ 个月申请办理换证事宜。（　　）

A．1；2　　　B．2；1　　　C．3；2　　　D．3；1

65．在结汇和境内个人购汇实行年度总额管理时，《个人外汇管理办法实施细则》对个人结汇和境内个人购汇实行年度总额管理。年度总额分别为每人每年等值（　　）。国家外汇管理局可根据国际收支状况，对年度总额进行调整。

A．十万元　　　　　　　　　B．三十万元

C. 三万美元　　　　　　　　　　D. 五万美元

66. 违反规定徇私向亲属、朋友发放贷款或者提供担保造成损失的，应当（　　）。

A. 应当给予纪律处分

B. 构成犯罪的，依法追究刑事责任

C. 承担全部或者部分赔偿责任

D. 处五万元以上五十万元以下罚款

67. 下列说法不正确的是（　　）。

A. 商业银行应尽责履行信息披露义务，向客户充分披露理财资金的投资方向、具体投资品种以及投资比例等有关投资管理信息，并及时向客户披露对投资者权益或者投资收益等产生重大影响的突发事件

B. 理财资金用于投资公开或非公开市场交易的资产组合，商业银行应具有明确的投资标的、投资比例及募集资金规模计划

C. 理财资金用于投资固定收益类金融产品，投资标的市场公开评级在投资级即可

D. 理财资金不得投资于未上市企业的股权和上市公司非公开发行或交易的股份

68. 理财资金不得投资于境内（　　）公开交易的股票或与其相关的证券投资基金。理财资金参与新股申购，应符合国家法律法规和监管规定。

A. 一级市场　　　　　　　　　　B. 三级市场

C. 四级市场　　　　　　　　　　D. 二级市场

69. 理财产品的销售起点金额不得低于（　　）万元人民币（或等值外币）。

A. 三　　　　B. 五　　　　C. 八　　　　D. 十

70. 下列不属于商业银行自主理财产品策略内容的是（　　）。

A. 产品规模　　　　　　　　　　B. 制订新产品开发计划

C. 进行市场分析和业务分析　　　D. 产品数量

71. 下列不是商业银行对客户进行量化评价的指标的是（　　）。

A. 风险度　　　　　　　　　　　B. 交易额

C. 忠诚度　　　　　　　　　　　D. 贡献度

72. 下列说法不正确的是（　　）。

A. 为推动理财业务的发展，一些银行包括分行加强了推进理财业务渠道的推广和营销，其中包括渠道建设、渠道管理、渠道服务支持等

B. 银行可以通过客户经理对客户提供"一对一"的个性化理财服务，对客户经理的绩效进行评定

C. 商业银行理财业务管理流程范围广，层次多。除了上述的管理外，还需要建立文件管理制度、风险防控机制以及客户投诉处理机制等

D. 理财业务管理是一项复杂的管理工程，由于我国商业银行理财业务起步晚，业务发展速度慢，各项管理都在不断完善之中

73. 理财产品销售过程是客户需求满足的过程，（　　）是产品销售的关键。

A. 适应性　　　　　　　　　　B. 适合性

C. 合理性　　　　　　　　　　D. 客户满意度

74. 商业银行应本着符合（　　）的原则，审慎、合规地开发设计理财产品。

A. 风险承受能力　　　　　　　B. 客户利益最大化

C. 资金安全性　　　　　　　　D. 客户利益和风险承受能力

75. 商业银行应根据理财计划或相关产品的风险状况，设置适当的（　　）和销售起点金额。

A. 客户准入门槛　　　　　　　B. 期限

C. 产品价格　　　　　　　　　D. 购买人数

76. 由于市场价格出现不利的变化而导致的风险是指（　　）。

A. 市场风险　　　　　　　　　B. 销售风险

C. 政策风险　　　　　　　　　D. 违约风险和信用风险

77. 风险测量的常用指标不包括产品收益率的（　　）。

A. VaR　　　B. 标准差　　　C. 方差　　　D. QDII

78. 不同类别的理财产品有不同侧重的评估指标。下列说法错误的是（　　）。

A. 汇率类，风险的主要评估主体是存款利率及汇率的变动对收益率的影响

B. 结构类，风险的主要评估主体是产品设计结构、所用金融衍生品的杠杆效应、衍生品组合的收益率等

C. 利率类，风险的主要评估主体是利率波动对收益率的影响

D. 组合类，风险的主要评估主体是产品设计的结构和各种基础资产的比例及各自的风险指标等

79. 商业银行的内部审计部门对个人理财顾问服务的业务审计，应制定审计规范，并保证审计活动的（　　）。

A. 专业性　　　B. 监管性　　　C. 独立性　　　D. 客观性

80. 对于综合理财业务的风险管理，商业银行应建立自上而下的风险管理制度体系，下列相关说法不正确的是（　　）。

A. 商业银行的董事会或高级管理层应确保理财计划的风险管理能够按照规定的程序和方法实施，并明确划分相关部门或人员在理财计划风险管理方面的权限与责任，建立内部独立审计监督机制

B. 商业银行应定期对内部风险监控和审计程序的独立性、充分性、有效性进行审核和测试，商业银行内部监督部门应向董事会和高级管理层提供

独立的综合理财业务风险管理评估报告

C. 商业银行的董事会或高级管理层应根据本行理财计划的发展策略、资本实力和管理能力，确定本行理财计划所能承受的总体风险程度，并明确每个理财计划所能承受的风险程度

D. 商业银行的监管部门应根据商业银行的经营战略、风险管理能力和人力资源状况等，慎重研究决定商业银行是否销售以及销售哪些类型的理财计划

81. 商业银行应采用多重指标管理市场风险限额，下列不属于市场风险限额的是（　　）。

A. 风险价值限额　　　　　　B. 止损限额

C. 错配限额　　　　　　　　D. 期货限额

82. 下列（　　）不属于产品风险的管理分为三个阶段之一。

A. 产品设计风险管理　　　　B. 产品到期风险管理

C. 产品策划风险管理　　　　D. 产品运作风险管理

83. 下列（　　）指由商业银行经营、管理及其他行为或外部事件导致利益相关方对商业银行进行负面评价的风险。

A. 评估风险　　B. 销售风险　　C. 声誉风险　　D. 管理风险

84. 下列不属于客户投诉应遵循的原则是（　　）。

A. 所在机构有明确的客户投诉反馈时限的，应当在反馈时限内答复客户

B. 所在机构没有明确的投诉反馈时限的，可以自行处理向客户反馈情况

C. 在投诉反馈时限内无法拿出意见的，应当在反馈时限内告知客户无法处理投诉处理的情况，并提前告知下一个反馈时限

D. 坚持客户至上、客观公正原则，不轻慢任何投诉和建议

85. 对个人理财投资者教育方向和重点提出指导性原则和意见的是（　　）。

A. 商业银行　　B. 银监会　　C. 教育院系　　D. 行业协会

86. 禁止商业贿赂是《中国银行业从业人员职业操守》中（　　）的要求。

A. 诚实信用　　　　　　　　B. 公平竞争

C. 保护商业秘密和客户隐私　D. 守法合规

87. 下列不属于银行理财产品风险的是（　　）。

A. 操作风险　　B. 销售风险　　C. 延期风险　　D. 信誉度风险

88. 银行业从业人员在接洽业务的过程中，对客户提出明显不合理请求应耐心说明情况，取得理解和谅解是从业人员与客户关系协调处理原则中（　　）的具体体现。

A. 了解客户　　B. 公平对待　　C. 礼貌服务　　D. 娱乐及便利

89. 商业银行应详细记录理财业务人员的培训方式、培训时间及考核结果等，未

达到培训要求的理财业务人员应（　　　）。

    A．暂停从事个人理财业务活动

    B．取消个人理财业务活动资格

    C．取消银行业从业资格

    D．再继续个人理财业务活动的同时接受再培训

90．银行业从业人员面对客户的时候，下列（　　　）是不应该做的。

    A．热情地为客户服务，提供咨询方案以及规避金融、外汇监管的规定

    B．对客户提出的合理要求尽量满足，无法满足的应当耐心说明情况

    C．不歧视客户，公平对待不同民族、性别、年龄的客户

    D．严格为客户交易信息和档案保密

二、多选题（共 40 题，每小题 1 分，共 40 分）以下各小题所给出的五个选项中，有两项或两项以上符合题目的要求，请选择相应选项，多选、错选均不得分。

1．个人理财业务最早在美国兴起，并且首先在美国发展成熟，其发展大致经历了下列（　　　）阶段。

    A．萌芽时期　　　　　　　　B．形成和发展时期

    C．成长时期　　　　　　　　D．成熟时期

    E．衰落时期

2．银行个人理财业务的宏观影响因素主要包括（　　　）。

    A．政治、法律与政策环境　　B．经济环境

    C．社会环境　　　　　　　　D．技术环境

    E．金融市场开放程度

3．宏观经济政策对投资理财的影响具有（　　　）的特点。

    A．针对性　　　B．全面性　　　C．复杂性　　　D．持续性

    E．综合性

4．影响个人理财业务的微观因素包括（　　　）。

    A．金融市场开放程度　　　　B．中介机构发展水平

    C．金融市场价格机制　　　　D．金融市场上的竞争程度

    E．客户对理财业务的认知度

5．专业理财从业人员可根据客户家庭生命周期的不同阶段对客户资产（　　　　）的需求给予配置建议。

    A．保值性　　　　　　　　　B．获利性

    C．流动性　　　　　　　　　D．风险性

    E．收益性

6．投资组合管理的根本任务是对资产组合的选择，整个决策的过程分成五步，

包括（　　　）。

    A. 资产分析　　　　　　　　　　B. 资产组合的调整

    C. 资产组合的评价　　　　　　　D. 资产组合的选择

    E. 资产组合的分析

7. 任何一个理财产品或理财工具都具有（　　　）的三重特征，并在三者之间寻求一个最佳的平衡。

    A. 规模性　　　　　　　　　　B. 风险性

    C. 随机性　　　　　　　　　　D. 收益性

    E. 流动性

8. 影响风险承受能力的因素包括（　　　）。

    A. 年龄　　　　　　　　　　　B. 收入、职业和财富规模

    C. 资金的投资期限　　　　　　D. 主观风险偏好

    E. 理财目标的弹性

9. 银行承兑汇票市场是以银行承兑汇票为交易对象的市场，银行承兑汇票的特点包括（　　　）。

    A. 安全性高　　　　　　　　　B. 信用度好

    C. 灵活性好　　　　　　　　　D. 交易量大

    E. 不记名

10. 按照交易方式划分，金融衍生品可以分为（　　　）。

    A. 期权　　　　　　　　　　　B. 货币

    C. 期货　　　　　　　　　　　D. 远期

    E. 互换

11. 外汇市场的功能包括（　　　）。

    A. 实现同一地区的支付结算　　B. 调剂外汇余缺，调节外汇供求

    C. 运用操作技术规避外汇风险　D. 充当国际金融活动的枢纽

    E. 形成外汇价格体系

12. 短期政府债券的特征包括（　　　）。

    A. 金额较大　　　　　　　　　B. 收入免税

    C. 流动性强　　　　　　　　　D. 违约风险小

    E. 交易成本高

13. 下列属于外汇市场特点的是（　　　）。

    A. 主体可变性　　　　　　　　B. 商品特殊性

    C. 时间连续性　　　　　　　　D. 价格一致性

    E. 空间统一性

14. 当前市场上较为常见的理财产品按投资对象主要分为以下（　　）几类。

A. 债券类理财产品　　　　　　B. 结构性理财产品

C. 组合投资类理财产品　　　　D. 货币型理财产品

E. 信贷资产类理财产品

15. 根据挂钩资产的属性，结构性理财产品大致可以细分为（　　）等。

A. 期货挂钩类　　　　　　　　B. 利率/债券挂钩类

C. 外汇挂钩类　　　　　　　　D. 商品挂钩类

E. 股票挂钩类

16. 银行在发行理财产品的过程中，发布的产品目标客户信息包括（　　）。

A. 客户的资产规模　　　　　　B. 客户从事的职业

C. 客户的信誉情况　　　　　　D. 客户在银行的等级

E. 客户的风险承受能力

17. 下列属于信托产品风险的是（　　）。

A. 项目主体风险　　　　　　　B. 投资项目风险

C. 价格风险　　　　　　　　　D. 流动性风险

E. 信托公司风险

18. 黄金投资的风险性包括（　　）。

A. 信用风险　　B. 市场风险　　C. 经营风险　　D. 通货膨胀风险

E. 流动性风险

19. 银行业从业人员向客户提供财务分析、财务规划的顾问服务时，需要掌握的个人财务报表包括（　　）。

A. 银行交易记录　　　　　　　B. 资产负债表

C. 个人信息表　　　　　　　　D. 近期大笔消费账单

E. 现金流量表

20. 银行从业人员应帮助客户选择最佳的信贷品种和还款方式，使其在有限的收入条件下，既能按期还本付息，又可以用最低的贷款成本实现效用最大化。需要考虑的因素包括（　　）。

A. 还款能力

B. 家庭现有经济实力

C. 预期收支情况

D. 选择贷款期限与首期用款及还贷方式

E. 贷款需求

21. 教育规划可以包括（　　）。

A. 老年人教育规划　　　　　　B. 教育应急规划

C．个人教育投资规划 D．家庭教育规划

E．子女教育规划

22．遗产规划工具主要包括（　　　）。

A．赠与 B．遗嘱

C．遗产信托 D．遗产委任书

E．人寿保险

23．理财顾问业务的流程包括（　　　）。

A．财务规划 B．客户财务分析

C．收集客户信息 D．投资组合

E．绩效评估

24．违约责任的承担形式主要有（　　　）。

A．强制履行 B．定金责任

C．赔偿损失 D．违约金责任

E．采取补救措施

25．商业银行的业务按资金来源和用途可以分为（　　　）类。

A．负债业务 B．营业业务

C．资产业务 D．中间业务

E．管理业务

26．依据《证券法》的有关规定，证券机构主要有（　　　）。

A．证券公司 B．证券服务机构

C．证券业协会 D．证券监督管理机构

E．证券交易所

27．2006 年 12 月（　　　）联合发布《商业银行开办代客境外理财业务管理暂行办法》。

A．中央国务院 B．中国人民银行

C．国家外汇管理局 D．国际外汇管理委员会

E．中国银行业监督管理委员会

28．投资代客境外理财产品主要面临市场风险和信用风险。市场风险是指由于（　　　）等波动的不确定性而造成损失的风险。

A．利率 B．汇率

C．政策 D．股票价格

E．商品价格

29．（　　　）于 2006 年 6 月 15 日联合发布了《关于规范银行代理保险业务的通知》。

A．中国银监会 B．中央国务院

  C．中国保监会   D．中国证监会

  E．中国人民银行

30．期货公司是依照（ ）规定设立的经营期货业务的金融机构。

  A．《期货交易管理条例》 B．《中华人民共和国保险法》

  C．《中华人民共和国公司法》 D．《证券投资基金法》

  E．《中华人民共和国物权法》

31．《关于进一步规范银行代理保险业务管理的通知》的重点在（ ）四个方面。

  A．规范销售行为

  B．建立健全保险业务的管理

  C．建立客户适合度评估制度，防止错误销售

  D．建立尽职调查和后评价制度

  E．加强内控建设，规范操作流程

32．商业银行开展个人理财业务由银行业监督管理机构依据《银行业监督管理法》的规定，实施处罚的违规业务包括（ ）。

  A．未按规定进行风险揭示和信息披露的

  B．违反规定销售未经批准的理财计划或产品的

  C．不具备理财业务人员资格的业务人员向客户提供理财顾问服务、销售理财计划或产品的

  D．提供虚假的成本收益分析报告或风险收益预测数据的

  E．未按规定进行客户评估的

33．理财资金投资管理监管的重点是（ ），也是理财资金使用的重要原则。

  A．风险控制   B．有效性

  C．效率性   D．安全性

  E．合规性

34．在实际销售过程中，检查销售原则的重要标准包括（ ）。

  A．客户拟购买的产品风险评级是否与客户风险承受能力相匹配

  B．风险评估报告是否由客户本人亲自填写并签字确认

  C．对产品适合度是否进行评估，客户是否对评估结果进行签字确认

  D．客户是否已了解产品的特点及潜在的投资风险

  E．产品说明书中须由客户亲自抄录的内容是否由客户亲笔抄录

35．关于理财产品风险评估的定性方法，投资者需对（ ）有一定的认识。

  A．主要风险种类   B．管理者

  C．投资基础资产的性质特点 D．宏观环境

  E．理财产品发行方

36. VaR 方法（Value at Risk）又称为（　　　）。

    A. 在险价值方法   B. 数理统计方法

    C. 风险价值模型   D. 收益率的方差

    E. 受险价值方法

37. 根据监管规定，对于商业银行来说，个人理财业务风险管理的基本要求包括（　　　）。

    A. 商业银行接受客户委托进行投资操作和资产管理等业务活动，应与客户签订合同，确保获得客户的充分授权

    B. 商业银行对各类个人理财业务的风险管理，都应同时满足个人理财顾问服务相关风险管理的基本要求

    C. 商业银行应当制订并落实内部监督和独立审核措施，合规、有序地开展个人理财业务，切实保护客户的合法权益

    D. 商业银行应当具备与管控个人理财业务风险相适应的技术支持系统和后台保障能力，以及其他必要的资源保证

    E. 商业银行应当保存完备的个人理财业务服务记录，并保证恰当地使用这些记录。除法律法规另有规定，或经客户书面同意外，商业银行不得向第三方提供客户的相关资料和服务与交易记录

38. 理财计划的内部监督部门和审计部门应当独立于理财计划的运营部门，适时对理财计划的运营情况进行监督检查和审计，并直接向（　　　）报告。

    A. 行业协会   B. 董事会

    C. 工会   D. 高级管理层

    E. 监管部门

39. 下列对投资者教育功能说法正确的有（　　　）。

    A. 投资者教育有利于提升客户对创新产品的认知能力

    B. 投资者教育可以规范理财市场主体行为，提高金融市场有效性，维护金融稳定

    C. 投资者教育的一个目标是增加银行的利益，促进市场规范发展

    D. 投资者教育可以帮助客户树立正确的理财观，提高客户素质，增强客户的风险意识

    E. 投资者教育有利于增强客户的自我保护能力

40. 银行对个人理财投资者的教育主要包括（　　　）。

    A. 介绍理财业务   B. 接受客户咨询，处理客户投诉

    C. 揭示理财相关风险   D. 宣传相关的政策法规

    E. 普及理财基础知识

三、判断题（共 15 题，每小题 1 分，共 15 分）请对以下各题的描述作出判断，正确用 A 表示，错误用 B 表示。

1. 商业银行为销售储蓄存款产品、信贷产品等进行的产品介绍、宣传和推介等一般性业务咨询活动，均属于理财顾问服务。（　　）

2. 对于个人而言，利率水平的变动会影响人们对投资收益的预期，从而影响其消费支出和投资决策的意愿。（　　）

3. 保险规划具有风险转移和合理避税的功能。（　　）

4. 黄金稀有而且珍贵，具有储藏、保值、获利等金融属性，黄金极易变现，这是当代黄金的货币和金融属性的一个突出表现。（　　）

5. 艺术品投资是一种中短期投资，艺术品投资具有较大的风险，主要体现在流通性强、保管难、价格波动较大。（　　）

6. 另类资产是指除传统股票、债券和现金之外的金融资产和实物资产。（　　）

7. 依据投资目标的不同，基金可以分为主动型基金和被动型基金。（　　）

8. 避税规划，即理财计划采用合法手段，利用税收优惠和税收惩罚等倾斜调控政策，为客户获取税收利益的规划。（　　）

9. 期货公司除经营境内期货经纪业务外，还可以申请经营境外期货经纪、期货投资咨询以及国务院期货监督管理机构规定的其他期货业务。（　　）

10. 涨跌停板，是指合约在 3 个交易日中的交易价格不得高于或者低于规定的涨跌幅度，超出该涨跌幅度的报价将被视为无效，不能成交。（　　）

11. 理财资金可以参与新股申购。（　　）

12. 评估风险指由商业银行经营、管理及其他行为或外部事件导致利益相关方对商业银行进行负面评价的风险。（　　）

13. 信用类风险的主要评估主体是贷款方的信用程度、贷款的使用计划、资金赎回条件等影响其还款的风险等。（　　）

14. 投资的最大特征是用确定的现值牺牲换取可能的不确定的（有风险的）未来收益。（　　）

15. 小宋勤勉谨慎，对所在银行诚实信用，切实履行岗位职责，维护所在机构的商业信誉，这体现了小宋遵守银行从业人员"诚实信用"的要求。（　　）

参考答案及解析

模拟试卷（一）

一、单选题

1.【答案】**C**　根据题干预期未来温和通货膨胀，储蓄和债券应减少配置因净收益将走低；股票应适当增加配置因资金涌入价格上升；黄金应增加配置以规避通货膨胀。

2.【答案】**C**　个人理财过程大致可分为：①评估理财环境和个人条件；②制定个人理财目标；③制订个人理财规划；④执行个人理财规划；⑤监控执行进度和再评估。

3.【答案】**D**　个人理财过程中，个人条件的评估包括对个人资产（如住房、车、收藏、股票、存款等）、负债（如信用卡还款、银行贷款、抵押物等）以及收入（包括预期收入）的评估。

4.【答案】**A**　根据《商业银行个人理财业务管理暂行办法》，个人理财业务是指商业银行为个人客户提供的财务分析、财务规划、投资顾问、资产管理等专业化服务活动。

5.【答案】**B**　个人理财业务相关的监管机构包括中国银行业监督管理委员会、中国证券监督管理委员会、中国保险监督管理委员会、国家外汇管理局等。

6.【答案】**C**　理财顾问服务是指商业银行向客户提供财务分析与规划、投资建议、个人投资产品推介等专业化服务，资产管理是综合理财服务的业务活动。

7.【答案】**D**　20世纪60年代到80年代，通常被认为是个人理财业务的形成与发展时期。

8.【答案】**B**　银行个人理财业务的影响因素，按照影响因素的特征，大致可分为宏观影响因素、微观影响因素和其他影响因素三个层面。

9.【答案】**A**　目前，我国利率尚未完全市场化，我国有关法律明确规定，商业银行不得从事证券和信托业务。

10.【答案】**D**　关于理财顾问服务、私人银行业务和理财计划三者之间，个性化服务特色强弱的对比，其正确的顺序是理财顾问服务＜理财计划＜私人银行业务。

11.【答案】**C**　在基金认购中，在认购期内产生的利息以注册登记中心的记录为准，在基金成立时，自动转换为投资者的基金份额，即利息收入增加了投资者的认购份额。

12.【答案】**B**　生命周期理论是由F·莫迪利安尼与R·布伦博格、A·安多共同创建的。

13.【答案】B 货币之所以具有时间价值是因为：①货币可以满足当前消费或用于投资而产生回报，货币占用具有机会成本；②通货膨胀会致使货币贬值；③投资有风险，需要提供风险补偿。

14.【答案】C 年初的 10 000 元存入银行，当存款利率为 9%的情况下，到年终其价值为 10 900 元，其中 900 元是货币的时间价值。

15.【答案】A 金先生购买的某公司股票，10 年后的股利为：$FV=1.30\times(1+0.35)^{10}=26.14$（元）。

16.【答案】D 朱阿姨想购买某利率为 6%债券，想通过一年的投资得到 3 万元，那么朱阿姨当前的投资应该为：$PV=30\,000/(1+6\%)=28\,302$（元）。

17.【答案】C 复利期间：一年内对金融资产计 m 次复利，t 年后，得到的价值是：

$$FV=C_0\times\left[1+\left(\frac{r}{m}\right)\right]^{mt}=18\,000\times\left[1+\left(\frac{0.16}{2}\right)\right]^{2\times4}=33\,317\ \text{元}$$，周老师投资 4 年后的终值为 33 317 元。

18.【答案】D 根据题干内容苏先生持有期收益为：$(18\times500-15\times500)+(0.5\times500)=1\,750$ 元，持有期收益率为 $1\,750/(15\times500)=23.3\%$。

19.【答案】C 系统性风险具体包括市场风险、利率风险、汇率风险、购买力风险、政策风险等，C 项经营风险属于非系统性风险。

20.【答案】B 如果资产组合中的资产均为有价证券，则该资产组合也可称为证券组合。

21.【答案】C 投资组合管理的根本任务是对资产组合的选择，即确定投资者认为最满意的资产组合。

22.【答案】C 中国银监会在 2005 年 9 月 29 日颁布的《商业银行个人理财业务风险管理指引》中规定保证收益理财计划的起点金额。

23.【答案】A 金融市场的特点包括：①市场商品的特殊性；②市场交易价格的一致性；③市场交易活动的集中性；④交易主体角色的可变性。

24.【答案】B 金融市场的中介大体分为两类：交易中介和服务中介。

25.【答案】C 金融市场的宏观经济功能包括：①资源配置功能；②调节功能；③反映功能。

26.【答案】D 货币市场基金由于具有很强的流动性，收益高于同期银行定期存款，是银行储蓄的良好替代品。

27.【答案】A 债券的收益来源有三个：①利息收益；②资本利得，投资者可以通过债券交易取得买卖差价；③债券利息的再投资收益。

28.【答案】D 以低于面值的价格发行，即贴现发行，到期按面值偿还，面值与发行价之间的差额，即为债券利息。这是国库券的发行和定价方式。

29.【答案】C 20世纪90年代初，衍生品市场与股票市场一起随着我国金融体制的市场化改革开始出现。

30.【答案】C 金融期权有四种基本的交易策略，即买进看涨期权、卖出看涨期权、买进看跌期权、卖出看跌期权。

31.【答案】B 伦敦是世界最大的外汇交易中心，东京是亚洲地区最大的外汇交易中心，纽约则是北美洲最活跃的外汇市场。

32.【答案】C 远期外汇市场是指远期外汇交易的场所，又叫期汇交易市场，是外汇投机的主要手段之一。目前我国尚未对个人开设此项业务。

33.【答案】C 我国银行理财产品市场的发展，第二阶段为2005年11月至2008年中期。这一阶段属于银行理财产品市场的发展阶段，主要特点为产品数量飙升、产品类型日益丰富和资金规模屡创新高等。

34.【答案】D 投资顾问是指为商业银行理财产品所募集资金（如理财资金成立的信托财产）投资运作提供咨询服务、承担日常的投资运作管理的第三方机构，如基金、阳光私募基金、资产管理公司、证券公司、信托公司等。

35.【答案】A 债券型理财产品的特点是产品结构简单、投资风险小、客户预期收益稳定。债券型理财产品的市场认知度高，客户容易理解。

36.【答案】D 结构性理财产品的主要风险有：①挂钩标的物的价格波动；②本金风险；③收益风险；④流动性风险。

37.【答案】C 2005年年初出现了国内首个人民币结构性理财产品，以人民币本金投资，利用海外成熟的金融市场分享国际市场金融产品的收益。

38.【答案】C 由于货币型理财产品的投资方向是具有高信用级别的中短期金融工具，所以其信用风险低，流动性风险小，属于保守、稳健型产品。

39.【答案】C 《关于规范信贷资产转让及信贷资产类理财业务有关事项的通知》要求，信贷资产类理财产品通过资产组合管理的方式投资于多项信贷资产，理财产品的期限与信贷资产的剩余期限存在不一致时，应将不少于30%的理财资金投资于高流动性、本金安全程度高的存款、债券等产品。

40.【答案】A 最终汇率收盘价高于触发汇率，总回报＝保证投资金额×（1＋潜在回报率）；否则，总回报＝保证投资金额×（1＋最低回报率）。因此，题中产品的总回报＝20×（1＋6%）＝21.2（万元）。

41.【答案】C 银行代理理财产品销售基本原则包括适用性原则和客观性原则。

42.【答案】A 基金的特点包括：①集合理财、专业管理；②组合投资、分散投资；③利益共享、风险共担；④严格监管、信息透明；⑤独立托管、保障安全。

43.【答案】B 基金可以根据募集方式不同，分为公募基金和私募基金。

44.【答案】C FOF是一种专门投资于其他证券投资基金的基金，它并不直接投资股票或债券，其投资范围仅限于其他基金。

45.【答案】D 根据证监会公布的基金"一对多"合同内容与格式准则，单个"一对多"账户人数上限为 200 人，每个客户准入门槛不得低于 100 万元，每年至多开放一次，开放期原则上不得超过 5 个工作日。

46.【答案】A 基金赎回是指在基金存续期间，将手中持有的基金份额按一定价格卖给基金管理人并收回现金的行为。

47.【答案】B 债券投资的风险因素有价格风险、再投资风险、违约风险、赎回风险、提前偿付风险和通货膨胀风险。

48.【答案】C 客户信息可以分为定量信息和定性信息。

49.【答案】A 财务信息是银行从业人员制订个人财务规划的基础和根据，决定了客户的目标和期望是否合理，以及完成个人财务规划的可能性。

50.【答案】C 客户的风险特征可以由以下三个方面构成：①风险偏好；②风险认知度；③实际风险承受能力。

51.【答案】B 在对客户全面了解的基础上，理财顾问服务的下一个流程就是具体财务规划的制订。

52.【答案】B 预算的控制中，认知需要＝储蓄动机＋开源节流的努力方向。

53.【答案】C 目的性原则是税收规划最根本的原则，是由税法基本原则中的税收公平原则所决定的。税收规划的目的就是节税，从业人员在制订税收规划时应该有很强的为客户减轻税负、取得节税收益的动机，从而降低税收成本以达到总体效益的最大化，在合法性原则下这是完全合理的，也是客户最本质的目的。

54.【答案】C 保险规划的风险体现在：①未充分保险的风险；②过分保险的风险；③不必要保险的风险。

55.【答案】B 个人理财业务活动中法律关系的主体有两个：商业银行和客户。

56.【答案】C ABD 三项都是用来进行投资的工具。

57.【答案】D 诚实信用原则是指民事活动中，民事主体应该诚实、守信用，正当行使权利和义务。诚实信用原则是民事活动中最核心、最基本的原则。

58.【答案】A 《民法通则》第三十六条规定，法人是具有民事权利能力和民事行为能力，依法独立享有民事权利和承担民事义务的组织。

59.【答案】B 《商业银行法》第二条规定，商业银行是依照《商业银行法》和《公司法》的规定设立的吸收公众存款、发放贷款、办理结算等业务的企业法人。

60.【答案】A 流动性资产是指在 1 个月内能够变现（收回来）的放款和国债资产，流动性负债是指在 1 个月内要偿还的负债。

61.【答案】B 《商业银行法》第七十四条规定：未经批准设立分支机构的由国务院银行业监督管理机构责令改正，有违法所得的，没收违法所得，违法所得五十万元以上的，并处违法、所得一倍以上五倍以下罚款；没有违法所得或者违法所得不足五十万元的，处五十万元以上二百万元以下罚款；情节特别严重或者逾期不改正的，可以责令停业整顿或者吊销其经营许可证；构成犯罪的，依法追究刑事责任。

62.【答案】C　2003年12月27日，第十届全国人民代表大会常务委员会第六次会议通过《中华人民共和国银行业监督管理法》（以下简称《银行业监督管理法》），并于2004年2月1日起施行；2006年10月31日第十届全国人民代表大会常务委员会第二十四次会议通过关于修改《银行业监督管理法》的决定，自2007年1月1日起施行。

63.【答案】B　操纵市场的手段主要包括：①单独或通过合谋，集中资金优势、持股优势或利用信息优势联合或连续买卖，操纵证券交易价格或证券交易量；②与他人串通，以事先约定的时间、价格和方式相互进行证券交易，影响证券交易价格或证券交易量；③在自己实际控制的账户之间进行证券交易，影响证券交易价格或证券交易量；④其他手段操纵证券市场。

64.【答案】C　《证券投资基金法》于2003年10月28日第十届全国人民代表大会常务委员会第五次会议通过，并于2004年6月1日起施行。

65.【答案】C　按照我国《保险法》第二十六条规定：人寿保险以外的其他保险的被保险人或者受益人，向保险人请求赔偿或者给付保险金的诉讼时效期间为两年，自其知道或者应当知道保险事故发生之日起计算。

66.【答案】B　《个人所得税法》第一条规定，在中国境内有住所，或者无住所而在境内居住满一年的个人，从中国境内和境外取得的所得，依照本法规定缴纳个人所得税。

67.【答案】D　截至2009年12月31日，以银监会为主的监管机构共颁布与银行理财产品相关的《商业银行个人理财业务风险管理指引》主要涉及的内容包括：对个人理财顾问服务的风险管理、综合理财服务的风险管理和理财产品的风险管理进行了指导。

68.【答案】D　商业银行开展其他不需要审批的个人理财业务，应按照相关规定及时向中国银行业监督管理委员会或其派出机构报告的材料包括：①理财计划的可行性评估报告，主要内容包括产品属性、目标客户群、拟销售的时间和规模、拟销售的地区、产品投向、投资组合安排、银行资金成本与收益测算、含有预期收益率的理财计划的收益测算方式和测算依据、产品风险评估管控措施等；②内部相关部门审核文件；③商业银行就理财计划对投资管理人、托管人、投资顾问等相关方的尽职调查文件；④商业银行就理财计划与投资管理人、托管人、投资顾问等相关方签署的法律文件；⑤理财计划的销售文件，包括产品协议书、产品说明书、风险揭示书、客户评估书等需要客户进行签字确认的销售文件；⑥理财计划的宣传材料，包括银行营业网点、银行官方网站和银行委托第三方网站向客户提供的产品宣传材料，以及通过各种媒体投放的产品广告等；⑦报告材料联络人的具体联系方式；⑧中国银监会及其派出机构要求的其他材料。

69.【答案】B 商业银行个人理财业务人员的要求可以分为资格要求、教育培训要求以及考核要求三个方面。

70.【答案】C 商业银行开展个人理财业务的基本条件包括：①关于机构设置与业务申报材料；②关于业务制度建设的要求；③关于理财业务人员的要求。

71.【答案】A 年度报告和相关报表（一式三份），应于下一年度的2月底前报中国银行业监督管理委员会。

72.【答案】B 理财资金用于投资单一借款人及其关联企业银行贷款，或者用于向单一借款人及其关联企业发放信托贷款的总额不得超过发售银行资本净额的10%。

73.【答案】A 在理财计划的存续期内，商业银行应向客户提供其所持有的所有相关资产的账单，账单应列明资产变动、收入和费用、期末资产估值等情况。账单提供应不少于两次，并且至少每月提供一次。商业银行与客户另有约定的除外。

74.【答案】A 理财业务的出发点是客户需求。影响客户理财业务需求的因素很多，实际操作中，商业银行可以根据多个维度对客户进行分层。在大多数情形下，商业银行一般会根据客户的资产（包括金融资产和其他资产）规模对客户进行分层，在分层的基础上调查客户需求的共性。

75.【答案】D 在对理财产品命名时，不得使用带有诱惑性、误导性和承诺性的称谓和蕴涵潜在风险或易引发争议的模糊性语言。

76.【答案】C 理财顾问与综合理财服务业务风险主要在于产品属性（风险与收益）与客户风险偏好（承受能力）类型的错配风险。

77.【答案】D 投资管理风险主要包括理财资金投资管理人的投资管理风险与交易对手方风险。

78.【答案】B 影响理财产品的宏观因素包括社会环境、政府法律环境、经济环境、技术环境等。

79.【答案】D 销售风险，指不实或夸大宣传、以模拟测算的收益替代预期收益、隐瞒市场重大变化、营销人员素质不高等问题都有可能造成对投资者的误导和不当销售。

80.【答案】C 政策风险，指由于国家各种货币政策、财政政策、产业政策的变化而导致的风险。

81.【答案】B 市场风险，指市场价格出现不利的变化而导致的风险。这也是理财产品面临的最常见的风险。题干中所述事件表现了银行理财产品具有市场风险。

82.【答案】B 商业银行应综合分析所销售的投资产品可能对客户产生的影响，确定不同投资产品或理财计划的销售起点。保证收益理财计划的起点金额，人民币应在五万元以上，外币应在五千美元（或等值外币）以上。

83.【答案】C VaR方法有三个优点：①VaR模型测量风险简洁明了，统一了风险计量标准，管理者和投资者较容易理解掌握；②可以事前计算，降低市场风险；③确

定必要资本及提供监管依据。

84.【答案】A　中国银行业协会于2006年6月6日成立了银行业从业人员资格认证委员会，并制定了中国银行业从业人员资格认证（Certification of China Banking Professional，CCBP）制度。

85.【答案】B　CCBP由中国银行业协会银行业从业人员资格认证委员会领导实施，下设中国银行业从业人员资格认证专家委员会（以下简称专家委员会）和中国银行业从业人员资格认证办公室（以下简称认证办公室）。专家委员会是实施认证制度的专业咨询机构；认证办公室是实施认证制度的日常工作机构。中国银行业从业人员资格是中国境内银行业的基本从业标准。

86.【答案】B　恪守诚实信用，保持品行正直，毫无疑问是银行业从业人员首先应当具备的职业操守。

87.【答案】C　声誉是银行的生命线，其风险很可能置银行于倒闭的边缘。个人理财服务直接关系到客户的财富安全，银行业从业人员诚信与否直接关系到客户对银行的信任度，直接影响银行的声誉。

88.【答案】D　银行业从业人员岗位职责要求包括：①熟知业务；②岗位职责；③信息披露；④信息保密；⑤内幕交易；⑥协助执行。

89.【答案】A　银行业从业人员应当勤勉谨慎，对所在机构负有诚实信用义务，切实履行岗位职责，维护所在机构的商业信誉。《商业银行个人理财业务管理暂行办法》明确规定，开展理财业务应当遵守审慎尽责的原则。

90.【答案】C　商业银行应详细记录理财业务人员的培训方式、培训时间及考核结果等，未达到培训要求的理财业务人员应暂停其从事个人理财业务活动。

二、多选题

1.【答案】BDE　个人理财是指客户根据自身生涯规划、财务状况和风险属性，制订理财目标和理财规划，执行理财规划，实现理财目标的过程。

2.【答案】BCD　私人银行业务具有的特征是：①准入门槛高；②综合化服务；③重视客户关系。

3.【答案】AB　基金可分配收益也称基金净收益，是基金收益扣除按照国家规定可以扣除的费用等项目后的余额。基金收益分配一般有分配现金（现金分红）和分配基金单位（红利再投资）两种形式。

4.【答案】ABCE　D项不正确，20世纪80年代末到90年代是我国商业银行个人理财业务的萌芽阶段。

5.【答案】ABCDE　中国银行业协会综合考虑了客户使用的易读性与便利性等因素，制订了《商业银行理财客户风险评估问卷基本模板》。该模板涵盖了客户财务状况、投资经验、投资风格、投资目标和风险承受能力五大模块。

6.【答案】ABCDE 在实际理财业务过程中，商业银行往往按照人们的主观风险偏好类型和程度将投资者的理财风格分为五种类型，包括：①进取型；②成长型；③平衡型；④稳健型；⑤保守型。

7.【答案】ABCDE 资产配置的基本步骤为：①了解客户属性；②生活设计与生活资产储备；③风险规划与保障资产储备；④建立长期投资储备；⑤建立多元化的产品组合。

8.【答案】ABDE 非系统性风险也称微观风险，是因个别特殊情况造成的风险，它与整个市场没有关联，具体包括财务风险、经营风险、信用风险、偶然事件风险等。

9.【答案】ABCDE 参与金融市场交易的当事人是金融市场的主体，包括企业、政府及政府机构、中央银行、金融机构、居民个人。

10.【答案】ACDE 货币市场工具包括政府发行的短期政府债券、商业票据、可转让的大额定期存单以及货币市场共同基金等。

11.【答案】BCD H股、N股、S股等为境外上市股票，其中，H股为在中国香港上市的股票，N股为在美国纽约上市的股票，S股为在新加坡上市的股票。

12.【答案】ACDE 期货交易的主要制度包括：①保证金制度；②每日结算制度；③持仓限额制度；④大户报告制度；⑤强行平仓制度。

13.【答案】ABCDE 保险的相关要素包括：①保险合同；②投保人；③保险人；④保险费；⑤保险标的；⑥被保险人；⑦受益人；⑧保险金额。

14.【答案】CDE 在产品要素中，与理财产品开发主体相关的信息主要包括理财产品发行人、托管机构和投资顾问等。

15.【答案】BDE 债券型理财产品是以国债、金融债和中央银行票据为主要投资对象的银行理财产品。

16.【答案】BCD 利率/债券挂钩类理财产品，挂钩标的必定将是一组或多组利率/债券，其挂钩标的有：伦敦银行同业拆放利率、国库券、公司债券。

17.【答案】ABCE 银行代理黄金业务种类包括：条块现货、黄金基金、金币、纸黄金。对普通投资者而言，实物黄金和纸黄金是较为理想的黄金投资渠道，但黄金饰品对家庭理财没有太大意义，因为黄金饰品的价格包含了加工成本。

18.【答案】BE 保险规划具有风险转移和合理避税的功能；投保是为了转移风险，而不是消除风险，在发生保险事故时可以获得经济补偿。

19.【答案】ABCDE 一个全面的财务规划涉及现金、消费及债务管理，保险规划，税收规划，人生事件规划及投资规划等财务安排问题。

20.【答案】ACD 为了控制费用与投资储蓄，银行从业人员应该建议客户在银行开立三种类型的账户包括：①定期投资账户；②扣款账户；③信用卡账户。

21.【答案】ABCE 保险规划的主要步骤包括：①确定保险标的；②选定保险产

品；③确定保险金额；④明确保险期限。

22.【答案】ABCDE　生命周期理论指出，个人是在相当长的时间内计划他的消费和储蓄行为的，在整个生命周期内实现消费和储蓄的最佳配置。也就是说，一个人将综合考虑其即期收入、未来收入、可预期的开支以及工作时间、退休时间等因素来决定目前的消费和储蓄。

23.【答案】ABDE　税收规划的原则包括：①合法性原则；②目的性原则；③规划性原则；④综合性原则。

24.【答案】ABCE　商业银行和客户是两个平等的民事主体，商业银行为客户进行的财务分析、财务规划、投资顾问、资产管理等专业化服务活动，是基于二者之间确定的民事活动。

25.【答案】ACDE　平等的民事法律主体之间进行的民事法律活动，应当遵循民事法律的自愿、公平、等价有偿、诚实信用的原则。

26.【答案】ABE　《民法通则》对自然人的民事行为能力根据自然人的年龄和智力状况作了如下分类：第一，完全民事行为能力人。十八周岁以上的公民是成年人，具有完全民事行为能力，可以独立进行民事活动，是完全民事行为能力人。十六周岁以上不满十八周岁的公民，以自己的劳动收入为主要生活来源的，视为完全民事行为能力人。第二，限制民事行为能力人。十周岁以上的未成年人是限制民事行为能力人，可以进行与他的年龄、智力相适应的民事活动；其他民事活动由他的法定代理人代理，或者征得他的法定代理人的同意。不能完全辨认自己行为的精神病人是限制民事行为能力人，可以进行与他的精神健康状况相适应的民事活动；其他民事活动由他的法定代理人代理，或者征得他的法定代理人的同意。第三，无民事行为能力人。不满十周岁的未成年人是无民事行为能力人，由他的法定代理人代理民事活动。不能辨认自己行为的精神病人是无民事行为能力人，由他的法定代理人代理民事活动。无民事行为能力人、限制民事行为能力人的监护人是他的法定代理人。个人理财业务的客户应当是完全民事行为能力的自然人，以及无民事行为能力人、限制民事行为能力人的法定代理人。

27.【答案】ABDE　《民法通则》以法人活动的性质为标准，将法人分为企业法人、机关法人、事业单位法人和社会团体法人。

28.【答案】ABD　根据代理权产生的根据不同，可以将代理分为委托代理、法定代理和指定代理。《民法通则》第六十四条规定："代理包括委托代理、法定代理和指定代理。委托代理人按照被代理人的委托行使代理权，法定代理人依照法律的规定行使代理权，指定代理人按照人民法院或者指定单位的指定行使代理权。"

29.【答案】BCDE　应当先履行债务的当事人，有确切证据证明对方有下列情形之一的，可以中止履行：①经营状况严重恶化；②转移财产、抽逃资金，以逃避债务；③丧失商业信誉；④有丧失或者可能丧失履行债务能力的其他情形。

30.【答案】ACDE 商业银行实行自主经营,自担风险,自负盈亏,自我约束经营模式。

31.【答案】BCDE 商业银行有下列行为之一,对存款人或者其他客户造成财产损害的,应当承担支付延迟履行的利息以及其他民事责任:无故拖延或者拒绝支付存款本金和利息的;违反票据承兑等结算业务规定,不予兑现,不予收付入账,压单、压票或者违反规定退票的;非法查询、冻结、扣划个人储蓄存款或者单位存款的;违反《商业银行法》的规定对存款人或者其他客户造成其他损害的。

32.【答案】ABCDE 2009年12月31日,以银监会为主的监管机构共颁布与银行理财产品相关的九个通知涉及的主要内容包括产品的风险管理、报备制度、投资方向、信息披露制度和投资者的风险评估等。

33.【答案】ABCD 个人理财业务年度报告应全面反映本年度个人理财业务的发展情况,理财计划的销售情况、投资情况、收益分配情况,以及个人理财业务的综合收益情况等,并附年度报表。

34.【答案】BCDE 对于商业银行违反个人理财业务投资管理规定的,监管部门将依据《银行业监督管理法》的有关规定,追究发售银行高级管理层、理财业务管理部门及相关风险管理部门、内部审计部门负责人的相关责任,暂停该机构发售新的理财产品。

35.【答案】ABCDE 银行理财产品风险可以分为以下几类:①政策风险;②违约风险和信用风险;③市场风险;④流动性风险;⑤提前终止风险;⑥销售风险;⑦操作风险;⑧交易对手管理风险;⑨延期风险;⑩不可抗力及意外事件风险。

36.【答案】ABCE 不可抗力及意外事件风险,指自然灾害、战争等不能预见、不能避免、不能克服的不可抗力事件或系统故障、通信故障、投资市场停止交易等意外事件的出现,可能对理财产品的产品成立、投资运作、资金返还、信息披露造成影响,甚至可能导致理财产品收益降低乃至本金损失。

37.【答案】ABCE 评估通用的指标理财产品在各种情况下的预期收益率以及收益率期望,包括预期收益率、超额收益率、最高收益率、最低收益率。

38.【答案】CDE 客户可以从三个渠道获得产品信息,即发售机构的网站、柜台和第三方理财服务机构。

39.【答案】ABCDE 商业银行个人理财业务从业人员应当具备的基本条件有以下几点:①对与个人理财业务活动相关法律法规、行政规章和监管要求等,有充分的了解和认识;②遵守监管部门和商业银行制定的个人理财业务人员职业道德标准、行为守则;③掌握所推介产品或向客户提供咨询顾问意见所涉及产品的特性,并对有关产品市场有所认识和理解;④具备相应的学历水平和工作经验;⑤具备相关监管部门要求的行业资格;⑥具备中国银行业监督管理委员会要求的其他资格条件。

40.【答案】BDE 社会保险是指通过国家立法形式,以劳动者为保障对象,政

府强制实施，提供基本生活需要的一种保障制度，具有非营利性、社会公平性和强制性等特点。

三、判断题

1.【答案】B 以基金份额、服权出质的，质权自证券登记登记结算机构办理出质登记时设立。

2.【答案】B 如果就业率不断走低，社会人才供过于求、失业人数不断增加，预期未来家庭收入存在不确定性，那么个人理财策略可以偏于保守，更多配置防御性资产如储蓄产品等，以避免投资损失使家庭本来已经不佳的经济状况雪上加霜。

3.【答案】B 资产配置组合模型中哑铃形的资产结构中，低风险、低收益的储蓄债券资产与高风险、高收益的股票基金资产比例相当，占主导地位，而中风险、中收益的资产占比最低。

4.【答案】B 短期政府债券具有违约风险小、流动性强、交易成本低和收入免税的特点。

5.【答案】B B股是以人民币标明面值，以外币认购和买卖，在上海和深圳两个证券交易所上市交易的股票。

6.【答案】B 银行理财产品按期次性可分为两种：期次类和滚动发行。

7.【答案】B 依据投资理念不同，基金可以分为主动型基金和被动型基金。基金按照收益凭证是否可以赎回，分为开放式基金和封闭式基金。

8.【答案】B 国内理财顾问业务流程图中，完成第一步收集客户信息后，第二步应为客户财务分析。

9.【答案】A

10.【答案】B 《商业银行法》规定商业银行的资金只能投资国债资产，而不能投资公司债券，以保证银行资产在投资上的绝对安全。

11.【答案】B 商业银行应按季度对个人理财业务进行统计分析，并于下一季度的第一个月内，将有关统计分析报告（一式三份）报送中国银行业监督管理委员会。

12.【答案】B 流动性风险，指同样投资标的的理财产品一般期限越长流动性越差，所以作为对流动性的补偿，预期收益会相对高一些。

13.【答案】B 商业银行应当明确个人理财业务人员与一般产品销售和服务人员的工作范围界限，禁止一般产品销售人员向客户提供理财投资咨询顾问意见、销售理财计划。

14.【答案】B 由于客户的个人和财务资料只能通过与客户沟通获得，所以也称为初级信息。

15.【答案】B 对于频繁被客户投诉、投诉事实经查实的理财业务人员，应将其调离理财业务岗位，情节严重的应予以纪律处分。

模拟试卷（二）

一、单选题

1.【答案】D　根据管理运作方式，商业银行个人理财业务可分为理财顾问服务与综合理财服务两大类。

2.【答案】A　个人理财过程大致可分为：①评估理财环境和个人条件；②制定个人理财目标；③制订个人理财规划；④执行个人理财规划；⑤监控执行进度和再评估。

3.【答案】C　C项不正确，私人银行业务是仅面向高端客户提供的服务。

4.【答案】B　个人理财在国外的发展中，通常认为20世纪90年代是个人理财业务日趋成熟的时期，许多人涌入个人理财行业。

5.【答案】B　商业银行将按照与客户事先约定的投资计划和方式进行投资和资产管理的业务活动，属于受托性质。

6.【答案】D　影响个人理财业务的宏观因素众多，包括政治、法律、政策环境，经济环境，社会环境和技术环境等，这些因素通过各自渠道直接或间接影响到个人理财业务的发展。

7.【答案】A　综合理财服务是指商业银行在向客户提供理财顾问服务的基础上，接受客户的委托和授权，按照与客户事先约定的投资计划和方式进行投资和资产管理的业务活动。

8.【答案】C　银行个人理财业务的宏观经济政策包括财政政策、货币政策、收入分配政策和税收政策。

9.【答案】D　按照美国学者罗斯托（Rostow）的观点，世界各国的经济发展可分为以下五个阶段：①传统经济社会；②经济起飞前的准备阶段；③经济起飞阶段；④迈向经济成熟阶段；⑤大量消费阶段。

10.【答案】D　当预期未来本币升值时，个人理财策略调整的思路是增加本币储蓄配置，增加股票配置，减少外汇配置。

11.【答案】C　利率对于个人理财策略来说是最基础、最核心的影响因素之一，几乎所有的理财产品都与利率有着或多或少的联系，利率水平的变动对各种理财产品的风险和收益状况产生着重要影响。

12.【答案】C　家庭形成期至家庭衰老期，随客户年龄的增大，投资股票等风险资产的比重应逐步降低。

13.【答案】A　时间的长短是影响货币时间价值的首要因素，时间越长，货币时间价值越明显。

14.【答案】A　货币的时间价值，是指货币经历一定时间的投资（再投资）所增加的价值，或者是指货币在使用过程中由于时间因素而形成的增值。根据题干，年初的

10 000 元投入股市，当收益率为 15%的情况下，到年终其价值为 11 500 元，因此 1 500 元是货币的时间价值。

15.【答案】D 王先生购买 3 万元某债券，该债券利率为 11%，一年后将会得到：$FV=30 000×（1+11%）=33 300（元）$。

16.【答案】D 有效年利率的计算公式为：$EAR=\left[1+\left(\frac{r}{m}\right)\right]^m-1=\left[1+\left(\frac{0.18}{4}\right)\right]^m-1=19.25\%$，孙先生投资的有效年利率为 19.25%。

17.【答案】B 系统性风险也称宏观风险，是指由于某种全局性的因素而对所有投资品的收益都会产生作用的风险，具体包括市场风险、利率风险、汇率风险、购买力风险、政策风险等。

18.【答案】D 现代资产组合理论是由美国经济学家哈里·马柯维茨提出的。1952 年，哈里·马柯维茨在《投资组合选择》一文中，第一次提出了现代投资组合理论。

19.【答案】C 投资组合管理的整个决策过程分成五步：资产分析、资产组合分析、资产组合选择、资产组合评价和资产组合调整。

20.【答案】D 市场有效的三个层次之间的关系是：强型有效市场包含半强型有效市场，半强型有效市场包含弱型有效市场。

21.【答案】D 金银等贵金属，安全性高、收益性中等，但是流动性低，变现能力较差。

22.【答案】B 根据对义务性支出和选择性支出的不同态度，可以划分为后享受型、先享受型、购房型和以子女为中心型四种比较典型的理财价值观。

23.【答案】C C 项错误，应为金融市场是金融资产进行交易的有形和无形的"场所"。

24.【答案】C 理财顾问服务是指商业银行向客户提供的财务分析与规划、投资建议、个人投资产品推介等专业化服务。C 项资产管理属于综合理财服务。

25.【答案】D 短期政府债券具有违约风险小、流动性强、交易成本低和收入免税的特点。

26.【答案】B 境外主要股票价格指数有道琼斯股票价格平均指数、标准普尔股票价格指数、纳斯达克综合指数、《金融时报》股票价格指数、恒生股票价格指数和日经 225 股价指数。

27.【答案】B 债券市场的功能有：①债券市场是债券流通和变现的场所；②债券市场是聚集资金的重要场所；③债券市场能够反映企业经营实力和财务状况；④债券是中央银行对金融进行宏观调控的重要场所。

28.【答案】D 金融衍生品的市场功能包括：①转移风险；②价格发现；③提高交易效率；④优化资源配置。

29.【答案】D 期货交易的主要制度主要包括：①保证金制度；②每日结算制

度；③持仓限额制度；④大户报告制度；⑤强行平仓制度。

30.【答案】C 空间统一性和时间连续性是外汇市场的特点。所谓空间统一性是指由于各国外汇市场都用现代化的通信技术（电话、电报、电传等）进行外汇交易，因此它们之间的联系非常紧密，形成一个统一的世界外汇市场。所谓时间连续性是指世界上的各个外汇市场在营业时间上相互交替，形成一种前后继起的循环作业格局。

31.【答案】B 保险的相关要素包括：①保险合同；②投保人；③保险人；④保险费；⑤保险标的；⑥被保险人；⑦受益人；⑧保险金额。

32.【答案】A 上海黄金交易所规定参加交易的金条成色有 4 种规格：>99.99%、>99.95%、>99.9%、>99.5%。

33.【答案】A 银行理财产品要素所包含的信息可以分为三大类：产品开发主体信息、产品目标客户信息和产品特征信息。

34.【答案】B 银行理财产品按交易类型可分为两类：开放式产品和封闭式产品。

35.【答案】C 2002 年，我国第一个银行理财产品问世，标志着银行个人理财业务达到了新的水平。由于当时的个人投资产品种类少、收益低，银行理财产品以其较高的收益水平和合适的风险程度受到广大个人投资者的普遍欢迎。

36.【答案】D 实际理财天数＝31＋30＋31＋30＋31＋31＝184（天），理财收益：理财金额×年收益率×实际理财天数/365＝20000×4%×184/365＝403.29（元）。

37.【答案】C 信贷资产类产品对银行和信托公司而言，都属于表外业务，贷款的信用风险完全由购买理财产品的投资者承担。一旦用款单位出现还款风险，担保人又不能如期履行担保责任，将会给购买理财产品的投资者带来风险，银行业与信托业虽然对此不负有偿还义务，但也将面临系统性的声誉风险。

38.【答案】A 按照银行业风险属性的分类，信贷资产类理财产品应属于保守、稳健型。这类产品的主要风险有：信用风险、收益风险、流动性风险。

39.【答案】C 伦敦银行同业拆放利率（LIBOR）是全球贷款方及债券发行人的普遍参考利率，是目前国际间最重要和最常用的市场基准利率。

40.【答案】B 外汇挂钩类理财产品的回报率取决于一组或多组外汇的汇率走势，即挂钩标的是一组或多组外汇的汇率，如美元/日元、欧元/美元等。对于这样的产品我们称为外汇挂钩类理财产品。我国外汇挂钩类理财产品中，通常挂钩的一组或多组外汇的汇率大都依据东京时间下午 3 时整在路透社或彭博社相应的外汇展示页中的价格而厘定。

41.【答案】B 银行代理理财产品销售基本原则包括适用性原则和客观性原则，题干内容属于其适用性原则。

42.【答案】C 基金通过汇集众多中小投资者的小额资金，形成较大的资金实力，将资金资产分别配置到股票、债券等多种资产上，通过有效的资产组合降低投

资风险。这体现了基金组合投资、分散投资的特点。

43.【答案】D 成长型基金与收入型基金的区别：①投资目的不同；②投资工具不同；③资产分布不同；④派息情况不同。

44.【答案】D ETF 的申购赎回必须以一篮子股票换取基金份额或者以基金份额换回一篮子股票，这是 ETF 有别于其他开放式基金的主要特征之一。

45.【答案】D 银行的基金代销流程包括：基金开户、认购、申购、赎回、转换和分红。

46.【答案】B 进行基金投资，投资者首先需要开立基金交易账户和基金 TA 账户。

47.【答案】C 分红险的收益来源于死差益、利差益和费差益所产生的可分配盈余。

48.【答案】C 理财顾问服务的特点包括：①顾问性；②专业性；③综合性；④制度性；⑤长期性。

49.【答案】D 为了控制费用与投资储蓄，银行从业人员应该建议客户在银行开立三种类型的账户包括：①定期投资账户；②扣款账户；③信用卡账户。

50.【答案】A 保险规划的主要步骤包括：①确定保险标的；②选定保险产品；③确定保险金额；④明确保险期限。

51.【答案】A 税收规划的基本内容包括：①避税规划；②节税规划；③转嫁规划。

52.【答案】A 客户在退休规划中的误区有：①计划开始太迟；②对收入和费用的估计太乐观；③投资过于保守。

53.【答案】A 个人资产负债表的资产项目包括流动资产、投资、实际财产、个人财产等类别。BCD 三项属于个人资产负债表中的负债项目。

54.【答案】D 税收规划的原则包括：①合法性原则；②目的性原则；③规划性原则；④综合性原则。

55.【答案】B 《个人外汇管理办法实施细则》规定，个人提取外币现钞当日累计等值 1 万美元以下（含）的，可以在银行直接办理；超过上述金额的，凭本人有效身份证件、提钞用途证明等材料向银行所在地外汇局事前报备。银行凭本人有效身份证件和经外汇局签章的《提取外币现钞备案表》为个人办理提取外币现钞手续。

56.【答案】A 在商业银行个人理财业务中，民事法律关系的主体就是商业银行和个人客户。

57.【答案】C 民事代理制度是最重要的民事法律制度之一。个人理财业务中客户委托商业银行理财，实质就是商业银行代理客户理财，客户和商业银行就是委托和代理关系。个人理财中民事代理的特征：①代理人须在代理权限内实施代理行为；②代理人须以被代理人的名义实施代理行为。③代理行为必须是具有法律效力的行为；④代理行为须直接对被代理人发生效力；⑤代理人在代理活动中具有独立的法律地位。

58.【答案】B 《中华人民共和国合同法》规定，合同履行的抗辩权包括：①同时履行抗辩权；②先履行抗辩权；③不安抗辩权。

59.【答案】B 《商业银行法》第十一条规定：设立商业银行，应当经国务院银行业监督管理机构审查批准。未经国务院银行业监督管理机构批准，任何单位和个人不得从事吸收公众存款等商业银行业务，任何单位不得在名称中使用"银行"字样。

60.【答案】D 商业银行在经营活动中的"三性"原则，即安全性原则、流动性原则和效益性原则。

61.【答案】B 负债业务，即商业银行通过一定的形式组织资金来源的业务。主要包括吸收公众存款、发放金融债券、从事同业拆借等，其中吸收公众存款是最主要的负债业务。

62.【答案】B 《中华人民共和国保险法》于1995年6月30日第八届全国人民代表大会常务委员会第十四次会议通过，并于1995年10月1日起施行。

63.【答案】C 《中华人民共和国个人所得税法》第二条规定，下列各项个人所得，应纳个人所得税：①工资、薪金所得；②个体工商户的生产、经营所得；③对企事业单位的承包经营、承租经营所得；④劳务报酬所得；⑤稿酬所得；⑥特许权使用费所得；⑦利息、股息、红利所得；⑧财产租赁所得；⑨财产转让所得；⑩偶然所得；⑪经国务院财政部门确定征税的其他所得。《个人所得税法》第四条规定保险赔款免纳个人所得税。

64.【答案】D 《中华人民共和国个人所得税法》规定有下列情形之一的，经批准可以减征个人所得税：①残疾、孤老人员和烈属的所得；②因严重自然灾害造成重大损失的；③其他经国务院财政部门批准减税的。ABC项属于免征个人所得税的情形。

65.【答案】D 中间业务是商业银行不运用自己的资金，而代理客户承办支付和其他委托事项并从中收取手续费的业务。主要包括办理国内外结算、代理发行、代理兑付、承销政府债券、代理买卖外汇、提供信用证服务及担保、代理收付款项及代理保险业务等。银行开展个人理财业务就是经国务院银行业监督管理机构批准的一项银行中间业务。

66.【答案】B 关于建立健全基金销售相关管理制度的规定：①原则要求。基金管理人、代销机构应当建立健全并有效执行基金销售业务制度和销售人员的持续培训制度，加强对基金销售业务合规运作和销售人员行为规范的检查和监督；②账户制度。基金管理人、代销机构应当建立完善的基金份额持有人账户和资金账户管理制度，以

及基金份额持有人资金的存取程序和授权审批制度；应当在有证券投资基金托管业务资格的商业银行开立与基金销售有关的账户，并由该银行对账户内的资金进行监督。基金管理人应当将基金募集期间募集的资金存入专门账户，在基金募集行为结束前，任何人不得动用；③档案管理制度。基金管理人、代销机构应当建立健全档案管理制度，妥善保管基金份额持有人的开户资料和与销售业务有关的其他资料，保存期不少于十五年。

67.【答案】D 《民法通则》第六十三条规定，公民、法人可以通过代理人实施民事法律行为。代理人在代理权限内，以被代理人的名义实施民事法律行为。被代理人对代理人的代理行为，承担民事责任。依照法律规定或者按照双方当事人约定，应当由本人实施的民事法律行为，不得代理。题目中李某的父母与李某之间属于代理关系。

68.【答案】C 《商业银行开办代客境外理财业务管理暂行办法》第二十六条规定，商业银行购买境外金融产品，必须符合中国银监会的相关风险管理规定。中国银监会根据相关法律法规，对商业银行代客境外理财业务的风险进行监管。

69.【答案】A 银信合作产品投资于权益类金融产品或具备权益类特征的金融产品，且聘请第三方投资顾问的，应提前 10 个工作日向监管部门事前报告。

70.【答案】D 中国银行业监督管理委员会及其派出机构可以采用多样化的方式进行调查的事项包括：①商业银行从事产品咨询、财务规划或投资顾问服务业务人员的专业胜任能力、操守情况，以及上述服务对投资者的保护情况；②商业银行接受客户的委托和授权，按照与客户事先约定的投资计划和方式进行资产管理的业务活动，客户授权的充分性与合规性，操作程序的规范性，以及客户资产保管人员和账户操作人员职责的分离情况等；③商业银行销售和管理理财计划过程中对投资人的保护情况，以及对相关产品风险的控制情况。

71.【答案】B 商业银行开展个人理财业务对直接负责的董事、高级管理人员和其他直接责任人员进行处理，构成犯罪的，依法追究刑事责任法人违规业务包括：①违规开展个人理财业务造成银行或客户重大经济损失的；②未建立相关风险管理制度和管理体系，或虽建立了相关制度但未实际落实风险评估、监测与管控措施，造成银行重大损失的；③泄露或不当使用客户个人资料和交易信息记录造成严重后果的；④利用个人理财业务从事洗钱、逃税等违法犯罪活动的；⑤挪用单独管理的客户资产的。

72.【答案】D 银监会办公厅 2007 年 11 月 28 日下发的《关于调整商业银行个人理财业务管理有关规定的通知》规定，理财产品存续期内，如发生重大收益波动、异常风险事件、重大产品赎回、意外提前终止和客户集中投诉等情况，各商业银行应及时报告中国银监会或其派出机构。

73.【答案】C 商业银行应在向信托公司出售信贷资产、票据资产等资产后的

10个工作日内，书面通知债务人资产转让事宜，保证信托公司真实持有上述资产。

74.【答案】B 商业银行调查的信息包括客户群对理财产品收益率的要求、客户群对理财产品流动性的要求、客户群风险整体承受能力以及客户群对理财产品需求规模的预估等。

75.【答案】C 理财产品销售过程是客户需求满足的过程，适合性是产品销售的关键，在实际业务操作过程中，应遵守"适合的理财产品应在适合的营业网点由适合的销售人员销售给适合的客户"的原则进行产品销售。

76.【答案】A 理财产品按基础资产分类及其相应特点如下：①信用类，有信用风险，指借款人因各种原因未能及时、足额偿还债务或银行贷款而违约的可能性；②利率类，有利率风险，指市场利率波动所带来的不确定性风险；③汇率类，有汇率风险，指因汇率波动所蒙受损失的可能性；④股票类，有股票价格风险，指资本市场变动和股票本身价格的波动所带来的风险；⑤商品类，有商品价格风险，指由市场或其他因素引起的商品价格波动的可能性。A项不属于理财产品按基础资产划分的类型。

77.【答案】B 银行理财产品风险可以分为以下几类：①政策风险；②违约风险和信用风险；③市场风险；④流动性风险；⑤提前终止风险；⑥销售风险；⑦操作风险；⑧交易对手管理风险；⑨延期风险；⑩不可抗力及意外事件风险。

78.【答案】C 违约风险和信用风险，指当商业银行提供信贷资产转让项目和新增贷款项目以及企业信托融资项目时,客户面临信托融资项目用款人的信用违约的风险。

79.【答案】A B项违反了"勤勉尽职"的要求；C项违反了"保护商业秘密和客户隐私"的要求；D项目违反了"守法合规"的要求。

80.【答案】C 评估通用的指标理财产品在各种情况下的预期收益率以及收益率期望，包括预期收益率、超额收益率、最高收益率、最低收益率。

81.【答案】A 收益类型说明了产品的风险。常见的收益类型包括保本国家收益（保证收益）、保本浮动收益、非保本浮动收益。

82.【答案】B 商业银行应当对个人理财业务实行全面、全程风险管理。个人理财业务的风险管理，既应包括商业银行在提供个人理财顾问服务和综合理财服务过程中面临的法律风险、操作风险、声誉风险等主要风险，也应包括理财计划或产品包含的相关交易工具的市场风险、信用风险、操作风险、流动性风险以及商业银行进行有关投资操作和资产管理中面临的其他风险。

83.【答案】B 建立银行内部监督审核机制对于降低个人理财顾问服务的法律风险、操作风险和声誉风险十分重要。

84.【答案】A 银行业从业人员应当以高标准的职业道德规范行事，品行正直，恪守诚实信用的原则。

85.【答案】B　银行业从业人员必须遵守的从业基本准则是：①诚实信用；②守法合规；③专业胜任；④勤勉尽职；⑤保护商业秘密和隐私；⑥公平竞争；⑦职业形象。

86.【答案】D　专业胜任作为从业基本准则，是指导银行业从业人员应当具备岗位所需的专业知识、资格与能力。

87.【答案】D　信息保密是银行业从业人员应当妥善保存客户资料及其交易信息档案。在受雇期间及离职后，均不得违反法律法规和所在机构关于客户隐私保护的规定，透露任何客户资料和交易信息。

88.【答案】B　商业银行开展个人理财业务有下列情形之一，并造成客户经济损失的，应按照有关法律法规的规定或者合同的约定承担责任：①商业银行未保存有关客户评估记录和相关资料，不能证明理财计划或产品的销售是符合客户利益原则的；②商业银行未按客户指令进行操作，或者未保存相关证明文件的；③不具备理财业务人员资格的业务人员向客户提供理财顾问服务、销售理财计划或产品的。

89.【答案】A　按照我国《保险法》第二十六条规定：人寿保险以外的其他保险的被保险人或者受益人，向保险人请求赔偿或者给付保险金的诉讼时效期间为两年，自其知道或者应当知道保险事故发生之日起计算。人寿保险的被保险人或者受益人向保险人请求给付保险金的诉讼时效期间为五年，自其知道或者应当知道保险事故发生之日起计算。

90.【答案】A　商业银行与客户接触最广，因此是投资者教育的最主要的实施主体，而投资者教育是其不可推卸的社会责任。

二、多选题

1.【答案】ACD　银行往往根据客户类型进行业务分类。按照这种分类方式，理财业务可分为理财业务（服务）、财富管理业务（服务）和私人银行业务（服务）三个层次，银行为不同客户提供不同层次的理财服务。

2.【答案】AC　按照客户对象不同，综合理财服务可以分为理财计划和私人银行业务两类。

3.【答案】ABCD　社会文化环境主要是指一个国家、地区或民族的文化传统，如风俗习惯、伦理道德观念、价值观念、宗教信仰、审美观、语言文字等。

4.【答案】ABDE　当预期未来利率水平上升时，个人理财的策略是本币储蓄增加配置；基金和房产减少配置；债券和股票减少配置；股票和外汇减少配置。

5.【答案】BCE　生命周期理论是由F·莫迪利安尼、R·布伦博格和A·安多共同创建的。

6.【答案】ABCDE　《个人所得税法》第二条规定：下列各项个人所得，应纳个人所得税：①工资、薪金所得；②个体工商户的生产、经营所得；③对企事业单位的承包经营、承租经营所得；④劳务报酬所得；⑤稿酬所得；⑥特许权使用费所得；

⑦利息、股息、红利所得；⑧财产租赁所得；⑨财产转让所得；⑩偶然所得；⑪经国务院财政部门确定征税的其他所得。

7.【答案】ABCE 系统性风险具体包括市场风险、利率风险、汇率风险、购买力风险、政策风险等，D 项财务风险属于非系统性风险。

8.【答案】ABCDE 无差异曲线具有如下特点：①落在同一条无差异曲线上的组合有相同的满意程度，而落在不同的无差异曲线上的组合有不同的满意程度，因而一个组合不会同时落在两条不同的无差异曲线上，也就是说不同的无差异曲线不会相交；②无差异曲线的位置越高，它带来的满意程度就越高。对一个特定的投资者，他的所有无差异曲线形成一个曲线族；③无差异曲线的条数是无限的而且密布整个平面；④无差异曲线是一簇互不相交的向上倾斜的曲线。一般情况下曲线越陡，表明风险越大，要求的边际收益率补偿越高。

9.【答案】ABCD 影响房地产价格的因素很多，主要有：①行政因素；②社会因素；③经济因素；④自然因素。

10.【答案】CE 金融市场的中介在资金融通过程中，中介在资金供给者与资金需求者之间起着媒介或桥梁的作用。金融市场的中介大体分为两类：交易中介和服务中介。

11.【答案】BCE 商业票据是大公司为了筹措资金，以贴现的方式出售给投资者的一种短期无担保信用凭证。它具有期限短、成本低、方式灵活、利率敏感、信用度高等特点。商业票据的市场主体包括发行者、投资者和销售商。

12.【答案】ABDE 根据发行主体不同，债券可划分为政府债券、金融债券、公司债券和国际债券等。

13.【答案】ABCDE 金融期权的要素包括：①基础资产；②期权的买方；③期权的卖方；④执行价格；⑤到期日；⑥期权费。

14.【答案】BCD 对于投资者而言，购买债券型理财产品面临的最大风险来自利率风险、汇率风险和流动性风险。

15.【答案】CDE 银行理财产品要素所包含的信息可以分为三大类：产品开发主体信息、产品目标客户信息和产品特征信息。其中产品开发主体信息包括发行人、托管机构和投资顾问等与产品开发相关的主体；产品目标客户信息是产品的销售对象，包括适合的客户群特征，如客户风险承受能力、客户资产规模、客户在银行的等级、产品发行地区、资金门槛（起售金额）和最小递增金额等；产品特征信息包括产品的资产主类、风险等级、委托币种、产品结构、收益类型、交易类型、预期收益率、银行终止权、客户赎回权、委托期限、起息日期、到期日期、付息日期、起售日等。

16.【答案】ABCDE 私募理财产品的投资范围包括股票、债券及债券回购、权证、开放式基金、封闭式基金、指数型 LOF 与 ETF 等。

17.【答案】ABCD 按照投资对象不同，基金可以分为股票型基金、债券型基

金、混合型基金、货币市场基金。

18.【答案】ABCDE　债券投资的风险因素有价格风险、再投资风险、违约风险、赎回风险、提前偿付风险和通货膨胀风险。

19.【答案】CDE　理财顾问服务是指商业银行向客户提供的财务分析与规划、投资建议、个人投资产品推介等专业化服务。

20.【答案】BCE　个人现金流量表可以作为衡量个人是否合理使用其收入的工具，还可以为制订个人理财规划提供以下帮助：①有助于发现个人消费方式上的潜在问题；②有助于找到解决这些问题的方法；③有助于更有效地利用财务资源。

21.【答案】CDE　客户的风险特征可以由以下三个方面构成：①风险偏好；②风险认知度；③实际风险承受能力。

22.【答案】BCDE　现金管理是对现金和流动资产的日常管理。其目的在于：①满足日常的、周期性支出的需求；②满足应急资金的需求；③满足未来消费的需求；④满足财富积累与投资获利的需求。

23.【答案】BCD　一个完整的退休规划，包括工作生涯设计、退休后生活设计及自筹退休金部分的储蓄投资设计。

24.【答案】ABCDE　《民法通则》确定了进行民事活动的基本原则，内容包括公民和法人的法律地位、民事法律行为、民事代理制度、民事权利和民事责任等内容。

25.【答案】BCDE　《民法通则》第三十七条规定，法人应当具备下列条件：①依法成立；②有必要的财产或者经费；③有自己的名称、组织机构和场所；④能够独立承担民事责任。

26.【答案】ABCDE　《中华人民共和国公司法》规定，有下列情形之一的，合同无效：①一方以欺诈、胁迫的手段订立合同，损害国家利益；②恶意串通，损害国家、集体或者第三人利益；③以合法形式掩盖非法目的；④损害社会公共利益；⑤违反法律、行政法规的强制性规定。

27.【答案】ABCDE　商业银行实行自主经营，自担风险，自负盈亏，自我约束，在经营活动中要坚持以下原则：①"三性"原则，即安全性原则、流动性原则和效益性原则；②业务往来遵循平等、自愿、公平和诚实信用原则；③保障存款人的合法权益不受侵犯的原则；④公平竞争原则；⑤依法经营，不得损害社会公益的原则；⑥严格贷款的资信担保、依法按期收回贷款本息原则。

28.【答案】ACDE　对在中华人民共和国境内设立的金融资产管理公司、信托投资公司、财务公司、金融租赁公司以及经国务院银行业监督管理机构批准设立的其他金融机构的监督管理，适用《银行业监督管理法》对银行业金融机构监督管理的规定。

29.【答案】ABCDE　投资咨询机构、财务顾问机构、资信评级机构、资产评估机构、会计师事务所从事证券服务业务，必须经国务院证券监督管理机构和有关主管部门批准。

30.【答案】ACD 信托，是指委托人基于对受托人的信任，将其财产权委托给受托人，由受托人按委托人的意愿以自己的名义，为受益人的利益或者特定目的，进行管理或者处分的行为。信托的当事人包括委托人、受托人、受益人。

31.【答案】BDE 《信托法》的调整对象是信托关系，其范围涵盖了民事信托、营业信托、公益信托。

32.【答案】ABD 除了选项ABD外，商业银行个人理财业务的政策监管还包括：①商业银行利用理财顾问服务向客户推介投资产品时，应了解客户的风险偏好、风险认知能力和承受能力，评估客户的财务状况，提供合适的投资产品由客户自主选择，并应向客户解释相关投资工具的运作市场及方式，揭示相关风险。商业银行应妥善保存有关客户评估和顾问服务的记录，并妥善保存客户资料和其他文件资料；②商业银行开展个人理财业务，在进行相关市场风险管理时，应对利率和汇率等主要金融政策的改革与调整进行充分的压力测试，评估可能对银行经营活动产生的影响，制定相应的风险处置和应急预案。商业银行不应销售压力测试显示潜在损失超过商业银行警戒标准的理财计划；③商业银行开展个人理财业务，可根据相关规定向客户收取适当的费用，收费标准和收费方式应在与客户签订的合同中明示。商业银行根据国家有关政策的规定，需要统一调整与客户签订的收费标准和收费方式时，应将有关情况及时告知客户；除非在相关协议中另有约定，商业银行根据业务发展和投资管理情况，需要对已签订的收费标准和收费方式进行调整时，应获得客户同意；④商业银行开展个人理财服务，发现客户有涉嫌洗钱、恶意逃避税收管理等违法违规行为的，应按照国家有关规定及时向相关部门报告。

33.【答案】ABCDE 通常，伦敦银行同业拆放利率报出的利率有：隔夜（两个工作日）、7天、1个月、3个月、6个月和1年，超过1年以上的长期利率，则视对方的资信、信贷的金额和期限等情况另定。

34.【答案】ABCD 商业银行在向客户销售理财产品前，应按照"了解你的客户"原则，充分了解客户的财务状况、投资目的、投资经验、风险偏好、投资预期等情况，建立客户资料档案。

35.【答案】ABDE 销售人员应在了解客户的年龄、职业、资金来源等基本情况以及客户的理财需求的基础上应向客户充分说明理财产品的投资期限、投资标的、收益计算公式、投资风险等要素。

36.【答案】ABCDE 商业银行个人理财业务管理范围较广，其中包括组织结构、绩效管理、渠道管理、产品开发策略、IT系统开发管理、文件管理、资金管理、客户关系管理等。

37.【答案】ABCD 近年来，一些银行通过包括网点理财区建设、自助设备、

网上银行、手机银行等多种手段来推广个人理财业务。

38.【答案】ACDE 保守秘密和隐私的要求,在国外是非常严格的,银行业从业人员对自己的家人、朋友,即使是没有任何利益关系的人,都必须遵守;但在国内,很多从业人员不够重视,无意识甚至有意识地造成客户信息和隐私外泄的情况时有发生,导致客户难以信任银行,不愿意全面提供相关资料,进而使得银行无法提供适合的理财方案。

39.【答案】ABCE 从业人员与客户关系协调处理原则包括:①了解客户;②礼貌服务;③公平对待;④风险提示;⑤利益冲突;⑥礼物收送;⑦娱乐及便利;⑧客户投诉。

40.【答案】ABCDE 违约责任的承担形式主要有:①违约金责任;②赔偿损失;③强制履行;④定金责任;⑤采取补救措施。

三、判断题

1.【答案】B 财富管理客户的客户等级高于理财业务客户但低于私人银行客户,服务种类超过理财业务客户但少于私人银行业务客户。

2.【答案】A

3.【答案】A

4.【答案】B 按照金融工具发行和流通特征,金融市场划分为发行市场、二级市场、第三市场和第四市场。按照交易标的物的不同,金融市场划分为货币市场、资本市场、金融衍生品市场、外汇市场、保险市场和黄金及其他投资品市场。

5.【答案】B 货币市场工具包括短期政府债券而不是长期政府债券。

6.【答案】A

7.【答案】A

8.【答案】B 商业银行在理财顾问中的服务不包括专业咨询。

9.【答案】B 证券公司包括两类,实行分类管理:一类是综合类证券公司,依法可以经营证券承销、自营和经纪等业务;另一类是经纪类证券公司,依法专门从事证券经纪业务。

10.【答案】A

11.【答案】B 商业银行可以独立对理财资金进行投资管理,也可以委托经相关监管机构批准或认可的其他金融机构对理财资金进行投资管理。

12.【答案】A

13.【答案】B 个人理财顾问服务可能对商业银行法律风险、声誉风险等产生重要影响。

14.【答案】A

15.【答案】A

模拟试卷（三）

一、单选题

1. **【答案】C** 个人理财业务具有批量大、风险低、业务范围广、经营收益稳定等优势，在商业银行业务发展中占据着重要地位。个人理财业务的发展将决定银行挖掘个人优质客户资源的能力，从而影响到商业银行的竞争力。

2. **【答案】C** 基金认购采用"金额认购、面额发行"的原则，即认购以金额申请，认购的有效份额按实际确认的认购金额在扣除相应的费用后，以基金份额面值为基准计算。

3. **【答案】D** 私人银行业务具有的特征是：①准入门槛高；②综合化服务；③重视客户关系。

4. **【答案】C** 在国外个人理财业务发展中，20世纪30年代到60年代通常被认为是个人理财业务的萌芽时期。

5. **【答案】C** 银监会于2005年9月发布了《商业银行个人理财业务管理暂行办法》，界定了商业银行个人理财业务范畴，规范了商业银行个人理财业务管理。

6. **【答案】B** 理财顾问服务是指商业银行向客户提供的财务分析与规划、投资建议、个人投资产品推介等专业化服务。

7. **【答案】D** 收藏品、房地产的流动性低于一般金融产品。房地产投资品单位价值高，且无法转移，其流动性较弱，特别是在市场不景气时期，变现难度更大。

8. **【答案】C** 由于税收政策直接关系投资收益与成本，因此其对个人和家庭的投资策略具有直接的影响。

9. **【答案】C** 在金融危机时期，许多国家由于本币贬值导致个人和家庭资产严重缩水，经济陷入困境。若一个家庭持有一定比例的外汇资产，则金融危机对这个家庭的损害就可以有效地减少。

10. **【答案】B** 人口环境对个人理财业务的影响表现在规模与结构两个方面。人口总量的增长会导致对金融业务和金融产品的需求量增大。

11. **【答案】C** 预期未来出现通货紧缩的情况下，理财策略应该调整为减少储蓄配置、减少债券配置和适当增加股票配置。

12. **【答案】B** 时间价值既是资源稀缺性的体现，也是人类心理认知的反应，表明在信用货币体制下，现在的货币在价值上总是高于未来等额的货币。

13. **【答案】B** 刘小姐计划购买的股票价格 $PV = \dfrac{FV}{(1+r)^t} = \dfrac{60}{(1+0.38)^6} = 8.70$（元）的时候能实现6年后的股利为60元的预期。

14. **【答案】B** 年金现值的公式为：

$$PV=\left(\frac{C}{r}\right)\times\left[1-\frac{1}{(1+r)^{t}}\right]=\left(\frac{1500}{0.09}\right)\times\left[1-\frac{1}{(1+0.09)^{15}}\right]=12\ 100\ \text{元}，\text{文女士这笔年}$$
金的现值为 12 100 元。

15.【答案】A 非系统性风险也称微观风险，是因个别特殊情况造成的风险，它与整个市场没有关联，具体包括财务风险、经营风险、信用风险、偶然事件风险等。

16.【答案】C 无差异曲线具有如下特点：①落在同一条无差异曲线上的组合有相同的满意程度，而落在不同的无差异曲线上的组合有不同的满意程度，因而一个组合不会同时落在两条不同的无差异曲线上，也就是说不同的无差异曲线不会相交；②无差异曲线的位置越高，它带来的满意程度就越高。对一个特定的投资者，他的所有无差异曲线形成一个曲线族；③无差异曲线的条数是无限的而且密布整个平面；④无差异曲线是一簇互不相交的向上倾斜的曲线。一般情况下曲线越陡，表明风险越大，要求的边际收益率补偿越高。

17.【答案】A 强型有效市场包含半强型有效市场，半强型有效市场包含弱型有效市场。

18.【答案】B B项错误，应为购房型，投资：中短期表现稳定基金；保险：短期储蓄险或房贷寿险。

19.【答案】D 影响风险承受能力的因素包括：①年龄；②受教育情况；③收入、职业和财富规模；④资金的投资期限；⑤理财目标的弹性；⑥主观风险偏好；⑦其他影响因素。

20.【答案】B 在实际理财业务过程中，商业银行往往按照人们的主观风险偏好类型和程度将投资者的理财风格分为五种类型，包括：①进取型；②成长型；③平衡型；④稳健型；⑤保守型。

21.【答案】D 客户风险评估常见的评估方法包括：①定性方法和定量方法；②客户投资目标；③对投资产品的偏好；④概率和收益的权衡。

22.【答案】B 资产配置的基本步骤为：①了解客户属性；②生活设计与生活资产储备；③风险规划与保障资产储备；④建立长期投资储备；⑤建立多元化的产品组合。

23.【答案】C 金融市场的微观经济功能包括：①集聚功能；②财富功能；③避险功能；④交易功能。调节功能是宏观经济功能的内容之一。

24.【答案】A 作为一种理财产品，债券具有以下四个特征：①偿还性；②流动性；③安全性；④收益性。

25.【答案】B 金融衍生品的特性表现在：①可复制性；②杠杆特征。

26.【答案】D 即期外汇市场是外汇市场上最经济、最普通的形式，这个市场容量巨大，交易活跃而且报价容易，易于捕捉行情，是最主要的外汇市场形式。

27.【答案】C 保险产品可按照保险标的划分为人身保险、财产保险与投资型保险产品。

28.【答案】B 房地产投资的特点包括：①价值升值效应；②财务杠杆效应；③变现性相对较差；④政策风险。

29.【答案】C 在我国上市公司的股票中，按照股票是否流动可将其分为流通股及非流通股两大类。其中，流通股股票是指在上海证券交易所、深圳证券交易所及北京两个法人股系统STAQ、NET上流通的股票。非流通股股票主要是指在上市公司的股票中，暂时不能上市流通的国家股和法人股。

30.【答案】B 金融市场的客体是金融市场的交易对象，即金融工具，包括同业拆借、票据、债券、股票、外汇和金融衍生品等。A项既是金融市场主体，又是金融市场中介；C项属于金融市场中介；D项属于金融市场主体。

31.【答案】D 大户报告制度是与持仓限额制度紧密相关的防范大户操纵市场价格、控制市场风险的制度，实施大户报告制度，可以使交易所对持仓量较大的会员或客户进行重点监控，了解其持仓动向、意图，对于有效防范市场风险有积极作用。

32.【答案】A 影响黄金价格的因素包括：①供求关系及均衡价格；②通货膨胀；③利率；④汇率。

33.【答案】A 产品目标客户信息包括客户风险承受能力、客户资产规模、客户在银行的等级、产品发行地区、资金门槛（起售金额）和最小递增金额等。

34.【答案】B B项错误，债券型理财产品的特点是产品结构简单、投资风险小、客户预期收益稳定。

35.【答案】A 债券型理财产品资金主要投向银行间债券市场、国债市场和企业债市场。银行募集客户资金，进行统一投资，产品到期之后向客户一次性归还本金和收益。

36.【答案】B 债券挂钩类理财产品主要是指在货币市场和债券市场上进行交换和交易，并由银行发行的理财产品。其特点是收益不高，但非常稳定，一般投资期限固定，不得提前支取。

37.【答案】A QDII即合格境内机构投资者，是在我国境内设立，经中国有关部门批准从事境外证券市场的股票、债券等有价证券业务的证券投资基金；QFII是合格的境外投资者，是在境外设立，经我国有关部门批准在境内从事股票、债券等有价证券业务的证券投资基金投资。

38.【答案】A 国内的银行理财产品已逐步涉及另类理财产品市场，但由于该类产品的投资群体多为私人银行客户，受限于私人银行业务的私密性，另类理财产品的信息透明度较低。

39.【答案】A 市场风险表现为：如果在理财期内，市场利率上升，该产品的收益率不随市场利率上升而提高。

40.【答案】B 根据监管要求，理财产品的销售起点金额不得低于5万元人民币

（或等值外币）。在实际销售过程中，商业银行往往根据产品目标客户限定资金门槛和最小递增金额。

41.【答案】C　基金是通过发行基金份额或收益凭证，将投资者分散的资金集中起来，由专业管理人员投资于股票、债券或其他金融资产，并将投资收益按持有者投资份额分配给持有者的一种利益共享、风险共担的金融产品。

42.【答案】D　依据投资理念不同，基金可以分为主动型基金和被动型基金。

43.【答案】A　目前银行代理国债的种类有三种：凭证式国债、无记名（实物）国债、记账式国债。

44.【答案】D　信托按关系建立的方式可分为任意信托和法定信托。

45.【答案】C　银行代理黄金业务的种类包括：条块现货、黄金基金、金币、纸黄金。对普通投资者而言，实物黄金和纸黄金是较为理想的黄金投资渠道，但黄金饰品对家庭理财没有太大意义，因为黄金饰品的价格包含了加工成本。

46.【答案】C　按照投资对象不同，基金可以分为股票型基金、债券型基金、混合型基金、货币市场基金。其中股票型基金以股票为主要投资对象，股票投资比重不得低于60%，具有高风险、高收益的特征。

47.【答案】A　依据投资目标的不同，基金可分为成长型基金、收入（收益）型基金和平衡型基金。

48.【答案】B　在客户信息收集中，客户的个人和财务资料通过与客户沟通获得的叫做初级信息。

49.【答案】A　预算编制的程序包括：①设定长期理财规划目标；②预测年度收入；③算出年度支出预算目标；④对预算进行控制与差异分析。

50.【答案】A　银行业从业人员在制订投资规划时首先要考虑的是某种投资工具是否适合客户的财务目标。要做到这一点，银行业从业人员就要熟悉各种投资工具的特性和投资基本理论。

51.【答案】C　分析客户的风险特征从客户的风险偏好、客户的风险认知度和客户的实际风险承受能力三个方面入手。

52.【答案】A　规划性原则是税收规划最有特色的原则，这是由作为税收基本原则的社会政策原则所引发的。

53.【答案】D　根据题干中王小姐的情况，其购买保险的需求主要是储蓄性需求，所以应该选择人身保险，且以寿险为主。

54.【答案】C　制订保险规划的原则有：①转移风险的原则；②量力而行的原则；③分析客户保险需要。

55.【答案】A　民事法律行为是指公民或者法人设立、变更、终止民事权利和民事义务的合法行为。

56.【答案】C 《民法通则》规定，民事代理的法律责任有：①没有代理权、超越代理权或者代理权终止后的行为，只有经过被代理人的追认，被代理人才承担民事责任。未经追认的行为，由行为人承担民事责任。本人知道他人以本人名义实施民事行为而不作否认表示的，视为同意；②代理人不履行职责而给被代理人造成损害的，应当承担民事责任；③代理人和第三人串通，损害被代理人的利益的，由代理人和第三人负连带责任；④第三人知道行为人没有代理权、超越代理权或者代理权已终止还与行为人实施民事行为给他人造成损害的，由第三人和行为人负连带责任；⑤代理人知道被委托代理的事项违法仍然进行代理活动的，或者被代理人知道代理人的代理行为违法不表示反对的，由被代理人和代理人负连带责任。

57.【答案】C 为了适应竞争的需要，商业银行可以在我国境内外设立分支机构，商业银行设立分支机构须有一定的资本，商业银行总行应当按照《商业银行法》和银行章程的规定向分行拨付营运资金，拨付给分支机构的营运资金额的总和，不得超过商业银行总行资本金总额的60%。

58.【答案】C 《商业银行法》规定，拒绝或者阻碍国务院银行业监督管理机构检查监督的，由国务院银行业监督管理机构责令改正，并处二十万元以上五十万元以下罚款；情节特别严重或者逾期不改正的，可以责令停业整顿或者吊销其经营许可证；构成犯罪的，依法追究刑事责任。

59.【答案】A 《证券投资基金法》的调整范围只限于证券投资基金，除此之外的政府建设基金、社会公益基金和保险基金等均不属于该法的调整对象。

60.【答案】C 对企事业单位的承包经营、承租经营所得应纳的税款，按年计算，由纳税义务人在年度终了后三十日内缴入国库，并向税务机关报送纳税申报表。

61.【答案】A 《物权法》第一百八十四条规定，土地所有权不得抵押。

62.【答案】C 外商独资银行、中外合资银行按照国务院银行业监督管理机构批准的业务范围，可以经营下列部分或者全部外汇业务和人民币业务：①吸收公众存款；②发放短期、中期和长期贷款；③办理票据承兑与贴现；④买卖政府债券、金融债券，买卖股票以外的其他外币有价证券；⑤提供信用证服务及担保；⑥办理国内外结算；⑦买卖、代理买卖外汇；⑧代理保险；⑨从事同业拆借；⑩从事银行卡业务；⑪提供保管箱服务；⑫提供资信调查和咨询服务；⑬经国务院银行业监督管理机构批准的其他业务。外商独资银行、中外合资银行经中国人民银行批准，可以经营结汇、售汇业务。

63.【答案】C 《商业银行开办代客境外理财业务管理暂行办法》第十九条规定，商业银行境外理财投资，应当委托经中国银监会批准具有托管业务资格的其他境内商业银行作为托管人托管其用于境外投资的全部资产。

64.【答案】A 在《期货交易管理条例》中，根据合约标的物的不同，期货合约

分为商品期货合约和金融期货合约。

65.【答案】B 保险兼业代理人应按照保险兼业代理合同的规定，与保险公司按时结算保费和交接有关单证。保费结算时间最长不得超过1个月。保险公司应当按照财务制度据实列支向商业银行支付的代理手续费。

66.【答案】C 经常项目个人外汇管理《个人外汇管理办法实施细则》第十三条规定,境外个人经常项目合法人民币收入购汇及未用完的人民币兑回,按以下规定办理：（一）在境内取得的经常项目合法人民币收入,凭本人有效身份证件和有交易额的相关证明材料（含税务凭证）办理购汇。（二）原兑换未用完的人民币兑回外汇,凭本人有效身份证件和原兑换水单办理,原兑换水单的兑回有效期为自兑换日起24个月；对于当日累计兑换不超过等值500美元（含）以及离境前在境内关外场所当日累计不超过等值1 000美元（含）的兑换,可凭本人有效身份证件办理。

67.【答案】B 截至2009年12月31日,以银监会为主的监管机构共颁布与银行理财产品相关的三个"办法"包括：①金融机构衍生产品交易业务管理暂行办法；②商业银行个人理财业务管理暂行办法；③商业银行开办代客境外理财业务管理暂行办法。

68.【答案】D 商业银行申请需要批准的个人理财业务,应向中国银行业监督管理委员会报送的材料包括：①由商业银行负责人签署的申请书；②拟申请业务介绍,包括业务性质、目标客户群以及相关分析预测；③业务实施方案,包括拟申请业务的管理体系、主要风险及拟采取的管理措施等；④商业银行内部相关部门的审核意见；⑤中国银行业监督管理委员会要求的其他文件和资料。

69.【答案】C 商业银行应配备与开展的个人理财业务相适应的理财业务人员,保证个人理财业务人员每年的培训时间不少于20个小时。

70.【答案】C 技术分析是对股票历史信息,如股价和交易量等进行研究,希望找出其波动周期的运动规律以期形成预测模型。

71.【答案】B B项错误,应为理财产品开发目标具有多重性。

72.【答案】C 商业银行应当明确个人理财业务人员与一般产品销售和服务人员的工作范围界限,禁止一般产品销售人员向客户提供理财投资咨询顾问意见、销售理财计划。

73.【答案】A 个人理财业务是商业银行零售业务的重要组成部分。其服务对象主要为个人客户,因此,在业务架构上,大多数商业银行都是由零售业务部门或个人业务部门牵头,相关业务部门和管理部门按流程和业务性质进行业务分工。

74.【答案】C 客户关系管理目标就是通过明确客户的收益点,提高客户的满意度,以实现盈利。

75.【答案】C 《关于进一步规范商业银行个人理财业务投资管理有关问题的通

知》规定，理财资金用于投资单一借款人及其关联企业银行贷款，或者用于向单一借款人及其关联企业发放信托贷款的总额不得超过发售银行资本净额的10%。

76.【答案】C 个人理财产品风险方面，按照个人理财产品的主要构成要素，可以分为如下三个类型：①表明理财资金最终运用方向的基础资产的市场风险，②支付条款中蕴涵的支付结构风险，③理财机构的投资管理风险。

77.【答案】B VaR 方法（Value at Risk），称为风险价值模型，也称受险价值方法、在险价值方法。

78.【答案】A 商业银行应当将银行资产与客户资产分开管理，明确相关部门及其工作人员在管理、调整客户资产方面的授权。对于可以由第三方托管的客户资产，应交由第三方托管。

79.【答案】C C项是商业银行个人理财业务风险管理应具有的基本要求之一。

80.【答案】A 个人理财业务管理部门的内部调查监督，应在审查个人理财顾问服务的相关记录、合同和其他材料等基础上，重点检查是否存在错误销售和不当销售情况。

81.【答案】B 商业银行应清楚划分相关业务运作部门的职责，理财计划风险分析部门、研究部门应当与理财计划的销售部门、交易部门分开，保证有关风险评估分析、市场研究等的客观性。

82.【答案】B 不可抗力及意外事件风险，指自然灾害、战争等不能预见、不能避免、不能克服的不可抗力事件或系统故障、通信故障、投资市场停止交易等意外事件的出现，可能对理财产品的产品成立、投资运作、资金返还、信息披露造成影响，甚至可能导致理财产品收益降低乃至本金损失。

83.【答案】B 商业银行在管理销售风险时，需从销售人员素质以及销售过程两个方面进行管理。

84.【答案】C CCBP 由中国银行业协会银行业从业人员资格认证委员会领导实施，下设中国银行业从业人员资格认证专家委员会和中国银行业从业人员资格认证办公室。

85.【答案】C 对与个人理财业务活动相关法律法规、行政规章和监管要求等，有充分的了解和认识。了解和掌握与个人理财业务相关的法律法规和监管要求，熟悉本行各项个人理财业务的规章制度，这是从业人员依法合规，为客户提供个人理财服务的基本保障，也有助于从业人员在从业活动中保护自己的职业生涯。

86.【答案】C 从业人员应当保守所在机构的商业秘密，保护客户信息和隐私。为客户保守秘密是一项最基本的职业操守。保守秘密和隐私的要求，在国外是非常严格的，从业人员对自己的家人、朋友，即使是没有任何利益关系的人，都必须遵守；但在国内，很多从业人员不够重视、无意识、甚至有意识地造成客户信息和隐私外泄的情况时有发生，导致客户难以信任银行，不愿意全面提供相关资料，进而使得银行

无法提供适合的理财方案。

87.【答案】B 熟知业务是从业人员应当加强学习，不断提高业务知识水平，熟知向客户推荐的金融产品的特性、收益、风险、法律关系、业务处理流程及风险控制框架。

88.【答案】C 银行个人理财投资者教育工作是一项普惠全社会的长期工作。

89.【答案】D 投资者教育的核心是提高客户的素质，使客户能够更好地参与市场、投资市场，更好地分享国民经济高速发展的成果。

90.【答案】D 口头保证该产品肯定能够达到预期收益率，违反了守法合规方面职业操守的有关规定。从业人员向客户提供的所有可能影响其投资决策的材料，以及从业人员对客户投资情况的评估和分析等，都应包含相应的风险揭示内容。风险揭示应当充分、清晰、准确，确保客户能够正确理解风险揭示的内容。

二、多选题

1.【答案】ABCDE 个人理财过程大致可分为：①评估理财环境和个人条件；②制定个人理财目标；③制订个人理财规划；④执行个人理财规划；⑤监控执行进度和再评估。

2.【答案】ADE 在个人理财过程中，个人条件的评估包括对个人资产（如住房、车、收藏、股票、存款等）、负债（如信用卡还款、银行贷款、抵押物等）以及收入（包括预期收入）的评估。

3.【答案】BCE 银行个人理财业务的影响因素，按照影响因素的特征，大致可分为宏观影响因素、微观影响因素和其他影响因素三个层面。

4.【答案】ABCE 衡量消费者收入水平的指标主要包括：①国民收入；②人均国民收入；③个人收入；④个人可支配收入。

5.【答案】ABDE 家庭的生命周期是指家庭形成期（建立家庭生养子女）、家庭成长期（子女长大就学）、家庭成熟期（子女独立和事业发展到巅峰）和家庭衰老期（退休到终老而使家庭消灭）的整个过程。

6.【答案】BD 一般而言，投资者在选择资产组合的过程中遵循两条基本原则：①在既定风险水平下，预期收益率最高的投资组合；②在既定预期收益率条件下，风险水平最低的投资组合。

7.【答案】ABCD 常见的资产配置组合模型有金字塔形、哑铃形、纺锤形和梭镖形。

8.【答案】ACDE B项应为后享受型的投资者，注重退休后的生活品质，因此靠储蓄就能完成理财目标。

9.【答案】ABDE 金融市场的客体是金融市场的交易对象，即金融工具，包括同业拆借、票据、债券、股票、外汇和金融衍生品等。

10.【答案】ACDE 目前，伦敦、纽约、苏黎世、法兰克福、东京等地的外汇市场已成为世界上主要的自由外汇市场。

11.【答案】ABCE 房地产与个人的其他资产相比有其自身的特点：固定性、有限性、差异性和保值增值性。

12.【答案】ABCE 我国的主要股票价格指数有沪深300指数、上证综合指数、深证综合指数、深证成分股指数、上证50指数和上证180指数。

13.【答案】BCDE 按照交易标的物的不同，金融市场划分为货币市场、资本市场、金融衍生品市场、外汇市场、保险市场和黄金及其他投资品市场。

14.【答案】ABCDE 银行理财产品的发展趋势为：①同业理财的逐步拓展；②投资组合保险策略的逐步尝试；③动态管理类产品的逐步增多；④POP模式的逐步繁荣；⑤另类投资的逐步兴起。

15.【答案】BCDE A项错误，在二级市场的净值报价上，ETF每15秒钟提供一个基金净值报价，LOF一天提供一个基金净值报价。

16.【答案】ABCD 2005年12月，银监会允许获得衍生品业务许可证的银行发行股票类挂钩产品和商品挂钩产品，权益挂钩、项目融资、新股申购、QDII等类别的新产品不断涌现。

17.【答案】ACDE 基金的特点包括：①集合理财、专业管理；②组合投资、分散投资；③利益共享、风险共担；④严格监管、信息透明；⑤独立托管、保障安全。

18.【答案】BDE 占据市场主流的三大险种全部来自寿险，包括分红险、万能险和投连险。

19.【答案】ABCDE 理财顾问服务的特点包括：①顾问性；②专业性；③综合性；④制度性；⑤长期性。

20.【答案】ACDE 除了其风险特征外，还有许多其他的理财特征会对客户理财方式和产品选择产生很大的影响。包括：①投资渠道偏好；②知识结构；③生活方式；④个人性格。

21.【答案】ACDE 在消费管理中要注意的是：①即期消费和远期消费；②消费支出的预期；③孩子的消费；④住房、汽车等大额消费；⑤保险消费。

22.【答案】ABD 税收规划的基本内容包括：①避税规划；②节税规划；③转嫁规划。

23.【答案】BCE 客户在退休规划中的误区有：①计划开始太迟；②对收入和费用的估计太乐观；③投资过于保守。

24.【答案】ABE 民事法律关系主体是指参与民事法律关系、享有民事权利并承担民事义务的"人"。这里的"人"应作宽泛的理解，包括公民（自然人）、法人以及非法人组织。

25.【答案】AE 在我国，公司法人是最重要的企业法人形式，根据《中华人民共和国公司法》的规定，公司分为有限责任公司和股份有限公司。

26.【答案】AB 商业银行的组织形式有两种：第一种是银行有限责任公司，股东以其出资额为限对银行的债务承担责任，该银行以其全部资产对外承担责任；第二种是银行股份有限公司，银行的全部资本划分为等额股份，股东以其所持股份为限对银行承担责任，银行以其全部资产对外承担责任。

27.【答案】ADE 《银行业监督管理法》的调整对象是全国银行业金融机构及其业务活动，所指银行业金融机构，即中华人民共和国境内设立的商业银行、城市信用合作社、农村信用合作社等吸收公众存款的金融机构以及政策性银行。

28.【答案】ABCDE 证券投资基金具有以下特点：①证券投资基金是由专家运作、管理并专门投资于证券市场的基金；②证券投资基金是一种间接的证券投资方式，投资者是通过购买基金而间接投资于证券市场的。与直接购买股票相比，投资者与上市公司没有任何直接关系，不参与公司决策和管理，只享有公司利润的分配权；③证券投资基金具有投资小、费用低的优点；④证券投资基金具有组合投资、分散风险的好处；⑤流动性强。

29.【答案】BCE 《中华人民共和国外资银行管理条例》第三十四条规定，外资银行营业性机构经营资信调查和咨询服务，应当具备下列条件，并经国务院银行业监督管理机构批准：（一）提出申请前在中华人民共和国境内开业3年以上。（二）提出申请前两年连续盈利。（三）国务院银行业监督管理机构规定的其他审慎性条件。外国银行分行改制为由其总行单独出资的外商独资银行的，前款第（一）项、第（二）项规定的期限自外国银行分行设立之日起计算。

30.【答案】ADE 《期货交易管理条例》将适用范围从原来的商品期货交易扩大到商品、金融期货和期权合约交易。

31.【答案】BCE 《期货交易管理条例》金融期货合约的标的物包括有价证券、利率、汇率等金融产品及其相关指数产品。

32.【答案】ABCDE 银行理财产品风险可以分为以下几类：①政策风险；②违约风险和信用风险；③市场风险；④流动性风险；⑤提前终止风险；⑥销售风险；⑦操作风险；⑧交易对手管理风险；⑨延期风险；⑩不可抗力及意外事件风险。

33.【答案】ACDE B项目错误，应为债券类，风险的主要评估主体是存款利率及汇率的变动对收益率的影响。汇率类，风险的主要评估主体是汇率波动对收益率的影响。

34.【答案】BCDE VaR方法有三个优点：①VaR模型测量风险简洁明了，统一了风险计量标准，管理者和投资者较容易理解掌握；②可以事前计算，降低市场风险；③确定必要资本及提供监管依据。

35.【答案】ABCD 银行业从业人员邀请客户或应客户邀请进行娱乐活动或提供交通工具、旅行等其他方面的便利时，应当遵循以下原则：包括：①属于政策法规允许的范围以内，并且在第三方看来，这些活动属于行业惯例；②不会让接受人因此产生对交易的义务感；③根据行业惯例，这些娱乐活动不显得频繁，且价值在政策法规和所在机构允许的范围以内；④这些活动一旦被公开，将不至于影响所在机构的声誉。

36.【答案】ABDE 当商业银行开展个人理财业务时，银行业监督管理机构可对其直接负责的董事、高级管理人员和其他直接责任人员进行处理的情形包括：①违规开展个人理财业务造成银行或客户重大经济损失的；②未建立相关风险管理制度和管理体系，或虽建立了相关制度但未实际落实风险评估、监测与管控措施，造成银行重大损失的；③泄露或不当使用客户个人资料和交易信息记录造成严重后果的；④利用个人理财业务从事洗钱、逃税等违法犯罪活动的；⑤挪用单独管理的客户资产的。

37.【答案】ABCE D项错误，应为建立自上而下的风险管理制度体系。

38.【答案】ABCDE 商业银行应采用多重指标管理市场风险限额，市场风险的限额可以采用交易限额、止损限额、错配限额、期权限额和风险价值限额等。

39.【答案】BCD 产品风险的管理分为三个阶段：产品设计风险管理，产品运作风险管理，以及产品到期风险管理。

40.【答案】BCD 商业银行应该建立与本行的业务性质、规模和复杂程度相适应的操作风险管理体系，有效识别、评估、监测、控制和降低操作风险。

三、判断题

1.【答案】A

2.【答案】A

3.【答案】B 中国银行业协会综合考虑了客户使用的易读性与便利性等因素，制定了《商业银行理财客户风险评估问卷基本模板》。该模板涵盖了客户财务状况、投资经验、投资风格、投资目标和风险承受能力五大模块，对应10道问题，10道问题最高为100分。

4.【答案】A

5.【答案】B 按照基础工具的种类划分，金融衍生品可以分为股权衍生品、货币衍生品和利率衍生品。按照交易方式划分，金融衍生品可以分为远期、期货、期权和互换。

6.【答案】B 货币型理财产品具有投资期短，资金赎回灵活，本金、收益安全性高等主要特点。债券型理财产品的特点是产品结构简单、投资风险小、客户预期收益稳定。

7.【答案】B 信托产品是为满足客户的特定需求而设计的，因此缺少转让平台，流动性比较差。

8.【答案】B　理财顾问服务是指商业银行向客户提供的财务分析与规划、投资建议、个人投资产品推介等专业化服务。

9.【答案】A

10.【答案】B　当事人在订立合同过程中知悉的商业秘密，无论合同是否成立，都不得泄露或者不正当地使用。泄露或者不正当地使用该商业秘密给对方造成损失的，应当承担损害赔偿责任。

11.【答案】A

12.【答案】A

13.【答案】A

14.【答案】A

15.【答案】B　银行理财投资者教育对象是广大理财服务对象，包括银行个人理财客户以及潜在银行个人理财客户。

模拟试卷（四）

一、单选题

1.【答案】**A** 中央银行通常根据当前宏观经济走势，运用法定存款准备金率、再贴现率、公开市场业务操作等货币政策工具调控货币供应量和信用规模，使其达到预定的货币政策目标，进而影响整体经济运行。财政支出属于国家财政政策工具。

2.【答案】**A** 在对理财环境和个人条件进行评估的基础上制定个人理财目标是理财活动的关键，也是个人理财的动力。

3.【答案】**C** 个人理财业务涉及的市场较为广泛，包括货币市场、外汇市场、房地产市场、保险市场、黄金市场、理财产品市场等。

4.【答案】**C** 按是否接受客户委托、授权对客户资金进行投资和管理的理财业务可分为理财顾问服务和综合理财服务。

5.【答案】**D** 个人理财业务最早在美国兴起，并且首先在美国发展成熟。

6.【答案】**B** B项不正确，从 21 世纪初到 2005 年是我国商业银行个人理财业务的形成时期。

7.【答案】**C** 个人理财业务是建立在委托—代理关系基础之上的银行业务，是一种个性化、综合化的服务活动。

8.【答案】**B** 理财计划是指商业银行在对潜在目标客户群分析研究的基础上，针对特定目标客户群开发设计并销售的资金投资和管理计划。

9.【答案】**B** 收入分配政策是指国家为实现宏观调控总目标和总任务，针对居民收入水平高低、收入差距大小在分配方面制定的政策和方针。

10.【答案】**D** 反映宏观经济状况的经济指标的运行规律包括：经济增长速度、经济周期、通货膨胀率、就业率和国际收支与汇率。

11.【答案】**C** 当一个经济体出现持续的国际收支顺差，将会导致本币汇率升值。

12.【答案】**D** 货币时间价值的影响因素包括：①时间；②收益率或通货膨胀率；③单利与复利。

13.【答案】**B** 肖小姐购买某基金，8 年后的分红为每股：$FV = 2.30 \times (1+0.45)^8 = 44.94$（元）。

14.【答案】**C** 复利期间。一年内对金融资产计 m 次复利，t 年后，得到的价值是：$FV = C_0 \times \left[1 + \left(\dfrac{r}{m}\right)\right]^{mt} = 20\,000 \times \left[1 + \left(\dfrac{0.14}{4}\right)\right]^{4 \times 5} = 39\,800$ 元，黄阿姨投资 5 年后的终值为 39 800 元。

15.【答案】**D** 持有期收益率是指投资者在持有投资对象的一段时间内所获得的收益率，它等于这段时间内所获得的收益额与初始投资之间的比率。根据题干内容佟

女士持有期收益为：（8.4×2 000 –7.6×2 000）＋（0.1×2 000）＝1 800 元，持有期收益率为 1 800/7.6×2 000＝11.8%。

16.【答案】B　资产配置是指依据所要达到的理财目标，按资产的风险最低与报酬最佳的原则，将资金有效地分配在不同类型的资产上，构建达到增强投资组合报酬与控制风险的资产投资组合。

17.【答案】D　常见的资产配置组合模型有金字塔形、哑铃形、纺锤形和梭镖形。

18.【答案】B　随机漫步也称随机游走，是指股票价格的变动是随机、不可预测的。有时这种随机性被错误解读为股票市场是非理性的，然而，恰恰相反，股价的随机变化正表明了市场是正常运作或者说是有效的。

19.【答案】C　市场有效的三个层次包括弱型有效市场、半强型有效市场和强型有效市场。

20.【答案】C　C项错误，应为达到中型规模以上的对公客户的高管人员，银行一般会将其纳入客户准入范围。

21.【答案】C　客户的风险识别就是理财业务人员对客户在理财活动中所面临的各类风险进行系统的归类和鉴别的过程。

22.【答案】A　根据客户对待投资中风险与收益的态度，可以将客户分为三种类型，即风险厌恶型、风险偏爱型和风险中立型。

23.【答案】D　货币市场的特征包括：①低风险、低收益；②期限短、流动性高；③交易量大。

24.【答案】B　大额可转让定期存单的特点主要有：①不记名；②金额较大；③利率既有固定的，也有浮动的，一般比同期限的定期存款的利率高；④不能提前支取，但是可以在二级市场上流通转让。

25.【答案】C　按投资主体的性质，股票分为国家股、法人股和社会公众股。

26.【答案】A　按期限不同，债券可划分为短期债券、中期债券和长期债券。

27.【答案】C　外汇市场是指由银行等金融机构、自营交易商、大型跨国企业参与的，通过中介机构或电信系统联结的，以各种货币为买卖对象的交易市场。

28.【答案】C　保险产品的功能包括：①转移风险，分摊损失；②补偿损失；③融通资金。

29.【答案】C　财产保险是指以财产及其有关利益为保险标的，保险人对保险事故导致的财产损失给予补偿的一种保险。其包括物质财产保险、责任保险、保证保险和信用保险。

30.【答案】D　房地产的投资方式包括房地产购买、房地产租赁和房地产信托。

31.【答案】A　古玩投资的特点是：①交易成本高、流动性低；②投资古玩要有鉴别能力；③价值一般较高，投资者要具有相当的经济实力。

32.【答案】C　通货膨胀使产品的名义价格普遍上涨，黄金的名义价格也会相应上升。因此，一般而言，在面对通货膨胀压力的情况下，黄金投资具有保值增值的作用。

33.【答案】B 按照银行业风险属性的分类，信贷资产类理财产品应属于保守、稳健型。这类产品的主要风险有：①信用风险；②收益风险；③流动性风险。

34.【答案】A 另类资产与传统资产以及宏观经济周期的相关性较低，大大提高了资产组合的抗跌性和顺周期性。

35.【答案】D 2005年12月，银监会允许获得衍生品业务许可证的银行发行股票类挂钩产品和商品挂钩产品，为中国银行业理财产品的大发展提供了制度上的保证。

36.【答案】B 目前，对于投资者而言，购买债券型理财产品面临的最大风险来自利率风险、汇率风险和流动性风险。利率风险主要来自人民币存款利率的变化，而流动性风险主要是由于目前国内银行业债券型理财产品通常不提供提前赎回，因此投资者的本金在一定时间内会固化在银行里。由于是人民币债券理财计划，不存在汇率风险，同时债券理财产品到期一次归还本金和收益，不存在再投资风险。

37.【答案】D 信贷资产类理财产品一般是指信托公司作为受托人成立信托计划，接受银行委托，将银行发行理财产品所募集来的客户资金，向理财产品发售银行或第三方购买信贷资产。信托计划到期后由信托投资公司根据信托投资情况支付本金和收益。

38.【答案】B 组合投资类理财产品的优势主要在于：①产品期限覆盖面广；②突破了单一投向理财产品负债期限和资产期限必须严格对应的缺陷，扩大了银行的资金运用范围和客户收益空间；③赋予发行主体充分的主动管理能力。B项，组合投资类理财产品存在信息透明度不高的缺点。

39.【答案】B 一触即付期权是指在一定时间内，若挂钩外汇在期末触碰或超过银行所预先设定的触及点，则买方将可获得当初双方所协定的回报率。

40.【答案】D 对另类资产的投资称为另类投资，较传统投资而言，有两个方面的区别与联系：①交易策略上，除采用传统投资的买进并持有策略外，为规避资产深幅下跌风险，另类投资还可采用卖空策略；②操作方式上，传统投资的投资资金以本金作为最大约束上限，而另类投资则可以采用杠杆投资策略，以实现以小博大的投资目的。

41.【答案】D QDII基金是指在一国境内设置，经批准可以在境外证券市场进行股票、债券等有价证券投资的基金。

42.【答案】D 证券投资基金的收益主要有：①证券买卖差价；②红利收入；③债券利息；④存款利息收入。

43.【答案】B 基金产品主要包括两种风险：①价格波动风险；②流动性风险。

44.【答案】B 财产险也是目前各家银行大力发展的险种，主要包括房贷险、企业财产保险、家庭财产险等。

45.【答案】C 信托按财产的不同可划分为资金信托、动产信托、不动产信托和其他财产信托等。

46.【答案】B　投资黄金等贵金属不能像投资其他金融资产一样取得利息和股利，且价格受国际市场影响较大，所以市场风险是第一位的。

47.【答案】D　依据投资目标的不同，基金可分为成长型基金、收入（收益）型基金和平衡型基金。成长型基金投资对象常常是风险较大的金融产品；收入型基金的投资对象一般为风险较小、资本增值有限的金融产品。

48.【答案】C　宏观经济信息可以由政府部门或金融机构公布的信息中获得，所以我们称为次级信息。

49.【答案】D　客户理财所期望达到的目标按时间的长短可以划分为：①短期目标（如休假、购置新车、存款等）；②中期目标（如子女的教育储蓄、按揭买房等）；③长期目标（如退休、遗产等）。

50.【答案】D　紧急预备金可以用两种方式来储备，一是流动性高的活期存款、短期定期存款或货币市场基金；二是利用贷款额度。

51.【答案】D　一个全面的财务规划涉及现金、消费及债务管理，保险规划，税收规划，人生事件规划及投资规划等财务安排问题。

52.【答案】D　合法性原则是税收规划最基本的原则，这是由税法的税收法定原则所决定的，也是税收规划与偷税漏税乃至避税行为区别开来的根本所在。

53.【答案】B　在合理的利率成本下，个人的信贷能力即贷款能力取决于以下两点：①客户收入能力；②客户资产价值。

54.【答案】C　退休规划的最大影响因素分别是通货膨胀率、工资薪金收入成长率与投资报酬率。

55.【答案】C　《民法通则》对自然人的民事权利能力和民事行为能力作了以下规定：①自然人的民事权利能力。自然人是基于出生而取得民事主体资格的人，包括本国公民、外国公民和无国籍人。自然人的民事权利能力，是指法律赋予自然人参加民事法律关系、享有民事权利、承担民事义务的资格，具有平等性、不可转让性等特征，始于出生终于死亡；②自然人的民事行为能力。自然人的民事行为能力是指自然人能够以自己的行为独立参加民事法律关系、行使民事权利和设定民事义务的资格。十八周岁以上的公民是成年人，具有完全民事行为能力，可以独立进行民事活动，是完全民事行为能力人。十六周岁以上不满十八周岁的公民，以自己的劳动收入为主要生活来源的，视为完全民事行为能力人。十周岁以上的未成年人是限制民事行为能力人，可以进行与他的年龄、智力相适应的民事活动；其他民事活动由他的法定代理人代理，或者征得他的法定代理人的同意。

56.【答案】A　《民法通则》规定，民事委托代理的终止有下列情形之一的，委托代理终止：①代理期间届满或者代理事务完成；②被代理人取消委托或者代理人辞去委托；③代理人死亡；④代理人丧失民事行为能力；⑤作为被代理人或者代理人的法人终止。有下列情形之一的，法定代理或者指定代理终止：①被代理人取得或者恢复民事行为能力；②被代理人或者代理人死亡；③代理人丧失民事行为能力；④指定代理的人民法院或者指定单位取消指定；⑤由其他原因引起的被代理人和代理人之间的监护关系消灭。

57.【答案】A 《中华人民共和国商业银行法》于1995年5月10日第八届全国人民代表大会常务委员会第十三次会议通过，并于1995年7月1日起正式实施。

58.【答案】D 我国《商业银行法》确定了分业经营的原则，明确规定商业银行不得从事证券和信托业务，第四十三条规定，商业银行在中华人民共和国境内不得从事信托投资和证券经营业务，不得向非自用不动产投资或者向非银行金融机构和企业投资，但国家另有规定的除外。《商业银行法》第三条明确规定，商业银行可以经营下列部分或者全部业务：（一）吸收公众存款。（二）发放短期、中期和长期贷款。（三）办理国内外结算。（四）办理票据承兑与贴现。（五）发行金融债券。（六）代理发行、代理兑付、承销政府债券。（七）买卖政府债券、金融债券。（八）从事同业拆借。（九）买卖、代理买卖外汇。（十）从事银行卡业务。（十一）提供信用证服务及担保。（十二）代理收付款项及代理保险业务。（十三）提供保管箱服务。（十四）经国务院银行业监督管理机构批准的其他业务。

59.【答案】B 目前，我国大陆地区有1990年12月设立的上海证券交易所和1991年7月设立的深圳证券交易所两家证券交易所。

60.【答案】B 《证券法》第一百四十七条规定：证券公司应当妥善保存客户开户资料、委托记录、交易记录和与内部管理、业务经营有关的各项资料，任何人不得隐匿、伪造、篡改或者毁损。上述资料的保存期限不得少于二十年。

61.【答案】C 关于受益人的权利和义务，《信托法》第四十三条规定，受益人是在信托中享有信托受益权的人。受益人可以是自然人、法人或者依法成立的其他组织。委托人可以是受益人，也可以是同一信托的惟一受益人。受托人可以是受益人，但不得是同一信托的惟一受益人。第四十四条规定，受益人自信托生效之日起享有信托受益权。信托文件另有规定的，从其规定。第四十五条规定，共同受益人按照信托文件的规定享受信托利益。信托文件对信托利益的分配比例或者分配方法未作规定的，各受益人按照均等的比例享受信托利益。第四十六条规定，受益人可以放弃信托受益权。

62.【答案】B 2007年2月7日国务院第168次常务会议通过《期货交易管理条例》，自2007年4月15日起施行。

63.【答案】B 在个人理财业务中，与以往的银行理财产品相比，代客境外理财产品具有以下特点：①资金投资市场在境外。代客境外理财业务所募集的客户资金主要投资于境外金融产品，使投资者有机会参与国际金融市场；②可投资的境外金融产品和境外金融市场有限。目前，商业银行不得代客投资于境外商品类衍生产品、对冲

基金以及国际公认评级机构评级 BBB 级以下的证券；③可以直接用人民币投资。客户可以自有外汇或人民币购买代客境外理财产品，银行代替客户统一在国家外汇管理局换汇后进行境外投资。

64.【答案】C 保险兼业代理许可证的有效期限为 3 年，保险兼业代理人应在有效期满前 2 个月申请办理换证事宜。

65.【答案】D 在结汇和境内个人购汇实行年度总额管理时，《个人外汇管理办法实施细则》的第二条规定，对个人结汇和境内个人购汇实行年度总额管理。年度总额分别为每人每年等值五万美元。国家外汇管理局可根据国际收支状况，对年度总额进行调整。

66.【答案】C 《商业银行法》的第八十六条规定，商业银行工作人员违反本法规定玩忽职守造成损失的，应当给予纪律处分；构成犯罪的，依法追究刑事责任。违反规定徇私向亲属、朋友发放贷款或者提供担保造成损失的，应当承担全部或者部分赔偿责任。

67.【答案】C 理财资金用于投资固定收益类金融产品，投资标的市场公开评级应在投资级以上。

68.【答案】D 理财资金不得投资于境内二级市场公开交易的股票或与其相关的证券投资基金。理财资金参与新股申购，应符合国家法律法规和监管规定。

69.【答案】B 理财产品的销售起点金额不得低于五万元人民币（或等值外币）。

70.【答案】D 进行市场分析和业务分析，制订新产品开发计划、产品种类、产品规模是银行自主开发理财产品策略的主要内容。

71.【答案】B 系统通过贡献度、忠诚度、风险度三项指标对客户进行量化评价。

72.【答案】D 理财业务管理是一项复杂的管理工程，由于我国商业银行理财业务起步晚，业务发展速度快，各项管理都在不断完善之中。

73.【答案】B 理财产品销售过程是客户需求满足的过程，适合性是产品销售的关键，在实际业务操作过程中，应遵守"适合的理财产品应在适合的营业网点由适合的销售人员销售给适合的客户"的原则进行产品销售。

74.【答案】D 商业银行应本着符合客户利益和风险承受能力的原则，根据客户分层和目标客户群的需求，审慎、合规地开发设计理财产品。

75.【答案】B 《商业银行个人理财业务管理暂行办法》规定，商业银行应根据理财计划或相关产品的风险状况，设置适当的期限和销售起点金额。

76.【答案】A 市场风险，指市场价格出现不利的变化而导致的风险。

77.【答案】D 风险测量的常用指标是产品收益率的方差、标准差、VaR。

78.【答案】A 债券类，风险的主要评估主体是存款利率及汇率的变动对收益率的影响。汇率类，风险的主要评估主体是汇率波动对收益率的影响。

79.【答案】C 商业银行的内部审计部门对个人理财顾问服务的业务审计，应制定审计规范，并保证审计活动的独立性。

80.【答案】**D** 商业银行的董事会和高级管理层应根据商业银行的经营战略、风险管理能力和人力资源状况等，慎重研究决定商业银行是否销售以及销售哪些类型的理财计划。

81.【答案】**D** 商业银行应采用多重指标管理市场风险限额，市场风险的限额可以采用交易限额、止损限额、错配限额、期权限额和风险价值限额等。

82.【答案】**C** 产品风险的管理分为三个阶段：产品设计风险管理，产品运作风险管理，产品到期风险管理。

83.【答案】**C** 声誉风险指由商业银行经营、管理及其他行为或外部事件导致利益相关方对商业银行进行负面评价的风险。

84.【答案】**B** 客户投诉应遵循的原则包括：①坚持客户至上、客观公正原则，不轻慢任何投诉和建议；②所在机构有明确的客户投诉反馈时限的，应当在反馈时限内答复客户；③所在机构没有明确的投诉反馈时限的，应当遵循行业惯例或口头承诺的时限向客户反馈情况；④在投诉反馈时限内无法拿出意见的，应当在反馈时限内告知客户现在投诉处理的情况，并提前告知下一个反馈时限。

85.【答案】**B** 作为监管机构，银监会一贯重视投资者教育，对个人理财投资者教育方向和重点提出指导性原则和意见。

86.【答案】**B** 公平竞争是指银行业从业人员应当尊重同业人员，公平竞争，禁止商业贿赂。

87.【答案】**D** 银行理财产品风险可以分为以下几类：①政策风险；②违约风险和信用风险；③市场风险；④流动性风险；⑤提前终止风险；⑥销售风险；⑦操作风险；⑧交易对手管理风险；⑨延期风险；⑩不可抗力及意外事件风险。

88.【答案】**C** 银行业从业人员与客户关系协调处理原则中的礼貌服务要求银行业从业人员在接洽业务的过程中，应当衣着得体、态度稳重、礼貌周到。对客户提出的合理要求尽量满足，对暂时无法满足或明显不合理的要求，应当耐心说明情况，取得客户的理解和谅解。

89.【答案】**A** 商业银行应详细记录理财业务人员的培训方式、培训时间及考核结果等，未达到培训要求的理财业务人员应暂停其从事个人理财业务活动。

90.【答案】**A** 从业人员应当遵守法律法规、行业自律规范以及所在机构的规章制度。根据《银行业从业人员职业操守》的相关要求，从业人员在业务活动中，应当树立依法合规的意识，不得向客户明示或暗示以诱导客户规避金融、外汇监管的规定，更不得利用个人理财服务规避监管的要求。

二、多选题

1.【答案】**ABD** 个人理财业务最早在美国兴起，并且首先在美国发展成熟，其发展大致经历了萌芽期、形成和发展期、成熟期。

2.【答案】**ABCD** 影响个人理财业务的宏观因素众多，包括政治、法律、政策环境，经济环境，社会环境和技术环境等，这些因素通过各自渠道直接或间接影响到个人理财业务的发展。

3.【答案】**BCE** 宏观经济政策对投资理财的影响具有综合性、复杂性和全面性的特点。各种宏观经济政策发挥作用的方式不同，通常相互配合使用以达到整个宏观调控的目标。宏观调控的整体方向和趋势决定了个人和家庭投资理财的战略选择。

4.【答案】**ACD** 影响个人理财业务的微观因素包括金融市场上的竞争程度、金融市场开放程度和金融市场的价格机制。

5.【答案】**BCE** 专业理财从业人员可根据客户家庭生命周期的不同阶段对客户资产流动性、收益性和获利性的需求给予配置建议。

6.【答案】**ABCDE** 整个决策过程分成五步：资产分析、资产组合的分析、资产组合的选择、资产组合的评价和资产组合的调整。

7.【答案】**BDE** 任何一个理财产品或理财工具都具有收益性、风险性与流动性的三重特征，并在三者之间寻求一个最佳的平衡。

8.【答案】**ABCDE** 影响风险承受能力的因素包括：①年龄；②受教育情况；③收入、职业和财富规模；④资金的投资期限；⑤理财目标的弹性；⑥主观风险偏好；⑦其他影响因素。

9.【答案】**ABC** 银行承兑汇票市场是以银行承兑汇票为交易对象的市场，银行承兑汇票的特点包括安全性高、信用度好和灵活性好。

10.【答案】**ACDE** 按照交易方式划分，金融衍生品可以分为远期、期货、期权和互换。

11.【答案】**BCDE** 外汇市场的功能主要有：①充当国际金融活动的枢纽；②形成外汇价格体系；③调剂外汇余缺、调节外汇供求；④实现不同地区间的结算；⑤运用操作技术规避外汇风险。A项错误，应为实现不同地区间的支付结算。

12.【答案】**BCD** 短期政府债券具有违约风险小、流动性强、交易成本低和收入免税的特点。

13.【答案】**CE** 空间统一性和时间连续性是外汇市场的特点。所谓空间统一性是指由于各国外汇市场都用现代化的通信技术（电话、电报、电传等）进行外汇交易，因此它们之间的联系非常紧密，形成一个统一的世界外汇市场。所谓时间连续性是指世界上的各个外汇市场在营业时间上相互交替，形成一种前后继起的循环作业格局。

14.【答案】**ABCDE** 当前市场上较为常见的理财产品按投资对象主要分为以下几类：货币型理财产品、债券类理财产品、股票类理财产品、信贷资产类理财产品、组合投资类理财产品、结构性理财产品、另类理财产品和其他理财产品。

15.【答案】**BCDE** 根据挂钩资产的属性分类，结构性理财产品可以细分为外汇挂钩类、利率/债券挂钩类、股票挂钩类、商品挂钩类及混合类等。

16.【答案】ADE　一般银行在发行理财产品的过程中都会介绍产品所适合的客户范围。这方面的信息包括客户的风险承受能力、客户的资产规模、客户在银行的等级、产品发行地区、资金门槛（起售金额）和最小递增金额等。

17.【答案】ABDE　信托产品风险包括：①投资项目风险；②项目主体风险；③信托公司风险；④流动性风险。

18.【答案】BE　投资黄金等贵金属不能像投资其他金融资产一样取得利息和股利，且价格受国际市场的影响较大，所以市场风险是第一位的。对于投资者来说，黄金退出流通领域后，其流动性较其他证券类投资品差。目前，国内黄金市场不充分，变现相对困难，有流动性风险。

19.【答案】BE　银行从业人员向客户提供财务分析、财务规划的顾问服务时，需要掌握两类个人财务报表——资产负债表和现金流量表。

20.【答案】ABCDE　银行业从业人员应帮助客户选择最佳的信贷品种和还款方式，使其在有限的收入条件下，既能按期还本付息，又可以用最低的贷款成本实现效用最大化。需要考虑的因素包括：①贷款需求；②家庭现有经济实力；③预期收支情况；④还款能力；⑤合理选择贷款种类和担保方式；⑥选择贷款期限与首期用款及还贷方式；⑦信贷策划特殊情况的处理（还款期内银行利率调整对还款额的影响，住房公积金贷款的选择，提前还贷）。

21.【答案】CE　教育规划可以包括个人教育投资规划和子女教育规划两种。

22.【答案】ABCDE　遗产规划工具主要包括遗嘱、遗产委任书、遗产信托、人寿保险、赠与。

23.【答案】ABCDE　除了ABCDE项，理财顾问业务的流程还包括实施计划和客户财务目标分析与确认。

24.【答案】ABCDE　违约责任的承担形式主要有：①违约金责任；②赔偿损失；③强制履行；④定金责任；⑤采取补救措施。

25.【答案】ACD　商业银行的业务按资金来源和用途可以分为下列三类：①负债业务；②资产业务；③中间业务。

26.【答案】ABCDE　依据《证券法》的有关规定，证券机构主要有：①证券交易所；②证券公司；③证券登记结算机构；④证券服务机构；⑤证券业协会；⑥证券监督管理机构。

27.【答案】BCE　2006年12月中国人民银行、中国银行业监督管理委员会、国家外汇管理局联合发布《商业银行开办代客境外理财业务管理暂行办法》。

28.【答案】ABDE　投资代客境外理财产品主要面临市场风险和信用风险。市场风险是指由于利率、汇率、股票价格和商品价格等波动的不确定性而造成损失的风险。

29.【答案】AC 近年来，随着保险公司与商业银行之间的合作不断加强，在双方合作的过程中，出现了一些不规范的行为，不仅损害了消费者的利益，也影响了各自业务的健康发展，中国保监会和中国银监会于 2006 年 6 月 15 日联合发布了《关于规范银行代理保险业务的通知》。

30.【答案】AC 《期货交易管理条例》明确界定期货公司是依照《中华人民共和国公司法》和《期货交易管理条例》的规定，设立经营期货业务的金融机构。

31.【答案】ACDE 《关于进一步规范银行代理保险业务管理的通知》的内容共有八点，重点在四个方面：①建立尽职调查和后评价制度；②规范销售行为；③建立客户适合度评估制度，防止错误销售；④加强内控建设，规范操作流程。

32.【答案】ABDE 商业银行开展个人理财业务由银行业监督管理机构依据《银行业监督管理法》的规定，实施处罚的违规业务包括：①违反规定销售未经批准的理财计划或产品的；②将一般储蓄存款产品作为理财计划销售并违反国家利率管理政策，进行变相高息揽储的；③提供虚假的成本收益分析报告或风险收益预测数据的；④未按规定进行风险揭示和信息披露的；⑤未按规定进行客户评估的。

33.【答案】ABDE 理财资金投资管理的合规性和有效性、安全性和风险控制是监管的重点，也是理财资金使用的重要原则。

34.【答案】ABDE 在实际销售过程中，客户是否已了解产品的特点及潜在的投资风险，客户拟购买的产品风险评级是否与客户风险承受能力相匹配，所有的销售凭证包括风险评估报告是否由客户本人亲自填写并签字确认，产品说明书中须由客户亲自抄录的内容是否由客户亲笔抄录等都是检查销售原则的重要标准，也是防止错误销售的关键点。

35.【答案】BCDE 关于理财产品风险评估的定性方法，投资者需对宏观环境、理财产品发行方（如商业银行）和管理者（如基金管理人和托管人）、投资基础资产的性质特点有一定的认识。

36.【答案】ACE VaR 方法（Value at Risk），称为风险价值模型，也称受险价值方法、在险价值方法。

37.【答案】ABCDE 对于商业银行来说，个人理财业务风险管理的基本要求包括：①商业银行对各类个人理财业务的风险管理，都应同时满足个人理财顾问服务相关风险管理的基本要求；②商业银行应当具备与管控个人理财业务风险相适应的技术支持系统和后台保障能力，以及其他必要的资源保证；③商业银行应当制订并落实内部监督和独立审核措施，合规、有序地开展个人理财业务，切实保护客户的合法权益；④商业银行应建立个人理财业务的分析、审核与报告制度，并就个人理财业务的主要风险管理方式、风险测算方法与标准，以及其他涉及风险管理的重大问题，积极主动地与监管部门沟通；⑤商业银行接受客户委托进行投资操作和资产管理等业务活动，应与客户签订合同，确保获得客户的充分授权。商业银行应妥善保管相关合同和各类授权文件,并至少每年重新确认一次;⑥商业银行应当将银行资产与客户资产分开管理,明确相关部门及其工作人员在管理、调整客户资产方面的授权。对于可以由第三方托管的客户资产,应交由第三方托管;⑦商业银行应当保存完备的个人理财业务服务记录,并保证恰当地使用这些记录。除法律法规另有规定,或经客户书面同意外,商业银行不得向第三方提供客户的相关资料和服务与交易记录。

38.【答案】BD 理财计划的内部监督部门和审计部门应当独立于理财计划的运营部门,适时对理财计划的运营情况进行监督检查和审计,并直接向董事会和高级管理层报告。

39.【答案】ABDE C项投资者教育的一个目标是保护客户的利益,从而促进市场规范发展。

40.【答案】ABCDE 银行对个人理财投资者的教育包括:①普及理财基础知识;②宣传相关的政策法规;③揭示理财相关风险;④介绍理财业务;⑤传递经营机构的基本信息;⑥接受客户咨询,处理客户投诉。

三、判断题

1.【答案】B 理财顾问服务是一种针对个人客户的专业化服务,区别于为销售储蓄存款、信贷产品等进行的产品介绍、宣传和推介等一般性业务咨询活动。

2.【答案】A

3.【答案】A

4.【答案】A

5.【答案】B 艺术品投资是一种中长期投资,艺术品投资具有较大的风险,主要体现在流通性差、保管难、价格波动较大。

6.【答案】A

7.【答案】B 依据投资理念的不同,基金可以分为主动型基金和被动型基金。

8.【答案】B 节税规划,即理财计划采用合法手段,利用税收优惠和税收惩罚等倾斜调控政策,为客户获取税收利益的规划。

9.【答案】A

10.【答案】B 涨跌停板,是指合约在1个交易日中的交易价格不得高于或者低于规定的涨跌幅度,超出该涨跌幅度的报价将被视为无效,不能成交。

11.【答案】A

12.【答案】B 声誉风险指由商业银行经营、管理及其他行为或外部事件导致利益相关方对商业银行进行负面评价的风险。

13.【答案】A

14.【答案】A

15.【答案】B 题干中小宋的表现符合银行从业者"勤勉尽职"的要求。

机工经管读者俱乐部反馈卡

完整填写本反馈卡将可以参加幸运抽奖
每月我们将会抽出 10 位幸运读者，免费赠送当月新书一本
加入俱乐部，将会收到我们定期发送的新书信息
获奖名单将公布在 http://www.Golden-book.com
及 http://www.cmpbook.com 上

个人资料

姓名：____ 性别：□男 □女 年龄：____ E-mail：____

联系电话：____ 传真：____ 手机：____

就职单位及部门：____ 职务：____

通讯地址：____ 邮政编码：____

单位情况

单位类型：

□国有企业 □私营企业 □政府机构 □股份制企业

□外资企业（含合资） □集体所有制企业

□其他（请写出）____

单位所属行业：

□食品/饮料/酿酒 □批发/零售/餐饮 □旅游/娱乐/饭店

□政府机构 □制造业 □公用事业

□金融/证券/保险 □农业 □多元化企业

□信息/互联网服务 □房地产/建筑业 □咨询业

□电子/通讯/邮电 □其他（请写出）____

单位规模：

□500 人以下 □500～1000 人

□1000～2000 人 □2000 人以上

关于书籍

1. 您购买的图书书名：_____ ISBN：_____
2. 您是通过何种渠道了解到本书的？
   □报刊杂志　　　□电视台电台　　□书店

   □别人推荐　　　□其他_____
3. 您对本书的评价
   内容　　　　□好　　　　　□一般　　　　□较差
   编排　　　　□易于阅读　　□一般　　　　□不好阅读
   封面　　　　□好　　　　　□一般　　　　□较差
4. 您在何处购买的本书
   □书店　　　　　□网络　　　　□机场　　　　□超市

   □其他_____
5. 您所关注的图书领域是：
   □投资理财　　　□人力资源　　□销售/营销　　□财务会计

   □管理学与实务　□其他_____
6. 您愿意以何种方式获得我们相关图书的信息？
   □电子邮件　　　□传真　　　　□书目　　　　□试读本
7. 如果您希望我们发送新书信息给您公司的负责人，请注明所推荐人的：
   姓名_____　职务_____　电话_____
   地址_____　邮件_____

感谢合作！请确认我们的联系方式
联系人：胡嘉兴
地址：北京市西城区百万庄大街 22 号机械工业出版社经管分社　　邮编：100037
电话：010-88379705
传真：010-68311604
电子邮箱：hjx872004@yahoo.com.cn
登记表电子版下载请登录：
http://www.golden-book.com/clubcard.asp 或
http://www.golden-book.com
如方便请赐名片，谢谢！